Der Sprechende Stein

Buch 2 in der Jugendreihe

'Erinnerung an die Zukunft'

von

Evadeen Brickwood

EVADEEN BRICKWOOD

Aus der Jugendreihe „Erinnerung an die Zukunft", Buch 2
„Der Sprechende Stein"

Der Originaltitel des Werkes lautet: „The Speaking Stone of Caradoc",
das zweite Buch in der „Remember the Future" Reihe
Übersetzung aus dem Englischen von Birgit Böttner

Erste Paperback-Auflage, 2022 Evadeen Brickwood bei Amazon

KDP ISBN: 9781502749673
NLSA ISBN: 9781049211732

Cover Design by Yvonne Less, www.art4artists.com.au
Bildquellen: 'Depositphotos.com' lizensiert
Buch-Layout: Birgit Böttner
Landkarten-Illustration: Kerry Marshall
Südafrikanische Ausgabe gedruckt in Kapstadt
Marketing: Alphalogic International

Katherine, Trevor und Chryseis segeln auf einem Schiff zu den Überresten des versunkenen Kontinents Atland. Als ein gestohlener sprechender Stein in ihrem Gepäck gefunden wird, verdächtigt man die drei Freunde und sie sind in Gefahr für den Diebstahl bestraft zu werden. Seltsame Meeresbewohner sind auch nicht immer so amüsant, wie sie erscheinen. Plötzlich sind alle hinter den Zeitreisenden und dem geheimnisvollen Stein aus dem sagenumwobenen Lyonesse her. Auf Prydhain entkommen sie nur knapp einer von Zauberern aufgestellten Falle und erhalten Hilfe von unerwarteter Seite. Dann hat der Sprechende Stein etwas zu sagen...

Was im Ersten Buch Geschah

Bei einem Schulausflug finden die cleveren Freunde Katherine, Trevor und Chryseis ein Zeitportal und begeben sich auf die Reise ihres Lebens. 12.000 Jahre in der Vergangenheit war doch alles ganz anders, oder?
Sie erleben eine faszinierende Welt voller Abenteuer und entdecken eine erstaunliche verlorene Zivilisation, treffen einen anderen Zeitreisenden und erfahren, daß sie die Zukunft verändern könnten. Aber wer sind nur die Kinder des Mondes?
Nach ein paar gefährlichen Ereignissen fragen sich die drei Zeitreisenden dann aber doch, ob ihre ungewöhnliche
Reise nicht doch ein ganz großer Fehler war...

Besonderer Dank und Anerkennung

Ich möchte meinem Mann Peter und meinen Töchtern Franciska und Svenja für ihre Geduld und Unterstützung danken, allen meinen Lektoren und Testlesern für ihre Bemühungen, ihr konstruktives Korrekturlesen und ihre unermüdliche Unterstützung, der Lindenbibliothek danke ich ebenfalls für die Suche nach Informationen, die ich für meine Recherchen brauchte, als Google noch nahezu unbekannt war; und Cobus Griesel für die Bereitstellung seines technischen Know-hows.

Dieses Buch - in der englischen Version - belegte

den zweiten Platz als bester Jugend-Fantasy-Roman 2018

DES BOOK TALK RADIO CLUBS IN ENGLAND

**Für Peter, Franciska und Svenja,
die mit mir auf Zeitreise gingen**

Landkarten des atlantischen Meeres und Prydhains

6

Northern Plains
Prydhain
Hesperia
Iksbania
Avallun
Madagasiwa
Boreau Sea
Gadinc Sea
Short of coppper
©Birgit Böker

 1   EIN PRÄHISTORISCHES MEER

Im Schein der frühen Nachmittagssonne glich das Meer einer Decke aus schimmernden Schuppen. Platsch! Eine Schule von Delfinen begleitete die 'Navis Arion' und tauchte mühelos in dem türkisfarbenen Wasser neben ihnen.

Trevors Haare waren von der Brise ganz zerzaust. Er saß auf einem Stapel aufgerollter Angelschnur und stützte sich mit den Füßen an der Reling ab. Trevor konzentrierte sich darauf, einen bunten Seevogel zu zeichnen, der in seiner Nähe saß. Gut, daß er Block und Stift dabei hatte, aber das schlaffe Ding über dem Schnabel des Vogels zu zeichnen, war schon eine ziemliche Herausforderung.

Was in diesem prähistorischen Ozean herumschwamm, war ihnen immer noch ein völliges Rätsel. Sie hatten gerade erst das Land Alesia verlassen, und es gab noch so viele Dinge, die sie über diese vergangene Welt lernen mussten.

"Wie klar das Wasser ist!" Katherine starrte sehnsüchtig in das seichte Meer. "Ich wünschte, wir könnten das Schiff an der Stelle hier einfach anhalten und mit den Delfinen schwimmen gehen."

"Du machst wohl Witze, oder? Es ist viel zu gefährlich hier schwimmen zu gehen."

"Stimmt wahrscheinlich," meinte Katherine.

Es war noch nicht mal ein Monat vergangen, seit ihre Zeitreise begonnen hatten, und Katherine fragte sich manchmal immer noch, ob es diese alesianische Epoche wirklich gab.

"Weißt du noch, wie es am Anfang hier war?", fragte sie Trevor. "Wieviel Angst wir hatten, als wir unseren ersten Riesen sahen?"

"Túvar?"

"Ja genau!"

"Manchmal schon - und zu deiner Information, ich hatte keine Angst."

"Hah, klar hattest du das", neckte Katherine ihn. Ihr Akzent war immer noch leicht britisch, im Gegensatz zu dem ihrer beiden amerikanischen Freunde Trevor und Chryséis.

Die Menschen in Alesia sprachen einen akkadischen Dialekt, so daß sich niemand um irgendwelche englischen Akzente scherte, und die Zeitreisenden hatten gelernt, sich in dieser alten Sprache zu verständigen. Anfangs hatte Katherine große Angst vor der Reise in die Vergangenheit an sich gehabt. Sogar wenn sie es im Namen der Wissenschaft tat. Jetzt konnte sie es kaum abwarten, mehr von der 'Bekannten Welt' zu sehen, von der ihnen die Lady von Sydonia so viel erzählt hatte.

"Mir gefällt es hier. Ich bin froh, daß wir geblieben sind."

"Ja, ich bin auch froh", meinte Trevor und blickte kurz auf.

Seitdem sie aus der Vortex in Sydonia, der Hauptstadt von Alesia, hinaus geworfen worden waren, hatten sie diese längst vergessene Zeit erkundet. Das Naturschutzgebiet im Carter Tal war ideal für ihr Zeitreiseexperiment gewesen. Es lag nicht weit von der Schule entfernt, war aber ziemlich abgelegen und daher ohne größere elektromagnetische Störungen. Sie waren zwar schlau, aber in ihren kühnsten Träumen hätten sie sich nicht eine unglaubliche, prähistorische Stadt inmitten des Carter Tals vorstellen können! Und diese Zivilisation war auch noch so furchtbar 'modern'.

Alles hatte mit dem Schulprojekt in Quantenphysik begonnen: eine endlose Energiequelle, die einen Zeitportalsucher speiste. Das hatte zuvor noch niemand versucht. Nicht einmal die anderen hochbegabten Kinder an der Pemberton Academy. Sie hatten vor, ihr Projekt nächste Woche in der Klasse vorzustellen - aber, was bedeutete 'nächste Woche'in der Zukunft schon. Sie waren fast 12.000 Jahre in der Vergangenheit. Die anderen Kinder würden von ihren Stühlen fallen, wenn sie die Bilder sahen! Stellt euch das mal vor: zwölf Jahrtausende. Zwölf!

Es spielte keine Rolle, wie lange ihre Seereise dauerte. Sie würden genau in dem Moment zurückkehren, in dem sie die Zukunft verlassen hatten, sollten sie beschliessen, zurückzukehren. Sie waren sich dann einig, so lange zu bleiben, um bequem nach Atala und wieder zurück zu reisen. Ein paar Wochen mehr oder weniger machten sowieso keinen Unterschied.

"Sind das Meerleute unter der Strandpromenade da drüben? Dort an der Spitze der Halbinsel?"

"Schwer zu sagen, könnten auch Seekühe sein." Trevor blinzelte, um einen besseren Blick zu erhaschen. "Nein, das sind auf jeden Fall Meerleute."

Die 'Navis Arion' hatte den Seehafen von Aztlan auf dem sicheren Festland vor über einer Stunde verlassen. Sicher - wenn man die Tatsache ignorierte, daß Riesen dort einen Krieg gegen das Land Alesia angefangen hatten. Es war ein erfolgloses Unternehmen gewesen. Bevor ihre Zeitreise begann, hatten sie Angst gehabt, auf Höhlenmenschen und Dinosaurier zu stoßen oder in einem Vulkan zu landen.

Wer hätte schon an Meerjungfrauen und gemeine Riesen gedacht? OK, es gab hier tatsächlich Höhlenmenschen und kleine Dinosaurier und wahrscheinlich auch Vulkane, aber bei weitem nicht so furchterregend, wie sie dachten. Einige der Höhlenmenschen, die Konks genannt wurden, waren sogar Matrosen auf diesem Schiff. Als sie sich in sanften Schaukelbewegungen nach Osten weiter bewegten, wurde die Zitadelle von Aztlan zu einem winzigen weißen Fleck auf den dunklen Hügeln, und die alesische Küstenlinie verschmolz langsam mit dem Himmel zu einer dünnen Linie.

Die Delfine sprangen in die Luft und platschten zurück ins Wasser. "Oh, seid vorsichtig, Jungs. Ich werde noch ganz nass", lachte Katherine.

Eigentlich war ihr Schiff auf dem Weg nach D'ântilla, einem Inselstaat in der Karibik. Nur, daß D'ântilla in der

Zukunft nicht mehr existierte und das Karibische Meer auch nicht. Das störte die Zeitreisenden nicht im Geringsten. Selbst Menschen mit grüner Haut und die haarigen Konks mit ihren menschlichen Gesichtern erschienen ihnen nach nur zwei Wochen ganz normal. Sie würden ein paar atlantische Inseln und das prähistorische England besuchen, dann nach Alesia zurückkehren und durch das Zeitportal in die Zukunft reisen. Es war ein guter Plan.

"Trev, wo ist eigentlich Chryséis?"

Trevor schirmte seine Augen mit der Hand gegen die Sonne. "Ich glaube, sie ist vorne bei Kheton und Lelani."

Kheton und Lelani waren ein junges sydonisches Ehepaar. Kheton war der Vormund der Kinder und so eine Art Jung-Zitadellenrichter, und er hatte sich dazu bereit erklärt, die Kinder bis zur Hauptinsel Atala zu begleiten.

"Ich werde mal nachsehen, was Chryséis gerade macht."

"Okay, ich zeichne diesen Vogel hier einfach weiter. Unglaublich, daß der sich noch nicht bewegt hat."

"Vielleicht schläft er ja. Warum machst du nicht einfach ein Foto?" Sie hatten zu dem Zweck eine kleine Digitalkamera mitgebracht.

"Ich zeichne halt gern, und außerdem habe ich sonst nichts zu tun." Trevor starrte auf die kreischenden Seevögel, die in der Nähe durch die Luft segelten. Sie hatten gebuckelte Schnäbel und waren ganz federlos. Federlos?

"Das könnten fliegende Therasaurier sein, so wie sie von den Felsen heruntergleiten," sagte Katherine, als ob sie wüsste, woran er gerade dachte.

"Oder vielleicht nur eine seltsame, federlose Vogelart," antwortete er.

"Ja, sicher. Fall bloß nicht ins Wasser, während ich weg bin", grinste Katherine, und Trevor sah verärgert auf.

"Lustig", brummte er und spürte, wie seine Ohren rot wurden. "Werde ich das jemals vergessen dürfen?" Der Vorfall im Hafen war ihm immer noch peinlich. Kurz bevor sie losgefahren waren, hatte ein heftiger Stoß von irgend jemandem am Landungssteg ihn ins trübe Hafenwasser geschickt.

"Ach komm schon, das war doch nur ein Scherz." Katherine grinste.

"Egal."

"Na dann, bis später." Katherine tastete sich an der Reling entlang. Sie musste an dem bunten Seevogel mit dem Papageienschnabel vorbeikommen, den Trevor zeichnete. Der Vogel erhob sich plötzlich mit einem lauten Krächzen in die Luft und jagte Katherine einen mächtigen Schrecken ein. "Hey!"

"Hast du etwa Angst, ins Wasser zu fallen, Katie?" Trevor grinste und kritzelte noch ein paar Linien auf das Papier.

"Nein, überhaupt nicht." Katherines Stimme zitterte ein wenig, aber sie ging tapfer weiter bis zum vorderen Teil des Schiffes. Trevor legte den Zeichenblock zur Seite und betrachtete die Aussicht. Sie ließen gerade eine kleine Insel hinter sich, die ganz und gar mit tropischen Pflanzen bewachsen war.

Das Schiff war nahe genug an der Insel, so daß Trevor sehen konnte, wie Krebse über den Strand huschten und Seevögel sie hungrig verfolgten. Bald kamen sie an einer anderen Insel vorbei, die weniger einladend aussah. Zackige Felsen ragten aus der schäumenden Brandung auf, die gegen das Steilufer donnerte. Die Felsen waren mit kreischenden weißen Punkten übersät, während große Vögel über der seichten Bucht kreisten. Wenn das überhaupt Vögel waren.

Gerade als Katherine mit Chryséis im Schlepptau zurückkehrte, hörten sie in der Ferne ein tiefes Knurren, das von den Felsen widerhallte. Die Delfine, die das Schiff bisher begleitet hatten, waren nirgendwo zu sehen.

"Sieh mal da drüben! Ist das etwa - ein Wal?" rief Chryséis. Der massige Körper eines großen Tieres mit langem Hals und breiten Flossen tauchte bis knapp unter die Wasseroberfläche und die Wellen brachten das Schiff ins Schwanken. "Sieht genauso aus wie der Wal in Aztlan.

Findet ihr nicht auch?"

"Du meinst das riesige Viech am Strand? Da bin ich mir nicht so sicher." Chryséis zuckte mit den Schultern.

"Was soll es denn sonst sein?" fragte Trevor.

"Oh, ich weiß auch nicht recht. Aber es war traurig, wie die Fischer es aufgeschnitten haben und die ganzen Schwarten aufgestapelt da lagen. Es muss doch ein Wal gewesen sein."

"Na ja, das ist doch ihr Job, oder?"

"Es ist trotzdem traurig."

Das Meerestier mit dem langen Hals kam wieder auf sie zu geschwommen. Es sah sie mit intelligenten Augen an, während es auf dem Rücken paddelte. Die drei Freunde starrten zurück. "Das ist schon erstaunlich. Holt die Kamera, schnell!" Chryséis lehnte sich über die Reling.

"Wo hast du sie denn hingetan?" fragte Katherine. Aber es war bereits zu spät. Der 'Wal' tauchte ab und war weg, nur um mit einem größeren Gefährten in einem Nebel aus Wasserspritzern wieder aufzutauchen. Beide schwammen aufs offene Meer hinaus. Das Schiff schwankte wieder und Meerwasser spritzte an der Reling auf.

"Mann!" Chryséis sprang zurück. "Ich werde ja ganz nass."

"Hast du das gesehen? Wenn das Wale sind, dann bin ich Micky Maus!"

Das Schiff hob sich ganz leicht vom Wasser ab und das Schwanken hörte auf. Sie schwebten dank einer Standard-Antischwerkraftvorrichtung mühelos über der Wasseroberfläche, was die Zeitreisenden noch mehr beeindruckte als die seltsamen Tiere. Trevor gelang es, ein Foto zu Machen, indem er den Zoom benutzte, um sie besser sehen zu können.

"Lass mal sehen." Chryséis nahm die Kamera in die Hand. Alles, was sie ausmachen konnte, waren Wasserspritzer, ein langer dünner Hals und eine dreieckige Flosse. "Das ist zu unscharf. Könnte auch ein großer Fisch sein. Wir hätten eine bessere Kamera mit Ton- und Videofunktion mitnehmen sollen."

"Klar, lass uns schnell mal nach Hause fahren und eine andere Kamera holen."

"Ha, ha - zu schade, daß wir kein Handy nehmen können!"

"Vielleicht sind es ja Dinosaurier ... Elasmosaurus ... oder ein anderer Saurier", stotterte Trevor, als er die Kamera weglegte. Er traute sich kaum, die Worte auszusprechen.

"Ja, wie das Ungeheuer von Loch Ness, oder was?" Chryséis lachte und schubste ihn an. "Jetzt mal ehrlich, Trev, Elasmosaurus?! Die sind schon vor Ewigkeiten ausgestorben. Ich meine vor Ewigkeiten!"

"Das ist doch nicht unmöglich."

"Jetzt geht das schon wieder los", stichelte Chryséis, aber sie fühlte sich unwohl dabei.

Natürlich konnte Trevor recht haben. Immerhin hatten sie schon in Sydonia seltsame Farmtiere gesehen. Was war, wenn ein paar Saurier immer noch die Ozeane durchstreiften?

"Glaubst du, daß es da draußen viele dieser 'Nessies' gibt?"

"Wer weiß", meinte Katherine beiläufig. "Auf dem Schiff scheint sich niemand an ihnen zu stören. Die scheinen ja auch ganz harmlos zu sein. Vielleicht wollten sie sich nur das Schiff genauer ansehen."

"Und wenn sie nicht so harmlos sind?"

"Oh, kommt schon. Ich bin mir sicher, daß die Schiffe auf sowas vorbereitet sind, mit Strahlenkanonen und solchen Sachen. Wenn es Ärger gibt, werden sie die einfach abknallen."

"Wie schön, Trevor."

Trevor zuckte mit den Schultern und setzte sich wieder neben Chryséis auf den Haufen Angelschnur. "Na ja, wenn wir kein richtiges Foto von denen kriegen können, dann mache ich einfach eine Zeichnung davon."

Chryséis reckte ihren Hals, um einen Blick auf den Vogel zu werfen, den Trevor zuvor gezeichnet hatte. Soweit sie das beurteilen konnte, sah er ziemlich naturgetreu aus, bis hin zu den Federn und den Augen.

"Trev, das ist richtig gut! Ich wusste garnicht, daß du so gut zeichnen kannst."

"Ach, das ist nichts, nur eine blöde Skizze." Trevor wich ein wenig verlegen zurück, bevor er das Blatt umdrehte..

"Das ist mehr als eine blöde Skizze. Du bist echt gut!"

Ein Plätschern verkündete, daß die fröhlichen Delfine zurück waren. Katherine lehnte sich über die Reling und pfiff, so wie es ihr die Meerleute in Aztlan gestern beigebracht hatten. Waren die Delfine gerade ein bisschen höher gesprungen?

"Sie verstehen dich", sagte Trevor bewundernd.

"Meinst du?"

"Mhmm."

Trevor wischte die Wassertropfen von seinem Blatt und zeichnete die Meerestiere aus dem Gedächtnis. Zwei der Delfine 'tanzten' rückwärts auf ihren Schwänzen und antworteten auf Katherines Pfeifen mit aufgeregtem Geplapper.

"Oh wie süß!" Katherine pfiff noch mehr.

"Diese Vögel Machen aber einen Höllenlärm", beschwerte sich Trevor.

"Die haben eben keinen Lautstärkeregler. Das nennt man Natur," meinte Katherine.

Während Katherine und Trevor sich freundlich stritten, beobachtete Chryséis die Vögel beim Fischen im seichten Wasser. Im letzten Moment vor dem Tauchgang streckten sie die schwarz umrandeten Flügel nach hinten aus, um dann mit zappelnden Fischen wieder an die Oberfläche zu schwimmen. Kurz bevor das Schiff einen massiven, von den Wellen umspülten Felsen umrundete, brach eine lange Schnauze mit scharfen Zähnen durch die Brandung und schnappte nach den Vögeln.

"Wow, was war das denn?" Chryséis sah starke Kiefer, die einen der federlosen Vögel festhielten. Das Schiff umrundete die Felsen und das Tier war einfach verschwunden. "Hast du das Ding gesehen?"

"Nein, welches Ding?" Trevor blickte von seinem Zeichenblock auf und verlor dann wieder das Interesse.

"Ach, egal, du würdest mir das sowieso nicht glauben."

"Was denn?!" Katherine beharrte.

"Es sah aus wie ... ein riesiges Krokodil. Dort in der Brandung, und ich glaube, da waren noch andere unterm Wasser, die Vögel fingen. Du weißt schon, wie das große Krokodil in Aztlan."

"Das kann nicht dein Ernst sein. Du willst mir wohl Angst einjagen. Na danke." Katherine blickte sie finster an.

"Ich mache keine Witze!" rief Chryséis.

"OK, dann muss es ein Salzwasserkrokodil sein. Die können ganz schön groß werden."

"Hast du immer noch Lust schwimmen zu gehen?" fragte Trevor sarkastisch.

"OK, ich hab's kapiert. Es ist zu gefährlich, im Meer zu schwimmen." Katherine zuckte die Schultern.

"Es war riesig – bestimmt genau wie das in Aztlan. He!" rief Chryséis. Ein großer Klecks aus grauem Schleim war ihr auf den Kopf und einen Ärmel geploppt.

"Igitt, ist das etwa Vogelkacke? Sowas ekliges!"

"Oh nein", begann Katherine zu lachen. "Wie grässlich!"

"Ach du!" Chryséis fuchtelte mit der Faust gegen den Himmel. Es gab so viele Vögel hier, daß es unmöglich war, zu sagen, welcher die Bombe abgeworfen hatte.

"Wenigstens bin nicht ich es diesmal ", meinte Trevor schadenfroh und Chryséis starrte ihn an. "Wie, um alles in der Welt, bekomme ich dieses Zeug von mir runter?"

"Ich tippe mal auf Wasser und Handarbeit", schlug Trevor vor. Katherine bat einen der haarigen Konk-Matrosen um einen Eimer Wasser und einen Lappen. Dann wusch sie den Dreck energisch aus Chryséis' Haaren heraus. Chryséis stand vor lauter Ekel nur starr da.

"Oh, das ist ja sowas von eklig. Meine Haare sind total verklebt", jammerte sie.

"Entschuldige mal, wer macht dich hier sauber?" Katherine reinigte wieder ihre Hände im Wassereimer. "Du kannst dir ja heute Abend die Haare richtig waschen."

Der Konk-Matrose kam und nahm wieder wortlos

Eimer und Lappen weg. Er brauchte sie einfach und sie wussten ja, daß Konks nicht gerne sprachen. Das lange rote Haar auf den Armen und unter dem fliehenden Kinn des Matrosen, wehten in der Brise, als er mit seinem affenartigen Kopf wackelte. Ein roter Pferdeschwanz lugte unter seiner blauen Mütze hervor.

Sie versuchten, nicht zu starren, als der Konk das schmutzige Wasser über Bord schüttete und davonging.

"Danke, ich brauche das nur noch ein wenig länger", stöhnte Katherine und eilte ihm hinterher.

Chryséis band ihre klebrigen blonden Strähnen mit einer angewiderten Grimasse zu einem Pferdeschwanz zusammen. Da hatte Trevor eine Idee, wie er sie ablenken konnte.

"Du könntest ja Alun in Sydonia eine telepathische Nachricht schicken," schlug er vor. Alun war ihr erster prähistorischer Freund gewesen und Khetons jüngerer Bruder.

"Meinst du, das funktioniert?" Chryséis entspannte langsam ihr Gesicht.

"Warum denn nicht? Du hast es doch schon mal gemacht." Sie alle hatten in Sydonia gelernt, wie man Telepathie benutzt, aber nur Chryséis hatte es geschafft, sie richtig einzusetzen.

"Ich muss mich erst mal entspannen." Sie setzte sich neben Trevor auf die Takelage. Trevor war in Gedanken und blinzelte auf seine Skizze. *Nicht schlecht, gar nicht so schlecht*, dachte er. Der Kopf des Meeresungeheuers war allerdings immer noch ein wenig zu groß geraten. Er radierte die Linien aus und zeichnete den Kopf erneut.

Bald tauchte Katherine wieder mit sauberen Händen auf, gerade als Chryséis die Augen schloss und sich Aluns Gesicht vorstellte.

"Was macht sie den da?", fragte sie Trevor, aber der schüttelte nur den Kopf und legte einen Zeigefinger auf den Mund. Chryséis konzentrierte sich auf eine Nachricht an Alun, und die Antwort kam prompt zurück: *Genießt eure Reise, Freunde. Vergesst nicht, die Sternwarte in Kamûk zu besuchen! Ihr müsst mir von der neuartigen Strahlenkanone dort erzählen. Möge die Erdmutter euch segnen.*

Chryséis erzählte den anderen aufgeregt von der Gedankenübertragung. "Oh, diese Jungs! Alles, woran er denkt, ist die neue Strahlenkanone."

"Ich wünschte, ich könnte das auch", sagte Trevor. "Gedankentransfer."

"Du must eben nur üben."

"Wenn du meinst...", er spürte, wie ein wenig Eifersucht in ihm aufkam.

"Lass uns nach vorne gehen", sagte Katherine. "Dort gibt es richtige Sitze und wir können sehen, wohin das Schiff fährt."

"OK, ich bin hier sowieso fertig." Trevor stopfte seinen Zeichenblock in den Tagesrucksack und folgte den Mädchen zum Bug des Schiffes.

Kheton stand an der vorderen Reling, seine lange Tunika flatterte in der Brise und zeigte seine muskulöse Brust. Es gab ein Rumpeln, und das Schiff rollte ein wenig.

"Was war das? Meinst du, wir haben was gerammt?"

Trevor suchte das Wasser ab. "Ich kann nichts erkennen."

"Ho, Tian! Sieh nach, was da unten den Lärm macht", brüllte Kapitän Thëlamôn aus der Steuerkabine über der Treppe. In der Kabine befanden sich das Steuerrad und allerlei interessant aussehende Instrumente.

"Aye, aye, Kapitän." Einer der jüngeren Matrosen sprintete die Treppe unter Deck, um nachzusehen.

"Hast du die ganzen Geräte in der Kabine gesehen?"

"Meinst du, die haben Radar da drin?" flüsterte Chryséis.

"Nicht nur Radar, ich frage mich, wie er das Schiff vorhin hochgehoben hat." Eine Minute später meldete sich der Matrose Tian zurück. "Zwei Stoffballen haben sich losgerissen und waren gegen den Rumpf gestoßen, Kapitän. Ich habe die Ballen wieder festgezurrt."

In Aztlan hatte das Schiff feines alesianisches Seidentuch an Bord genommen, das für die Insel Daitya bestimmt war. Das

Tuch sollte gegen eine Ladung daityanischer Wolle getauscht werden. Die Daityaner waren ein seltsames Völkchen, das sich nur für Wolle und Schafzucht und sowas interessierte und den ganzen Tag lang Wolle spann und strickte.

"Keine Gefahr also, nur etwas lose Ladung im Rumpf", verkündete der Kapitän den Passagieren. Dann fuhr er fort, den Ozean vor sich eingehend zu betrachten.

Katherine atmete tief aus. "Gott sei Dank!"

Sie setzten sich auf die niedrigen Leinenstühle, und bald plauderten Chryséis und Katherine über dies und das, während Trevor ein Nickerchen machte. Heute Morgen hatten sie am Hafen von Aztlan alle möglichen seltsamen und wunderbaren Menschen gesehen. Wie die "Feen" mit ihren wallenden Haaren und Schmetterlingskleidern und eine Frau mit grüner Haut, die in einer Sänfte getragen wurde.

Die Mädchen diskutierten eine Weile, ob es wahrscheinlich war, daß grüne Haut vererbt werden konnte. Aber dann erinnerten sie sich an etwas anderes. An zwei Gabari-Riesen in dunklen Umhängen in der Nähe der Garküche, wo sie Meeresfrüchte gegessen hatten.

"Diese Typen waren ganz schön gruselig", meinte Chryséis.

"Ja, richtig unheimlich."

"Ich frage mich, worüber sie geredet haben. Sie schauten sich immer so um, als ob sie große Geheimnisse zu besprechen hätten. Völlig dubios."

"Vielleicht sind sie Undercover-Agenten. James Bond auf der Jagd nach den prähistorischen Bösewichten der 'Bekannten Welt'!"

"Der Name ist Bondûr, Jamon Bondûr." Sie lachten beide.

"Dann sind sie aber nicht sehr gut darin, es zu verbergen. Wozu sind Agenten gut, die man schon von einer Meile erkennen kann? Nein, da war was anderes im Spiel."

"Solange wir sie nicht wiedersehen müssen ..."

"Das wäre wirklich unheimlich."

Die Mädchen wussten nicht, wen sie da gesehen hatten. Und es war auch nicht gerade lustig.

"Ich frage mich, worüber Kheton gerade nachdenkt."
"Lelani natürlich."
Lelani war unter Deck gegangen, um nach ihrer Mitgift zu sehen, während Kheton die warme Brise genoss. Er würde bald seinen Dienst als 'Ehrenwerter Jungdelegierter von Alesia' in Algiras antreten. Algiras war die Hauptstadt von Atala, der Hauptinsel des Atland-Archipels.

Kheton überlegte tatsächlich, ob er nach Lelani sehen sollte, als sie die Treppe hinaufkam und sich ruhig neben ihn stellte. Er blickte sie stolz an. Lelani war so schön mit ihren kastanienbraunen, vom Wind zerzausten Haaren und den von der frischen Seeluft geröteten Wangen. Die Sonne stand jetzt tiefer am Himmel, und das plätschernde Wasser hatte die Farbe von dunklem Glas angenommen.

"Kräftig voran! Wir wollen Kamûk erreichen, bevor es dunkel wird und die Ungeheuer der Tiefe anfangen mit euch trödelnden Seefahrern zu spielen", brüllte Kapitän Thëlamôn.

"Aye, aye, Kapitän", antwortete die Mannschaft und das Schiff nahm Fahrt auf.

Kapitän Thëlamôn trug das übliche dunkelblaue Hemd mit der Kompassrose des Kapitäns auf der Brust. Seit seinem vierten Lebensjahr war er auf den Handelsschiffen seines Vaters über das Atlantische Meer gesegelt. Das Meer lag ihm im Blut.

Bald rief einer der Matrosen "Terreis - Land. Terreis - D'ântilla!" Sie waren ganz aufgeregt. Das musste ein Überbleibsel von Atlantis sein. Würde es in D'ântilla ganz anders aussehen als in Alesia? Chryséis sah auf ihre Uhr. Siebenundzwanzig Minuten nach fünf. Sie deutete nach vorne. "Das ist ja sowas von cool."

Ein massiver Leuchtturm glitt zu ihrer Rechten vorbei. Die runden Dächer über der Ufermauer glänzten wie Kupferperlen in der sich neigenden Sonne. Die Kuppeln waren mit kostbarem Orichalcum überzogen und gehörten zum Tempel des Sonnengottes Raïs, dem Schutzgott von Kamûk.

"Und sieh dir bloß all die Schiffe an mit den gehissten

Flaggen ", meinte Trevor, der mittlerweile aufgewacht war.

Sie schlossen sich Kheton und Lelani an der vorderen Reling an, entschlossen, um ja nichts zu verpassen. Auf einem Hügel zur Linken überblickte eine Reihe von weißen, ei-förmigen Gebäuden die Bucht. "Das muss das Observatorium mit der neuen Strahlenkanone sein."

"Ja, sieht ganz so aus." Katherine nickte.

"Alun sagte, die kosmische Deflektor-Strahlenkanone ist stark genug, um Meteore und Asteroiden zu verdampfen."

"Ich kann's kaum abwarten, das mit eigenen Augen zu sehen." Sie hatten zwar die Sternwarten in Alesia nicht besucht, aber von ihnen gehört. Die Sternwarte von Clymene in Algiras war aber ungeheuer interessant gewesen.

Die Dachperlen waren bald so groß wie große kupferfarbene Zwiebeln, und die Stadt war ganz in ein orangefarbenes Licht getaucht, als die 'Navis Arion' durch die Hafeneinfahrt segelte. "Das sieht ganz wie verzaubert aus", sagte Chryséis erfürchtig.

"Trev, hast du ein Foto davon gemacht? Beeil dich, die Sonne geht gleich unter."

"Nein, noch nicht."

"Beeil dich, bitte!"

Vor ihnen folgten zwei Dschunken dem Boot des Navigators in den Hafen hinein. Sie hatten Segel, die wie rote Fischflossen aussahen und dazu eine Anzahl bunter Flaggen.

Kurz vor Einbruch der Dunkelheit legten sie an. In der Nähe des Sonnentempels mit der bekannten sitzenden Statue einer großen Bronzeskulptur. Hier würde die Besatzung dem Sonnengott Raïs danken, wie es in Alesia auch üblich war.

"Macht euch bereit, an Land zu gehen, Athenai", sagte Kheton. Er nannte sie Athenai - Freunde.

"Wir sind gleich bereit. Wir holen nur mal schnell unsere Sachen", meinte Chryséis und sie gingen nach hinten. Das dunkle Wasser reflektierte künstliche Lichter, die nach und nach am Ufer aufleuchteten. Große Vimaane transportierten Waren aus der gesamten Bekannten Welt durch die beleuchteten Straßen. Der Duft von Vanille und Sandelholz mischte sich mit den weniger angenehmen Gerüchen des Hafens. Die Matrosen reihten sich auf und freuten sich schon auf das Fest im Amphitheater heute Abend.

"Nach dem Harfenkonzert zeigen sie 'Die Söhne von Turennis', über den Diebstahl magischer Gegenstände und die darauf-folgende Vergeltung", meinte einer der Matrosen.

"Tolles Stück, habe es in Algiras gesehen. Ein ziemliches Spektakel."

Die Passagiere gingen von Bord, und die Hafenarbeiter begannen, die Ladung des Schiffes an Land zu schaffen.

"Jetzt schaut euch das an...", Katherine starrte auf eine Gruppe von Jungfern, die auf den breiten Stufen stand, die ins Wasser führten. Ein Begrüßungskomitee der Zitadelle von Kamûk brachte den Besuchern ein Ständchen, während ein junges Mädchen ihnen Blumen ins Haar steckte.

"Die Insel D'ântilla heißt Sie willkommen von den schneebedeckten Bergen bis zum tiefblauen Meer. Wir hoffen sehr, daß ihr euren Aufenthalt genießen werdet, bevor ihr uns wieder verlassen müsst. Willkommen, willkommen in Kamûk, willkommen, willkommen in Kamûk..."

Guten Manieren verlangten es, daß sie höflich zuhörten, und so standen die Zeitreisenden etwas unbeholfen auf dem Treppenabsatz, bis die Mägde ihr Lied beendet hatten.

Kheton, der Diplomat, der zu Besuch kam, hielt eine kurze Rede, in der er den Jungfern offiziell für ihre musikalische Leistung und ihre Gastfreundschaft dankte. Dann wurden sie in einem Vimaan mit dem Wappen der Zitadelle von Kamûk, über das Kopfsteinpflaster auf den den Zitadellenhügel hinauftransportiert, bevor sie im Innenhof neben einem Zierbrunnen abgesetzt wurden.

In der großen Halle wurden sie mit einem üppigen Abendessen verwöhnt. Es gab Krabbenpasteten, eine lokale Spezialität, die auf goldenen Platten mit gebratenen Oktopusköpfen und anderen Köstlichkeiten des Meer gereicht wurden. Später beobachteten die jungen Reisenden von ihrem

Balkon aus die Skyline des Hafens. Kheton und Lelani hatten sich als offizielle Gäste der Lady der Zitadelle das Theaterstück im Amphitheater angesehen.

"Ich bin so froh, daß es hier Toiletten gibt."

Chryséis hatte den Vogelmist erfolgreich abgewaschen und trug einen Pyjama, den sie auf ihrem Bett gefunden hatte. Ihr jadefarbener alesischer Seidenanzug hing zum Trocknen über zwei Stühlen.

"Ja, aber warum stecken sie uns immer zusammen in dasselbe Zimmer?" seufzte Trevor.

Die Jungfern hatten natürlich angenommen, daß sie alle drei Geschwister waren. Das war ja nichts Neues.

"Ich werde dieses Bett hier nehmen." Trevor zog die Decke auf einem Bett am Fenster zurück. "Ich bin todmüde."

"Ich auch", murmelte Katherine. Sie lag bereits im Halbschlaf in die weiche Decke gekuschelt.

Aus dem Amphitheater drangen entferntes Klatschen und Rufe herauf. Trotz der friedlichen Stimmung wurde Trevor ein Gefühl des Unbehagens nicht los. Irgendetwas an D'ântilla fühlte sich anders an. Aber was?

In dieser Nacht hatte er einen Traum. Von Riesen in dunklen Umhängen und von Feen, die die Riesen geschickt mit Zaubertricks bekämpften... und einem großen, federlosen Seevogel, der eine schwarze Spinne zu der schwachen und fernen Melodie von "...Willkommen, willkommen in Kamûk, willkommen, willkommen in Kamûk..." verspeiste.

▶▶▶ **2** DER SPRECHENDE STEIN

Am nächsten Tag glich das Zimmer einem einzigen Durcheinander. Ein Wächter an der Zitadelle suchte unter dem Tisch und stieß mit Chryséis zusammen. Sie ging ihm aus dem Weg.

"Wie lange soll das den noch dauern?", stöhnte sie und rollte mit den Augen. "Was in aller Welt wollen die von uns?"

Der Mann entschuldigte sich höflich und begann, in dem geschnitzten Schrank herumzukramen. Nach dem herzlichen Empfang gestern war dies das Letzte, was sie erwartet hatten. Ihr morgendlicher Ausflug war recht angenehm gewesen, aber als sie vorhin zurückkehrten, waren die Wachen bereits dabei, ihr Quartier zu durchsuchen.

Kheton befand sich noch in einer Konferenz mit anderen Würdenträgern und war nicht zu erreichen.

"Ein sprechender Stein wurde in Alesia gestohlen und wurde nach Kamûk gebracht," berichtete Lelani, nachdem sie mit dem Hauptmann der Wachen gesprochen hatte. "Die Wächter hier suchen danach. Es ist ein schweres Vergehen, einen solchen Gegenstand in seinem Besitz zu haben." Sie rang die Hände in Verzweiflung. Lelani wusste offensichtlich, was ein sprechender Stein war. Die Zeitreisenden wussten es allerdings nicht.

"Was hat das alles mit uns zu tun?" wollte Katherine von Trevor wissen.

"Vielleicht durchsuchen sie alle, die aus Alesia kommen."

"Da sollten üal nachfragen."

"Warum bitte durchsuchen Sie unser Zimmer, Herr Wächter?" fragte Trevor einen der Männer in stockendem Alesisch, während der Mann den Inhalt einer Holztruhe durchwühlte. "Glauben Sie etwa, daß sich ein sprechender ... Stein in unserem Zimmer befindet?"

Er sah verärgert zu, wie sein Zeichenblock auf dem Boden landete.

"Es tut mir sehr leid, aber die Lady hat es befohlen." Das war alles, was der Wächter zu sagen bereit war.

"Vorsichtig damit!" Chryséis nahm einem anderen Wachmann den Palmtop-Computer ab und öffnete ihn so, daß er sehen konnte, daß sich keine Steine darin befanden. "Ich wusste, daß es so kommen würde. Ich wusste es einfach!", sagte sie verärgert.

"Keine Sorge, wir haben ja nichts verbrochen." Katherine stand an der offenen Balkontür und wünschte sich, sie könnte sich einfach wegdenken. "Warum reden die nicht einfach mit dem Stein? Wenn er wirklich sprechen kann, wird er ihnen doch antworten, oder?"

"Du meinst, so wie man sein Handy anruft, wenn man es sucht?" fragte Chryséis.

"Als ob. Wer hat je von Steinen gehört, die sprechen können?" Trevor wurde ungeduldig.

Ein weiterer Wächter kroch auf allen Vieren um sie herum. "Gehen Sie bitte auf die andere Seite." Er hob den Saum des rosé-farbenen Vorhangs an und tastete die Wand dahinter ab.

"Liebe Freunde, Wächter. Ein 'Sprechender Stein'! Sie sind doch nur Kinder..." Lelani gab schließlich auf und setzte sich benommen auf Katherines Bett. Bei Tagesanbruch hatte sie sich noch auf den Rundgang durch Kamûk gefreut, der im Hafenviertel beginnen sollte.

Kheton war zurückgeblieben, um offizielle Geschäfte zu erledigen. Ein Lagerhaus nach dem anderen säumte die überdachten Anlegestellen und Straßen. Nach einem Zwischenstopp in einer Garküche hatte ihr Führer sie zu der Sternwarte in den Iapetus-Bergen östlich von Kamûk geführt. Sie flogen in einem Vimaan an tropischen Plantagen und landwirtschaftlichen Ställen vorbei.

Die Sternwarte war ein echter Hingucker. Nicht nur wegen der riesigen Hai-Statue vor dem Eingang. Die schiere Größe der fünf eiförmigen Gebäude war beeindruckend. Sie hatten sich einer Touristen-Gruppe angeschlossen und hörten gebannt zu, was der Astronom zu sagen hatte. Er sah ziemlich nerdig aus und stellte sich als Parnú von Lycia vor.

"Lycia ist eine kleine Stadt an der Südküste von D'ântilla, für diejenigen, die nicht von hier sind", erklärte Parnú gleich im Voraus. "Der Standort dieser Sternwarte hat eine lange Geschichte. Als D'ântilla noch Teil von Atland war, errichteten die Gabari-Eingeborenen vor der großen Sintflut dort Steinkreise. Diese Steinkreise dienten den Urahnen als Sternwarten." Parnú erklärte, daß die Wissenschaftler des modernen Observatoriums darin geschult seien, Himmelskörper, die eine Bedrohung für den Mutterplaneten darstellen, aufzuspüren und zu zerstören.

"Sie haben vielleicht gehört, daß wir über ein effektives Vorwarnsystem verfügen. Wir haben nun auch eine leistungsfähige neue Strahlenkanone." Er machte eine Pause. "Sie ist wirkam gegen Asteroiden, die für uns gefährlich werden können. Seit der Planet Astra vor Äonen explodierte und Gesteinsbrocken zurückblieben, die nun im Himmelszelt kreisen besteht diese Gefahr. Wir werden uns den kosmischen Deflektor-Strahlenkanonen etwas später ansehen.

Die Zeitreisenden stupsten sich gegenseitig an.

"Freund Parnú, bitte erzähle uns von diesem Planeten 'Astra'", bat Chryséis schüchtern.

Parnú erzählte ihnen nüchtern, daß der Planet seit vielen Bogenzyklen jenseits des roten Planeten Xipe Xolotle existierte. Sie wussten bereits, daß so ein Bogenzyklus Tausende von Jahren andauerte.

"Ein Planet zwischen Mars und Jupiter? Unmöglich!" rief Trevor erstaunt. Der Astronom und die anderen Touristen schienen über den unhöflichen Ausbruch in einer Sprache, die sie nicht verstanden, ein wenig verärgert zu sein. Lelani schaute unbehaglich in die andere Richtung und Trevor verstummte. Parnú wechselte schnell das Thema und führte die Gruppe durch lange Gänge mit glänzenden Böden in einen anderen Teil der Sternwarte. Die Kinder aus der Zukunft hielten sich zurück und flüsterten miteinander.

Katherine hatte plötzlich einen Gedankenblitz. "Hört zu, D'ântilla muss doch ungefähr im Südwesten des Bermuda-Dreiecks liegen..." Sie kam nicht dazu, ihren Satz zu beenden.

"Wir werden nun eine Mirage ansehen", verkündete der Astronom feierlich und führte die Besucher durch Metalltüren, die sich geräuschlos öffneten. Sie waren im Planetarium angekommen. Die Touristen nahmen ihre Plätze ein und ein junger, recht dünner Mann mit einer Stupsnase, machte sich bereit, die Film-Rolle im Wandschlitz zu platzieren. Er war erst seit ein paar Tagen für die "Miragen-Erziehung" zuständig und stolz auf seine neue Position.

Es war ein sehr guter Film, und die Besucher waren gewöhnlich immer sehr beeindruckt. Die Lichter im Saal wurden gedimmt und die Sitze in eine horizontale Stellung gebracht.

Die Mirage zeigte Wissenschaftler, die verzweifelt an Schalttafeln arbeiteten, während eine monotone Stimme dazu sprach. '...die Flugbahn eines sich nähernden Asteroiden, der mit hoher Geschwindigkeit auf den Mutterplaneten zurast, wurde durch präzise mathematische Berechnungen vorhergesagt. Der Asteroid befindet sich auf einem direkten Kollisionskurs mit dem Mutterplaneten. Die Ingenieure richten eine Strahlenkanone auf den sich nähernden Asteroiden, die super-konzentrierte Lichtstrahlen aussendet.'

Peng! Der Asteroid wurde gerade noch rechtzeitig zerstört, wobei kleinere Teile in einer Staubwolke durch den Weltraum schwirrten. Beim Aufprall auf die Erdatmosphäre verdampften sie in einem Spektakel aus funkelnden Schauern.

Die Mirage stellte offenbar einen tatsächlichen Vorfall dar, der noch nicht allzu lange zurücklag.

"Unsere Zivilisation hat nichts zu befürchten, wenn es um derartige Gefahren geht. Wir können es jetzt sogar mit größeren Planetoiden aufnehmen."

Das Publikum murmelte anerkennend. Als Nächstes wurde die neue kosmische Deflektor-Strahlenkanone besichtigt. Eine echte Laserkanone! Ein großer Vimaan brachte die Besucher auf die Spitze des Hügels, wo sie sich vor einem riesigen Apparat in einem der ovalen Gebäude wie winzige Ameisen vorkamen. Das Kuppeldach wurde gerade geöffnet, als sie die Halle betraten.

"Bitte haltet genügend Abstand, Athenai, nicht über diese Linie treten", befahl Parnú ihnen und seine Stimme hallte von der hohen runden Wand und dem Dach wider. Die ehrfürchtigen Besucher zogen sich hinter eine gelbe Linie zurück, die auf den glänzenden Boden gemalt war, und starrten auf die überraschend schlicht aussehende Strahlenkanone. Es gab keine Schrauben, Räder oder Hebel. Nur ein Fernrohr, das auf einer schwach beleuchteten, dicken Platte montiert war.

Als Parnú sie um den Apparat herumführte, kam eine Bedientafel mit verschiedenfarbigen Quadraten auf der anderen Seite der Bodenplatte ins Blickfeld. Zwei Wissenschaftler schienen die Linien und Kurven auf dem Bildschirm zu bewerten und sprachen in gedämpftem Ton miteinander.

"Warum ist das Ding vorne so flach und breit?" flüsterte Katherine.

"Weiß ich auch nicht. Vielleicht, weil es einfacher ist, den Winkel zu programmieren, den sie brauchen. Hat er nicht gerade gesagt, daß sie eine Impulsaktion aus verschiedenen Winkeln verwenden können?"

"Ich glaube ja."

Der flache, ovale Auslass sah wie ein riesiger Mund aus. Die Freunde hörten kaum zu, als Parnú ihnen von den anderen Funktionen erzählte. Trevor blieb zurück und machte heimlich ein Foto von der Strahlenkanone und den Wissenschaftlern davor. Dann fotografierte er die Steinkreise unten durch die großen Fenster des Gebäudes. Im Hintergrund sah man den dunstigen Himmel über dem Hafen.

"Wir nähern uns dem Ende Ihres Besuchs. Schukri Athenai, ich danke Ihnen für Ihr Interesse an unserer bescheidenen wissenschaftlichen Einrichtung in den Iapetus-Hügeln."

Parnú von Lycia beendete die Führung und die Besucher wurden zum von der Hai-Statue bewachten Eingang des Observatoriums hinunter gebracht. Bald erhob sich ein Schwarm von Vimaanen in die Lüfte und landete kurz darauf in der Stadt Kamûk.

Von hier aus sahen die von Palmen gesäumten Strände überaus einladend aus. "Wir werden jetzt zur Zitadelle zurückkehren und uns frisch machen. Dann besuchen wir das berühmte Aquarium auf der anderen Seite der Stadt ", sagte Lelani und ihre Führer nickte zustimmend. "Morgen werden wir am Strand ein Picknick machen."

"Das klingt wirklich schön, Lelani", sagte Chryséis. "Erzähl uns doch bitte mehr von diesem Aquarium..." Das war erst vor einer halben Stunde gewesen.

Auf einmal hielt einer der Wächter einen weiß schimmerndes Objekt hoch, das er in Chryséis' Rucksack gefunden hatte. "Er ist hier, er ist hier", rief er triumphierend und Lelani entfernte sich ein wenig von den Kindern.

"Oh Mann," meinte Trevor.

"Was hat dieses Ei in deinem Rucksack zu suchen?" fragte Katherine Chryséis.

"Ich habe absolut keine Ahnung. Glauben die ernsthaft, daß wir so ein dummes Steinei klauen würden? Wie lächerlich!" Chryséis war ganz aufgeregt.

"Das gehört uns nicht", versuchte Trevor zu erklären.

"Nein, es gehört euch nicht. Ihr habt es ja gestohlen." Der Wächter hielt das Ei noch immer hoch und Trevor begann, die Beherrschung zu verlieren.

"Moment mal, was soll das heißen? Wir haben dieses Ding noch nie gesehen. Warum beschuldigen Sie uns, Wächter?"

"Bleib ruhig, Trevor ", ermahnte Katherine ihn. "Mach sie bitte nicht wütend. Ich bin mir sicher, sie werden Telepathie einsetzen, um die Wahrheit herauszufinden. Ein Lügendetektortest oder sowas in der Art. Denkt daran, daß wir es mit zivilisierten Menschen zu tun haben. Die Lady von Sydonia weiß ja, daß wir es nicht waren."

Trevor ballte seine Faust. "Ja, und wenn nicht, werden wir herausfinden, wie es in einem prähistorischen Gefängnis aussieht."

Katherine konnte sich noch gut an die unangenehmen Höhlen von Schuruk mit den großen Tarantelwächtern und den in weißen Flausch eingewickelten Bündeln menschlicher Knochen erinnern. Sie dachte krampfhaft daran, wie man aus der Zitadelle fliehen und ein Zeitportal aktivieren könnte.

"Sollen wir uns unsichtbar machen und einfach abhauen?" flüsterte Chryséis, die die gleiche Idee hatte. "Ich will nicht eingesperrt werden."

Trevor fühlte sich zwar mutiger, aber er war damals nicht in Schuruk gewesen. "Nein, das können wir nicht tun. Katie hat recht: Sie sind den Alesiern zu ähnlich, um uns etwas anhaben zu wollen. In meiner Tasche ist einer der Zeitportal-Finder und wir tragen immer noch unsere VUUs. Wenn wir wirklich fliehen müssen, können wir das jederzeit tun."

"Oh, das ist ja sehr beruhigend", meinte Chryséis sarkastisch.

"Wo ist eigentlich Kheton? Er ist doch unser Beschützer, und sollte er uns nicht beschützen?"

"Ich glaube, Lelani kann ihn nicht erreichen. Ich habe Angst. Was werden sie wohl mit uns machen?" Katherine klang nervös.

"Kommt jetzt mit uns", unterbrach sie der Hauptmann.

Die Wachen zwängten die Beschuldigten in ihre Mitte, zwei auf jeder Seite, vorne und hinten, und die Zeitreisenden wurden wie gewöhnliche Verbrecher abgeführt. Misstrauische Blicke folgten ihnen, als sie ganz brav durch die Gänge der Zitadelle und eine Treppe hinauf gingen. Die Zitadelle war ein hübsches Gebäude und es gab überall Wandmalereien und Statuen, aber die Zeitreisenden hatten jetzt keinen Sinn für Kunst. Im dritten Stock blieben die Wachen vor einer massiven Holztür stehen.

"Ihr wartet hier", sagte der Hauptmann der Wachen grob.

War der gefürchtete Moment gekommen, wurden sie ins Gefängnis gebracht?

"Bitte sagen Sie uns, was Sie mit uns machen werden", flehte Katherine. "Zitadellenwächter, Athenai. Wir haben doch nichts gemacht."

Keine Antwort. Die Wachen blieben mit starrem Blick stehen. Chryséis hob in Panik die Hand und drückte auf den Knopf ihres Alicebands.

"Nein Chryséis!" Sie ließ die Hand sinken. Die Stimme kam ihr bekannt vor. Trevor und Katherine untersuchten gerade die Eisenbeschläge der Tür, und niemand sprach oder sah sie auch nur an. Wer hatte also gerufen? Chryséis lauschte und verstand.

"Die Herrin von Sydonia sagt mir, ich soll es nicht tun", meinte Chryséis mit leiser Stimme.

"Was tun?" Trevor und Katherine starrten sie an.

"Nicht unsichtbar zu werden und zu fliehen."

"Woher weiß sie, daß du das tun willst?"

"Sie hat wohl meine Gedanken gelesen," antwortete Chryséis.

"Ernsthaft?"

Die Zitadellenwachen warfen Katherine vorwurfsvolle Blicke zu und sie senkte ihre Stimme.

"Was hat sie den noch alles gesagt? Was sollen wir tun?"

"Ich weiß es nicht, ich habe die Verbindung verloren. Vielleicht bin ich einfach zu ängstlich, um den Kontakt aufrechtzuerhalten."

"Na toll!" zischte Trevor. "Was sollen wir da machen?"

Als Antwort auf seine Frage öffnete sich die Tür mit einem lauten Knarren und man führte sie in den Audienzraum der Lady von Kamûk. Ein erhöhter Stuhl war an der roten Wand gegenüber der Tür zwischen zwei Fenstern angebracht.

Die Lady von Kamûk saß auf dem Thron und blickte sie streng an. Es war klar, daß sie über die drei jungen Reisenden zu Gericht saß. Kheton stellte sich zu ihrer Rechten auf, gekleidet in die formelle Tunika eines Richters. Wenigstens war ihr Vormund hier. Aber er lächelte nicht und hatte die Arme über der gestickten roten Feder auf der Brust verschränkt. "Herein."

Sie warteten. Die Lady war eine stämmige Frau und viel jünger als ihre Kollegin in Sydonia, aber sie trug die gleiche Robe der Autorität. Ihre Augen waren groß und schräg in einem verblüffenden Haselnussbraun, und ihr dichtes blondes Haar war zu einem hohen Dutt aus dem Gesicht gekämmt. Von der Freundlichkeit, die sie am Tag zuvor beim Abendessen an den Tag gelegt hatte, war nun keine Spur mehr zu sehen.

Katherine spürte, wie ihr das Herz in der Kehle klopfte, duh dum, duh dum. Der Wächter, der das fast transparente weiße Ei trug, trat vor und hielt den kostbaren Gegenstand in seinen großen Gabari-Händen, als wäre er ein rohes Ei. Er legte das steinerne Ei in eine Metallhalterung auf einem Tisch neben Kheton und zog sich wieder zurück. Die Kinder bewegten sich immer noch nicht.

"Tretet ein", sagte die Frau erneut und ihr Tonfall war jetzt ungeduldig.

"Oh, ich wünschte, die Lady von Sydonia wäre hier", flüsterte Katherine, bevor sie von den Wachen durch die Türöffnung geschoben wurden. Die Tür schloss sich hinter ihnen. Der Raum war groß genug, um alle Anwesenden zu fassen, auch einige Beamte der Zitadelle in weißen Roben, die sich zu den Verhandlungen gesellt hatten. Die drei Freunde warteten mit angehaltenem Atem.

"Junge Besucher aus Sydonia", sprach die Lady von Kamûk sie ohne Umschweife förmlich an. "Ihr werdet des Verbrechens beschuldigt, den 'Sprechenden Stein von Caradoc' gestohlen und nach D'ântilla geschmuggelt zu haben. Erklärt uns diese Tatsache." Die Worte der Frau kamen wie Pfeile auf sie zugeflogen. Sie sahen sich verwirrt an, und Kheton wiederholte in einfacheren Worten, was die Lady von Kamûk gesagt hatte.

"Oh, das wissen wir nicht, ehrenwerte Lady, wir

kennen keinen... sprechenden Stein", stammelte Trevor und sah Lelani's besorgten Gesichtsausdruck hatte.

Die Lady von Kamûk nahm kein Blatt vor den Mund.

"Dann last es mich genauer ausdrücken: spioniert ihr für den Hohepriester von Schuruk?"

Sie hatten natürlich schon viel von dem bösen edfunischen Anführer gehört. Katherine und Chryséis hatten ihn sogar zusammen mit Túvar im Kerker von Schuruk gesehen, aber beschuldigt zu werden, für den riesigen Zauberer zu spionieren, der schon mal versucht hatte, sie auf dem Moti-Markt zu entführen? Also bitte!

"Nein, nein, natürlich nicht", ereiferte sich Chryséis. "So etwas würden wir nie tun. Was hat der mit dem Stein zu tun?"

"Ihr solltet das wissen. Warum habt ihr diesen kostbaren Stein in eurer Tasche aus Alesia herausgeschmuggelt?", fragte die Frau mit eindringlicher Stimme und deutete auf das weiße Ei. Katherine unterdrückte ein Kichern.

Ein Ei aus Stein, wie komisch! Sie konzentrierte sich auf eine geschnitzte Blume im Fensterrahmen und glücklicherweise verschwand der Drang zu kichern. Dies war weder die Zeit noch der Ort, um in Gelächter auszubrechen.

"Haben wir eben nicht. Warum sollten wir das tun?", erwiderte sie.

"Sag du es mir." Kheton hatte sie die ganze Zeit über genau beobachtet und zweifellos ihre Gedanken gelesen. Das war doch sein Job, oder?

"Kheton, sag ihr, daß wir es nicht getan haben", platzte Chryséis heraus. Doch bevor Kheton etwas sagen konnte, hob die Lady von Kamûk ihre Hand. Sie hörte einige Augenblicke lang auf etwas.

Katherine dachte, sie würde sicher in Ohnmacht fallen, wenn das noch länger so weiterging. Chryséis legte ihre Hand in die von Katherine und drückte sie fest. Katherine begann wieder zu atmen.

"Ich habe gehört, daß du, junger Freund...", wandte sie sich an Trevor, "... vor deiner Abreise in das Hafenbecken von Aztlan gefallen bist. Gerade als die Hafenwachen die mutmaßlichen Gabari-Diebe entdeckt hatten."

"Ja, Lady, ich ... bin ins ... Wasser gefallen", beantwortete er seufzend die Frage in gebrochenem Alesisch. "Ich weiß nichts von...Dieben."

"Erkläre mir das doch bitte."

Trevor war sehr rot im Gesicht und fühlte sich seltsam schuldig. Was hatte sein peinlicher Unfall mit all dem zu tun?

Er hatte keine andere Wahl, also erklärte Trevor, wie er einen Stoß gespürt hatte und ins Wasser gefallen war, als sie mit Lelani auf dem Pier warteten. Daß er kurz zuvor etwas Großes und Schwarzes hatte vorbeiflattern sehen. Daß alle sehr hilfsbereit gewesen waren und er von ihrem Gabari-Wächter aus dem Hafenbecken gehoben wurde. Trevor fühlte sich natürlich wieder peinlich berührt bei all dem. Chryséis öffnete den Mund, um Trevor zu helfen, aber Kheton hob seine Hand und sie schloss ihren Mund, ohne etwas zu sagen.

"Du willst uns also sagen, daß jemand in einem schwarzen Umhang in der Nähe war, als dies geschah?"

Trevor dachte über diese Frage nach. "Ja, ehrenwerte Lady, ich glaube schon." Worauf wollte sie hinaus?

"Habt ihr eine schwarze Spinnentätowierung gesehen?"

Chryséis und Katherine sahen sich betroffen an. Eine Spinnentätowierung wie die, die sie zuvor auf der Stirn des Zauberers gesehen hatten? Bedeutete das, daß der Hohepriester von Schuruk auf dem Pier in Aztlan gewesen war?

"Nein, ich habe eigentlich nichts weiter gesehen. Das ging alles so schnell."

"Der Stein hat noch nicht gesprochen", sagte die Lady beiläufig. Vielleicht besprach sie die Situation mit jemandem telepathisch, weil sie die Augen schloss. War sie etwa eingeschlafen?

Katherine war wieder zum Kichern zumute. Der Stein hatte noch nicht gesprochen? *Es war ja nur ein STEIN, hallo!*

Schließlich öffnete die Lady wieder die Augen, aber es

war Kheton, der sprach. "Wir sind zu dem Schluss gekommen, daß ihr den Sprechenden Stein nicht gestohlen habt. Ihr wurdet lediglich als Kuriere benutzt. Wir haben einen Verdacht, wer die Schuldigen sein könnten."

Katherine sah Trevor triumphierend an und sagte: "Siehst du", und zeigte vielsagend auf ihr Auge. Lelani sah ihren Mann an und schloss dann erleichtert die Augen.

"Wir glauben, daß ihr, Athenai, von den Dieben benutzt wurdet, um den 'Sprechenden Stein von Caradoc' vor den Hafenwachen zu verstecken. Und du, junger Freund Trevór, wurdest zur Ablenkung ins Wasser gestoßen. Wir glauben, daß der Hohepriester von Schuruk hinter diesem Komplott steckt."

Die Spannung im Raum löste sich in ein kollektives Gemurmel auf. Es gab eine sehr gute Erklärung für all das: Die Edfunier waren schuld. Die Kinder waren unschuldig!

Die Lady von Kamûk sprach mit dem Hauptmann, und dieser ging zügig mit einigen seiner Männer weg, um ihren Befehl auszuführen. Langsam setzte sich anscheinend die Wahrheit durch.

"Wir werden nicht ins Gefängnis gehen. Wir sind in Sicherheit," sagte Trevor. "Sie muss mit der Lady von Sydonia gesprochen haben. Sie hat sich bestimmt für uns eingesetzt!"

"Das ist wirklich erstaunlich!" seufzte Katherine.

Oh, dankeschön! Trevor dachte angestrengt an die Lady von Sydonia. Er war also kein Tollpatsch ... und auch kein Dieb. Hörte er etwa die Worte *'Es war mir ein Vergnügen.'* in seinem Kopf? Trevor hatte es geschafft mit der Lady zu kommunizieren!

"Aber was ist ein sprechender Stein und warum haben die Edfunier ihn gestohlen?" Trevor konnte sich nicht länger zurückhalten: "Warum ist der so wichtig? Steine können doch nicht sprechen!"

Der strenge Blick der Frau wurde sanfter. Die fremden Kinder waren ganz offensichtlich unwissend. Sie gab den Befehl, den Raum zu räumen, bis nur noch die Kinder und

Kheton vor ihr standen. Dann nickte sie und Kheton klärte seine Schützlinge endlich auf.

"Junge Freunde, dies ist kein gewöhnlicher Stein. Der 'Sprechende Stein von Caradoc' ist einer von dreien seiner Art, die es in der Bekannten Welt noch gibt. Er ist aus poliertem Mondstein gefertigt. Die anderen sind aus Smaragd und Amethyst. Es sind die letzten von zwölf Steinen dieser Art, die die Götter zurückließen, bevor sie abreisten und das Dunkle Zeitalter begann. Sie sind sehr alt und sehr wertvoll. Jeder Sprechende Stein enthält die Geheimnisse der Weisheit, die dazu beitragen, die zivilisierte Lebensweise auf unserem Mutterplaneten zu erhalten. Die Edfunier und ihre bösen Gabari-Brüder sind gierig darauf, diese Kräfte zu ihrem eigenen Vorteil zu nutzen. Um gewisse Geheimnisse zu erfahren."

"Der 'Sprechende Stein von Caradoc' war eine Leihgabe der Lady in Lyonesse, um den Alesiern in ihrer Zeit der Not mit seinem Rat behilflich zu sein. Die Weisheit des Steins half ihnen dabei, einen totalen Krieg mit den Edfuniern zu vermeiden. Dann wurde er gestohlen."

"Das ist ja unglaublich. Kann der Stein denn wirklich sprechen?"

"Ja, das kann er, aber er tut es nur aus eigenem Willen."

"Hmm?"

"Wenn einer der Sprechenden Steine in die falschen Hände geriete, hätte das katastrophale Folgen. Deshalb müssen wir sie um jeden Preis schützen und man kann sie nicht dazu zwingen, ihren Rat zu geben."

"Die Diebe haben uns da also absichtlich mit reingezogen und Ihr hättet uns bestraft, wären wir für schuldig befunden worden?" Chryséis zitterte beim bloßen Gedanken daran.

"Ja, schwer bestraft."

"Aber Sie konnten unsere Gedanken lesen. Sie wussten, daß wir unschuldig sind."

"Ja, ich konnte eure Gedanken lesen, aber die Verfahren müssen eingehalten werden. Manche versuchen natürlich, ihre wahren Absichten und Gedanken zu verbergen."

"Wir wissen aber garnicht, wie man das macht," erklärte Chryséis.

"Die Edfunier wissen es aber."

Bald fanden sich die Zeitreisenden in den langen Gängen der Zitadelle wieder. Sie waren froh, einer Strafe entgangen zu sein. Nun waren sie zum Glück nur auf dem Weg zu ihrem Quartier und nicht zu einem grausigen Kerker.

"Das hätte leicht schiefgehen können", meinte Trevor, als sie sich von dem erschreckenden Erlebnis auf ihrem Zimmer erholten. Der Besuch des Aquariums war auf morgen verschoben worden.

"Ja, ziemlich leicht," meinte Katherine.

"Ich bin nur froh, daß der Stein gefunden wurde, bevor die Edfunier ihn abgreifen konnten."

"Der würde wahrscheinlich nicht mit ihnen sprechen wollen."

"Ob die das wohl wissen? Sie müssen uns gefolgt sein, um sich das Ei zurückzuholen. Vielleicht sind sie schon hier in der Zitadelle."

"Hmm, ich bin sicher, daß sie erwischt werden, wenn sie es versuchen sollten. Ich meine, wo sollen sie sich bei all den Wachen den verstecken?"

"Das wird mir zuviel," klagte Chryséis. "Ein Sprechender Stein, in dem alle Geheimnisse der Weisheit gespeichert sind. Du hast eine Frage und der Stein sagt dir, was du tun sollst. Ich meine, was kommt als Nächstes?"

"Vielleicht verwandeln sie dich in einen Frosch. Einen sprechenden Frosch."

"Ha, ha, ha – was denn, in einen Frosch?"

"'Oh hallo, Dr. Naidoo, ich bin ein sprechender Frosch. Ich hoffe, es macht Ihnen nichts aus.' Dr. Naidoo würde im Unterricht einen Herzanfall bekommen." Nicht, daß das besonders lustig war, aber sie lachten trotzdem darüber.

"Nicht nur Dr. Naidoo. Stellt euch Holly vor, mit einem sprechenden Frosch in ihrem Bett."

"Oh nein, ich kann nicht mehr! Hört auf." Katherine hatte vor lauter Lachen Tränen in den Augen.

"Habt keine Angst, ich bin's nur, Trevor. Ich bin heute ein sprechender Frosch. Du weißt schon, sowas wie ein sprechender Stein...'"

Sie lachten und redeten eine Weile völligen Blödsinn, vor lauter Erleichterung. Ihr Pakt, daß sie sofort in die Zukunft zurückkehren würden, wenn etwas wirklich Schlimmes passierte, war nicht in Kraft getreten. Sie waren also noch nicht am Ende ihres Abenteuers. Noch lange nicht!

*

Eine Gruppe dunkel gekleideter Riesen verbeugte sich zur Begrüßung, als ihr leicht gebückter Anführer in den feuchten Raum trat. Er wischte sich den Reisestaub ab und betrachtete kurz zwei Zitadellenwächter, die betäubt auf dem Lagerhaus-Boden in einem verlassenen Teil des Hafens lagen. Sie waren vor wenigen Augenblicken durch Zufall auf die Edfunier gestoßen. "Ich dachte, ihr hättet dieses Gebäude abschirmen sollen ", sagte der Anführer mit vorwurfsvoller Stimme. "Warum wird dieser Bereich plötzlich von Wachen durchsucht?"

Er starrte die edfunischen Krieger vor ihm an. Die Augen ihres Anführers zwangen sie... zwangen sie zum Gehorsam. "Majestät ..." Einer der Männer trat vor und begann zu sprechen, wurde aber gleich von einem Zischen und einer abrupten Handbewegung unterbrochen. Der Riese schlich sich zurück und stellte sich in die Reihe mit den anderen.

"Still, ich weiß, daß keiner von euch es wagen würde, unsere Sache zu verraten, aber wir haben nicht viel Zeit."

Der Anführer hob seine Arme und eine schimmernde Kuppel erhob sich um sie herum, die das Lagerhaus unpassierbar machte. Die Wachen stöhnten und bewegten sich ein wenig.

"Wir müssen heute handeln. Es wird so wie in Sydonia gemacht. Unsichtbar heranschleichen und die Wachen der Zitadelle betäuben. Schnell und ungesehen ... und keine Konfrontation! Wir wollen ja keine Aufmerksamkeit." Die Edfunier neigten ihre Köpfe und stellten keine Fragen. In der Stimme des Hohepriesters lag eine klare Drohung, und der Blick seiner hellen Augen streifte die beiden Wachen, bevor er an seinen Untergebenen hängen blieb.

"Ich werde euch auf dem Schiff in der Bucht außerhalb der Hafenmauer erwarten. Der Kapitän wird uns wieder nach Hause bringen ... und ein Versagen toleriere ich nicht!" Der Gabari-Kapitän und seine Mannschaft hatten sich von dem Zauberer 'überreden' lassen und konnten den hypnotisierenden Augen nicht lange widerstehen.

"Der 'Sprechende Stein' erreichte Kamûk auf einem alesischen Frachtschiff", fuhr der Hohepriester fort. "Leider entdeckten die Wachen der Zitadelle den wertvollen Mondstein, bevor er von uns geborgen werden konnte. Unsere Gabari-Spione berichten, daß die lästigen fremden Kinder aus Sydonia unter den Reisenden waren. Nur eine wehrlose junge Frau leistet ihnen Gesellschaft. Xipe Xolotle wäre wohl mit einem neuen Opfer zufrieden gestellt... ah, aber die Kinder könnten einen Aufstand machen." Er erinnerte sich daran, wie schwierig sie auf dem sydonischen Markt gewesen waren. "Das ist das Letzte, was wir im Moment brauchen. Wir wollen ja nur den Stein."

Die Krieger murmelten ihre Zustimmung. Wenn alles nach Plan lief, würden sie in kürzester Zeit auf dem Weg nach Schuruk sein - mit dem mächtigen Stein im Gepäck.

"Ich muss diesen Stein haben!", bellte der Hohepriester sie an. "Das ist unsere Chance die Macht an Edfun zurück zu geben. Alesia wird uns gehören und dann Atland und dann die ganze Bekannte Welt!"

Die Krieger konnten es kaum erwarten, die Tat auszuführen, die ihnen diese leuchtenden Augen und das Zeichen der Spinne befohlen hatten!

Es würde ein Leichtes sein, die Zitadelle ungesehen zu betreten und zu verlassen. *Keine Konfrontation*, hatte der Hohepriester gesagt.

Sie mussten vorsichtig sein, wenn sie sich dem 'Sprechenden Stein' näherten, damit er nicht aufschrie und sie verriet, bevor er in den schwarzen Samtsack gesteckt wurde. Sie waren sich nicht sicher, wozu ein sprechender Stein fähig war, aber man sollte kein Risiko eingehen.

"Der Triumph wird endlich Edfun gehören. Triumph über Alesia und die Bekannte Welt! Wir werden unseren rechtmäßigen Platz unter den Menschen zurückerobern. Geht hinaus und fordert euer Geburtsrecht ein. Der Rote sei mit euch! Ari-sūdana!"

"Ari-sūdana!", stimmten die Krieger gedämpft in den Schlachtruf ein.

Man wusste nie, ob noch andere Wächter in der Nähe waren. Aber niemand hörte die Edfunier singen. Die bewusstlosen Zitadellenwachen wurden zurückgelassen, als sich die riesigen Krieger - unsichtbar - in der Dämmerung auf den Zitadellenhügel begaben.

Der Hohepriester von Schuruk hätte keinen besseren Zeitpunkt für sein Vorhaben wählen können.

▷▷▷3 DURCHBRUCH ZU DEN BERMUDAS

"Miami, bitte reinkommen. Hören Sie mich? Hören Sie mich?"

Wieder kam keine Antwort aus dem Tower, nur ein Rauschen. Seit seine Cessna unerwartet in eine Sturmfront über der Karibik geraten war, hatte Kapitän Greg Pearson, ein erfahrener Pilot der Transaviac Charterfluggesellschaft, versucht, den Flughafen von Miami über Funk zu erreichen. Er hasste es, nicht die volle Kontrolle über sein Flugzeug zu besitzen. Dunkle Wolken wirbelten um sie herum, und nicht einmal bei den häufigen Blitzen konnte man etwas sehen. Die Sicht war immer noch gleich Null.

Kapitän Pearson fuhr sich nervös mit der Hand durch sein kurzes graues Haar. So etwas hatte der Pilot noch nie erlebt.

"Hier spricht Ihr Kapitän. Bitte bleiben Sie sitzen und schnallen Sie sich an. Ich möchte nichts anderes durch die Luft fliegen sehen als dieses Flugzeug."

Er hatte anfangs über die Sprechanlage ein paar ermutigende und sogar lustige Bemerkungen gemacht. Inzwischen war ihm jedoch eher danach, dieses verdammte Ding anzuschreien, das sich seines Flugzeugs bemächtigt hatte. Sechs Passagiere waren auf den Bermudas den Flug gechartert und hatten dies für einen Glücksfall gehalten.

Die reguläre Maschine, die um 7:25 Uhr von Hamilton nach Miami fliegen sollte, war mit einem mechanischen Problem liegen geblieben. Der Ozean war ruhig und glitzernd dagelegen, als das winzige, surrende Flugzeug sie über den blauen Morgenhimmel trug.

Die Passagiere bedauerten ihre Ungeduld allerdings sehr, als aus dem Nichts heraus ein Sturm aufzog

"Miami bitte reinkommen. Mayday!" brüllte der Kapitän in das Funkgerät. "Mayday!"

Die Antwort bestand nur aus Statik. Ein zischendes Geräusch, das nicht von der Ausrüstung des Flugzeugs stammte, war seltsam auf- und abgeklungen. Keines der Instrumente hatte seit dem Beginn der Turbulenzen funktioniert, doch sie waren glücklicherweise nicht ins Meer gestürzt. Die Cessna schien einfach nur zu gleiten, während die starken Winde an den Tragflächen zogen und zerrten. Auf einmal verwandelten sich die Blitze und die wirbelnden dunklen Wolken in einen dichten Nebel. In einen dichten ungewöhnlich dunklen Nebel. Das Ruckeln hörte auf. Sie waren immer noch in der Luft, nicht wahr? Aber wo?

"Betsy, halten Sie sie ruhig. Schenken Sie Champagner aus oder was immer sie wollen, aber halten Sie sie ruhig", hatte er zu Betsy Fuller, der Flugbegleiterin, zu Beginn gesagt. Betsy hatte entschlossen ausgesehen und sich sofort an die Arbeit gemacht.

Sie war eine temperamentvolle Frau mit schwarzen Haaren, die sie unter der kecken Stewardessenkappe zu einem festen Dutt gebunden hatte.

Dies würde nicht ihr letzter Flug bleiben, wenn sie etwas damit zu tun hatte. Schliesslich brauchten Jamal und Jerome, die dreijährigen Zwillinge zu Hause in St. Petersburg, ihre Mutter.

"Hier ist Ihre Bloody Mary, Sir." Betsy Fuller stellte das Glas mit dem roten Cocktail auf dem Klapptisch ab.

Lafayette Thomas, ein Bauingenieur aus Ohio, schien zu schlafen und lehnte mit seinem Kopf gegen das Fenster. Sie ließ ihn zufrieden. Ein britischer Historiker, Dr. Peter Spencer, und sein Sohn Scott saßen starr und aufrecht da, mit kreidebleichen Gesichtern. Die anderen Passagiere saßen auch nur da und starrten vor sich hin, wohl in Erwartung eines unvermeidlichen Absturzes. Sauerstoffmasken waren noch nicht nötig, aber die Passagiere trugen schon ihre gelben Schwimmwesten. Betsy Fuller war selbst im Angesicht einer solchen Gefahr effizient und hatte dafür gesorgt.

"Champagner, Sir?"

"Champagner? Ist etwas nicht in Ordnung? Wie lange müssen wir das denn noch ertragen?" fragte Dr. Spencer ängstlich.

"Sir, es wird schneller vorbei sein, als Sie denken." Das Flugzeug schlingerte und Betsy musste sich an einer Kopfstütze festhalten.

"Waren Sie denn schon einmal bei einem solchen Wetter unterwegs?"

"Oh ja, Sir, viele Male", log die Stewardess. "Und wie Sie sehen, bin ich immer noch hier." Sie schenkte dem Historiker ein Glas Champagner ein und gab seinem Sohn eine Cola. Das seltsame Zischen hörte abrupt auf.

"Ha, geben Sie mir auch ein bisschen Sekt!" brüllte ein halb betrunkener Fluggast hinten. "Warum nicht das gute Zeug trinken, wenn wir sowieso sterben müssen?" Er lachte hysterisch.

"Mayday, Miami, hören Sie mich?" Kapitän Pearson versuchte erneut, Kontakt mit dem Flughafen aufzunehmen, aber das Rauschen war einer Totenstille gewichen. "Toll, das hilft uns weiter!"

Die beiden Triebwerke sprangen wieder an, aber es war zu gefährlich, eine blinde Notlandung zu riskieren. Alles, was der Kapitän tun konnte, war, das Flugzeug gerade über dem Wasser zu halten. Dann sah er Lichter unten. Könnten es Sterne sein, die sich im Meer spiegeln?

Aber das Unglaubliche war, daß nun Land durch den sich lichtenden Nebel auftauchte und die Lichter waren dort auf dem Land! Seine Freude schlug gleich in Bestürzung um. Es sollte noch gar kein Land geben. Nicht in der Sargasso See, es sei denn, die Wucht des Sturms hatte sie völlig vom Kurs abgebracht. Dann lichtete sich der Nebel und Betsy kam ins Cockpit hinein. "Kapitän, was ist denn hier los?"

"Etwas sehr Seltsames, soviel steht fest. Da unten ist Land, aber ich habe keine Ahnung, wo wir sind."

"Warum ist es denn draußen dunkel? Es kann doch noch

nicht so spät sein. Verflixt, meine Uhr funktioniert nicht mehr."

Eine Mondsichel hob sich gegen den Sternenhimmel ab. Kurz vor dem Sturm war es helllichter Tag gewesen. Sie hatten die Bermudas um Punkt 9:15 Uhr verlassen. Der Kapitän schaute auf seine Uhr. Sie war um 11:12 Uhr am 28. Mai stehen geblieben.

"Werden Sie eine Notlandung versuchen?" Betsys Stimme zitterte.

"Ohne Instrumente? Da ist das Risiko zu groß. Wir haben noch genug Treibstoff im Tank und sollten einfach weiterfliegen, während ich wieder versuche, den Kontakt herzustellen."

"Was soll ich den Passagieren sagen? Sie stellen so viele Fragen."

"Sagen Sie ihnen, daß alles in Ordnung ist. Wir sind nur durch den Sturm ein bisschen vom Kurs abgekommen."

Doch bevor Kapitän Pearson den nächsten Flughafen kontaktieren konnte, schalteten sich die Instrumente wieder von alleine ein. Sie blinkten und piepsten und der Kapitän versuchte, sie zu bedienen, aber es war, als hätte ihn jemand am Steuer abgelöst.

Das Fahrwerk fuhr aus und einige Minuten später setzte die Cessna auf einer beleuchteten Landebahn auf. Sie hatte im Anflug nur knapp zwei kegelförmige Gebäude verfehlt. Die Passagiere klatschten, aber kaum war das Flugzeug gelandet, kamen Menschen aus den Gebäuden gelaufen. Recht große Menschen - in langen weißen Gewändern...

*

Als wäre der Diebstahl des "Sprechenden Steins" nicht schon beunruhigend genug gewesen, musste sich die Lady von Kamûk nun auch mit einem weiteren unerwarteten Problem befassen. Ein lauter Knall hatte die nächtliche Stille östlich von D'ântilla zerrissen. Etwas war vom Himmel gestürzt, es gab aber weder ein Feuer noch fliegende Trümmer zu sehen, und das Observatorium hatte auch keinen nahenden Himmelskörper entdeckt.

Thermodetektoren durchsuchten daraufhin das Gebiet zwischen Jamba, wo sich die größte Schneehuhnfarm von D'ântilla befand, und der Ostküste der Insel.

"Die Detektoren haben kurz darauf mehrere Personen in einer geflügelten Metallmaschine - vermutlich ein Vimaan - entdeckt, die übelriechende Dämpfe ausstieß", berichtete der zuständige Wissenschaftler.

"Der Vimaan wurde zu Jamba's selten genutzter Landebahn teleportiert. Bei näherer Betrachtung stellte sich dann heraus, dass dieses laute und stinkende Flugobjekt kein gewöhnlicher Vimaan ist. Die fünf Männer, eine Frau und ein Kind schienen sich vor den Rettungskräften zu fürchten. Ich kann Ihnen aber versichern, ehrenwerte Lady, dass die diensthabenden Gabari für solche Notsituationen bestens ausgebildet sind."

Thujan war ein sehr ernster Mann mit langem, grauem Haar, der mit Autorität sprach.

"Interessant." Die Lady von Kamûk hörte ihm aufmerksam zu. Sie ging neben dem Wissenschaftler in Richtung des fremdartigen Vimaan auf einen der Hangars des Flughafens zu. "Sehr interessant." Sie war nach Jamba gekommen, um das Flugobjekt und seine Passagiere zu besichtigen, und ihr Verdacht bestätigte sich bald.

"Die Versuche, mit den Passagieren zu kommunizieren, waren fehlgeschlagen. Sie scheinen nicht einmal eine zivilisierte Sprache zu verstehen. Wir haben daher beschlossen, sie mit Schlafgas zu betäuben, um eine Panik zu verhindern."

"Es ist also wieder einmal passiert, Thujan." Die Lady von Kamûk blickte durch das große Frontfenster des Fahrzeugs auf den schlafenden Piloten. "Was sollen wir jetzt tun?"

"Es gibt keinen Zweifel, ehrenwerte Lady. Der Vimaan stammt aus einer anderen Zeitepoche. Die kosmische Strahlenkanone wurde gestern getestet, und wie schon zuvor, wurden Objekte aus einer anderen Dimension dadurch angezogen und durchquerten bedauerlicherweise die Barriere von Raum und Zeit. Die neue Strahlenkanone könnte zu stark sein. Der plötzliche Energieschub muss zu unregelmäßigen Fluktuationen im Kontinuum führen. Genau wie früher schon." Der Wissenschaftler spielte auf einen Vorfall vor zwei Mondphasen an, als plötzlich drei Fischerboote in der Nähe von Kamûk auftauchten und dort für Aufsehen sorgten.

"Die jüngsten Verbesserungen haben also nicht geholfen."

"Es tut mir leid, Lady, aber so es scheint es zu sein. Wir werden uns mehr anstrengen müssen."

Alle Hafenmeister und Flugplatzkommandanten waren verpflichtet, jede ungewöhnliche Sichtung zu melden und D'ântillianer war bislangr nur einmal, vor langer Zeit, Zeuge eines solchen Ereignisses geworden.

Als die Lady noch ein junges Mädchen in der Zitadelle von Lycia war, starb das letzte Mitglied einer elfköpfigen Schiffsbesatzung. Deren Schiff hatte in den frühen Morgenstunden eines schicksalhaften Tages vor fast einem Bündel an Jahren die Raum-Zeit-Barriere durchbrochen.

Das Schiff wurde erst zwei Tage später gefunden, was eine Umkehr der Überquerung unmöglich machte. Die Seeleute litten zwar unter Heimweh, waren aber schließlich zu der Überzeugung gelangt, daß göttliches Eingreifen sie davor bewahrt hatte, in ihrer eigenen Zeit einem grausamen Krieg ausgesetzt zu sein. Dies war Dank einer minimalen Korrektur ihrer Erinnerungen im "Haus des Lebens" möglich gewesen.

"Wir müssen diesen Vorfall geheim halten, Thujan."

"Ja, Lady. Beim letzten Mal wurde gemunkelt , daß sich das ewige Eis auf dem Kontinent Annwynn am Ende der Welt gehoben haben könnte, um die armen, leblosen Seelen der Toten freizulassen. Das ist doch vollkommen lachhaft." Der Wissenschaftler ereiferte sich.

Die Lady von Kamûk schüttelte den Kopf. "Aberglaube kann hier zum Problem werden. Es ist das Beste, solche Reaktionen diesmal zu vermeiden."

"Beim letzten Mond ist es uns gelungen, die Fischerboote in ihre eigene Zeit zurückzuschicken. Es besteht daher Hoffnung, dass im Schutze der Nacht keine übermäßige Aufmerksamkeit erregt wurde."

"Dann lasst es uns so machen wie damals. Bis zum Tagesanbruch sollte noch genug Zeit für eine Umkehrung sein." Die Lady blickte zum Sternenhimmel hinauf. Hier draußen war es so friedlich.

"Verehrte Lady, es gibt keinen Grund, warum dies nicht möglich sein sollte. Das Zufalls-Zeitportal hat sich noch nicht geschlossen. Wir haben die besten Aussichten auf Erfolg. Je früher dies nach der Durchquerung der Objekte stattfindet, desto besser. Sonst schließt sich das Portal wieder und der ursprüngliche Bezugspunkt geht verloren."

"Dessen bin ich mir bewusst, Thujan. Wenn das Verfahren scheitert, könnte das Objekt in Zeit und Raum verschwinden. Dann lasst uns unverzüglich damit beginnen."

Beide wurden gemeinsam mit dem Flugobjekt, das in ihren Luftraum und ihre Zeit eingedrungen war, per Teleporterstrahl zur Sternwarte in den Iapetusbergen transportiert.

Thujan und sein Team von Wissenschaftlern machten sich sofort an die Arbeit. Später fand er die Lady draußen, wie sie den ersten Sonnenschein am östlichen Horizont betrachtete. "Wir waren in der Lage, den genauen Kreuzungspunkt zu berechnen. Ich freue mich, Ihnen mitteilen zu können, daß die Umkehrung sofort stattfand und erfolgreich war, ehrenwerte Lady." Er verbeugte sich ein wenig und die Lady von Kamûk seufzte erleichtert.

"Der Erdmutter sei gedankt. Wir sollten uns nun ein wenig ausruhen, bevor der Morgen anbricht."

Die Lady ging zu dem wartenden Zitadellenvimaan hinüber und war bald auf dem Weg in die Stadt, wo eine weitere schlechte Nachricht auf sie wartete.

Trevor, Chryséis und Katherine hatten, wie die meisten der D'ântillianer, von dem nächtlichen Vorfall mit dem Flugzeug nichts mitbekommen. Ein anderes Ereignis erregte jedoch die Aufmerksamkeit aller Einwohner, als die Hafenstadt am Morgen eines weiteren geschäftigen Tages erwachte.

Die Nachricht, daß der 'Sprechende Stein von Caradoc' aus der Zitadelle gestohlen worden war verbreitete sich wie ein Lauffeuer. Ungeheuerlich! Ein wertvoller Sprechender Stein gestohlen! Der tragische Verlust von zwei Hafenwächtern wurde ebenfalls gemeldet. Man hatte sie seit der voherigen Nacht nicht mehr gesehen. Und zu guter Letzt waren auch noch zwei Gabari-Angestellte in der Zitadelle verschwunden.

Die Zeitreisenden erfuhren während des Frühstücks von dem Diebstahl. Bei Sonnenaufgang, als das Verbrechen entdeckt wurde, hatten die Wachen im Audienzsaal der Lady sofort Alarm geschlagen, jedoch hatten sie weder etwas gesehen noch gehört oder gefühlt. Kheton bestätigte dies auch nach einer kurzen Untersuchung. Aber es gab keinen Zweifel daran, wer hinter dem Komplott steckte.

"Diese Edfunier meinen es ernst!" Katherine bearbeitete ein gekochtes Harpie-Ei. "Die sind ja wirklich scharf auf diesen Sprechenden Stein."

"Das sind wirklich schlechte Neuigkeiten. Ich frage mich, was die Lady jetzt tun wird." Chryséis sah von ihrem Mango-Kompott auf.

"Wenigstens können sie diesmal *uns* nicht verdächtigen."

"Ich dachte, wir würden den Stein jetzt bald mal sprechen hören."

"Oh Trevor, als ob." Katherine war noch immer skeptisch.

"Ich bin sicher, da ist was dran an der Sache."

"Klar ist da was dran. Aber warum hat der Stein den nicht geschrien, als er gestohlen wurde? Das hätte ja wenigstens was gebracht."

Was sie noch nicht wussten, war , daß der 'Sprechende Stein' dank eines geheimen Peilsenders bald gefunden wurde. Der Mondstein bewegte sich auf einer alesischen Handelsnavis Richtung Norden, aber der Kapitän des Schiffes reagierte nicht auf die Gedankenübertragung. Offensichtlich war es der Plan, vor Einbruch der Nacht die Ruta Ynis-Insel zu erreichen und danach über das Saturnmeer nach Edfun zu gelangen. Die D'ântillianer mussten also schnell handeln.

Wenn der unschätzbare Stein nach Schuruk gebracht wurde, war es nahezu unmöglich, ihn wieder zu finden.

Bald stand Kapitän Thëlamôn vor der Lady von Kamûk.

"Thëlamôn, alter Freund, du musst deine Pläne ändern."

Die 'Navis Arion' war nämlich nicht nur ein Handelsschiff, sondern auch ein gut ausgestattetes, Schnell-Schiff, das dazu ausgewählt worden war, die wichtigen Passagiere aus Sydonia zu beschützen. Kapitän Thëlamôn war ein ehemaliger d'ântillianischer Seelord. Er gehörte zu den verbündeten Ratgebern, die die Lady von Sydonia während des jüngsten Konflikts mit Edfun beraten hatten.

"Wie Ihr wünscht, ehrenwerte Lady. Man ist froh, Euch zu Diensten zu stehen."

"Der Ältestenrat hat entschieden. Da ihr viel Erfahrung habt, fiel die perfekte Wahl auf euch, um den 'Sprechenden Stein von Caradoc' von den Edfuniern zurückzuholen. Die Besatzung des Handelsschiffs wird gegen Marinesoldaten ausgetauscht werden. Aber mehr als ein Schiff könnte zu viel Aufmerksamkeit erregen, ihr seid daher auf euch allein gestellt. Die Sydonier werden euch begleiten."

"Ich werde das Schiff vorbereiten. Wir können auslaufen, sobald Sie den Befehl dazu geben. Aber die Kinder, ehrenwerte Lady…"

"Ich habe meine Gründe, Thëlamôn. Liefere die Sidonier heil in Atland ab." Der Kapitän verbeugte sich respektvoll und verließ den Raum.

Die Zitadelle verbreitete währenddessen irreführende Geschichten, um mögliche Spione auf die falsche Fährte zu locken, während der Einsatz vorbereitet wurde.

Daß die Suche aufgegeben worden sei, weil es keine Chance mehr gab, den Stein zu finden, daß eine Delegation nach Alesia geschickt worden sei, und daß eine Armee auf dem Weg nach Schuruk sei, um den Krieg zu erklären, und dergleichen mehr. Die Ältesten wussten natürlich, daß rutische Elfen sehr launenhaft sein konnten. Elfinûr, die Königin der Elfen, musste deshalb mit einem würdigen Geschenk dazu veranlasst werden, ihnen bei ihrem Anliegen zu helfen.

Eine kleine Harfe aus gelbem Singholz war dazu bestens geeignet, da sie für Elfen ein ganz besonderes Instrument war. Während die Vorbereitungen in Windeseile vor sich gingen, rief die Lady von Kamûk die sydonischen Besucher zu sich.

"Ich gebe zu, daß ich die Position der Lady von Sydonia in dieser Sache nicht ganz verstehe, aber sie hat darum gebeten, daß die Kinder euch die ganze Zeit begleiten sollen," meinte sie.

"Die gute Lady zweifelt also nicht daran, daß wir den Sprechenden Stein wiederfinden werden," sagte Lelani.

Die Lady von Kamûk seufzte. "Ich selbst bin nicht damit einverstanden, daß Kinder in eine mögliche Schlacht verwickelt werden. Was ist Eure Meinung dazu, verehrter Jungdelegierter?" Als ihr Vormund musste Kheton im Namen der Zeitreisenden sprechen. "Ich beuge mich den Wünschen meiner Herrscherin", sagte er.

Nor vor der Mittagszeit hatte die *Navis Arion* bereits die hohe See nördlich von D'ântilla erreicht und raste auf Ruta Ynis zu.

Und die Zeitreisenden waren mit an Bord.

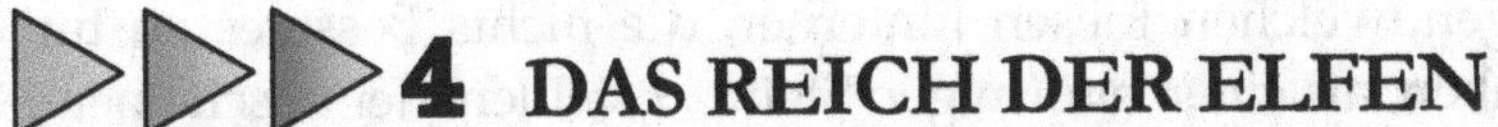

4 DAS REICH DER ELFEN

Kheton hatte die Kinder gebeten, unter Deck zu bleiben, da das Schiff nun praktisch über das Atlantische Meer flog. Zum Glück fühlten sich weder Chryséis noch Trevor seekrank wie zuvor.

Katherine hatte sowieso nie Probleme damit. Ihr Onkel Harold lebte auf der Isle of Man und lud die Familie ab und zu zu einem Ausflug auf seiner Jacht ein. Nach dem ersten Segeltörn war Katherine nie wieder seekrank gewesen.

"Dieser 'Sprechende Stein' muss ja ganz was Besonderes sein, wenn sie ihm so hinterher rasen," meinte Trevor.

"Ich glaube, mittlerweile ist das ja klar wie Kloßbrühe," erwiderte Katherine. "Was ist da so wichtiges daran? Steine haben doch weder einen Verstand - noch Lippen."

"Warum sind dann alle so scharf drauf, dieses Ding in die Finger zu kriegen?"

"Vielleicht kann der Stein ja tatsächlich sprechen," warf Chryséis ein. "Ich habe in einem Geschichtsbuch was von flüsternden Steinen und sogar von sich bewegenden Steinen gelesen". Aber sprechende Steine wurden darin nicht erwähnt."

"Sich bewegende Steine? Das muss doch eine Art Trick sein," meinte Trevor dazu.

"Was für ein Trick ist das denn, einen riesigen, mit Metallbändern festgeschnallten Felsbrocken nachts von einer Insel zur anderen zu transportieren?" fragte Chryséis.

"Weiß ich nicht, aber irgendwie klingt das beeindruckend," erwiderte Katherine.

"Du glaubst also tatsächlich an dieses Zeug?" spottete Trevor.

"Warum denn nicht?"

"Weil es keinen Sinn macht."

"Und eine Insel, auf der Elfen leben. Das macht wohl Sinn?"

Trevor grinste. "Soll das ein Witz sein? Natürlich tut es das."

"Oh, du machst mich wütend! Warum jagen wir denn

irgendwelchen Riesen hinterher, die nichts Besseres zu tun haben, als einen eiförmigen Stein zu stehlen, der anscheinend sprechen kann?" Chryséis schüttelte heftig den Kopf.

"Ich finde, sie sollten Schuruk einfach mit der Strahlenkanone zerstören und Schluß damit."

"Ja Trevor, das hört sich sehr zivilisiert an."

"Was ist das nur immer mit Jungs und Waffen?" Chryséis rollte mit den Augen, aber Trevor ignorierte sie.

"Das erinnert mich daran... daß wir Alun von der Strahlenkanone und dem Stein und so weiter erzählen sollten."

"Warum versuchst du's zur Abwechslung nicht mal selbst mit der Telepathie, Trev?" Chryséis. "Dann kannst du ihm erzählen, was du machen würdest, um die Welt zu retten."

Trevor zuckte nur mit den Schultern und ließ es dabei bewenden. Sie setzten sich auf eine schmale Couch in der Hauptkabine. Durch drei große Têrakhon-Fenster hatte man einen fast panoramischen Blick auf das Meer. Ein anderes Schiff kam aus östlicher Richtung auf sie zu und zog schnell wieder rechts an ihnen vorbei.

"Warum haben sie diesen Stein nicht besser geschützt, wenn er so wichtig ist? Ich meine, die haben doch elektromagnetische Schilde und all sowas", sagte Trevor.

"Vielleicht hat die Lady von Kamûk ja darauf gewartet, daß der Stein mit ihr spricht. Und das kann er nicht tun, wenn elektromagnetische Schilde in der Nähe sind," schlug Chryséis vor. "Vielleicht ist es ihnen deshalb überhaupt erst gelungen, ihn zu stehlen."

"Oder jemand hat den Dieben dabei geholfen."

Die Sonne senkte sich tiefer in den westlichen Himmel.

"Es ist schon Nachmittag und die Seeleute sind nach Einbruch der Dunkelheit nicht mehr gerne auf See. Ich frage mich, ob wir diese magische Insel noch rechtzeitig erreichen werden."

"Das sollten wir besser," brummelte Katherine.

Trevor warf einen Seitenblick auf Chryséis, die verträumt die Delfine beobachtete, die in der Ferne auf und ab tauchten. Die

'Navis Arion' war zu schnell für sie, um das Schiff zu begleiten.

"Schauen wir mal." Chryséis schaute auf ihre Uhr. Es war fast 16 Uhr. "Wir haben noch mindestens 3 - 4 Stunden bis zum Sonnenuntergang. Das heißt, wir haben noch etwas Zeit."

"Stimmt deine Uhrzeit eigentlich noch? Oder sind wir schon zu weit im Osten?" fragte Trevor.

"Gute Frage, aber um das zu berechnen bräuchte ich ein wenig Zeit. Und einen festen Aufenthaltsort."

"Mhm. Was machen die Edfunier eigentlich auf dieser Ruta-Ynis-Insel?"

"Vielleicht sind sie ja direkt dran vorbei nach Edfun gesegelt," warf Katherine ein.

"Oder vielleicht ist die Elfenkönigin ja auch in den Diebstahl verwickelt", meinte Trevor und knabberte an einer großen weißen Nuss aus einer Têrakhon-Schale. Leckeres Reisefutter mit den Komplimenten der Lady von Kamûk.

"Das glaube ich nicht, Sherlock und wahrscheinlich ist es zu gefährlich, nach Einbruch der Dunkelheit dorthin zu segeln."

"Ja, richtig. Die Ungeheuer des Meeres", spottete Trevor und summte die Titelmusik des Films 'Der weiße Hai'.

"Witzig."

"Es muss einen guten Grund dafür geben. Niemand scheint wirklich nach Ruta Ynis zu wollen."

"Alles ging so schnell. Gestern waren wir noch in Alesia und jetzt jagen wir Edfuniern wegen eines Steins ins Elfenreich hinterher. Da soll mal einer mitkommen!" Katherine wechselte das Thema.

"Ja, da soll mal noch einer mitkommen," murmelte Chryséis und bewunderte weiter das goldene Sonnenlicht auf dem Meer. "Denk mal darüber nach. Elfen! Wer hätte das gedacht?"

Katherine stülpte sich die Kopfhörer über die Ohren und summte zu den Klängen ihrer Lieblings-CD.

Fünf Minuten später kündigte ein wiederholter Ruf Land an. "Terreis! Terreis!" Eine dünne, grüne Uferlinie kam immer näher und wurde zu einem dichten Wald. Sie verlangsamten ihr Tempo, und schon bald ankerte die 'Navis Arion' in einer abgelegenen Bucht in Sichtweite des kiesbedeckten Ufers.

Das edfunische Schiff lag an der Westseite der Bucht vor Anker. Ein Ruderboot mit bewaffneten Männern wurde losgeschickt, um die Lage zu erkunden.

"Das Schiff ist verlassen, Kapitän. Niemand ist an Bord und auch kein 'Sprechender Stein'", meldeten die vier Männer nach kurzer Zeit.

"Sie sind also an Land. Dann haben wir keine Zeit mehr zu verlieren."

Der Kapitän befahl, ein weiteres Boot bereit zu machen. "Wir müssen vorsichtig vorgehen. Elfen können unberechenbar und langfingrig sein. Es ist besser, wenn sie uns sehen, lange bevor wir sie sehen."

"Nimm die Kamera besser nicht mit", warnte Chryséis Trevor, der ein paar Dinge in seiner Mondtasche sortierte.

"Warum nicht? Meinst du nicht, daß es toll wäre, Bilder von Elfen zu machen?"

"Wir haben nur diese eine Kamera, und Kapitän Thëlamôn sagte, daß die Elfen gerne Sachen stehlen."

"Sie ist so klein, daß sie in meine Hemdtasche passt. Ich kann ja ein Loch in die Tasche schneiden. Sie werden sie garnicht sehen."

Chryséis zuckte mit den Schultern. "Na gut, dann nimm sie mit. Pass nur gut darauf auf."

Minuten später saßen die drei mit Kheton, dem Kapitän, Lelani und zwei der Crewmitglieder in einem Boot und ruderten auf den Strand zu. Lelani trug ein kornblumenblaues Kleid für das Treffen mit der Elfenkönigin.

Die beiden Matrosen ruderten, während Kapitän Thëlamôn sie über Ruta Ynis aufklärte. "Bleibt bei der Gruppe und tut, was ich euch sage. Wir müssen wirklich vorsichtig sein."

"Wegen der Edfunier?" wollte Trevor wissen.

"Nein, wegen der Streiche, die die launischen Elfen und

Faune des Waldes gerne Besuchern spielen. Die Satyrn in den westlichen Ebenen sind auch nicht viel besser. Das sind Wildmenschen mit Schwänzen, ein Stamm, der mehr Affen als Menschen gleicht. Sie sind aber scharfsinnig und flink zu Fuß. Sie haben nichts für einander übrig: die Elfen und Satyrn. Wenn wir im Wald bleiben, müssen wir uns um die Satyrn nicht zu kümmern."

Trevor dachte, er wüsste schon alles, was es über die Menschen der Bekannten Welt zu wissen gab. "Die haben Schwänze?"

"Manche sagen, daß sie mit ihren langen Schwänzen überhaupt nicht menschlich sind", fügte einer der Matrosen hinzu, bevor er wieder ins Wasser stieß.

"Die Waldbewohner können nach Belieben erscheinen und verschwinden und unwillkommene Besucher erschrecken."

Der Kapitän inhalierte den Rauch aus einer Meerschaumpfeife, die an seinem Mund hing. Wie die anderen Matrosen hatte auch er sein Haar nach hinten gebunden.

"Sie klingen ja nicht sehr freundlich." Trevor ließ seinen Blick über die bewaldete Uferlinie schweifen, während das Ruderboot in langen Zügen weiter auf den Strand zusteuerte.

"Freundlich? Launisch ist eher das richtige Wort. Elfen und Kobolde leben in Bächen, Bäumen und sogar in Wasserfällen. Die schöne Königin Elfinûr regiert im Palast Arbôlimar, von dem man sagt, er sei mit Zaubern versehen.

Man munkelt, daß ihre wahre Liebe, der tapfere Seemann Talariêl, über die sieben Meere segelte und nicht wieder zu ihr zurückkehrte. Sie wartet immer noch auf ihn, um ihn zu ihrem Elfenkönig zu machen. Obwohl er gar kein Elf ist. Sie ist deswegen wohl ein wenig närrisch geworden."

"Oh, das ist so traurig", seufzte Lelani. "Verlorene Liebe."

"Na toll. Nicht nur eine Elfenkönigin, sondern auch noch eine verrückte", sagte Trevor.

"Man muss aufpassen, daß man den Kristallwein, der in ihrem Palast serviert wird, nicht anrührt. So mancher gute

Seemann war schon für die Welt verloren, nachdem er ihn getrunken hatte. Als er wieder aufwachte, war sein Schiff längst weg", sagte der andere Seemann und zog weiter an seinem Ruder.

Bald erreichten sie das Ufer. Das Boot knirschte auf die Kieselsteine hinauf und die Kinder sprangen heraus, wobei das Wasser gegen ihre Beine platschte.

"Ah, da ist der Weg, genau wie ich ihn in Erinnerung hatte", sagte der Kapitän und deutete auf eine Öffnung zwischen den Bäumen in der Nähe des Strandes. "Daimon und Fenrik. Ihr beiden bleibt beim Boot zurück. Die Elfen wagen sich nur selten aus dem Wald heraus, aber die Edfunier könnten noch in der Nähe sein. Wir nehmen die hier mit."

Er hob etwas auf, das wie kurze Hockeyschläger aussah, gab einen davon Kheton und hängte den anderen an seinen breiten Gürtel. Lelani trug die kleine Harfe aus gelbem Singholz, das besondere Geschenk für die Elfenkönigin.

"Dann lasst uns mal zugehen", sagte Chryséis entschlossen und marschierte dicht hinter Kapitän Thëlamôn über die Kieselsteine weg.

Sie bahnten sich ihren Weg um glatte Felsbrocken herum, bis ihre Füße den weichen, mit Blättern bedeckten Waldboden berührten. Das Geräusch von rieselndem Wasser führte sie zu einem moosbewachsenen Steinbrunnen im Schatten neben dem weißen Steinweg. Kheton setzte sich auf den breiten Rand und wollte seine Hand spielerisch in das glitzernde Wasser tauchen, doch der Kapitän hielt ihn zurück. "An deiner Stelle würde ich das Wasser nicht anfassen. Es könnte dich in einen Bann ziehen."

Kheton zog seine Hand wieder zurück. Große rote Blumen wuchsen zwischen üppigen Farnen und zogen Katherines Blick auf sich.

"Seht nur, wie schön diese roten Blumen sind", staunte auch Lelani. Sie gingen langsamer, um Blumen für ihre Haare zu pflücken.

"Der Palast ist nicht weit von hier entfernt", sagte Kapitän Thëlamôn und betrachtete den Weg. "Wir werden zu zweit gehen und die anderen nie aus den Augen lassen. Nehmt euch vor den Elfenwachen in Acht. Denkt daran, daß sie versuchen werden..."

"Kapitän, Kapitän!" rief Kheton und alle drehten sich zu ihm um. "Lelani ist verschwunden!"

"Und wo ist Katherine?" Chryséis sah sich um. "Sie sind beide weg!"

"Die Elfen müssen sie weggelockt haben", rief Kheton und schüttelte den Kopf. Der Gedanke, daß seiner geliebten Lelani etwas gezustoßen war, machte ihm Angst.

"Immer dieser Unfug! Nur Mut, Athenai, nur Mut!" Kapitän Thëlamôn dachte kurz über die neue Situation nach. "Sendet Lelani einen Gedanken und fragt, wohin man sie gebracht hat. Wir werden wohl mit den schlauen Elfenwächtern über ihre Freilassung verhandeln müssen."

"Werden sie uns denn helfen?" fragte Kheton besorgt.

"Die Elfen mögen keine unzivilisierten Gabari und wissen sicher schon, warum wir hier sind. Sprich jetzt mit deiner Frau."

Kheton konzentrierte sich auf eine einzige stille Frage in seinem Kopf und die Antwort kam auch prompt.

"Sie sind auf einer Lichtung im Wald, am Ende dieses Weges", verkündete er.

"Ich habe Angst. Was haben sie bloß mit Katie getan, diese blöden Elfen? Wir müssen sie schnell wiederfinden." Chryséis zitterte, als sie Kheton und Kapitän Thëlamôn hinterher eilten.

"Ja, das müssen wir. Komm, geh' schneller."

"Ich wünschte, ich hätte meine Musik dabei, dann hätte ich nicht so viel Angst."

"Chris, hör zu: wir werden Katie finden, den Stein zurückholen und uns dann wieder auf den Weg machen."

"Ja, das werden wir," sagte Chryséis tapfer.

Sie blickte auf und sah eine große gelbe Schlange, die es sich auf einem verschlungenen Ast direkt über ihnen bequem gemacht hatte.

Die Schlange war neugierig und streckte ihren Kopf herunter, um einen besseren Blick zu erhaschen. Chryséis stieß einen dumpfen Schrei aus und sprang vor Überraschung zurück. Die anderen gingen einfach weiter. Niemand schien etwas bemerkt zu haben! Also hatte sie keine andere Wahl, als sich zusammenzureißen und vorsichtig unter dem Ast hindurchzugehen, um Trevor einzuholen.

Als sie über ihre Schulter blickte, hing die Schlange immer noch mit ausgestrecktem Kopf da und starrte ihr nach. Chryséis lief es kalt den Rücken hinunter und sie ging schnell weiter.

"Komm schon, die anderen sind uns weit voraus. Katherine sagt, wir kommen immer näher." Trevor war stolz darauf, daß er sich durch Gedanken mit Katherine verständigen konnte.

"Das ist großartig, Trevor. Hast du nicht gesagt, daß du nicht gut bist mit Telepathie und so?"

"Ach, ich weiß auch nicht. Es ist mir einfach so in den Kopf gekommen."

Die Baumstämme um sie herum waren tief zerfurcht und viele von ihnen so groß wie Mammutbäume. Trevor berührte im Vorbeigehen einen Baum. Er schien vor seiner Berührung zurückzuschrecken.

Ein kleiner Waldbach, gesäumt von glitzernden Farnen, gluckerte leise zu ihrer Rechten. Sie eilten weiter, kletterten über Stützwurzeln und sprangen über Pfützen. Eine große Wurzel bildete einen Bogen über dem Pfad und zwischen den spindeldürren Farnen, die den Bach säumten, waberte dünner Nebel auf. Große Spinnennetze wurden durch die winzigen Tröpfchen sichtbar. "Äh, sieh dir das an." Chryséis spürte erneut einen kalten Schauer.

"Das müssen ber ganz große Spinnen sein", sagte Trevor, als sie unter dem Baumwurzelbogen durch gingen.

"Da kriege ich eine Gänsehaut."

"So ein seltsamer Wald. Glaubst du, daß hier irgendwo

Dinosaurier herumlungern?"

"Sei nicht dumm, Trevor Huxley. Hier gibt es doch keine Dinosaurier."

"Aber was ist mit den Tieren auf der Farm und so ...", begann Trevor.

"Hast du nicht gehört, was die Lady von Sydonia gesagt hat? Die wilden Dinosaurier wurden in abgelegene Gebiete gebracht und die Nutztiere sind domestiziert."

Trevor murmelte so etwas wie: "Wie viel abgelegener kann es denn noch werden?"

"Hier gibt es keine Dinosaurier, Schluß und aus."

Trevor hörte auf über das Thema Dinosaurier zu reden. Kein Grund, Chryséis nervös zu machen. Sie könnte ausserdem wieder in die Zukunft zurückwollen, wie vorher schon. Es drang nur wenig Sonnenlicht durch das breite Blätterdach. Chryséis sah noch einmal auf ihre Uhr. Es war erst etwa eine Stunde vergangen, seit sie mit dem Ruderboot am Strand gelandet waren.

Beeilt euch, Leute, ich kann mich nicht bewegen! stöhnte Katherine. Trevor und Katherine starrten sich gegenseitig an.

"Hast du das gehört?" fragte Chryséis.

"Ja. Katherine ist in Gefahr. Warum kann sie sich nicht bewegen? Wir müssen uns beeilen!" drängelte Trevor.

"Halte durch, wir kommen!' dachte er an Katherine.

Auf einmal hallte ein ohrenbetäubendes Gekreische von den Bäumen herunter. Eine Horde kleiner Affen, die flauschig und weiß aussahen wie Gespenster, flog von Ast zu Ast. Sie kletterten einen nahen Baumstamm hinunter, stürzten sich durch das Unterholz und waren bald wieder verschwunden.. Aufgeschreckte Laubfrösche segelten mithilfe von Schwimmhäuten zwischen ausgestreckten Fingern und Zehen aus luftiger Höhe hinab.

Ein grüner Frosch mit weißen Ringen auf seinem Rücken landete direkt neben Chryséis. Sie schrie erschrocken auf und schlug mit den Händen derart um sich, daß selbst Trevor fast umfiel. "Pass doch auf, Chris! Das ist ja nur ein Frosch!"

"Nur ein Frosch?! Er hat mich nahezu angesprungen." Ihre Augen waren vor lauter Schreck ganz geweitet.

"Fass ihn nicht an, sonst bekommst du noch Warzen", lachte Trevor.

"Vielen Dank auch, mach dich nur lustig über mich."

Die beiden Männer vor ihnen drehten sich um, um zu sehen, was es mit der Aufregung auf sich hatte. "Geht weiter, Athenai", rief der Kapitän. "Wir haben keine Zeit zu verlieren."

Gerade als es so schien, als ob der Wald nicht noch dunkler werden könnte, weitete sich der Weg zu einer Waldlichtung aus. Schummeriges Sonnenlicht warf schattige Muster auf das Gras und der feuchte Geruch des Waldes machte dem Duft von Wildblumen Platz. Libellen standen über dem kleinen Waldbach still in der Luft, der fröhlich über Steine plätscherte,.

"Da sind drüben Katherine und Lelani!" rief Chryséis und lief los.

Zwei Gestalten standen stocksteif in Flughaltung auf der Mitte des Weges. Eine lilafarbene und eine kornblumen-blaue. Die kleine Singholz-Harfe lag zu Lelanis Füßen.

"Wer geht denn da?", fragte eine weinerliche Stimme.

Im nächsten Moment tauchte wie aus dem Nichts ein Elf in zerfledderter bräunlicher Tracht auf. Er war etwa so groß wie Trevor und durchtriebene dunkelgrüne Augen beobachteten die Ankömmlinge ganz genau.

Chryséis fragte sich, ob er unter seiner grünen Mütze wohl Elfenohren hatte.

"Schelanti, guter Herr Elf, du hast uns aber erschreckt", grüßte ihn Kapitän Thëlamôn in freundlichem Ton.

"Ihr gehört wohl zu diesen beiden hier, was? Versucht ihr, meine schönen rubinroten Blumen zu stehlen?", fragte er herausfordernd und zeigte auf Katherine und Lelani, die noch ein paar gepflückte rote Blüten in der Hand hielten.

Bevor die angekommenen Besucher antworten konnten, waren sie nicht in der Lage, auch nur einen Muskel zu bewegen. Nur der Zauber des Elfen bewahrte sie davor, einfach umzufallen. Aber zum Glück konnten sie noch sprechen.

"Katie, geht es dir gut?" rief Chryséis ihrer Freundin zu.

Katherine antwortete mit einem schwachen "Ja".

Der Elf tanzte um die bewegungsunfähigen Menschen herum und warf Chryséis einen grimmigen Blick zu. "Willkommen, Besucher in Ruta Ynis", sagte er sanft. "Es scheint, wir haben heute viele Besucher hier. Zu viele Besucher! Seid ihr wegen der Gratisblumen gekommen?" Er endete seine kurze Rede mit einem schelmischen Unterton.

"Oh, aber ich vergesse ja meine Manieren. Darf ich mich euch vorstellen, Gump von Ruta Ynis. Gump, der Elf. Manche Leute nennen mich einen Faun, aber eigentlich bin ich mütterlicherseits..."

Der Waldwächter plapperte weiter, bis ein viel kleinerer Elf neben ihm an seinem Ärmel zupfte. "...ähm, der bescheidene Diener Ihrer Majestät Königin Elfinûr und Wächter des königlichen Waldes. Nennt eure Namen und euer Anliegen."

"Sir Gump, ich grüße Euch. Ich heiße Thëlamôn von Kamûk. Das mit den... Blumen tut uns leid. Wir sind im Auftrag der Lady von Kamûk hier, um einen Gegenstand wieder zu holen, den ihr edfunische Diebe gestohlen haben." Der Kapitän hatte etwas ja Erfahrung mit den Elfen von Ruta Ynis.

Trevor wurde abgelenkt. Seine Augen folgten einer lästigen Fliege, die versuchte, auf seiner Nase zu landen.

"Dieser gute Mann hier heißt Kheton von Sydonia. Er ist der Ehemann der jungen Frau hier drüben namens Lelani. Dann haben wir Trevór aus Chicagó und Chryséis aus Ethigevee... und Kathín aus Oxfol", stellte der Kapitän sie höflich vor. "Bitte befreit uns aus Eurem Bann, Herr Elf. Wir wollen Königin Elfinûr von Arbôlimar die Wünsche der Herrin überbringen und sie um ihre Hilfe bitten."

"Nicht so schnell, nicht so schnell, Mensch. Die Lady von Kamûk hat euch geschickt, he?"

Die Augen des Elfenwächters verengten sich und er

kratzte sich an der gerümpften Nase. Kheton wünschte sich, er könnte dasselbe tun. Die Fliege war leider immer noch an ihm interessiert.

"Ja, das ist richtig."

"Ihr gehört nicht zu den dreisten Gabari, die heute durch meinen kostbaren Wald getrampelt sind?" fragte Gump völlig unnötig.

"Nein, die gehören nicht zu uns, Herr Elf."

Der tanzte ein Stück den Waldweg entlang und gackerte. "Nun spenden sie unserem wundervollen grünen Heim ihren Schatten!"

Thëlamôn folgte ihm mit den Augen und verstand. Gump deutete mit dem Kinn auf eine Gruppe junger, stämmiger Bäume, deren Äste sich in alle Richtungen bogen. Die Blätter schienen nervös zu rascheln. "Ist es möglich, daß diese Bäume die riesigen Edfunier sind?"

"Und die Besatzung ihres Schiffes. Man kann nie genug Bäume in einem Wald haben, nicht wahr?", lachte der Elf. "Ha, ha, jetzt sind wir nicht mehr so vorlaut, wie?" Er humpelte mit herausfordernden Gesten auf die jungen Bäume zu. Ein Schaudern ging durch die Äste und ein ängstliches Kribbeln befiel die Besucher.

"Sir Gump, Sie haben doch sicherlich keinen Grund, uns auch in Bäume zu verwandeln..." argumentierte Kapitän Thëlamôn, der um ihre Sicherheit besorgt war. "Wir sind hier, um die ehrenwerte Königin zu sehen..."

"Habe ich denn keinen Grund? Manche bereuen es bald, jemals einen Fuß auf Ruta Ynis gesetzt zu haben. Manche wagen es zu fliehen und nehmen unsere Vögel in Käfigen mit, die zu klein für sie sind und die im 'Land der bebenden Erde' ein Vermögen wert sind. Woher weiß ich, daß ihr nicht hier seid, um unsere Vögel und Pflanzen zu stehlen - oder gar unsere Kinder?"

Die Zeitreisenden wussten bereits, daß das "Land der bebenden Erde" Prydhain hieß. Der Kapitän ignorierte den Wutausbruch einfach.

"Wir sind gekommen, um mit eurer guten Königin zu sprechen und haben als Beweis unseres guten Willens eine seltene Singholz-Harfe mitgebracht."

Der Elfenwächter tanzte zu der Harfe hin, die bei Lelanis Füßen lag, und prüfte sie eingehend. Mit einer Handbewegung brachte Gump die jungen Bäume zum Zittern. Als er genug von seinem Spiel hatte, legte er den Kopf schief und lauschte. Es war ganz still. Sogar die Fliege hatte es aufgegeben auf Trevors Nase zu landen.

"Unsere verehrte Königin wird in Kürze bereit sein, Euch zu empfangen. Während wir warten, lasst uns doch ein wenig spielen. Es macht Euch doch sicherlich nichts aus, ein paar harmlose Fragen zu beantworten, so wie es auf unserer schönen Insel üblich ist?"

Trevor versuchte, seinem Blick auszuweichen.

"Wie ich sehe, wollt ihr den Anfang machen, junger Mann ...", Gump schüttelte ihm einem knorrigen Finger zu.

"Emm, nein, eigentlich nicht, ich ..."

Gump fuhr fort und fragte. "Vielleicht kannst du uns sagen, was in der Luft fliegt und zwei Beine hat?"

Oh nein, kein Quiz. Trevor war schrecklich in Quizfragen. Was hat zwei Beine ...?

"Ein Vogel vielleicht?" versuchte Trevor es vorsichtig.

"Ja, ja, ja, ein Vogel, natürlich ein Vogel. Es sei denn, du hast schon einmal einen fliegenden Nepeshai gesehen, was ich gar nicht meinte..."

Der Elf plapperte weiter über das Volk der Nepeshai und wie sehr sie riesigen Schmetterlingen glichen, bis der kleine Elf wieder an seinem Hemdsärmel zog.

"Au weia", seufzte Chryséis und verdrehte die Augen.

Sie war nicht gerade mit Geduld gesegnet und wollte, daß dieser lästige Elf endlich zur Sache kam. Ihr Ohr juckte und es war schon spät.

"Au weia, au weia, was soll das heißen, au weia...he?" Der Elf sprang vor sie hin und blickte Chryséis mit zusammengekniffenen Augen an.

"Au weia bedeutet... bedeutet sehr klug, guter Herr Elf. Ihr seid sehr klug!" Chryséis konnte seinen schalen Beerengeruch riechen, wie er ihr näher kam.

Gut gemacht! lobte Katherine sie telepathisch.

"Sehr klug, hm? Dann lass uns mal sehen, wie schlau du bist."

Chryséis versuchte, nicht allzu ängstlich auszusehen.

"Was fliegt in der Luft und hat vier Füße, hm?"

Chryséis dachte kurz nach und holte dann tief Luft. "Zwei Vögel?"

"Du bist auch ganz schön schlau, nicht wahr, he? Donnerwetter." Er probierte den Ausdruck aus, den Chryséis benutzt hatte. "Au weia, au weia ... das gefällt mir!"

Gump starrte von einem Kind zum anderen. Kheton und der Kapitän schauten ihn erschrocken an, schwiegen aber wohlweislich.

"Nun du ..., ja du. Hübsch genug, um selbst eine Elfe zu sein, nicht wahr?" Er musterte Katherines Gesicht. "Aber runde Ohren, klein und rund... wie hässlich", meinte er mit einem Knurren.

"Wenn Ihr meint, Herr Elf." Katherine versuchte, trotz dieser absurden Situation höflich zu klingen.

Was kümmert es mich, ob der Waldwächter meine Ohren mag oder nicht. Mach schon endlich, dachte sie, *wir müssen hier weg.*

Finde ich auch. Viel Glück, hörte sie Trevor denken. Dann lächelte Chryséis. *Es ist so einfach, sich hier durch Gedanken zu verständigen. Es muss an der Luft liegen.*

"Herr Elf, Herr Elf..." spottete Gump und wiederholte ihre Worte wie ein Papagei. Mit einer schnellen, überraschenden Bewegung nahm er Katherines hellblaue Haarspange in Form eines Schmetterlings und steckte sie auf seine grüne Mütze. Dann fuhr Gump fort, als ob dies nichts Besonderes wäre. Katherine wusste, daß protestieren keinen Sinn hatte.

"Mal sehen, ob du die Antwort darauf weißt, junges Fast-Elfenmädchen mit den hässlichen runden Ohren ... was fliegt in der Luft und hat sechs Beine?"

Dieser Kerl ist ganz von Beinen besessen, dachte Chryséis.

Ja, so ein Trottel! Diesmal war es Katherine, die telepathisch antwortete.

"Sechs Beine? Eine Fliege?", sagte sie laut.

Der Faun war überrascht, fasste sich aber gleich wieder. "Nein, keine Fliege!", spottete er. "Ein Schmetterling, natürlich ein Schmetterling. Siehst du wie die da drüben ..."

Er zeigte auf ein paar weiße Schmetterlinge, die um violette Glockenblumen tanzten, und berührte dabei die blaue Haarspange, die prompt zu Boden fiel. Der kleine Elf neben ihm huschte herbei, um sie aufzuheben und half Gump, die Spange wieder an seiner Mütze zu befestigen.

"Natürlich - ein Schmetterling, Sir Gump. Verzeihen Sie meine Unwissenheit." Katherines Stimme klang so reuevoll, daß der Elf einen sanfteren Ton anschlug.

"Dann sei dir verziehen. Du bist noch jung, kleines Mädchen."

Er kicherte und tanzte im Kreis um die unglücklichen Besucher herum. Die Männer sahen immer noch zu, ohne zu sprechen. Zu viele Worte könnten die schlechte Laune der Elfen hervorrufen. Alles, was sie wollten, war, den 'Sprechenden Stein' zu finden und diese Insel wieder zu verlassen.

Geduld, dachte Kapitän Thëlamôn und Kheton nickte. *Da die Edfunier in Bäume verwandelt sind, sollte es einfacher werden*, dachte er zurück.

Die Zeit verging und die Sonne ging langsam unter. Plötzlich verzog der Waldhüter das Gesicht zu einer Grimasse und schnippte mit den Fingern, was die Besucher von seinem Bann befreite.

"Ah, die gute Königin ist jetzt bereit euch zu sehen. Ich bin das Spiel sowieso leid. Die Riesen haben mir mehr Spaß gemacht. Sie wussten keine einzige Antwort."

Kheton streckte seine steifen Arme aus und verlor fast das Gleichgewicht, als Lelani in seine Arme sank. Katherine stampfte mit den Füßen auf, um das unangenehme Kribbeln loszuwerden.

"Woher konnten sie die Antworten wissen? Das habe ich mir gestern erst ausgedacht", murmelte Gump und kratzte sich an seinem stoppeligen Kinn.

Im Nu erwachte die Waldlichtung zum Leben. Eine Anzahl von Feen schlüpfte aus den Bäumen und Farnen heraus und sogar aus dem glucksenden Bach. Einige von ihnen waren so winzig wie Schmetterlinge, mit durchsichtigen Flügeln. Sie hatten alle das Fragenspiel miterlebt und ließen ihr sonniges Gelächter darüber erklingen, daß es Gump nicht gelungen war, die Kinder auszutricksen.

Der Waldhüter gab ihnen ein mürrisches Zeichen, ihm den Weg hinunter zu folgen. Die Feen flogen direkt über ihren Köpfen hinweg, zwitscherten und sangen und stupsten sie spielerisch an.

Endlich waren sie auf dem Weg nach Arbôlimar, dem Palast der Königin Efinûr.

DER PALAST
ARBÔLIMAR

"Hallo", flüsterte Katherine in Chryséis' Ohr. Sie achtete darauf, nicht Gumps Aufmerksamkeit auf sich zu ziehen, da er so launisch war. Aber der Elf war zu sehr damit beschäftigt, wichtigtuerisch vor ihnen herzuschreiten, um etwas zu bemerken.

"Hi. Ich bin froh, daß er uns nicht in Waldbäume verwandelt hat," antwortete ihre Freundin genauso leise.

"Das bin ich auch!"

"Was ist eigentlich am Pool passiert?" wollte Chryséis wissen.

"Es war schon komisch. Wir haben nur versucht, diese roten Blumen zu pflücken, und im nächsten Moment waren wir hier." Ihre Stimme zitterte ein wenig. "Ich wollte weglaufen - aber dann konnten wir uns auf einmal nicht mehr bewegen."

"Schön, daß du wieder da bist", sagte Trevor von hinten und klopfte auf Katherines Schulter. Er hatte gehört, was die beiden besprachen.

"Ich hätte diese blöden roten Blumen nie anfassen sollen. Dieser Elf hier...", sie deutete mit dem Kinn auf Gump, "...hat mit uns geschimpft wie mit ungezogenen Kindern."

Der Waldhüter blieb vor einer Mauer aus gestutzten Eibenhecken stehen.

"Das ist der Eingang zum sagenumwobenen Arbôlimar", murmelte der Kapitän. Die Feen flatterten kichernd um sie herum, während die Hecken sich auseinander schoben und den Blick auf ein Labyrinth freigaben. Katherine pflanzte sich auf dem weißglänzenden Weg auf.

"Kannst du dich nicht bewegen? Hat er wieder diesen

Zauberspruch gemacht?" fragte Chryséis besorgt.

Katherines Stimme zitterte. "Nein, nein, das ist es nicht. Ich... ich kann einfach nicht."

"Was - da reingehen? Warum denn nicht? Das ist der Weg zum Palast. Deswegen sind wir doch hergekommen." Chryséis sah sie verwirrt an.

"Auf keinen Fall gehe ich in so ein Labyrinth und... verlaufe mich dort. Wenn dieser Elf Lust dazu hat, sperrt er uns einfach ein und verschließt den Eingang. Ich habe genug von dem Zauber und von launischen Elfen", erwiderte Katherine hartnäckig.

"Aber wir sind doch schon so weit gekommen. Was sollen wir machen? Wir müssen mit der Elfenkönigin über den Sprechenden Stein reden," sagte Trevor.

"Ich kann es euch nicht erklären. Aber ich kann da einfach nicht rein gehen," beharrte Katherine.

"Worauf warten Sie noch?" fragte Gump ungeduldig und humpelte auf sie zu. Kapitän Thëlamôn und Kheton traten beschützend vor die Kinder und unterhielten sich mit dem Waldhüter, um ihnen etwas Zeit zu verschaffen. Aber egal, wie sehr ihre Freunde versuchten sie zu überzeugen, Katherine wollte keinen Schritt weitergehen.

"Katie, du kannst doch nicht einfach hier bleiben. Denk daran, daß wir zusammenbleiben müssen." Chryséis konnte sehen, daß der Waldelf ungeduldig wurde. Die kleinen Feen hatten auch zu kichern aufgehört.

"Dann kommt mit mir zurück an den Strand", flehte Katherine sie an.

"Das können wir nicht, die Lady von Sydonia zählt doch auf uns. Der sprechende Stein ist so wichtig für alle. Wir müssen versuchen, ihn zurückzubekommen."

"Ach alles Quatsch! Ich pfeife auf den sprechenden Stein oder den hörenden Stein oder was auch immer - und ich mag diesen verrückten Elf nicht. Dann geh' ich halt alleine zum Strand zurück und wir sehen uns später."

Trevor und Chryséis sahen sich hilflos an. Warum

musste sie sich nur so anstellen?

"Worauf wartest du, kleiner Fast-Elf?" wiederholte Gump und schob sich an der breiten Gestalt des Kapitäns vorbei. "Komm mit, unsere Königin darf man nicht warten lassen."

Thëlamôn verteidigte Katherine. "Kathín ist noch ein Kind. Manch ein Erwachsener würde sich bei solchen Zaubersprüchen wie den euren unwohl fühlen."

Als Gump ihn anfunkelte, fügte der Kapitän geschwind hinzu: "... die allerdings sehr nützlich gegen böse Rieseneindringlinge sein können. Ich werde am besten mit Kathín zum Strand zurückkehren und auf eure Rückkehr warten. Wir haben Recutis im Boot mitgebracht."

"Also gut", knurrte der Elf.

Thëlamôn wandte sich an die Anderen und sagte mit leiser Stimme: "Denkt daran, was ich euch über die Elfenkönigin und ihren Wein erzählt habe." Sie nickten unmerklich.

"Können wir dann vielleicht weitergehen?" Der Waldhüter hüpfte von einem Fuß auf den anderen. "Ohne den Anführer und das ... Mädchen?"

Kheton blickte besorgt zu Lelani hinüber. Sie hatte die Augen geschlossen und schwankte ein wenig. "Ich kann sehe, wie müde auch meine Frau ist. Sie sollte mit euch gehen, Kapitän, und sich ein wenig ausruhen. Wir kommen doch auch allein zurecht, nicht wahr, Athenai?"

Chryséis und Trevor hatten keine andere Wahl, als tapfer zu nicken.

"Kheton, ich kann dich doch nicht schon wieder verlassen", protestierte Lelani.

"Meine Liebe, es ist für's Beste. Gib mir einfach das Geschenk für die Elfenkönigin. Sie wird uns sicher helfen, den Sprechenden Stein wieder zu bekommen. Wir sehen uns dann, wenn wir von der Audienz zurück sind."

Lelani reichte ihrem Mann widerwillig die Harfe. Die war nur ein wenig zerkratzt, weil sie vorhin auf den Boden gefallen war. Kheton hatte jetzt nur noch zwei Kinder zur Unterstützung seines Vorhabens dabei, aber er beschloss, nicht die Ruhe zu verlieren.

"Ja, Eure Hoheit, ja doch." Alle sahen den Elf an, der mit sich selbst zu reden schien.

"Königin Efinûr bittet mich gerade, Euch zurück zum Strand zu begleiten, Kapitän", verkündete Gump mit einem theatralischen Seufzer und verbeugte sich huldvoll vor Kheton.

"Ich komme einfach nicht von ihm los", murmelte Katherine unglücklich.

"Ich werde euch durch das Labyrinth führen. Dann könnt Ihr Arbôlimar allein betreten," erklärte der Waldhüter. "Ach, was für eine geschäftiger Tag auch."

"Schukri, Sir Gump. Für all eure - Mühen." Kheton verbeugte sich ebenfalls leicht.

"Ihr wartet hier draußen mit denen da, bis ich wieder zurück bin", befahl der Elf den Feen und dem kleinen Elfen in einem mürrischen Ton. "Dann lasst uns jetzt hineingehen", brummte er und winkte ungeduldig.

Gump nahm seine Mütze mit dem hellblauen Schmetterling ab, und die Kinder konnten sehen, daß er tatsächlich spitze Ohren hatte. Trevor zwinkerte Katherine aufmunternd zu, bevor sie Chryséis' Hand losließ.

"Wir sehen uns dann später wieder, Athenai. Mögen Aïma und alle Götter mit euch sein", rief Kapitän Thëlamôn. Dann betraten Kheton und die Kinder die belaubten Gänge des Labyrinths. Gump begleitete sie noch ein Stück des Weges, damit sie in die richtige Richtung gingen.

"Hast du Lust, zur Abwechslung dem Elf einen Streich zu spielen?" flüsterte Chryséis, nachdem sie ein paar Ecken umrundet hatten. "Für Katie?"

"Wie denn?" fragte Trevor überrascht.

"Zum Beispiel für eine Weile zu verschwinden." Sie zwinkerte und deutete auf ihren VUU. Trevor grinste und nickte ihr zu.

"Auf mein Zeichen", sagte Chryséis und sie drückten die VUU-Knöpfe.

"Huhu Guhump, Herr Waldwächter..." krächzte Chryséis.

Gump drehte sich um und sah nichts, aber er hörte die Kinder kichern.

"Was, was ist los, hey? Habt ihr euch verlaufen? Nutzloses Gesindel!"

Er stürmte an den beiden Freunden vorbei und sie kicherten noch mehr. Gump ging um eine Hecke herum und die Kinder schalteten ihre VUUs wieder ein. Kheton würde sich vielleicht umdrehen und sich über ihren Streich ärgern. Gump kehrte zurück, und sie sahen ihn unschuldig an. Kheton hatte nichts Ungewöhnliches mitbekommen.

"Wo seid ihr gewesen, ihr ungezogenen Kinder?"

"Wir waren die ganze Zeit hier, Sir Gump, Sie sind an uns vorbeigelaufen und wir haben uns gefragt, warum."

"Ach, ihr! Ihr spielt mir einen Streich!" donnerte das Männchen.

"Wir? Niemals!" Sie versuchten, keine Miene zu verziehen.

Gump stapfte an dem verblüfften Kheton vorbei und sie erreichten recht schnell das Ende des Labyrinths. Vor ihnen lag ein wunderschöner Garten. Weiden liessen ihre Äste in tiefe, spiegelglatte Wasserbecken hängen und bunte Pfauen stolzierten über die Rasenflächen, während Papageien krächzend in den Bäumen saßen.

Es gab beschnittene Büsche in der Form von Vögeln und Hirschen und parfümierte Blumen säumten Gartenwege, wo winzige Kolibris teller-große orangefarbenen Blüten umkreisten. Trevor vermisste auf einmal seinen ruhigen Platz unter den Birken im Schulgarten der Pemberton Academy.

"Ich verlasse euch jetzt und kehre bald wieder", sagte Gump abrupt und war blitzschnell hinter den Hecken des Labyrinths verschwunden.

Kheton blieb ungerührt."Na gut, dann lasst uns allein zum Palast gehen." Er stampfte entschlossen voran.

"Nun sieh dir das an!" rief Chryséis und zeigte zum

Ende des Weges.

Hohe, glatte Bäume bildeten die Säulen des Palastes, wobei sich ihre Äste sich zu einem Dach mit Türmchen und kleineren Kuppeln bogen. Die letzten goldenen Schimmer der Abendsonne spiegelten sich auf dem Dach wider und die bunten, Glaswände leuchteten hell von innen heraus, ganz wie eine überdimensionale Laterne. Kheton drehte sich um, um sicherzugehen, daß die Kinder noch hinter ihm waren. "Wenn wir vor der Elfenkönigin stehen, Athenai, last bitte mich das Reden übernehmen."

"Klar, kein Problem", sagte Trevor halb zu sich selbst.

Seid ihr in Ordnung? Chryséis konnte Katherines Frage deutlich in ihrem Kopf hören. "Hast du das gehört?", fragte sie Trevor.

"Ja, das ist Katherine." Trevor konnte immer noch nicht glauben, daß er telepathische Fähigkeiten besaß.

Chryséis 'erzählte' Katherine, wie sie den Streich im Labyrinth gespielt hatten, von dem Garten, und daß sie jetzt fast beim Palast waren.

Ha, vielleicht hätte ich doch mitkommen sollen. Nur um sein Gesicht zu sehen. Gump ist immer noch schlecht gelaunt. Katherine musste lachen. *Wir sind gerade am Strand angekommen.* Die Matrosen haben ein paar Fische gefangen und sie schauen mich so komisch an.

OK, dann hör auf zu lachen. See you later, Alligator.

Kheton begann, die geschwungene Treppe hinauf zu steigen.

In a while Crocodile, antwortete Katherine in Gedanken.

Chryséis und Trevor mussten über Katherines Antwort kichern und folgten einem verwunderten Kheton durch die Libellentüren in eine große Halle mit glänzendem Boden.

"Denk daran, was der Kapitän gesagt hat!" flüsterte Trevor eindringlich. "Besser nichts anfassen und wenn etwas schiefgeht, müssen wir hier sofort raus."

"Ich bin bereit, wenn ihr es seid," sagte Chryséis.

Kheton legte den Kopf schief und lauschte auf etwas.

"Vielleicht redet er mit Lelani und dem Kapitän," flüsterte sie. "Es sei denn, er steht nicht schon unter einer Art Zauber."

"Was sollen wir dann tun?"

Trevor räusperte sich, und als das Khetons Aufmerksamkeit nicht erregte, stieß er seinen Ellbogen in die Seite des jungen Mannes. Endlich bekamen sie eine Reaktion.

"Freund Trevór, es ist unhöflich, eine Gedankenübertragung zu unterbrechen. Habt bitte etwas Geduld", tadelte er den Jungen.

"Gut, dieses Mal war er nicht unter einem Zauber." Trevor zwinkerte Chryséis zu. "Worüber die wohl reden?"

Bevor die Kinder aber fragen konnten, wurden sie von Palastelfen zu einem niedrigen Tisch in einem weiten Vorraum geführt. Sie setzten sich auf Stühle, die weich und nachgiebig waren, ganz so wie große Pilze.

Die Palastelfen beobachteten die Besucher die ganze Zeit, ohne ein Wort mit ihnen zu reden, aber sie mussten nicht lange warten. Ein Blumenduft kündigte die Ankunft der zierlichen Königin an.

Sie trug ein seidiges gelbes Gewand und eine funkelnde Krone und sah mit ihrem herzförmigen Gesicht und dem langen schwarzen Haar wirklich sehr schön aus.

Ihre dunklen Augen waren groß und mandelförmig und sie klimperte mit den Augenwimpern, als sie zu ihnen sprach. "Willkommen in Arbôlimar, geschätzte Besucher. Fühlt euch in unserer bescheidenen Waldbehausung wie zu Hause", begrüßte sie die Gäste mit betörender Stimme und klimperte wieder mit den Augenwimpern.

"Wir grüßen Euch, Königin Elfinûr. Ich bin Kheton von Sydonia." Kheton verbeugte sich höflich und stellte seine Begleiter vor. Die Elfenkönigin nickte zustimmend.

"Die Lady von Kamûk schickt ihre besten Grüße. Dürfen wir Eurer Hoheit dieses bescheidene Geschenk überreichen?" fuhr er fort.

Kheton verbeugte sich erneut und hielt der Elfenkönigin die gelbe Singholz-Harfe hin, damit sie sie genauer betrachten konnte. Die Königin stieß einen erfreuten Schrei aus und berührte das Instrument sachte.

"Ihr seid also nicht nur einfach gekommen, um etwas von uns zu nehmen, sondern um mir ein schönes Geschenk zu machen? Das ist in der Tat eine ganz besondere Gabe." Sie neigte den Kopf und klatschte kindlich in die Hände, bevor sie einer sie begleitenden Elfe die Harfe überreichte.

"Gelbes Singholz hat die Macht, diejenigen, die zuhören, zum Weinen und zum Lachen zu bringen." Königin Elfinûr sprach mit bebender Stimme und stieß ein schnelles, klirrendes Lachen aus.

Sie berührte mit ihrer zierlichen Hand Khetons Brust. Er wich instinktiv einen Schritt zurück und legte seine Hand auf den Hockeyschläger an seinem Gürtel.

Bei der müssen wir aufpassen, sagte Chryséis zu Trevor. *Sie scheint ein bisschen verrückt zu sein.*

Das kann man wohl sagen, kam die Antwort.

Kheton verbeugte sich vorsichtig, um die Königin nicht zu beleidigen. Die Elfenkönigin nahm nun die Harfe wieder in die Hand und klimperte ein kleines Lied darauf.

Dann reichte sie das Instrument an die Elfe zurück, die darauf achtete, das kostbare Geschenk nicht fallen zu lassen.

"Ich möchte, daß der Harfenspieler des Orchesters sie bei der heutigen Aufführung benutzt", befahl sie. "Mal sehen, wie sie das Publikum zum Lachen und Weinen bringt."

Die Palastelfen neigten alle ihren Kopf in Zustimmung.

"Wir müssen mit Eurer Majestät sprechen," begann Kheton.

"Bald haben wir Gelegenheit dazu," sagte die Elfenkönigin und lachte. "Richtet der guten Lady von Kamûk meinen königlichen Dank aus, Kheton von Sydonia. Ihr Geschenk wird mir viel Freude bringen. Nun lasst uns beginnen."

Sie klatschte und winkte in die Richtung einer langen Tafel, die mit Kristallgeschirr, Kerzenleuchtern und köstlich duftenden Speisen gedeckt war. Palastelfen in seidenen Gewändern schwebten umher und warteten auf die Befehle ihrer launischen Königin.

"Esst und trinkt und seid fröhlich mit uns heute Abend, Besucher aus fernen Ländern. Ah, ich sehe, die anderen Gäste sind auch schon da."

Eine Anzahl von Feen, Faunen und Elfen näherte sich. Königin Elfinûr nahm am Kopfende der Tafel Platz und plauderte und lachte mit diesem und jenem. Kheton und die Kinder waren hungrig und setzten sich ohne Widerspruch auf ihre angewiesenen Plätze.

Sie reichten den Kristall-Wein weiter, der in langstieligen Gläsern angeboten wurde. Trevor holte stattdessen eine Dose Eistee mit Pfirsichgeschmack heraus, die er für Notfälle in seiner Mondtasche aufbewahrte, und teilte das Getränk heimlich mit Chryséis und einem widerstrebenden Kheton unter dem Tisch.

Es war das erste Mal, daß sie etwas von ihren kostbaren Rationen, die sie aus der Zukunft mitgebracht hatten, verbrauchten. Kheton nippte unbeholfen an der braunen Flüssigkeit in seinem Glas und reichte die Dose an Chryséis zurück.

"Schukri Athenai. Eine trinkbare Flüssigkeit, aber ein recht seltsamer Geschmack."

"Uns schmeckt es und das ist allemal besser als vergifteter Wein."

"Ja, Chryséis, das ist besser."

Trevor erinnerte sich daran, dass er Fotos machen wollte und griff lässig in seine Hemdtasche. Das Blitzlicht war im Glitzern des Banketts kaum zu bemerken.

"Meinst du, es ist sicher, das hier zu essen?" Chryséis starrte auf den gehäuften Teller vor ihr. Einer der Palastelfen servierte Kheton ein Glas mit Kristallwein und Trevor stellte es sofort vor den Faun neben ihm, der geräuschvoll auf einer knusprig gebratenen Vogelkeule kaute.

"Ich weiß nicht so recht, aber ich bin wirklich hungrig,

und das Essen sieht so richtig lecker aus."

"Kheton bedient sich schon, also lass uns auch was davon essen."

Chryséis nahm einen gefüllten Pilz in die Hand. Ein Weinglas wurde vor Kheton gestellt, der gerade von der Fee neben ihm abgelenkt wurde. Er griff nach dem Glas, aber Trevor sah es rechtzeitig und nahm ihm den Wein weg.

"Wenn er nicht aufpasst, macht er noch einen Fehler", sagte Trevor ärgerlich. "Er soll sich doch um uns kümmern, und nicht umgekehrt."

"Ich hoffe, er vergisst nicht, warum wir hier sind."

"Ich werde ihn gleich mal daran erinnern," meinte Trevor und aß von dem köstlichen Gulasch.

Draußen im Palastgarten klopfte ein leichter Nieselregen gegen das Kuppeldach und die Fenster und befeuchtete die Pflanzen. Bald erhob sich die Elfenkönigin von der Tafel und begann mit einem rundbäuchigen Faun zu tanzen.

Die Kinder versuchten, sich auf das Geräusch des Regens zu konzentrieren, was dabei half, sich nicht von der seltsam wogenden Musik einlullen zu lassen, die zu spielen begonnen hatte.

Aber die Singholz-Harfe wirkte ihren Zauber und eine Träne kullerte über Chryséis' Wange, und dann wischte auch Trevor eine Träne weg.

Königin Elfinûr lachte und eine hübsche Elfe tanzte mit Kheton. Bald darauf wirbelte er mit den Waldwesen durch den Saal als hätte er nie etwas anderes getan. Kheton schien sich ein wenig zu sehr zu amüsieren. Aber sie waren schließlich aus einem ganz bestimmten Grund hierher gekommen, und der war nicht Dinieren und Feiern.

Wir sollten jetzt besser etwas unternehmen, dachte Trevor und Chryséis nickte.

"Königin Elfinûr, Eure Majestät, können wir Euch bitte sprechen?" Trevors Stimme durchbrach die bezaubernde Musik und die Gäste sahen überrascht auf.

Das war sehr dreist von dem jungen Fremden, die Herrscherin von Ruta Ynis einfach so anzusprechen, aber die Königin war heute Abend guter Laune.

"Bald, Kind, bald. Genießt den Tanz, amüsiert euch, dann werden wir reden," säuselte sie.

Die Gäste drehten sich weiter im Tanz in der Halle. Trevor sah, daß Chryséis anfing, sich zu den melodischen Melodien zu wiegen, und Kheton hielt nun mit zwei bezaubernden Elfen Händchen.

Katie, was soll ich nur tun? Kommunizierte er in Gedanken mit Katherine.

Du musst irgendwas tun. Das muss sofort aufhören, kommunizierte sie zurück. Da durchbrach Trevors Stimme wieder die angenehme Melodie, und das unsichtbare Orchester hielt abrupt inne.

"Wir danken Euch ... Eure Hoheit. Schukri, aber wir müssen jetzt leider gehen."

Chryséis wurde augenblicklich nüchtern, aber Kheton brauchte ein wenig länger dafür. Schweiß rann ihm über das Gesicht und er atmete schwer. Vielleicht war ihm nur ziemlich warm in der Halle mit all den brennenden Kerzen überall.

"Freund Trevór!" Kheton schämte sich, daß der Junge so schlechte Manieren zeigte, aber die Kinder liessen sich nicht beirren.

"Kheton, der Sprechende Stein", forderte Chryséis ihn auf. "Wir sind wegen des Sprechenden Steins hier..."

Khetons Augen weiteten sich, als er sich daran erinnerte, warum sie zum Elfenpalast gekommen waren. Er richtete seine Tunika und holte tief Luft, als er sich an seine Pflicht erinnerte.

"Verzeiht uns, Königin von Ruta Ynis", räusperte sich Kheton, "aber wir sind gekommen, um eine Bitte an Eure Hoheit zu richten."

Die Mundwinkel der Königin zuckten, und Kheton fuhr schnell fort. "Eure Hoheit, wir danken Euch für das ausgezeichnete Essen und die Unterhaltung, aber wir müssen uns wieder auf den Weg machen. Wir sind lediglich Untergebene der Lady von Kamûk", sagte er aalglatt. Er gewann offensichtlich seinen Verstand zurück. "Sie hat uns befohlen, dies von Lady zur Königin zu erbitten - und wir müssen ihr gehorchen."

Seine Rede zeigte Wirkung. Königin Elfinûr verstand, daß Untergebene Befehlen gehorchen mussten. Das war auch im Elfenreich nicht anders.

"Was wünscht die Lady von Kamûk denn von mir?", fragte sie in herrischem Ton. Der Fremde war recht gutaussehend und höflich, aber zu ernst und überhaupt nicht so lustig, wie sie angenommen hatte.

"Es ist der 'Sprechende Stein von Caradoc', weswegen wir gekommen sind. Er ist einer der drei echten sprechenden Steine, die es noch in der Bekannten Welt gibt. Er wurde gestohlen."

Erstauntes Gemurmel erhob sich in der Halle. Ein sprechender Stein!

"Wir sind nach Ruta Ynis gekommen, weil die Lady von Kamûk Grund zu der Annahme hat, daß edfunische Diebe ihn hierher gebracht haben." Da - es war raus.

Die Königin sah verärgert aus. Erst der unverschämte Junge, nun das!

"Und wie kommst du darauf, daß ich irgendetwas über diesen... diesen 'Sprechenden Stein' weiß, Sydonier?", fragte die Königin scharf.

Kheton war von ihrem harschen Ton überrascht, aber schließlich war er ein geübter Diplomat und bewahrte die Fassung.

"Wir bitten Euch demütig um Eure Hilfe, damit der Stein an seinen Platz in Caradoc zurückgebracht werden kann, wie es uns von der Lady von Kamûk befohlen wurde." Khetons Stimme war sanft wie Seide. "Eure Hoheit wird sicher zustimmen, daß viel Unheil geschehen kann, sollte der Sprechende Stein in die falschen Hände geraten."

"Hmm, nun ja..." Der königliche Mund zuckte.

"Da die edfunischen Riesen in Bäume verwandelt wurden, nahmen wir an, daß der Sprechende Stein vielleicht bei ihnen gefunden wurde..."

Nach einem angespannten Moment räumte Königin Elfinûr dies ein. "Die Lady von Kamûk und ich scheinen dann das gleiche Ziel zu haben ", sagte sie. "Wir müssen unsere Reiche vor gesetzlosen Kreaturen wie den Edfuniern schützen. Ich werde euch daher helfen, wo ich kann."

Sie empfand Wohlwollen für den gut aussehenden Fremden, der sie jetzt sehr an Talariêl, ihre einzig wahre Liebe, erinnerte. Sie lächelte und klatschte in die Hände.

"Truc, geh und bring mir auf der Stelle die Molyblume." Es lag ein Hauch von Wahnsinn in ihrem Ton. Die anwesende Elfe schlurfte davon und kehrte im Nu mit einem kleinen Korb zurück, in dem die gewünschte Blume gepflanzt war. Eine weiße Blume umgeben von langen Blättern.

"Ah, da ist sie ja. Die kostbare Molyblume mit der Kraft, vor Bösem zu schützen."

Truc übergab dem erstaunten Kheton das Körbchen. Die Molyblume schloss gerade ihre weißen Blütenblätter für die Nacht. Die Kinder schauten verwirrt, und Kheton versuchte, seine Enttäuschung zu verbergen. *Eine Pflanze?* Wie sollte er erklären, daß er von den Elfen statt des Sprechenden Steins von Caradoc nur eine Blume bekommen hatte?

"Das mag sein, was ihr sucht ... oder auch nicht. Es ist jedenfalls alles, was ich für euch tun kann", sagte die Elfenkönigin beiläufig. Sie war gelangweilt von dieser ernsten Angelegenheit und beschloss, ein kleines Rätsel aufzugeben:

"Das Geheimnis der Blume mag sein, daß
sie euch die Wahrheit zuflüstert.
Die Wahrheit, die ihr es so sehr begehrt."

Die Tischgäste applaudierten bewundernd, was ihr zu gefallen schien.

"Sehr gut, Eure Hoheit." "Bravo." "Solch elegante Worte."

"Ehem, Schukri", stammelte Kheton, noch verwirrter als zuvor. "Wir danken Euch für Eure Hilfe und verabschieden uns nun, geehrte Königin."

Es gab nichts mehr, was die Besucher tun oder sagen konnten. Die Audienz war beendet.

"Ja, ja, es ist unwichtig. Gern geschehen, wenn es das ist, was dich glücklich macht. Geh zurück zu deinem Schiff und segle los, um die Bekannte Welt zu retten. Du wirst doch nicht vergessen, der Lady von Kamûk für die Singholz-Harfe zu danken, oder?" Königin Elfinûr seufzte tief. "Diese Blume ist etwas ganz Besonderes. Ich hoffe, du kennst ihren Zweck..."

"Ja, das werde ich tun, und wir danken Euch nochmals sehr."

Kheton wusste natürlich von den Schutzkräften der Molyblume gegen 'Obeah', der dunklen Magie. Aber was hatte dies mit dem gestohlenen Stein zu tun? Es war besser, nicht nachzufragen.

"Gut, das war's dann."

Trevor starrte immer noch auf die Pflanze und fragte sich insgeheim, wie eine noch so besondere Blume ihnen helfen konnte, den Sprechenden Stein zurückzubekommen.

Sie klatschte ein letztes Mal in die Hände und entließ dann die störenden Besucher gnädig. Chryséis und Trevor verneigten sich und folgten Kheton zu den Libellen-Türen. Dann setzte die Musik wieder ein.

Die anderen Tischgäste verbeugten sich voreinander und tanzten weiter. Draußen war mittlerweile die Nacht hereingebrochen, und Gump wartete beim Labyrinth auf sie.

"Da seid ihr ja endlich, da seid ihr ja," plapperte Gump mürrisch. "Was für ein Ärgernis diese Fremden doch sind. Habe ich denn nichts Besseres zu tun als zu warten? Zum Beispiel könnte ich mich um das Wohlergehen der Pilze am Fluss oder um die Kräuter auf der Wiese kümmern..."

Wasserperlen, die noch auf den Blättern lagen, tropften von den Ästen auf sie herab, als sie die Hecken des Labyrinths durchquerten. Draußen angekommen, ging

Gump ohne ein weiteres Wort auf dem leuchtenden Pfad durch den dunklen Wald weiter.

Sie kamen an den sich gequält windenden Edfuniern vorbei, und die belaubten Äste raschelten traurig in der stillen Nachtluft. Straßsteine funkelten im hellen Mondlicht im Bach und auf dem Waldboden. Die Bäume des Waldes machten dismal Platz für sie.

Am Teich in der Nähe des Strandes saß ein Faun auf einem Stein, umgeben von ein paar Feen, und spielte auf seiner Flöte. Er drehte sich um und meinte: "Ah, ich sehe, ihr habt bekommen, worum ihr gebeten habt."

"Was weiß schon ein stotternder Faun davon?" murmelte Gump vor sich hin und eilte weiter.

Die eindringliche Melodie verfolgte sie den ganzen Weg bis zum Strand. Zwei kleine Feen, nicht größer als Schmetterlinge, flatterten unbemerkt hinter ihnen her. Dann war Gump plötzlich weg.

Nun, das war ja nichts Neues.

Bald sahen sie die 'Navis Arion' in der kleinen Bucht vor Anker liegen und ein knisterndes Feuer brannte neben dem Boot am Kiesstrand. Fische brutzelten an Stöcken, die in den Boden gesteckt waren.

Als Kheton, Chryséis und Trevor den mondbeschienenen Strand endlich erreichten, sprang Lelani gleich auf und warf sich in Khetons Arme.

"Unsere Aufgabe ist also erfüllt?" Lelani lächelte ihren Mann stolz an und schaute auf das Körbchen.

"Ich glaube schon, aber ich bin mir nicht ganz sicher."

Kheton hielt den Korb mit der weißen Blume hoch und Lelani runzelte die Stirn. "Eine Blume?"

"Eine Moly-Blume", erklärte Kheton und ging zum Lagerfeuer hinüber.

"Ah, da seid ihr ja", begrüßte sie Kapitän Thëlamôn. "Kommt, setzt euch, der Fisch ist zum Essen bereit. Ich hoffe doch, daß eure Mägen nicht voll sind von dem, was ihr zum Essen bekommen habt. Erzählt uns alles über die

Elfenkönigin und ihren Palast und was sie zu sagen hatte."

Und so erzählten sie von dem seltsamen, schimmernden Palast und dem Garten voll bunter Vögel und Blumen, und der etwas verrückten Elfenkönigin und dem Festmahl. Bald aßen sie alle gebratenen Fisch und tranken aus Têrakhon-Wasserflaschen.

"Ihr habt also meinen Rat befolgt und die Finger vom Kristallwein gelassen, wie ich sehe."

"Aber nur ganz knapp", gab Trevor zu und pustete auf seinen dampfenden Fisch.

"Und hat sie euch dann den Sprechenden Stein gegeben?", wollte der Kapitän wissen und zeigte auf den Korb.

"Sie gab uns eine seltene Molyblme und sagte, das sei es, was wir suchten", sagte Kheton stockend und wiederholte das kurze Rätsel.

"Ich verstehe. So verrückt sie auch sein mag, die Elfenkönigin ist sicher genauso besorgt wegen der Edfunier und ihrer schwarzen Magie wie der Rest der Bekannten Welt. Diese törichten Bäume aber auch." Der Kapitän lachte laut auf. "Hah, sie hat wirklich Sinn für Humor - diese Königin. Wir werden sofort aufbrechen und uns im Schiff schlafen legen. Das Rätsel kann bis morgen warten."

Dann löschte er das Feuer mit etwas Seewasser. Kheton half Lelani, ins Boot zu steigen, und setzte sich neben sie, wobei er den Korb vorsichtig zwischen seine Füße stellte. Drei sehr müde Kinder und der Kapitän folgten ihnen nach.

Die beiden Matrosen schoben das Boot ins Wasser, sprangen hinein und begannen, kraftvoll an den Rudern zu ziehen. Der Halbmond am Sternenhimmel warf seine hellen Strahlen auf die sich kräuselnden Wellen, während sie sich auf den Rückweg zur *Navis Arion* machten.

Im Palast Arbôlimar saß Elfinûr noch lange nach dem Festmahl allein in ihrem verwunschenen Garten. Sie beobachtete, wie die Sonne langsam im Osten über den großen Baumwipfeln aufging. Aus einer plötzlichen Laune heraus verlangte sie nach Gump, dem Waldelfen.

"Befreie die Edfunier von ihrem Baumzauber." Sie klatschte. "Es ist langweilig, immer dieselben Gäste zu bewirten. Ich sehne mich heute nach einer anderen Art der Unterhaltung."

"Aber Eure Hoheit..."

"Gump!" Ihre Stimme ließ keinen Raum für Widerworte.

"Gewiss, meine Königin. Euer Wunsch sei mir Befehl."

Der Waldhüter wagte es nicht mehr, seine Bedenken zu äußern. Die Königin hatte wieder einmal eine ihrer Launen, und es war besser, zu tun, was sie befahl.

"Das dürfte interessant werden. Stell dir den Gesichtsausdruck des Sydoniers vor, wenn die Riesen plötzlich wieder auftauchen, hahahah."

Ihr grausames Lachen schallte durch die Waldlichtungen und Gump verkroch sich in das Laub des Labyrinths. Elfinûr klatschte vergnügt in die Hände. "Oh, wartet es nur ab, bis das Seeungeheuer, das das Meer von Ruta Ynis bis Daitya durchstreift, auftaucht, um ein lustiges Spiel mit ihren Schiffen zu spielen... Mal sehen, wer entkommt und wer nicht. Die bösen Riesen oder... vielleicht die Untergebene der Lady von Kamûk?"

Ein boshaftes Feuer glitzerte in ihren schönen dunklen Augen. Dann wechselte sie in eine flüsternden Tonfall über. "Schade, daß der gut aussehende junge Mann nicht geblieben ist. Er hatte so viel Ähnlichkeit mit Talariêl, nicht wahr?"

Aber es kam keine Antwort von Gump. Er war bereits gegangen, um den Befehl der Königin auszuführen.

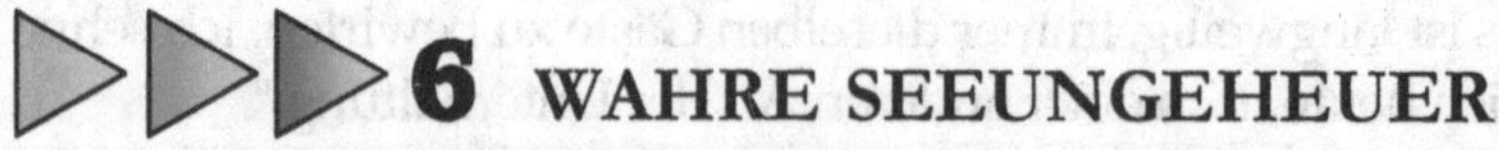

6 WAHRE SEEUNGEHEUER

Als die ersten Sonnenstrahlen am östlichen Himmel erschienen, setzte Kapitän Thëlamôn sofort die Segel in Richtung Atala. Katherine und Chryséis konnten gar nicht schnell genug von Ruta Ynis wegkommen. Launische Elfen waren überhaupt nicht ihr Ding.

Nach dem Frühstück ließen sie sich unter Deck auf den Sofas im Panoramaraum nieder und schauten der aufgehenden Sonne zu. Das Meer wechselte langsam seinen Farbton von Dunkelgrau zu einem dunklen Türkis, während das Schiff langsam aus der Bucht heraus manövrierte und einen steten Kurs nach Osten einschlug.

"Ist es nicht seltsam, daß wir alle auf dieser Insel Telepathie benutzen konnten?" fragte Trevor.

"Ich weiß, das ist toll, aber es wird wahrscheinlich nicht von Dauer sein", sagte Chryséis.

"Nein. Aber wir könnten noch etwas üben."

"OK. Dazu haben wir in Algiras noch Zeit."

"Ich wünschte, ich hätte die Satyrn sehen können. Stellt euch Affenmenschen mit Schwänzen vor, die ganz schlau sind und so weiter", sagte Trevor. "Da war aber nicht einer beim Bankett."

"Hallo, erinnerst du dich daran, wie der Kapitän uns gesagt hat, daß sie die Elfen nicht mögen? Und die scheinen ja genauso schlimm zu sein. Also, bitte!" Katherine hatte wirklich keine Lust, noch mehr Bewohner dieser seltsamen, magischen Insel Ruta Ynis kennenzulernen.

"Denk an Gorillas und Schimpansen. OK, sie haben keine Schwänze, aber sie sind doch ziemlich schlau." Trevor konnte das Thema einfach nicht fallen lassen.

"Was soll die ganze Aufregung? Konks sind doch viel interessanter. Wie diese Matrosen hier." Chryséis deutete auf einen der haarigen Besatzungsmitglieder, der draußen auf dem Deck ein paar Seile festband.

"Das ist doch nicht dasselbe", meinte Trevor hartnäckig, aber seine Freunde hatten schon das Interesse an dem Thema verloren.

Chryséis tippte einige Notizen auf dem Palmtop und bewegte die Bilder aus dem Elfenpalast auf dem Bildschirm hin und her. "Schade, daß du nur 3 Bilder gemacht hast, Trevor. Gump und die Elfen wären auch interessant gewesen."

"Du wolltest doch gar nicht, daß ich die Kamera mitnehme, hast du das schon vergessen?"

Chryséis klappte den Palmtop Computer zu und steckte ihn zurück in ihren Tagesrucksack. "Ja, ja schon gut."

"Meinst du, wir kriegen den Sprechenden Stein jetzt zurück? Ich verstehe nicht ganz, was diese weiße Blume damit zu tun haben soll", meinte Katherine.

"Kheton und der Kapitän versuchen, es herauszufinden."

"Warum müssen Elfen nur so schwierig sein? Die Königin hätte uns das Ei einfach geben können und fertig. Die Edfunier müssen es doch mitgenommen haben, als sie an Land gingen," überlegte Katherine.

"Ich frage mich, warum sie überhaupt dort an Land gegangen sind. Das war ziemlich dumm von ihnen. Jetzt sind sie Bäume." Chryséis zuckte mit den Schultern und Katherine schüttelte sich.

"Das ist auch ganz gut so! Wenn ich nur an diesen ekligen Hohepriester denke, bekomme ich eine Gänsehaut," warf Trevor ein.

"Warte mal. Sie sagte, daß die Molyblume vor schwarzer Magie schützt - und sie ist im Grunde auf unserer Seite, wenn es um die Edfunier geht. Warum habe ich nicht früher daran gedacht, es ist doch so offensichtlich!" Chryséis rollte mit den Augen.

"Was ist offensichtlich?" Trevor verstand nicht, was sie meinte.

"Verstehst du denn nicht? Der Korb!" sagte Chryséis aufgeregt. "Was ist denn damit?"

"Ich glaube, sie hat das Steinei in die Erde gesteckt und

die Blume zum Schutz darüber gepflanzt."

"Das ist nicht dein Ernst," meinte Trevor

"Wir sollten mit dem Kapitän reden. Ich meine, er und Kheton können nicht mehr tun, als über uns lachen."

"Vielleicht haben sie es ja schon gefunden," sagte Katherine.

Aber das hatten sie nicht. Die beiden Männer saßen noch immer in der oberen Kabine und unterhielten sich angeregt. Kheton blickte auf, als sie eintraten. "Ja, junge Freunde, braucht ihr etwas?"

Kapitän Thëlamôn und Kheton hörten ihnen aufmerksam zu und sahen sich dann an. Sie hatten auf einen Zauber getippt, der ausgelöst werden sollte, aber es war einen Versuch wert. Vorsichtig entfernten sie die Erde aus dem Korb, und bald wischte Kheton den Schmutz von einem strahlend weißen Steinei. Der Sprechende Stein!

"Wie klug von euch", lobte der Kapitän. "Ich werde der Lady von Kamûk sofort mitteilen, wie hilfreich Ihr gewesen seid, Athenai."

Kurze Zeit später erhielt Chryséis eine telepathische Nachricht von ihrer alten Freundin, der Lady von Sydonia. *Ihr wart wirklich eine große Hilfe für uns Menschen der Bekannten Welt.*

'Ja, Lady, Dankeschön. Schukri. Aber Ruta Ynis war auch wirklich erstaunlich.' teilte Chryséis ihr mit.

'Das glaube ich gerne. Ich bin sehr froh, daß alles gut gegangen ist. Der weise Sprechende Stein wird nun bald wieder in Caradoc sein. Eine gute Reise weiter nach Atala, Athenai.'

Die Windverhältnisse waren an diesem frischen Morgen sehr günstig, und die *Navis Arion* kam zügig voran. Die Besatzung war in Hochstimmung, aber die Matrosen ahnten nocht nichts davon, was als Nächstes passieren würde.

Ein Seeungeheuer, ein riesiger Tylosaurus, hatte nach der nächtlichen Mahlzeit wie üblich auf seinem glatten Lieblingsfelsen gedöst. Die Sonne wärmte seinen langen Körper mit den gekerbten Flossen entlang des Rückens bis hinunter zur Schwanzspitze, während kleine Seevögel pickend seine langen, scharfen Zähne putzten.

Dieser Teil des Ozeans war sein unangefochtenes Revier.

Kein anderer Tylosaurus oder irgendein anderes Monster würde sich diesem Teil des Meeres nähern, wenn ihm sein Leben lieb war. Der Saurier schnippte träge mit seinem schuppigen Schwanz, als sein zielstrebiges Reptiliengehirn aus heiterem Himmel von dem Ruf der Elfenkönigin geweckt wurde.

'Angriff, Angriff, Angriff!'

Bald wurde ihm das Ganze zu kribbelig. Der furchterregende Tylosaurus streckte ein letztes Mal seine Hinterbeine aus, stürzte sich in die Wellen und steuerte auf einen anderen Felsen zu.

Im Wasser spürte das Ungeheuer die brummende Bewegung der *Navis Arion*, das leichte Knarren des Holzes und das Zischen der Takelage. Dann gab es ein schwaches Geräusch, das dem ersten in einiger Entfernung zu folgen schien. Der Tylosaurus wechselte die Richtung.

"Kurs drei Knoten Süd", befahl Kapitän Thëlamôn, und das Schiff verlangsamte sich etwas, während die Besatzungsmitglieder eines der Segel einholten.

"Seht euch diese Felsen an." Katherine zeigte auf ein paar glatte Steinvorsprünge, die aus dem Wasser ragten. Der größte Felsen war der bevorzugte Ruheplatz des Seeungeheuers.

"Gefährlich, so mitten im Ozean," sagte Trevor.

"Ich bin sicher, der Kapitän weiß, was er tut. Und ausserdem sind wir nicht auf der Titanic."

Der mächtige Drache war nur noch ein paar Längen vom Schoner entfernt, als ein seltener Riesenkalmar beschloss, es mal mit der großen Holzschale zu versuchen.

Der stets hungrige Tintenfisch stürzte sich auf das Schiff und umschlang es mit seinen 20 Fuß langen Tentakeln, die sich an den massiven Planken festsaugten. Der Schnabel des Tintenfisches war stark genug, um die härteste Schale aufzubrechen, und er versuchte, die richtige Stelle zu finden, um sich durch das Holz zu nagen.

"Ho, was ist das denn? Da klebt etwas am Rumpf. Aktiviert die Strahlenabwehr!" ordnete Thëlamôn an.

"Aye, aye, Kapitän."

Doch bevor Matrose Fenrik dies tun konnte, fand er sich an die Kabinenwand gepresst kauernd wieder und die Luft war ihm schier aus den Lungen gepresst.

Die Navis Arion hing schief mit dem Steuerbordruder hoch in der Luft, und Kapitän Thëlamôn klammerte sich mit aller Kraft an die Kabinentür, während er versuchte mit der anderen Hand die Instrumententafel zu erreichen.

"Woaah, was ist denn jetzt los? Hilfe!" Unter Deck fuchtelte Chryséis mit den Armen herum, als sie versuchte, sich aufzusetzen und stattdessen auf Katherine landete. Trevor rollte am Boden entlang unter den Sitz am gegenüberliegenden Fenster.

"Chris, du sitzt auf meinem Rücken!" schrie Katherine auf.

"Ich versuche, von dir runterzukommen." Chryséis kämpfte sich auf den Boden vor, der nicht dort war, wo er hätte sein sollen. Dann begann das Schiff auf einmal hin und her zu schwanken. Das Gewicht des Tintenfisches zog an der anderen Seite des Rumpfes und drückte ihn gefährlich tief ins Wasser hinein.

Einer der Tentakel tastete sich an den Planken entlang, dann folgte noch einer. Die Männer an Deck versuchten, sich an der Reling und Takelage festzuhalten, und das Meerwasser spritzte über sie hinweg. Sie murmelten Gebete an die Meeresgötter Tiamat und Nereus und all seine Töchter und hofften, daß die Tentakel sie nicht finden würden.

Währenddessen kroch Kapitän Thëlamôn in der Kapitänskajüte über den schrägen Boden und schnappte nach Luft , aber es gelang ihm nicht, die Strahlenabwehr zu aktivieren, die Elektroschocks auslösen würde.

Er war besorgt, daß das Schiff jeden Moment Wasser fangen und kentern würde. Die Kinder lagen nun hilflos auf der Tür der Panoramakabine. Sie schluchzten und stöhnten, während sich der Kabinenjunge vor lauter Angst an einem Schrank festhielt.

Der Seedrache erreichte nun ebenfalls das Schiff. Aber was war das? Ein Riesenkalmar hing an dem Schiffsrumpf. Oh nein, nicht in seinem Revier! Vergessen war das störende Geräusch. Es hieß nun ein Seemonster gegen ein anderes.

Mit einem gewaltigen Brüllen grub der Tylosaurus seine riesigen Kiefer in den weichen Tintenfisch, zog und riss ihn mit sich. Der tödlich verwundete Tintenfisch ließ den Schiffsrumpf los und versuchte in einem letzten verzweifelten Versuch, seine Tentakel um den Körper des Drachens zu wickeln, dann starb er und färbte das Meerwasser dunkel mit seiner grässlich schwarzen Tinte.

Das Schiff kippte prompt wieder, wie ein Kinderspielzeug, in eine aufrechte Position zurück und schleuderte seine Insassen noch einmal heftig herum. Die flügelartigen Flossen hingen schlaff zwischen den leblosen Tentakeln, die langsam auf den Meeresgrund hinunter zu treiben begannen. Der Seedrache kämpfte darum, sich die Saugnäpfe vom Rücken zu beißen, und in einem atemberaubenden Moment sahen die Mitglieder der Crew, wie sich der Tylosaurus aufbäumte und zurück ins Meer platschte. Die Wellen ließen die Navis Arion auf und ab schwanken.

"Aaaah!" Ein unglücklicher Matrose verlor den Halt und wurde von einem gekerbten Schwanz über Bord gepeitscht. Mit letzter Kraft hielt er sich an den verknoteten Seilen der Bordwand fest.

"Halt dich fest, halt dich fest!" Seine Kameraden stolperten zur Reling hin und zogen den Mann schnell aus dem Wasser. Gerade noch rechtzeitig.

Mit einer letzten Welle warf sich das Seeungeheuer herum und wollte sich auf den Weg zu seinem Felsen machen, mit einem großen Stück Tintenfisch im Maul. Aber der Spuk war noch nicht vorbei.

Die verängstigte Mannschaft erhaschte einen Blick auf

Kiefer mit herausragenden Zähnen in einem riesigen grauen Kopf. Ein großer Hai wollte sich an der vermeintlichen Fressorgie beteiligen.

"Heilige Erdmutter." Den erfahrenen Seeleuten wurden die Knie weich.

Das Wasser brodelte in roter, schaumiger Verwirrung, aber der gierige Hai war kein Gegner für den wütenden Tylosaurus. Er ließ den Tintenfisch los und riss dem Hai den Kopf ab. Noch immer schäumend und schnappend, trieb er an die Oberfläche. Eine lange Reihe spitzer Zacken umkreiste das grausige Objekt, bevor sie mit dem sich windenden Körper des Hais verschwanden. Kapitän Thëlamôn war blitzschnell wieder auf den Beinen, seine Rippen und sein linker Arm schmerzten, und an seinem kantigen Kiefer klaffte eine Wunde.

Im Wasser spürte der Tylosaurus das Brummen der Navis Arion. Der Kapitän griff nach der Hockeyschlägerwaffe an seinem Gürtel, aber ein anderer Matrose richtete bereits seine Waffe auf das blutige Gemetzel, aber die Todesstrahlen verfehlten immer wieder ihr Ziel.

Der Kapitän ignorierte seine Schmerzen und handelte schnell: Es gab nur eines zu tun. Seine geprellte Hand berührte die Regler, und das Antriebssystem des Schiffes sprang mit einem Zucken an und trug die Navis Arion schnell über der Wasseroberfläche weiter nach Osten.

Dies war nicht der schlimmste Angriff eines Seeungeheuers, den er je erlebt hatte, aber ein ziemlich unerwarteter. Der erfahrene Seemann stieß einen Seufzer der Erleichterung aus. Der Schaden war nicht allzu groß, und er hatte keine einzige Seele verloren. Der Erdmutter sei Dank.

"Wa...was war das?" rief Trevor fassungslos.

Erschrocken rappelten sich die Zeitreisenden auf und klammerten sich weißgläubig an die Einbaumöbel der Panoramakabine. Der Kabinenjunge steckte seinen Kopf unter einem der gepolsterten Sitze hervor und versprach der Erdmutter und Nereus, nie wieder Essen aus der Kombüse zu nehmen, wenn der Koch nicht hinsah.

"Autsch, mein Kopf tut weh." Katherine spürte eine Beule an ihrer Stirn.

"Ein See...monster? Brüllend..." Chryséis konnte immer noch nicht richtig sprechen.

Zum Glück hatten die drei Freunde nur einen flüchtigen Blick auf den Kopf des Hais erhascht, während sie darum kämpften, sich zu orientieren, aber das Gebrüll, das Plantschen des Wassers und Knarren des Holzes hatte gereicht, um ihnen das Blut in den Adern gefrieren zu lassen.

Katherines Kopf schmerzte ganz schön und Blut rann ihr die Stirn hinunter, ihre Hand war wahrscheinlich gebrochen, obwohl sie noch nicht viel spüren konnte. Chryséis hielt sich ihr Knie, das auf die Größe einer Grapefruit angeschwollen war.

Nur Trevor schien unverletzt zu sein, denn er hatte sich in eine dicke Daunendecke gewickelt, die er unter einem der Sitze gefunden hatte.

Sie blieben unter Deck und wurden nur von einem blassen und zitternden Kheton überwacht, bis das Schiff schräg in den kleinen Hafen von Dweepa auf der Insel Daitya einlief. Ihr Wächter schenkte großzügig Recutis aus dem Vorratsschrank des Schiffes aus und nahm selbst einen großen Schluck der Flüssigkeit, bevor er die Flasche zu Lelani brachte.

Entlang des Piers steuerte die Navis Arion an drei Schiffen vorbei, bevor sie ankerte. Bald saßen Besatzung und Passagiere in Wolldecken gehüllt im Hafenmeistergebäude, schlürften heiße Fischbrühe und aßen Platten mit leckeren Fischklößen. Die Klöße waren mit einer süß-salzigen braunen Soße übergossen, einer atlantischen Spezialität namens "Garum".

Chryséis hatte zuerst an ihrem mit Garum bedeckten Essen herumgestochert, war aber zu hungrig gewesen, um wählerisch zu sein, und aß jetzt gierig ihren dritten Kloß.

Katherine stellte ihre Suppenschüssel zurück und wischte sich den Mund mit dem Ärmel ihrer Tunika ab. "Ah, das war gut. Ich dachte, ich würde nie wieder etwas zu essen bekommen."

Die Beule auf ihrer Stirn war nach der Behandlung fast verschwunden, und Chryséis' Knie war nur noch ein wenig geprellt.

"Ich glaube, ich habe noch nie so etwas Unheimliches gehört. Was war das für ein schreckliches Gebrüll? Ein Wal kann es nicht gewesen sein. Die 'Nessie' mit dem langen Hals hat damals keinen Ton von sich gegeben. Das Ding da draußen war was ganz anderes und auch viel größer."

"Ich glaube, der Kapitän hatte nicht gelogen, als er uns von Seeungeheuern erzählte."

"Im Moment will ich gar nichts darüber wissen. Ich bin nur froh, daß wir noch am Leben sind." Chryséis tätschelte ihr Knie. "Unglaublich, wie schnell das heilt."

"Ja, meine Kopfschmerzen sind auch weg und meiner Hand geht es gut." Katherine drehte ihr Handgelenk hin und her. "Seht ihr?"

Der Hafenarzt war damit beschäftigt, die Matrosen mit einem Handgerät zu behandeln, und bald ertönten im Hafenmeistergebäude lebhafte Diskussionen.

"Ich sage euch, es war ein Drache. Ein monströser Drache. Wenn der Hai nicht gewesen wäre, hätte er sicher das ganze Schiff mit allen Insassen aufgefressen." Ein Matrose erinnerte sich mit großen Augen an den furchterregenden Anblick, als er sich an der Takelage festhielt.

"Ja, aber der Tintenfisch hätte eine ganze Stadt vierzehn Tage lang ernähren können."

"Nein, diese Ungeheuer schmecken nicht gut. Ein Freund von mir hat einmal versucht, ein Stück Tentakel zu braten. Seine Crew fand mal einen toten Riesen-Tintenfisch am Strand. Fieser Geschmack, sag ich dir."

"Die hatten wohl den Zitronensaft und die Gewürze vergessen, haha." Alle lachten.

"Ich habe noch nie von solchen Angriffen am helllichten Tag gehört", sagte Kapitän Thëlamôn leise zum Hafenmeister und Sorge schwang in seiner Stimme mit.

"Irgendetwas stimmt hier nicht. Irgendetwas stimmt

hier ganz und gar nicht", sagte der alte Mann in seinem breiten daityanischen Tonfall. "Ich will verdammt sein. Das Monster hat noch nie am helllichten Tag angegriffen. So etwas habe ich in meinem ganzen Leben noch nicht gehört."

"Du meinst, es könnte Obeah sein? Autsch!" Der Kapitän streckte seinen Arm aus, um dem Hafenarzt die Möglichkeit zu geben, seine Verletzungen zu heilen. Der Arzt bewegte das Heilgerät langsam über den muskulösen Arm.

"Wenn ich das nur wüsste. Nereus und Tiamat sei Dank, daß ihr entkommen seid und der 'Sprechende Stein' in Sicherheit ist."

Der Hafenmeister nahm einen Zug aus seiner Pfeife.

"Ja, Nereus und Tiamat sei gedankt", sagte Kapitän Thëlamôn. "Aber was ich wissen will, ist, welcher Feind diese Seeungeheuer auf mein Schiff hetzen würde. Ich will ihm eine Kostprobe seiner eigenen Hexenkunst geben."

"Ah, Thëlamôn, du willst nichts mit Obeah zu tun haben, glaub mir. Der Angriff war vielleicht nur ein Zufall. Ein Rätsel, das wir nicht erklären können."

"Wir sollten jetzt den Göttern danken. Unsere Pflicht darf nicht vernachlässigt werden. Lasst uns gehen und im Nereus-Tempel Weihrauch anzünden, ihre guten Männer."

Der Hafenmeister brummte sein Einverständnis, und die beiden schlenderten Seite an Seite die Mole hinunter, gefolgt von einigen Matrosen.

Am nächsten Morgen war das Schiff repariert und die Wunden waren verheilt.

Der wertvolle Sprechende Stein von Caradoc lag in einem Holzkistchen, ausgegepolstert mit daityanischer Schafswolle und weichem Samt.

Es wurde von einem Matrosen sicher bewacht, während die *Navis Arion* ihre Reise nach Atala fortsetzte.

▷▷▷▷7 DIE ANKUNFT IN ATALA

Es dauerte nicht lange, bis sie die Hauptinsel von Atland ansteuerten.

Ein weiteres Schiff, kleiner als die *Navis Arion*, legte etwa zur gleichen Zeit an der Westküste Atalas an, unweit des Gebiets des Kleinen Volkes.

In der Nähe der felsigen Küste lagen halb versunkene Gebäude, die schon vor dem Dunklen Zeitalter verlassen worden waren. Es war ein geheimer Ort.

Gigantische Mauern grenzten an eine kleine Lagune, in der eine Handvoll Ioannus lebte. Hier gingen die verzauberte Besatzung und die düsteren, riesigen Passagiere des Schiffes von Bord und wurden in einer kolossalen Ruine, die einst von den 'Großartigen' bewohnt worden war, in Empfang genommen.

Umgeben von blubbernden heißen Schlammtümpeln und ihren schwefelhaltigen Nebeln lag die Behausung der Riesen ziemlich sicher vor Entdeckung geschützt.

"Warum - bei Xipe Xolotle - hat der Hai ihr Schiff nicht in Stücke gerissen? Der Zauber hat doch schon einmal funktioniert", donnerte der leicht gebückte Anführer der Gabari. Er stampfte in der langen Halle auf und ab, und seine Anhänger wichen vor lauter Angst zurück.

"Aber Herr, der Sprechende Stein ist an Bord des Schiffes..."

"Ja, ja, ja. Es ist das Beste so, ich weiß. Und wir haben sie sogar wie geplant aufgehalten." Der Anführer strich sich sein unordentliches Haar nach hinten und setzte sich schwer auf einen der steinernen Sitze. Die anderen Gabari wagten es nicht, sich zu rühren.

"Diese Elfen und ihr fauler Baumzauber! Aber ich habe es dem quietschenden kleinen Waldwächter gezeigt. Ich hätte jeden einzelnen von ihnen in Frösche verwandeln sollen. Und diese lästigen fremden Kinder gleich mit! Verdammte Plagegeister!" Er schlug mit der Faust auf den Steintisch in der verfallenen Halle.

"Sir... Ihr braucht Euch um die Kinder keine Sorgen machen. Wir sollten allerdings keine Aufmerksamkeit erregen...", ermahnte ihn der tapferste der Riesen zögernd.

"Ah, da habt Ihr recht. Wir werden uns hier verstecken - nein - für eine Weile ausruhen. Dann werden wir siegreich nach Hause zurückkehren, mit der ganzen Weisheit eines sprechenden Steins auf unserer Seite, um dann wieder unseren rechtmäßigen Platz in der Bekannten Welt einzunehmen. Wir werden diesen verlogenen Würmern zeigen, wer hier das Sagen hat!"

"Und das werden wir, Herr, ja das werden wir."

An diesem Tag fand ein unglückliches Reh, das zu nahe an den heißen Schlammtümpeln gegrast hatte, ein schnelles Ende in der großen Feuerstelle in der Halle.

Weiter südlich war das erste, was die Zeitreisenden sahen, ein geniales System aus zahllosen Hängebrücken, die andere Überreste des alten Atland-Kontinents mit dem nahen Atala verbanden.

Kapitän Thëlamôn steuerte die *Navis Arion* durch eine enge Passage, bevor das Schiff auf dem Weg nach Algiras, der Hauptstadt Atalas und dem Verwaltungszentrum der Bekannten Welt, unter mehreren Brücken hindurchsegelte.

Dank einer warmen Meeresströmung, 'Das Rad' genannt, die den Norden Atalas umspülte, herrschte dort ein recht mildes Klima.

"Das ist ja so mega!" Katherine starrte auf eine rote Brücke, die an großen Pfeilern in den Himmel ragte. "Da oben sind Menschen und Vimaane."

Wenige Augenblicke später fuhren sie unter der Brücke durch, die die Insel Tamoanchan oder der "Ort der Blumen" mit Atala verband. An einer steilen Klippe, die aus dem felsigen Ufer Atalas herausragte, lag ein Dorf namens Poseidonis.

Die Häuser und Straßen auf den oberen Ebenen waren nur über Treppen und Leitern zu erreichen. Ein wirklich interessanter Anblick. Als das Schiff die südliche Halbinsel von Pandora umrundete, ragte eine massive Ufermauer aus den Felsen heraus und geleitete sie bis zur Hafeneinfahrt.

"Wow!" Trevor war wirklich beeindruckt. "Das sind aber große Steine."

"Die Mole wurde vor dem Dunklen Zeitalter von den 'Großartigen' gebaut." Lelani gab den Kindern in letzter Minute noch eine Lektion über Atala, die darauf basierte, was sie in Miragen gesehen und in Büchern gelesen hatte.

Währenddessen segelte die *Navis Arion* auf die Hafeneinfahrt zu und achtete darauf, den anderen Schiffen nicht in die Quere zu kommen.

"Atala ist nach den weißen Klippen im Süden benannt. Es bedeutet 'die Leuchtende'", erzählte Lelani ihnen eifrig. "Weite Prärien sind die Heimat Großwild und bedecken das Landesinnere. Die nomadischen Stämme der Leni Lepi und Nazhuatl durchstreifen das Land und jagen Wild. Lila Heidekraut und rosafarbener und weißer Kosmos bedecken die Ebenen einen Großteil des Jahres. In der Mirage sah es wirklich sehr schön aus."

"Und was ist mit dem Rest der Insel?" fragte Katherine, und Chryséis warf ihr einen warnenden Blick zu. *Stell ihr nicht so viele Fragen,* sonst ist sie morgen früh noch nicht fertig, übermittelte sie Katherine vehement, konnte sich aber nicht sicher sein, ob ihre Freundin ihren Gedanken wirklich gehört hatte. In Ruta Ynis war das einfacher gewesen.

"In den kühlen Flüssen und Seen im Nordwesten wimmelt es von Forellen, Aalen und Lachsen."

Lelani musste einen Moment lang nachdenken. "Im hohen Norden wachsen dichte Kiefernwälder in den Ourala-Bergen. Hochlandnebel verbergen dort oft die höchsten Gipfel, die Rauchende Frau und den Schlafenden Riesen."

Sie versuchte, sich an weitere Details zu erinnern. "Stämme von Wildmenschen und Pygmäen haben in den geräumigen Höhlen des Gebirges ein Zuhause gefunden. Manche sagen, daß große Saurier in abgelegenen Teilen der nördlichen Täler von Fomor noch immer umherstreifen. Das ist nicht ganz unmöglich. Auf einigen der unbewohnten Inseln leben auch große Echsen, die von den einheimischen Fischern gefürchtet werden."

"Oh, da würde ich nicht hingehen," sagte Katherine entschlossen.

"Nein, ganz bestimmt nicht," stimmte ihr Chryséis zu.

"'Tschuldigung, was hat sie gesagt?" fragte Trevor. Er hatte nicht zugehört.

"Es gibt wohl noch Dinosaurier in den nördlichen Bergen. Warum hörst du eigentlich nicht zu?"

Lelani konnte die Bilder des Unterrichtsfilms vor ihrem inneren Auge sehen. Jahrelanges Training hatte ihren Blick dafür geschärft.

"Die Guanchis, die in einer merkwürdigen Vogelsprache sprechen, leben in den Tälern im Vorgebirge... bei den Weinbergen von Gaswyn, dem Weinanbaugebiet. Der größte Teil der frischen Produkte Atalas stammt aus dieser Gegend mit der Hauptstadt Challamdor durch die der Fluss Triton fließt. Im Osten liegt die Halbinsel Cercenes und dort sind auch die Mangrovenwälder des Tritonides Sumpfes."

Die junge Alesierin war zufrieden mit ihren Bemühungen, die fremden Kinder über Atala zu unterrichten.

Sie hätte ihnen sagen können, daß sich jenseits des Tritonides das Gadirische Meer bis zur 'Passage der Goldenen Säulen' und dem warmen Blauen Meer erstreckte,und entlang des westlichen Festlandes die Meerenge von Caldera, die das Gadirische Meer mit dem Golf von Morbihan verband.

Aber sie wollte sie nicht mit zu vielen Details langweilen, und es war ohnehin an der Zeit, daß sie

Kheton suchen ging. Lelani hatte sich immer vorgestellt, mit Kheton an Deck zu stehen und die Statue des Atlas zu betrachten, wenn das Schiff in den Hafen einlief.

"Schukri, ich danke dir, Freundin Lelani. Das war eine sehr... ähm... präzise Beschreibung von Atala", sagte Katherine höflich.

"Es ist mir ein Vergnügen, Athenai. Ihr macht diese Reise ja, um mehr über die Bekannte Welt zu erfahren."

"Seht euch das da drüben an! Ist das etwa eine Statue?" Trevor deutete auf einen großen Bronzekopf, der immer größer wurde. Er bekam keine Antwort.

Lelani hatte den Panoramaraum bereits verlassen und war auf dem Weg hinauf zum Deck. Ein ausgestreckter Arm mit einer nach außen gekehrten bronzenen Handfläche kam zum Vorschein, aber der größte Teil der Statue war noch von der Ufermauer verdeckt.

"Boa, beeindruckend!" Katherine drückte ihre Nase gegen das große Fenster und die anderen lachten.

"Was denn?! Lasst mich doch, Leute. Ich habe nicht jeden Tag die Gelegenheit, Atlantis zu sehen."

Sie wünschte sich so sehr, daß dies Atlantis sei. *Stellt euch das mal vor!* "Lelani hätte uns mehr über die Stadt erzählen sollen. Ich meine, seht euch das mal an."

Jeder Hügel in Sichtweite war mit Straßen und Häusern bedeckt und glänzende, zwiebelförmige Dächer und Türme hoben sich deutlich vom grauen Himmel über der Ufermauer ab.

"Kommt, wir wollen uns das mal vom Deck aus ansehen!" Trevor stand abrupt auf, und sie folgten alle Lelani nach oben.

Kheton war an diesem Morgen stolz auf seine jungen Freunde. Seine Aufgabe, den 'Sprechenden Stein von Caradoc' zu finden, war mit der Hilfe der Kinder erfüllt worden. Die Molyblume, die für ihre Schutzkräfte gegen schwarze Magie berühmt war, würde die diebischen 'Bösen' für eine Weile in Schach halten.

"Schelanti, mein lieber Mann." Lelanis Stimme weckte

Kheton aus seinem Tagtraum.

"Ah, da ist ja meine schöne Frau, komm her. Ist der Anblick hier nicht wunderbar?" Das junge Paar stand eng beieinander und bewunderte die Aussicht auf Algiras. Die drei Zeitreisenden versuchten, einen besseren Blick an der Reling zu erhaschen. "Habt ihr das Knurren gehört?" Katherine spitzte ihre Ohren und die anderen lauschten.

"Das ist aber doch kein Knurren, das ist Donner," stellte Trevor fest. Sie bemerkten, wie der graue Himmel hinter einem schweren, dunklen Wolkenschleier verschwunden war.

"Verdammt!" rief Katherine, als ein weiteres leises Donnergrollen ertönte. Man sah jetzt, daß die Statue eine große Kugel auf den Schultern trug. Eine Weltkugel.

"Keine Angst, wir sind gleich da", rief Kapitän Thëlamôn ihnen über seine Schulter hinweg zu.

Die *Navis Arion* würde in Algiras ihre Ladung löschen und aus Früchten destilliertes Wasser-des-Lebens an Bord nehmen. Ogygia war der nächste Anlaufhafen, bevor das Schiff mit dem Meeresstrom 'Dem Rad' zurück nach Alesia segelte.

Der Kapitän war mit sich zufrieden und seine offiziellen Pflichten würden hier enden. Die Mission im Auftrag der Lady von Kamûk war recht erfolgreich zu Ende gegangen.

Die massive Bronzestatue erhob sich nun über der Hafeneinfahrt. Der Kapitän hatte schon oft gesehen, wie die massiven Bronzebeine mit jedem Fuß fest auf einem behauenen Quaderstein verankert waren. Eine Aussichtsplattform verlief entlang des Metallsaums der Statue, und vielleicht würde er ja dieses Mal das Meer von dort oben betrachten.

"Das nenne ich eine Statue!" Trevor stand staunend da und besah sich den bronzenen Atlas, während er sich an der Schiffsreling festhielt.

"Erinnert euch das an etwas?" Chryséis' Nacken begann zu schmerzen.

"Was, die Statue?" fragte Katherine und bewegte sich kein bisschen.

Ihr Schiff fuhr unter dem Schatten der Statue hindurch und in den Hafen hinein.

Die Leute auf der Aussichtsplattform winkten den vorbeifahrenden Schiffen noch immer zu, aber die meisten machten sich bereit zum Ablegen. Sie wollten nicht im Regen stehen bleiben, der sich schon durch den Donner ankündigte.

"Ja, sicher die Statue!" Chryséis konnte nicht glauben, daß der Groschen noch nicht gefallen war.

"Freiheitsstatue?" meinte Katherine.

"Der 'Koloss von Rhodos' vielleicht?!!" sagte Chryséis ungeduldig.

Natürlich wusste Katherine von der griechischen Statue, die bei einem schweren Erdbeben ins Meer gestürzt war. "Gab es noch andere solche Statuen vor der Freiheitsstatue in New York?", scherzte sie.

"Ja, natürlich." Chryséis verzog das Gesicht und beobachtete, wie grell bemalte Tierskulpturen von einem seltsam aussehenden Schiff mit Segeln, die wie gelbe Fischflossen aussahen, an den Docks abgeladen wurden.

"War er so groß wie dieser hier?" fragte Trevor.

"Woher soll ich das wissen?" antwortete Chryséis.

"Das glaube ich nicht." Katherine starrte noch immer auf die riesige Statue, die sie jetzt hinter sich liessen.

"Vielleicht war es ja mal Mode in großen Häfen, diese Bronzestatuen aufzustellen."

"Sicher, das ist möglich. Nur daß es in Aztlan und Kamûk keine solchen Statuen gab," meinte Trevor.

"Mmhm, so viel zu meiner Theorie."

"Mach doch ein Foto, Trev," forderte Chryséis ihn aufgeregt auf.

"Gleich. Wir sind noch zu nah dran."

Blitze zuckten über den Himmel und die Kinder bekamen einen Schreck. Die *Navis Arion* bewegte sich stetig auf die Docks zu, als plötzlich Regen auf den Hafen niederprasselte und alle Deckung suchten.

"Wo ist denn die 'Mauer der drei Wege'? Ich kann sie nicht sehen!" fragte Lelani aufgeregt, als sie wieder im Panoramaraum waren. Die 'Mauer der drei Wege' war eines der ältesten Denkmäler in Algiras. Die aus Kristall, Kupfer und versilbertem Stein gefertigten Mauern trafen sich in der Mitte der Stadt.

"Nicht bei diesem Regen. Wir haben noch viel Zeit, um die Metropole zu erkunden..." Kheton drückte sanft Lelanis Arm.

Durch den nassen Vorhang konnten sie nur Reihen von Lagerhäusern sehen und unter breiten Têrakhon-Dächern wurden Transportvimaane be- und entladen und die Hafenarbeiter störten sich kaum an dem Regenschauer. Ein breiter Weg führte von den Docks, entlang der Uferpromenade, und dann in die Stadt hinein. Gleich hinter den Lagerhallen befanden sich zweistöckige Geschäfte und auf den Balkonen hingen Wäschestücke zum Trocknen aus.

"Oh nein, einige Hausfrauen werden sich aber ärgern", seufzte Katherine. "Vielleicht regnet es hier ja öfter. Seht euch nur all diese durchsichtigen Dächer an."

"Was ist das denn für ein Vogel?" Chryséis deutete auf eine Gruppe von Kindern am Kai. Ihr Haustier, ein großer, schwerfälliger Vogel, der wie ein riesiger Strauß aussah, war an einer Stange neben einer Garküche festgebunden.

Ihre Eltern waren damit beschäftigt, dort gedämpfte Knödel zu kaufen. Zwei Jungen spielten mit einem großen braunen Tausendfüßler und klopften mit Stöcken auf ihn ein, während ein älteres Mädchen das Gefieder des Vogels streichelte. Das Insekt war so groß wie eine Wurst und entrollte sich aus einer engen Spirale, wenn man es eine Weile in Ruhe ließ. Der Vogel gackerte und pickte nach Krümeln auf dem Boden und schüttelte gelegentliche Regentropfen ab. Die Jungen hatten bald genug von ihrem Spiel und ließen dem Vogel seinen Snack.

"Ho, am Ufer entlang. Werft den Anker und macht das Schiff fest!" rief Kapitän Thëlamôn, und das Schiff kam am Kai zum Stillstand. Die übliche Delegation von Beamten war schon durchnässt und begann erst jetzt, sich unter dem Dach des Docks zu versammeln, um die Besucher aus Alesia zu begrüßen. Ihr Begrüßungslied wurde von dem strömenden Regen übertönt, und die ehrwürdigen Beamten gaben bald auf.

"Willkommen in Algiras, verehrte Besucher. Darf ich Ihnen das abnehmen?" Eine ältere Jungfer namens Jostia nahm offiziell den Korb mit der Molyblume und dem 'Sprechenden Stein' entgegen. Das leuchtend weiße Steinei im Korb wurde schnell in einer schützenden, transparenten Kugel gesichert.

Jostia beschloss, daß noch später Zeit für Formalitäten sei. Sie eilten alle zu zwei Zitadell-Vimaanen, während Lelanis schweres Gepäck zu einem Transportfahrzeug gebracht wurde.

"Ah, es klart schon wieder auf", verkündete die Jungfer, und der Regen ließ allmählich nach, als die Vimaane über die glitzernde, nasse Promenade in die Stadt schwebten. Über leere Alleen und saubere Plätze, auf denen es normalerweise von Menschen nur so wimmelte.

Der erste Platz, den sie passierten, war mit einer riesigen roten Koralle auf einem Marmorsockel geschmückt.

"Das sieht aus wie ein roter Baum ohne Blätter", stellte Chryséis fest. Hinter der Koralle befand sich ein terrassenförmiges Gebäude, das mit polierten dunkelgrünen Steinplatten verkleidet und von einem kurzen, durchsichtigen Turm gekrönt war. Von einer hoch gelegenen Plattform neben dem Turm flogen kleine Vimaane ein und aus.

"Liebe Jungfer Jostia, darf ich fragen, was das für ein Gebäude ist?" fragte Lelani.

"Das ist ein Teil unseres wissenschaftlichen Zentrums," erklärte die Jungfer stolz. "Ich sehe, Freundin Lelani, Ihr habt einen Blick für das Außergewöhnliche. Dieses Gebäude ist das 'Haus der Ätherischen Wissenschaft', die größte Forschungseinrichtung in der Bekannten Welt. Eine der jüngsten Errungenschaften ist die Entdeckung, wie man die Gedankenkraft mit Kristallen verstärken kann."

"Ich verstehe." Lelani schaute verblüfft drein und verstand eigentlich garnicht, wovon Jostia sprach.

"Unsere beliebteste Touristenattraktion, die 'Mauer der drei Wege', kann man von hier aus leider nicht sehen. Aber ich werde Euch das Monument gerne bei anderer Gelegenheit zeigen."

"Danke, liebe Jungfer", sagte Lelani höflich und verbarg ihre Aufregung.

"Neben dem grünen Gebäude befindet sich die Hauptbibliothek der Stadt, das 'Haus des Wissens'. Wie man an der weißen Statue mit den Schriftrollen unter dem Arm erkennen kann", fuhr Jostia fort.

"Was ist das andere Ding vor dem Gebäude?" flüsterte Chryséis.

"Ich kann das nicht richtig sehen", flüsterte Katherine zurück.

Als die Zitadellen-Vimaane um die Ecke bogen, sahen sie, daß sich der breite Fries an der rosafarbenen Marmorfront an der Seite des eleganten Gebäudes fortsetzte. Mit Kupfer und Silber eingelegt, stellte er Menschen in Tuniken dar, die Bücher studierten.

Trevor drehte sich auf seinem Sitz um, um einen besseren Blick darauf zu haben. "Wir müssen uns unbedingt die Bibliothek ansehen. Unbedingt," sagte er.

Chryséis war besonders von den Bäumen fasziniert, die die Straßen säumten. "Die sind ja beschnitten wie riesige Brokkoli", sagte sie leise, damit Jostia sie nicht hörte.

"Ja, da hast du recht", lachte Katherine. "Das sieht genau so aus wie Brokkoli."

Als nächstes kamen sie an einem Gebäude mit gewölbten grünen und blauen Balkonen in Form von Wellen vorbei. Die Menschen begannen wieder, die Straßen zu bevölkern, und der Vimaan schwebte nun bergauf, gerade als die Sonne wieder durch die dünner werdenden Wolken brach.

"Oh, das ist aber schön!" rief Lelani und sah dem Gebäude eine Weile nach. Durch eine Reihe blühender Frangipani-Bäume hindurch konnte man die Uferpromenade mit einem weißen Leuchtturm darauf sehen.

"Die Ostseite des Hafens ist für die Werkstätten der Handwerker reserviert." Jostia zeigte auf eine Reihe bunter karton-förmiger Häuser, die nicht weit von der Straße entfernt auf dem Hafendamm standen.

Sie blickten hinunter und sahen wie Segelboote und Fischerboote sich sanft in einem kleineren Hafenbecken hin und her bewegten. Es gab auch künstliche Kanäle zu sehen mit Häusern und Anlegestellen.

"Sieht aus wie Venedig!" sagte Katherine.

"Eher wie Palm Beach," korrigierte sie Chryséis.

Links und rechts der Straße oben wogte nun eine Hecke aus federleichten Callistemon-Büschen sanft in der Brise. Es folgten halbmondförmige "Apartment"-Häuser mit geschwungenen Außentreppen, die sich um einen kleinen zentralen Platz mit Wasserspielen und Bänken zwischen Palmen und roten Hibiskusbüschen gruppierten.

"Was für eine schöne Stadt", lobte Lelani und wünschte sich, daß Kheton nicht in dem Vimaan vor ihnen wäre. Sie schickte ihm eine kurze Nachricht und fühlte sich besser. Auch Kheton bewunderte die Aussicht.

"Einmal hat eine große Flutwelle derartige Gebäude, die näher am Ufer standen, einfach weggeschwemmt. Tragisch!" Jostia schauderte, während sie die Geschichte erzählte. "Die Götter des Meeres verlangen manchmal erheblich größere Opfergaben als nur Weihrauch und Blumen."

"Passiert das oft hier?" fragte Trevor besorgt.

"Nein, nicht sehr oft. Aber was kann man schon gegen den Willen der Götter tun?"

Mit ihrer Geschichte unternahm die Jungfer einen Umweg in alte Zeiten. "Während des dunklen Zeitalters, der schlechten Zeit, fanden die Menschen Schutz in hoch gelegenen Höhlen," sagte sie. "Trotz der schrecklichen Verluste an Menschenleben hielten die damaligen Bewohner Atlands an einer zivilisierten Lebensweise fest. Die wenigen verbliebenen 'Sprechenden Steine' waren von unschätzbarem Wert für die Bewahrung der himmlischen Gesetze. Doch die Menschen litten in jenen Zeiten sehr. Roher Fisch, Wurzeln und Seetang waren ihre einzige Nahrung - igitt!"

Jostia strich über die transparente Kugel, die den 'Sprechenden Stein von Caradoc' schützte.

Der Vimaan schlängelte sich weiter bergauf. Weitläufige Villen waren von großzügigen grünen Gärten umgeben, wo rote Bougainvillea Blüten über die Gartenmauern wucherten. Genau wie in Sydonia, der Hauptstadt von Alesia, wo ihre Reise in die Vergangenheit begonnen hatte.

"Sydonia ist so weit weg." Lelani seufzte tief.

"Die Stadt Challamdor ist Sydonia sehr ähnlich", versicherte ihr eine fröhliche Jostia. "Ihr könnt sicher bald das Landesinnere besuchen. Es wird sich fast wie zu Hause anfühlen."

Lelani wischte sich leise eine Träne ab. "Ja, zweifellos", sagte sie höflich und versuchte, das aufkommende Heimweh zu ignorieren.

Ein edfunischer Krieger kam mit schlechten Nachrichten zu den Ruinen an der Westküste zurück. "Herr, unsere Spione in Algiras wurden entdeckt." Er starrte auf einen Skorpion, der sich seinen Weg auf der zerklüfteten Mauer bahnte.

"Aah!", brüllte der leicht gebeugte Mann wütend, den er als Herr ansprach. "Nutzloser Haufen! Habt ihr sie entfernt? Sie dürfen unsere Pläne nicht verraten."

"Ja, Herr, das habe ich. Wir wurden nicht entdeckt."

"Das Tieropfer hat Xipe Xolotle also nicht gefallen. Er wird uns, seine treuen Diener, im Stich lassen, wenn wir es in Zukunft nicht besser machen." Er schnaubte verächtlich und sah in die Richtung eines Haufens Haut und Knochen. Reste des Hirsches, den sie noch vor kurzem am Spieß gebraten hatten. "Ja, Herr."

"Wenn wir doch nur riesige Taranteln, die Boten des Roten, hätten, um uns bei der Opferung zu unterstützen - ich habe gehört, sie leben in den Bergen – du da!" Der Hohepriester von Schuruk brüllte einen der Krieger grob an. Nach einem kurzen Wortwechsel entfernte sich der Mann eilig.

"Noch ist nicht alles verloren, Herr. Der Sprechende Stein ist in die Zitadelle gebracht worden. Leider ist er jetzt viel besser bewacht und wird bald wieder unterwegs sein. Die Lady will den Stein innerhalb einer Mondphase nach Caradoc zurückbringen lassen. So viel haben wir noch herausgefunden."

"Dann sollten wir die Hilfe unserer grausamen Freunde aus Hesperus in Anspruch nehmen. Sie sind unschlagbar auf dem Meer", sinnierte der Zauberer, bevor er mit der Faust auf den Steintisch donnerte. "Zuerst braucht Xipe Xolotle ein besseres Opfer, sonst ist unser Vorhaben wieder zum Scheitern verurteilt", brüllte er. "Wir können dieses Mal nicht bis Vollmond warten."

"Ja, Sir. In der Lagune wimmelt es von Ioannu. Sie haben keine Ahnung von ihren neuen Nachbarn." Der Bote gluckste bösartig.

"Nein, nein, nein, das ist viel zu gefährlich, Mann. Diese quietschenden Fischmenschen könnten Alarm schlagen. Eine mächtige Bestie aus der Prärie - oder zwei - wird seiner Gottheit sicher gefallen und damit unsere Pläne segnen."

"Sir, die Leni Lepi ziehen dort zur Zeit in ihre Jagdgründe ein."

"Dann werden wir ihnen einen Grund geben, wieder auszuziehen."

"Ja, Herr. Wie Ihr wünscht." Der Riese verbeugte sich.

"Ari-sūdana!"

*

"Ich sehe total doof aus!" Trevor zog die Krempe seines Hutes herunter. In Algiras trug man Sonnenhüte aus Stroh, und Kheton hatte Trevor einen Hut gegeben, damit er nicht so auffiel. Nach dem Regen, der sie vor ein paar Tagen im Hafen begrüßt hatte, hatte die glühende Sonne Regenwolken keine Gelegenheit mehr gegeben.

"Ich finde, du siehst eher aus wie Huckleberry Finn. Wenn du albern aussiehst, dann sehen alle anderen hier auch albern aus", versicherte ihm Katherine.

"Wie Huckleberry Finn?" fragte er.

"Genau wie Huckleberry Finn."

"Dann ist es ja gar nicht so schlimm."

"Richtig," meinte Chryséis. "Können wir jetzt endlich gehen?" Die dünnen Schleier, die die Mädchen in Aztlan gekauft hatten, erwiesen sich jetzt als nützlich. Viele algiranische Frauen trugen solche Schleier zum Schutz gegen die Sonne. Wenn man sie nicht brauchte, wurden sie einfach hoch gebunden.

Die Sonnenbrillen, so nützlich sie auch sein mochten, erregten ziemlich viel Aufmerksamkeit, und die Kinder trugen sie nach einer Weile nicht mehr.

Wie in Sydonia blieben die Menschen während der

heißen Stunden des Tages in den Häusern. Die Stadt erwachte am frühen Nachmittag wieder zum Leben, wenn alle, die nichts Besseres zu tun hatten, zu den Stränden hinunterwanderten. Seit dem schlimmen Regenschauer hatten sie nur Sonnenschein gehabt und heute ging es wahrscheinlich wieder an den Strand. Kheton und Lelani hatten zusammen mit den Kindern, die sie noch betreuten, eine zweistöckige Wohnung in einem Komplex bezogen.

Bambusdächer spendeten dort Schatten im Innenhof mit Bäumen, Blumen und kühlenden Springbrunnen. Die drei Zeitreisenden lümmelten auf Sofas herum und mussten sich ständig daran erinnern, daß sie sich in der Vergangenheit befanden, fast 12 000 Jahre vor ihrer eigenen Zeit.

"Es ist so verdammt cool hier! Fühlt sich an wie in einer modernen Stadt. Fast genau wie Sydonia," sagte Trevor.

"Ja, ohne Lärm und die Abgase und so," stimmte Chryséis ihm zu.

"Und die ganze Kriminalität. Es ist so sicher hier."

"Wer weiß, vielleicht werden unsere Städte zu Hause eines Tages auch so sein."

"Hört euch mal reden! Sollte die Zukunft nicht viel moderner sein als das hier?" meinte Katherine.

"Kommt, lasst uns gehen." Chryséis liebte es, die Stadt zu erkunden. Sie hatten bereits einen Ausflug über die Hängebrücke zur künstlichen Insel Sveta unternommen, um ein paar Stunden lang die Überreste eines historischen versunkenen Dorfes und das Aquarium von Sveta zu besichtigen.

Zusammen mit anderen Touristen hatten sie einen riesigen Tarpon mit kleinen Heringen, die an einer Schnur hingen, gefüttert. Es würde Wochen dauern, bis sie all das angesehen hatten, was es so in Algiras zu sehen gab, aber sie mussten noch unbedingt den "Garten der Zivilisation" auskundschaften, einen großen Park in der Nähe ihres Wohnkomplexes. Offenbar stand mitten im Park eine faszinierende Stufenpyramide. Es war das wichtigste Prytaneum von Algiras und zugleich eine Art Uhr. "Kheton hat gesagt, wir sollen nicht allein losziehen", mahnte Katherine.

"Aber er ist doch heute in der Zitadelle und Lelani is auch nicht da."

"Oh, hatte ich vergessen, dir das zu sagen? Er schickt wieder jemanden von der Zitadelle rüber, um uns die Stadt zu zeigen", sagte Trevor und Chryséis kicherte. "Oh, Trevor, du wirst langsam alt."

"Bin ich nicht!"

"War ja nur ein Scherz." Sie sah nach draußen. "Ich glaube, er ist da. Wenn man vom Teufel spricht ... Es ist wieder Gillead von Algiras."

"Er ist nett, ich mag ihn", sagte Katherine und kicherte ein wenig.

"Schelanti Athenai." Ein junger Mann trat unter das Bambusdach und lächelte breit.

"Schelanti Gillead." Katherine kicherte.

"Seid ihr bereit für einen Spaziergang?"

"Ja, Freund Gillead, wir würden gerne erst den 'Garten der Zivilisation' sehen, bitte."

"Dann gehen wir zum 'Garten der Zivilisation', Athenai."

Gillead genoss diese vorübergehende Aufgabe als Führer der fremden Kinder. Aber er wusste auch, daß die Lady von Algiras ihn jeden Moment für eine ernstere Aufgabe abberufen konnte. Sie mussten ein paar Kopfsteinpflaster-Treppen erklimmen, vorbei an gebleichten Kalksteinmauern und roten Ziegeldächern. Von hier aus hatte man eine spektakuläre Aussicht. Das Ackerland, das die große Metropole umgab, wirkte über den leuchtenden Dächern wie ein bunter Wandteppich und im Hintergrund leuchtete in der Ferne das türkisfarbene Gadirische Meer. Vimaane schwirrten um die Gebäude herum, und der bronzeglänzende Koloss Atlas mit seinem ausgestreckten Arm sah so nah aus.

"Das ist ja so toll!" Chryséis seufzte und hielt einen Moment inne, um die Aussicht zu bewundern. Klick. Trevor hatte bereits ein Foto gemacht.

Gillead schlenderte an einem Springbrunnen in der Form

eines angreifenden Stiers vorbei, bevor er in den Park einbog. Die Bewohner von Atala schienen alles zu lieben, was mit Rindern und insbesondere mit Stieren zu tun hatte. Innerhalb der Stadtmauern weideten auf Feldern Rinderherden und das Rindfleisch von der Insel Bovinia wurde als besonders zart gepriesen. Einige Wandmosaike in der Stadt trugen sogar die Abbildungen von angreifenden Stieren.

"Schöner Park," staunte Trevor. "Schaut euch diese Pflanzen an. Vielleicht ist es ja ein botanischer Garten."

Sträucher mit großen runden roten Blättern hatten sie noch nicht gesehen oder orange blühende Flammenbäume. Auf dem Weg zu der beeindruckenden Pyramide schlenderten sie an Leuten vorbei, die auf dem Rasen picknickten und spielten.

Drei Mädchen kickten einen Ball herum. Als der Ball auf Katherine zugeflogen kam, versuchte sie, ihn zurückzuschlagen und verfing sich glatt in ihrem Schleier.

"Haha", lachte Trevor.

"Hey, ich bin doch nicht David Beckham, oder?" maulte Katherine.

Sie stopfte den Schleier in eine geflochtene Strohtasche, die sie trug. "Ja, Huckleberry, sei nicht so frech", verteidigte sie Chryséis.

"Wollt ihr euch jetzt gegen mich verbünden oder was?"

"Kommt, beeilt euch, Athenai", rief Gillead über seine Schulter. Er war ihnen voraus gegangen und hatte den ganzen Zwischenfall verpasst. Sie beeilten sich, ihn am Fuß der Pyramide einzuholen.

"Das sieht ja aus wie eine südamerikanische Pyramide", rief Chryséis und vergaß dabei, daß ihr Führer kein Englisch verstand. Einige Leute sahen sich um und lachten. Gillead ignorierte das fremde Kauderwelsch gnädig. "Kommt näher, Athenai." Er winkte sie zu sich.

"Trevor, wo ist die Kamera?" flüsterte Chryséis.

"Keine Sorge, schon erledigt." Trevor nahm seine Hand von der Hemdtasche. Die Plattform auf der Spitze der Pyramide war von einem blauen Gitterwerk umgeben und wurde von einem chinesisch anmutenden Dach beschattet. Im Inneren der Gitterwände flackerte das ewige Feuer der Zivilisation in einer großen goldenen Schale.

Zwei Scheiben, eine goldene und eine silberne, so groß wie Mühlsteine, waren hinter der goldenen Schale angebracht. Am Fuße des Denkmals, stand an jeder Ecke ein Gabari-Wächter mit einem Hockeyschläger in seinem breiten Stoffgürtel.

"Das ist ja fast wie das Prytaneum in der Zitadelle von Sydonia!" sagte Katherine erstaunt.

"Ja, fast." Trevor schüttelte den Kopf. "Abgesehen von so ziemlich allem anderen, außer den Metallscheiben. Hast du vielleicht irgendwo in Sydonia so eine Pyramide gesehen?"

"Du kannst manchmal so ein Klugscheißer sein!"

"Warum stehen hier Wachen, Gillead?" fragte Chryséis ihren Führer schnell, um einen Streit zu vermeiden.

"Nach der turbulenten Gesetzlosigkeit des Dunklen Zeitalters ist es zu einer Tradition geworden, diesen heiligen Ort zu schützen." Gillead erzählte ihnen auch, daß dieses große Monument als riesiger Kalender diente und deutete auf die Spitze hin.

"Die 52 Stufen, die zur Plattform hinaufführen, stehen für ein Jahresbündel und es gibt 366 gelbe Steinblöcke für die Tage des Jahres. Der aktuelle Tag und der aktuelle Monat sind mit einem blauen und einem roten Steinblock auf der jeweiligen Stufe markiert."

"Moment mal, 366 Tage im Jahr?" fragte Katherine und machte großen Augen.

"Aber natürlich. Jeden Morgen vor Sonnenaufgang schiebt ein Gabari-Wächter den Tagesstein auf seinen nächsten Platz auf der Treppe und auch den Monatsstein, wenn es eine Änderung gibt. Zu Beginn eines jeden Jahres werden 4 gelbe Markierungen an jeder Ecke der neuen Stufe angebracht. Für jede volle Jahreszahl wird ein kleinerer weißer Block oben drauf gelegt."

Trevor zählte. Es gab 13 solcher weißen Blöcke. "Dieser Monat heißt 'Monat des reifenden Korns' und es ist der 5. Tag".

"Ein kompliziertes System, aber ich denke, es funktioniert wohl."

"Es funktioniert sogar sehr gut, Freundin Chryséis," versicherte ihr Gillead.

"Aber du kannst nicht jeden Tag hierher kommen, um die Position der Blöcke zu überprüfen, wenn du das Datum wissen willst."

"Nein, natürlich nicht", lachte Gillead und Katherine kicherte. "Wir haben überall in der Stadt Miniaturpyramiden auf öffentlichen Plätzen. Aber es ist nicht nötig, jeden Tag die genaue Zeit zu wissen."

Chryséis schaute auf ihre Armbanduhr. "Vielleicht nicht, aber es ist hilfreich."

Diese Mini-Pyramiden-Kalender waren ihnen noch nicht aufgefallen.

"Möchtet ihr jetzt an den Strand gehen?" fragte Gillead und kippte seinen Strohhut in den Nacken. "Wir können die Treppe hier nach unten nehmen." Er ging bis zum Rand des Rasens und legte seine Hand auf ein hölzernes Geländer. Als echter Algiraner verbrachte Gillead gerne Zeit am Wasser.

"Ja, das ist eine gute Idee", meinte Trevor.

Sie liebten die warmen Gezeitenbecken bei der Brücke. Katherine konnte sich ein Kichern nicht verkneifen, was ihr einen strengen Blick von Chryséis einbrachte.

Als sie die Stufen zu den Felsen am Strand von Basilea hinuntergingen, sahen sie, wie Taucher Perlen und Schwämme in Körben aus den Unterwassergärten holten. Die Taucher, die darauf warteten, daß sie an der Reihe waren, sangen Lieder über Gefahren und Freundschaft, um sich die Zeit zu vertreiben. Die Zeitreisenden waren guter Dinge und bemerkten den düster drein blickenden Gabari nicht, der am Fuß der Treppe saß und sie unterhalb seines breitkrempigen Strohhuts genau beobachtete.

Der Kieselstrand war mit spielenden Kindern übersät und Erwachsene gingen in der sanften Brandung spazieren.

Sie liefen ein wenig im seichten Wasser herum und

nahmen dann einen öffentlichen Vimaan hinauf zum Urania-Viertel. Hier trafen sie sich mit Kheton und Lelani in einer der Garküchen oberhalb des Weststrandes.

Die Leute aßen gerne vor den Garküchen auf dem von der Sonne noch warmen Pflaster zwischen duftenden Zitronen- und Frangipanibäumen.

Sie saßen neben einem Brunnen aus blassgrünem Stein mit drei Seepferdchen, die Wasser in ein rundes Becken spuckten, und beobachteten die Leute, die gemächlich vorbeigingen. Kheton bestellte einen Krug Limonade und ein Gericht aus gegrilltem Fleisch, das auf geschälte Rosmarinspieße gesteckt und mit einer würzigen Walnusspaste bestrichen war.

Das Essen wurde mit runden, knusprigen Brotkugeln in Schalen serviert, die wie Eierschalen geformt waren. Auf jedem Tisch standen ein Fläschchen mit "Garum"-Fischsauce und Schälchen mit eingelegten Mangos.

Ein Konk mit einer bunten, gestrickten Mütze auf dem Kopf stapfte an ihnen vorbei.

"Ich frage mich, warum ihm nicht heiß ist, wenn er das trägt", sagte Trevor und nahm sich ein Stück Mango.

"Die Mütze sieht ein bisschen komisch aus auf seinem gewölbten Kopf."

"Ja, komisch. Vielleicht hat er in Daitya stricken gelernt." Chryséis schob sich einen weiteren Bissen in den Mund und seufzte. Das Essen schmeckte wirklich gut.

Kheton und Lelani unterhielten sich mit Gillead über Atalas berühmte lila und rosa Perlen. Lelani hatte inzwischen auch die 'Wand der drei Wege' gesehen und daher gab es viel zu erzählen. Katherine warf einen Blick auf Gillead und kicherte ein wenig. "Was ist los mit dir? Oh nein, sag mir nicht, daß du in unseren Führer verknallt bist!" Chryséis sah Gillead unverhohlen an.

"Starrt nicht so!" Katherine errötete tief.

"Oh Katie, reiß dich zusammen!"

Katherine schluckte wütend und verschluckte sich fast an einem Stück eingelegter Mango.

"Seht euch die mal an!" Trevor deutete mit dem Kinn auf eine Frau mit grüner Haut wie die "Prinzessin" in Aztlan. Nur daß die Haut dieser Frau ganz zerknittert war und niemand sie in einer Sänfte trug. Sie sahen schnell weg, als sie spürte, daß sie von den essenden Kindern angeglotzt wurde, und Chryséis vergaß dabei Katherines Zustand.

Am nächsten Tag würde Kheton Sport in der Zitadellenschule unterrichten. Mitarbeiter Zitadelle gaben in ihrer Freizeit oft Sport und Kampfsportunterricht. Kheton hatte dies schon in Sydonia getan.

"Dürfen wir morgen mit in deinen Unterricht kommen, Freund Kheton?" fragte Trevor den jungen sydonischen Richter. Die Jungen und Mädchen hatten eine Bogenschießstunde, bevor Kheton in der Zitadelle gebraucht wurde. "Warum nicht? Wenn ihr fertig sein könnt, wenn ich gehe."

"Darf ich auch bei der Sportstunde zusehen?" Lelani langweilte sich dabei, ihre neue Wohnung einzurichten und ihren Mann tagsüber nie zu Gesicht zu bekommen.

Ihre einzige Ablenkung bestand aus Gesprächen mit einer der Nachbarinnen, eine geschwätzige Frau namens Florini, die täglich vorbeikam, um Lelani über die neuesten Gerüchte auf dem Laufenden zu halten.

"Es wäre mir eine Freude, dich bei mir zu haben." Kheton lächelte seine Frau charmant an.

Bei Sonnenaufgang waren Florinis zwei grün gefleckte Schildkröten ausgebrochen und hatten im Garten ihr Unwesen getrieben - und sie hatte nicht aufgehört, darüber zu reden. Lelani musste unbedingt mal raus.

Trevor, Chryséis und Katherine gingen in Algiras nicht zur Schule, wie sie es in Sydonia getan hatten, und vermissten den Unterricht.

"Vielleicht könnten wir am Nachmittag ja die Bibliothek besuchen", schlug Lelani vor, während sie nun die heißeste Zeit des Tages mit einem Krug Gurkenwasser im schattigen Innenhof vor der Wohnung verbrachten. Sehr zur Freude der Nachbarin Florini.

"Ah, Freundin Lelani, was für ein Zufall, euch zu treffen", heuchelte sie.

"Ja, nicht wahr? Habt ihr eure Schildkröten schon gefunden?"

"Der Gärtner fand sie. Was für ein ungehobelter alter Mann er doch ist! Meine armen Schildkröten."

"Er ist einfach nur vernarrt in seine Pflanzen ... gibt es Neuigkeiten?"

"Ich sollte Euch sagen, daß der 'Tag des Gedenkens' in zwei Tagen stattfindet. Ein großes Fest der ganzen Nation. Auf der Pferderennbahn von Basilea finden den ganzen Tag über Pferderennen statt. Man sagt, daß sogar die Lady der Zitadelle daran teilnehmen wird. Ich persönlich mag die großen schwarzen Pferde aus Tregarn am liebsten. Sie sind starke Läufer..." Sie plauderte weiter und warf von Zeit zu Zeit einen Blick auf die fremden Kinder. Sie hatten kuriose Gegenstände aus ihren Taschen geholt, bevor sie sich auf den dichten Rasen setzten und ihre Füße in das Wasserbecken tauchten. Die Ankunft eines Boten der Zitadelle brachte ihren Redefluss kurzzeitig zum Stillstand.

"Schelanti, ich suche die gute Frau Lelani von Sydonia."

"Das bin ich." Lelani setzte sich auf.

"Ich überbringe eine Botschaft für die Kinder, die in diesem Haus wohnen. Schelanti, gute Frau."

Er nickte Florini höflich zu, die kaum einen kleinen Schrei der Überraschung unterdrückte, als sie das Abzeichen der Zitadelle auf seiner Tunika sah. Der Bote warf einen Seitenblick auf Trevor, Katherine und Chryséis und reichte Lelani einen handgeschriebenen Zettel.

Lelani begrüßte die Unterbrechung sehr und beeilte sich, ihm einen Becher mit Gurkenwasser anzubieten. Die Kinder schlenderten herbei, um die winzige Schriftrolle in Empfang zu nehmen, und Florini beäugte die sonderbaren Kinder misstrauisch. Warum sollten ausgerechnet sie eine Botschaft von der ehrenwerten Lady von Algiras erhalten? Niemand, den sie kannte, hatte jemals eine solche Nachricht bekommen.

Sie konnte es kaum abwarten, den anderen Nachbarn davon zu erzählen! Trevor brach das offizielle Siegel und rollte den Brief auf. Er war in alesischer Sprache auf Papyruspapier geschrieben. Katherine und Chryséis beäugten den Text, aber sie konnten die Handschrift nicht lesen und baten Lelani um ihre Hilfe dabei.

"Es ist eine Nachricht von meinem Gabari-Schwager ", sagte sie erstaunt. Florini zuckte zusammen. Ein Gabari-Schwager? Was für eine seltsame Familie!

"*Schelanti Athenai*", las Lelani laut vor.

"*Ich bin hier wegen des großen Atland-Pokal-Rennens*
am 'Tag des Gedenkens'. Auf der Basilea-Rennbahn.
Ich habe eine Überraschung. Werde ich Euch dort sehen?
Grüße von Túvar, dem Sohn des Mondes."

Eine grobe Zeichnung des Mondes befand sich am unteren Rand des Briefs. Die Kinder lächelten sich an. Ihr Freund Túvar war in der Stadt!

"Was ist eine 'B a s i l e a-Rennbahn'?" fragte Katherine.

"Nun, das ist ein Platz, an dem man Pferderennen beobachten kann", erklärte Lelani, bevor ihre Nachbarin einen langen Vortrag halten konnte. "Einer dieser Plätze liegt im Stadtteil Basilea."

"Bitte sagen Sie Túvar, daß wir die Einladung gern annehmen", sagte Chryséis förmlich zu dem Boten, der an einen Bambusstab gelehnt an seinem kühlen Getränk nippte.

"Sehr wohl, Athenai. Ich werde Eure Antwort übermitteln. Schukri, gute Frau Lelani. Schelanti, die Erdmutter sei mit Euch". Er reichte Lelani den leeren Becher und verabschiedete sich mit einem Nicken zu Florini und den Kindern hin. Die neugierige Frau war sprachlos. Die Kinder waren von dem Gabari-Schwager ihrer neuen Nachbarin, der als Reiter an den Pferderennen teilnahm, offiziell auf die Rennbahn von Basilea eingeladen worden!

"Ich..., ich muss gehen, Freundin Lelani. Ich habe noch viel zu tun. Schelanti", stammelte sie und machte sich auf den Weg.

"Schelanti. Danke, daß Ihr vorbeigekommen seid..."

Am nächsten Morgen kam Gillead, um sie in die Stadt zu bringen. Kheton war sehr früh gegangen und befand sich schon in der Zitadelle. Lelani kannte sich auf den Straßen noch nicht aus und hatte Angst, sich zu verlaufen.

Als der junge Mann auf die Wohnung zuging, sah etwas in den Blumenbeeten: zwei rundliche Körper bewegten sich durch die Blumen. Gillead schaute genauer hin, als ein langes, behaartes Bein durch den rosa Nelkenstrauch lugte. Dann noch eines. Gillead überlegte nicht lange, er zog den kurzen Hockeyschläger aus seinem Gürtel und zielte. Die Riesenspinnen lösten sich buchstäblich in Luft auf, bevor irgendjemand in dem Wohn-Komplex etwas mitbekam.

Es fiel ihm auf, daß die weiße Blüte der Molyblume, die noch in ihrem Körbchen auf dem Fensterbrett stand, eine tiefe blutrote Farbe angenommen hatte. Ein Zeichen von Obeah! Gillead schwieg über den Vorfall und begleitete die Alesier zum Zitadell-Vimaan.

"Dieses Basilea-Rennen findet also in zwei Tagen statt, am 'Tag der Erinnerung'", meinte Chryséis, als der Vimaan zügig am Segelboothafen vorbei in die Stadt bewegte.

"Es scheint ein recht wichtiges Fest zu sein", sagte Trevor. "Ich kann nicht glauben, daß Túvar hier in Algiras ist. Es ist eine Ewigkeit her, seit wir Sydonia verlassen haben."

"Ja, so scheint es mir auch. Es ist ein alter atalianischer Brauch. Es gibt überall Rennbahnen", erklärte Lelani.

"Habt Ihr eine Mirage darüber gesehen?" fragte Katherine.

"Ja, das habe ich."

"Warum können wir Túvar denn nicht vor dem Rennen treffen?"

"Warum willst du ihn denn vorher treffen? Er hat mit seinen Pferden zu tun und all so was. Und wir kennen ihn auch nicht so gut", antwortete Chryséis. "Es ist nicht mehr lange hin und ich bin sicher, er hat Neuigkeiten von Alun für uns."

"Mit Alun kann man in Gedanken immer reden," meinte Katherine.

"Aber es ist etwas anderes, wenn wir Túvar fragen können."

"Ich frage mich, welche Überraschung Túvar für uns hat," fragte sich Trevor.

"Vielleicht noch einen Ritt auf seinen weißen Pferden. Ich bin sicher, sie werden das Rennen gewinnen. Oh, seht Euch nur den riesigen Turm dort drüben an ..."

Die Sportstunde im Bogenschießen war sehr interessant und Kheton ließ die drei Kinder es auch mal probieren.

Nach etwa einer Stunde ging es weiter in die Stadt. Als der Vimaan sich geräuschlos auf dem 'Plaza an der Bibliothek' niederließ, erhielt Gillead jedoch eine dringende Gedankenübertragung. Gerüchte, daß Gorgonen-Kriegsschiffe aus Hisbernia in der Nähe von Maligasima gesichtet worden waren, mussten untersucht werden.

Gillead war ein Berater der Lady von Algiras und der bisher jüngste Seelord in Kriegszeiten. Außerdem hatte er etwas äußerst Wichtiges zu berichten. Eine ungewöhnliche Tatsache - sehr ungewöhnlich für Algiras.

"Ich werde nach der Besprechung zurücksein, Freundin Lelani." Er entschuldigte sich und ging den kurzen Weg zum 'Haus der Nationen der Bekannten Welt' auf der anderen Seite des Platzes zu Fuß.

"Siehst du, ich wusste doch, daß da etwas vor der Bibliothek steht", sagte Trevor derweil und zeigte auf zwei steinerne Löwen zu beiden Seiten einer Têrakhon-Kuppel vor dem 'Haus des Wissens'.

"Beeindruckend." Chryséis pfiff durch die Zähne.

Zwei Schul-Jungfern trieben eine Gruppe von lärmenden Neunjährigen vor sich her. "Fass das nicht an, Tiaan!" "Nein, hier entlang, Rulani." Sie wiesen die Kinder geduldig zurecht und gingen geradeaus die Treppe hinauf. Erstaunlicherweise wurde die Gruppe im Inneren des rosafarbenen Marmorgebäudes gleich mucksmäuschen still.

"Dann lasst uns auf Entdeckungstour gehen, Athenai." Lelani führte den Weg zwischen den Löwen hindurch zur Kuppel. Im Inneren der Kuppel befand sich ein großes Modell des Sonnensystems in Bewegung. Die Planeten des

Sonnensystems und ihre Monde drehten sich mit regelmäßigen, präzisen Bewegungen umeinander und um die Sonne. Dieses Schaustück war bei Besuchern aus aller Welt beliebt, und die Besucher aus Sydonia waren keine Ausnahme.

"Wunderbar. Jetzt wollen wir uns aber die berühmte Bibliothek ansehen." Lelani ging eifrig die Treppe hinauf und sie betraten eine gut beleuchtete Halle - das "Haus des Wissens". Die Hauptbibliothek von Algiras.

Die Bücherregale waren hier auf drei Ebenen entlang der Wände angeordnet und eine Reihe von farbig-getönten Fenstern ließ viel Licht herein. Hier konnte man in bequemen Stühlen sitzen und Sichttische mit Kristallgläsern benutzen. Schriftrollen mit bunten Zeichnungen wurden entrollt und auf die Tische geklemmt. Ein quietschendes Geräusch kam von einem der Betrachtungstische, an dem eine junge Frau das Bild eines Meerestieres studierte. Die Kristalllinse, die sie benutzte, hatte die im Bild gespeicherten auditiven Informationen aktiviert. Katherine versuchte, einen besseren Blick zu erhaschen.

"Wie machen die das? Gibt es etwa sprechende Bilder?"

"Vielleicht sind sie wie Kinderbücher. Eigentlich eine gute Idee." Eine weitere Gruppe aufgeregter Schulkinder wurde von ihren Lehrern um die Betrachtungstische herumgeführt und verschwand durch den Eingang hinaus.

"Die Miragen befinden sich oben und wertvolles Wissen wird auf dünnen Metallfolien aufbewahrt, die in Gewölben unter der Erde hängen", erklärte Lelani ihnen, während sie die Schilder las. "Sie bewahren hier wertvolle Aufzeichnungen aus der ganzen Bekannten Welt auf."

"Du weißt aber viel über Atland, Lelani," staunte Trevor.

Die junge Frau lächelte. "Wir haben auch ein 'Haus des Wissens' in Sydonia. Es ist einer meiner Lieblingsorte."

"Wirklich? Das wussten wir nicht," sagte Chryséis enttäuscht. Sie waren nie dort gewesen. Es war jetzt früher Nachmittag und die goldene Sonne schien durch die großen Fenster.

"Wir haben noch Zeit, ein paar Film-Rollen durchzugehen, Athenai." Lelani fragte nach dem Weg zu den Abteilungen Geschichte und Geografie im zweiten Stock. Dort betraten sie eine Zuschauerkabine und sahen sich eine historische Aufzeichnung über den ersten König namens Uranus von Atala nach dem Dunklen Zeitalter an.

Uranus war der erste König, der nach der großen Sintflut in Atala regierte." Eine aufgezeichnete Stimme begann zu erzählen. 'Er zivilisierte die Überlebenden, hieß sie Städte bauen und wieder den Boden bestellen. Mit seinen astronomischen Kenntnissen führte Uranus das Sonnenjahr und den Mondmonat ein. Das Volk von Atland bewunderte seine geschickte Herrschaft und erwies ihm nach seinem Tod göttliche Ehren. Seine berühmtesten Töchter waren Basilea und Pandora...'

"Basilea? Genau wie die Pferderennbahn," meinte Trevor.

"Ja. Interessant, aber eigentlich nichts Neues." Lelani nahm die Rolle aus der Fassung und griff nach einer anderen. Diesmal begann eine weibliche Stimme zu sprechen:

'Die 'Sieben Töchter des Atlas' sind eine Gruppe von Inseln im Atlantischen Meer vor der puntischen Küste. Ihre Namen sind Maia, Electra, Taygeta, Asterope, Halcyone, Celaeno und Europa. Im achten Jahr der Herrschaft von König Busiris von Kem versuchte er erfolglos, '*die Jungfrauen zu rauben*' und besetzte für einige Zeit diese Inseln...'

Die Mirage zeigte eine Reihe grüner Inseln vor der Küste Mauretaniens! Südlich der Straße von Gibraltar wurde ein hoher Berg namens Atlas-Berg gezeigt.

"Sie nennen die Inseln '*Töchter des Atlas*'? Kem muss aber irgendwo in Ägypten sein, aber was ist eigentlich mit diesem Berg passiert?" flüsterte Trevor und zeigte auf die Karte. "Die Straße von Gibraltar kommt in der Mirage die 'Passage der goldenen Säulen' vor und das Mittelmeer ist sicher das 'Blaue Meer'."

"Pssst!" Katherine zischte. Sie wollte nichts verpassen.

'...Östlich der 'Goldenen Säulen' liegt ein Land namens 'Azunia', akkadisch für 'Reichtum'. Es ist die Heimat eines Volkes, das wir die Ama-zûnas nennen...'

Dramatische Harfenklänge ertönten. '...Nachdem sie viele der benachbarten numidischen Stämme unterworfen hatten, blieb den Ama-zûnas ein weiterer, ebenso grimmiger Feind: die Gorgonen von Hesperus...'

"Das sieht ganz so wie Portugal aus. Sie nennen es hier 'Hesperus'", sagte Chryséis mit leiser Stimme.

In der Zuschauerkabine nebenan wurde es ziemlich laut. Irgendeine Schlacht wurde in der Mirage gefochten, und sie mussten genauer hinhören.

'...Nach dem dunklen Zeitalter behauptete ein wilder Stamm, die Gorgonen, von riesigen Echsen abzustammen. Ein wildes Frauengesicht mit einer Haarpracht aus Schlangen ziert ihre Schilde, um Feinde zu erschrecken...' Katherine kicherte ein wenig und die Film-Stimme dröhnte weiter. '...Atala schloss in weiser Voraussicht Frieden mit der wilden Königin Mena vom Stamm der seefahrenden Ama-zûnas, nachdem ihre Horden die östliche Halbinsel angegriffen und die blühende Stadt Cercenes am Oceanus Fluss zerstört hatten...'

Die Mirage zeigte deutlich bewaffnete Menschen mit hochgebundenen Pferdeschwänzen, die schreiend auf wilden Pferden ritten.

'...auf Sehnen gefädelte Haifischzähne, waren der einzige Schmuck der Krieger, und sie tragen dicke Rüstungen aus Drachenhaut...'

Es wurde auch hier eine Art Krieg geführt. Das Klirren der Waffen und blutrünstige Kriegsschreie bedeuteten, daß eine Schlacht im Gange war. Schilde wurden zur Verteidigung hochgehalten.

"Kannst du mir das Popcorn reichen?" fragte Chryséis und Katherine gab ihr ein Zeichen, still zu sein. Sie war zu sehr in das Geschehen vertieft. Die Kinder duckten sich ein paar Mal, wenn flammende Pfeile in ihre Richtung flogen oder ein langhaariger Krieger mit grässlicher Miene und einem Schwert in der Hand auf sie zurannte. Die Tonspur informierte den Zuschauer darüber, daß die Schlacht soeben von den Ama-zûnas gewonnen worden war. Dann erschien das

Bild einer großen Versammlung voll jubelnder Menschen.

"Ah, ein Happy End!" Katherine seufzte.

'...die sanftmütigen Atalianer befriedeten in ihrer Weisheit die Königin Mena und ihre Truppen. Die Ama-zûnas gründeten auf Atland eine große Stadt namens Chersonesus, die 'Stadt der Halbinsel', und ließen sich zu einem friedlicheren Leben nieder. Die derzeitige Anführerin auf der Halbinsel heißt Orellana. Sie arbeitet friedlich mit der atalischen Verwaltung zusammen und schützt unser östliches Territorium bis zum heutigen Tage vor den Gorgonen...

"Puh, sind die hässlich. Schau dir diese Zähne an." Katherine meinte die Gorgonen, die nun wieder im Mittelpunkt standen.

'...Gegenwärtig regiert König Asol das Land um die 'Passage der Goldenen Säulen' auf beiden Seiten der schmalen Meerenge, die ins 'Blaue Meer' führt...' fuhr die virtuelle Stimme fort. 'Während seiner friedlichen Herrschaft wurden noch keine Angriffe auf atlantisches Gebiet verzeichnet...'

Als die Mirage endete, erzählte Lelani den Kindern, daß Gorgonen der Grund waren, warum Gillead zur Herrin von Algiras gerufen wurde.

"Greifen sie Atala an?" fragte Trevor.

"Sie haben Kriegsschiffe in einer abgelegenen Bucht von Maligasima versammelt."

"Oh, was dann Atala damit zu tun?"

"Das versuchen die Beamten ja herauszufinden. Wollt ihr noch etwas anderes sehen, Athenai?" Lelani schien den Gorgonen gegenüber recht gelassen zu sein. Katherine nickte.

"Ja, wäre es möglich, eine Mirage über Prydhain anzusehen ... meiner Heimat?" fragte sie.

"Oh, aber sicher, Kind, lass mich die Bibliothekarin fragen, wo sich eine solche Mirage finden lässt."

"Habt ihr das gehört?" fragte Trevor, als Lelani die Kabine verliess. "Die könnten wieder einen Krieg anzetteln. Was ist nur los mit diesen Leuten?"

Bevor seine Freunde etwas dazu sagen konnten, kam

Lelani mit einer Rolle zurück. Sie trug den Titel 'Prydhain heute und im Laufe der Zeit'.

Sie steckte die Rolle in eine Wandöffnung und meinte, "Ich bin gleich wieder da." Damit verließ sie schnell die Zuschauerkabine.

"Vielleicht erzählen sie uns von Steinkreisen und den stehenden Steinen in Stonehenge... und den Bildern von einem Pferd und einem Riesen, die in England noch in Hänge geritzt sind..." meinte Chryséis.

Katherine hielt den Atem an und sie sahen sich den Film ohne Lelani an. Erstaunlicherweise lag zu Beginn ein Großteil Prydhains unter einer Eiskappe, die schnell schmolz und Seen entstehen ließ. Das Land war kahl, ohne viel Leben, abgesehen von einigen Pflanzen und seltsam aussehenden Tieren, die sie nicht erkannten.

Es gab Hügel und ein paar Wälder, aber das Erstaunlichste war, daß es zwischen Hisbernia und Prydhain Seen und Sumpfland gab. Mit anderen Worten: zwischen Irland und England!

'...Alte Legenden erzählen uns von 'Schattenmenschen', den ersten Bewohnern bevor der lange eisige Schlaf des Dunklen Zeitalters begann. Dann ließen sich Gabari-Stämme in Prydhain nieder. Viele waren geschickte Schmiede aus Fomor im Norden Atalas...'

"Aber das ist doch unmöglich!" protestierte Katherine.

"Schhh!"

'...die größten Seen heißen Mor Savadda, Mor Hrič und Mor Hylas. Mor Llyn Llion und Mor Maalbec befinden sich im Lande 'Lyonesse'.

Lyonesse war anscheinend ein tiefliegendes Land, das die Berge dessen überbrückte, was in der Neuzeit Cornwall und die Bretagne werden sollte. Und es gab dort keinen Ärmelkanal!

Die Mirage machte einen Schlenker entlang der Küstenklippen von Mohini und schwenkte dann über die großen Städte von Lyonesse: Meldoon, Maalbec und Caradoc.

'Caradoc liegt an den Ufern des Mor Llyn Llion. Viele Handelsschiffe nutzen die Kanäle, die die Seen mit dem Golf von Morbihan verbinden. Haithabu ist ein wichtiger Seehafen südlich von Caradoc...'

"Ist Caradoc nicht dort, wo der Sprechende Stein herkommt?" fragte Chryséis erstaunt.

"Ich glaube schon", antwortete Trevor.

"Aber das ist doch gar nicht Großbritannien!" Katherine konnte ihre Enttäuschung nicht verbergen.

"Katie, das ist die 'Alesische Epoche'. Die Dinge sind jetzt eben anders."

"Ich dachte, ich würde etwas Vertrautes zu sehen bekommen. All dieses Land, wo es nicht sein sollte, und ... Seen und Städte", meinte Katherine.

"Nun, die Küste Afrikas kommt mir bekannt vor und die Straße von Gibraltar ..." Trevor versuchte, sie zur Vernunft zu bringen. "Und was ist, wenn ein paar Dinge anders sind? Ich denke das ist doch total Klasse."

"Schottland hat immer noch 'ne Menge Berge", warf Chryséis ein.

"Aber es gibt keine Irische See ... und keinen Ärmelkanal ... das hat doch nichts mit Großbritannien zu tun!" begann Katherine und verstummte dann wieder. Es hatte ja sowieso keinen Sinn.

"Ich frage mich, wie so viel Land einfach verschwinden konnte," fragte sich Trevor.

"Na ja, Erdbeben und Überschwemmungen und so haben wahrscheinlich etwas damit zu tun," erwiderte Chryséis.

Die Mirage verblasste. Jetzt hatten sie doch glatt das Ende verpasst. Lelani kam zurück und nahm die Rolle aus der Wanddose. "Es wird schon spät, Athenai, wir sollten gehen."

"Lelani, wer wohnt eigentlich in Prydhain?" fragte Katherine auf dem Weg in den ersten Stock.

Die junge Frau sah überrascht aus. Sollte Kathín ihre eigene Heimat nicht besser kennen? Aber sie erklärte es ihr trotzdem bereitwillig.

"Es gibt da die Alba und die Fenier. Die Dwendis und das alte Feenvolk leben auch noch in den Hügeln. Die D'Ånu und das Volk von Lyonesse, die wohl deine Verwandten sind und Dânvries sprechen, und natürlich nicht einverstanden sind mit bestimmten Gabari, die behaupten, das alte Lyonesse habe ihren Vorfahren gehört..." Lelani unterbrach sich. "Das habt ihr doch sicher alles in der Schule gelernt. Liebe Freunde, draußen wird es langsam dunkel und unser Fremdenführer wartet schon auf uns."

Sie verließen die nun recht leer wirkende Bibliothek.

Eine große Gestalt lauerte dort unbemerkt in den Schatten des grünen Gebäudes mit den Terassen nebenan und begann, ihnen in einigem Abstand zu folgen.

DER PLAN WIRD GEÄNDERT

Ein paar Tage darauf ging es wieder an den Strand.

"Ich kann nicht glauben, daß wir wirklich hier sind - in Atlantis!" jauchzte Chryséis. "Es ist wie ein Traum... bis ich die Dinge berühre. Dann fühlt es sich real an."

Sie saß an ihrem Lieblingsschwimmbecken unten am Strand und strich über den Mosaikrand. Sogar in den Felsbecken am Ufer, in denen die Kinder schwimmen lernten, gab es Mosaike. Durch das klare Wasser der Becken schimmerten bunte Libellen, Delfine und Vögel.

"Wir wissen doch gar nicht, ob es das Atlantis ist." Katherine setzte sich in den Schatten und aktualisierte das Reisetagebuch, während Trevor döste.

"Wieso, was soll es denn sonst sein?" fragte Chryséis und Katherine zuckte mit den Schultern. "Vergiss nicht das ganze Zeug über Prydhain", sagte Trevor träge und Chryséis kitzelte seinen Fuß mit einem Seegrashalm.

"vidya' - Wissen/Bildung, 'narina' - Frau, 'kalah' - Zeit, 'adih' – der Anfang, 'antah' - das Ende...", las Katherine laut vor, während sie neue Wörter in das Glossar der akkadischen Sprache aufnahm. Gillead, der sich mit einem Gabari-Wächter mit Strohhut unterhalten hatte, kam zu ihnen herüber. "Athenai, die Lady von Algiras bittet um eure Anwesenheit", rief er ihnen zu. Das konnte nur bedeuten, daß sie bald nach Prydhain weiter reisen würden.

"Na endlich", sagte Trevor, gähnte und kratzte sich am Fuß.

Obwohl sie dieses *Atlantis* genossen, war mittlerweile etwas Action mehr als willkommen.

Im Handumdrehen waren sie auf dem Weg zur Zitadelle. Bald setzte Gillead den Vimaan vor dem Zitadellenkomplex ab.

"Gillead, darf ich euch eine Frage stellen?" fragte Chryséis.

"Es wird mir ein Vergnügen sein, eine Antwort zu geben, wenn ich kann", sagte ihr Führer charmant.

"Was bedeutet der Name, der an der Ecke dieses Gebäudes steht: 'Azurias Maya'. Ist das der Name des Platzes?"

"Gut beobachtet, junge Freundin. Azurias Maya war ein großer Entdecker und Astronom aus Algiras."

Trevor hörte die akkadische Vergangenheitsform heraus. "Er war ein großer Entdecker?"

Gillead erklärte daraufhin, daß Azurias Maya von Algiras auf einer Reise zum Lande Ta Neteru, das auf dem Kontinent Punt liegt, leider auf See verschollen war. Sehr bedauerlich. "Das Observatorium von Mintaka in Ta Neteru führte eine Studie über den dritten Planeten des Hundesterns Ninurta durch, der sich in entgegengesetzter Richtung zu den anderen Planeten dreht. Azurias Maya beschloss, persönlich nach Ta Neteru zu reisen, um die Ergebnisse mit seinen eigenen Berechnungen zu vergleichen. Der Chefastronom von Mintaka informierte die Lady von Algiras, daß Azurias Maya nicht wie geplant angekommen sei."

Die Kinder hatten Mühe, der Geschichte zu folgen. Es kamen immer noch zu viele fremde Wörter darin vor.

"Das Schiff sank in einem Sturm auf der der Gadirischen See, nicht weit von den 'Goldenen Säulen' entfernt. Unschätzbare Aufzeichnungen und Miragen-Rollen verschwanden mitsamt dem großen Astronomen im Meer. Der Platz wurde deshalb ihm zu Ehren so benannt."

"Das ist sehr tragisch", sagte Katherine.

"Ja. Es ist ein großer Verlust für unser Volk. So, da wären wir." Sie standen vor einem beeindruckenden Gebäude. Eine streng dreinblickende Marmorstatue hielt ein Schild hoch mit der Aufschrift:

"Das Haus der Nationen der Bekannten Welt.
Ständige Wachsamkeit ist der Preis unserer Freiheit".

Eine Zitadellenjungfer wies ihnen den Weg durch einen geschlossenen Vorhof, der mit seiner durchsichtigen Kuppel und den Têrakhon-Wänden gut auch als

Hotellobby hätte durchgehen können.

Der Bereich unterhalb der Kuppel war praktisch ein Innengarten mit drei sprudelnden Brunnen in einem mosaikgefliesten Becken. Sie kamen an einem Pyramiden-Kalender mit kleinen blauen und gelben Blöcken vorbei.

Eine Tafel daneben verkündete, daß heute der 8. Tag seit der "Öffnung des Himmels" im Monat des "reifenden Korns" sei. Offenbar hatte jeder Monat und Tag einen anderen Namen. Das akkadische Jahr begann im Frühling mit dem Monat des "ersten Mondes". Dann gab es Tage wie 'Dritter Tag seit der Aussaat der Felder', 'Tag des Sieges über König Busiris' und so weiter. Morgen war der 'Tag des Gedenkens' an der Reihe.

"Die Luft ist so frisch hier drin. Es muss drinnen eine Art Klimaanlage geben." Trevor berührte ein langes, gefiedertes Farnblatt, das sich aufrollte und vor ihm zurückzuschrecken schien. Eine große Treppe führte zu einem geräumigen Foyer hinauf. Die Wachen dort fragten, was die Besucher wollten, und ließen sie dann passieren, als sie Gillead sahen. Oben befand sich ein Innenhof mit noch mehr Pflanzen und Springbrunnen.

Hier versammelten sich die Delegierten der zivilisierten Nationen der *Bekannten Welt* oft in einem großen Konferenzraum um einen Tisch in der Form eines ovalen Rings herum. Gillead ging daran vorbei.

"Sind wir noch nicht da?" fragte Chryséis.

"Geduld, Freundin Chryséis", lachte Gillead. "Wir machen nur einen kleinen Umweg, damit ich euch dieses Gebäude zeigen kann. Es ist die Verwaltung der *Bekannten Welt*." Sie gingen um den Tisch herum und betraten eine überdachte Brücke. Darunter befand sich ein großer, gepflasterter Platz, und geradezu konnten sie weiter oben die Zitadelle auf einem Hügel sehen. Dies war der Sitz der atalischen Regierung und die Residenz der Lady von Algiras.

"Die ist so viel größer als die Zitadelle in Sydonia", staunte Trevor und Gillead lächelte stolz.

Sie schritten über die Brücke und sahen, daß zwei

Amphitheater auf den gegenüberliegenden Seiten des geschäftigen Platzes in den Boden eingelassen waren. In der Metropole Algiras war Unterhaltung eine wichtige Sache und die Kinder waren entsprechend beeindruckt.

Als sie das Ende der Brücke erreichten, führte Gillead die Zeitreisenden durch zwei Türflügel hindurch in das Empfangszimmer der Lady.

Die Wände waren in blauen und weißen Tönen gestrichen und es fühlte sich so an, als befänden sie sich zwischen Wolken. Die Lady stand an einem der großen Fenster und hieß sie mit einem Nicken willkommen.

Die Art, wie die Lady von Algiras sich bewegte und sprach, erinnerte sie an ihre alte Bekannte, die Lady von Sydonia. Es war klar, daß diese Frau über große Autorität verfügte.

Die drei Freunde wussten, daß sie vor einiger Zeit mit der Lady von Sydonia eine Zeitreise über das moderne London unternommen hatte. Sie musste daher wissen, was es mit dem Zeitreisen alles so auf sich hatte.

Die Lady von Sydonia hatte ihnen erzählt, daß vor allem Ägypten, das nun 'Ta Mery' hieß, sich in der Zukunft sehr stark verändern würde.

"Schukri, Freund Gillead und Ashkiri, ihr könnt uns jetzt bitte verlassen." Die Lady von Algiras bedankte sich bei Gillead und der Jungfer, die sie in den Raum geführt hatte, und beide zogen sich zurück. Als sie allein waren, stellte ihr Katherine eine brennende Frage. "Ehrwürdige Lady, ist dies wirklich das Atlantis der Legenden?"

Die Lady lachte über ihre Direktheit und antwortete in leicht antiquiertem Englisch. "Liebe Kinder, ihr geht ja gleich zur Sache, nicht wahr? Lasst mich also so wahrheitsgemäß antworten, wie ich es kann. Wie ihr wisst, ist Atala das größte Überbleibsel des großen Kontinents Atland, des alten Landes. Das Mutterland vieler Völker."

Sie gab ihnen ein Zeichen, sich auf die gepolsterten Stühle zu setzen. "Macht es euch bequem. Ist das nicht das, was ihr zu eurer Zeit sagen würdet?" Sie lächelte und die Kinder nickten höflich. "Junge Freunde, ich glaube, daß man Atland mit den verzerrten Erinnerungen an das vergleichen kann, was in der Zukunft als der versunkene Kontinent Atlantis bekannt sein wird. Obwohl es nur ein kleiner Teil davon ist."

"Wow. Ich hatte also Recht," meinte Chryséis.

"Nach der Katastrophe, die das Dunkle Zeitalter auslöste, kamen viele der Atlander in Feuer- und Wasserfluten um, und viele weitere erlagen Krankheiten. Einer Anzahl Atlandern gelang es, sich in andere Länder zu retten, und unser Mutterland lebte jahrelang nur in Legenden weiter."

"Die Lady von Sydonia hat uns davon erzählt, aber wir waren uns nicht sicher, was Atlantis angeht. Ob dies wirklich ein Teil davon ist."

"Wie man es nimmt. Ihr habt vielleicht schon bemerkt, daß die Dinge hier anders sind, als das was ihr erwartet habt. Wie ich höre, ist es der Zweck eurer Reise, euch Wissen über unsere Zeit zu vermitteln, das euch in der Zukunft nützlich sein könnte. Wie ich höre, hat unser guter Gillead euch zur Sternwarte von Clymene, zum Garten der Zivilisation und so weiter begleitet. Ich hoffe, eure Zeit in Algiras war... aufschlussreich."

Die Kinder nickten. "Vielen Dank, geehrte Lady, wir finden diese Stadt einfach toll", schwärmte Chryséis, und die Lady lachte wieder.

"Das freut mich ", sagte sie. "Leider muss auch dieser Aufenthalt einmal zu Ende gehen."

"Wenn Ihr meint, daß wir sofort nach Prydhain aufbrechen müssen, ist das schon in Ordnung. Wir sind dazu bereit", versicherte ihr Trevor.

"Wir haben eine Mirage über Prydhain gesehen und es ist ganz anders als das England, das ich kenne." Katherine klang immer noch ein wenig enttäuscht.

"In der Tat. Und trotzdem wollt ihr euch auf dieses... Abenteuer einlassen?"

"Oh ja, wir können es kaum erwarten, mehr zu erkunden. Dafür sind wir doch hier, oder?" meldete sich

Chryséis zu Wort.

"Ja, natürlich", sagte die Lady etwas zögernd. "Ich sollte euch sagen, daß sich unsere Pläne für euch etwas geändert haben."

"Oh, gehen wir nicht mehr dorthin? Müssen wir gleich nach Alesia zurück?"

"Nein, nein, nichts dergleichen. Aber der 'Sprechende Stein' hat gesprochen und erklärt, daß 'die fremden Kinder' sich einer Delegation anschließen sollen, um ihn nach Caradoc in Lyonesse zurückzubringen."

Sie starrten sich sprachlos an. Wirklich?

"Freut ihr euch, Athenai? Es ist eine große Ehre."

"Oh ja, Lady", sagte Trevor. "Hat der Stein euch das so gesagt? Woher kennt er uns? Das klingt alles furchtbar aufregend. Lyonesse ist ohnehin nicht weit von Prydhain entfernt."

"Was weiß der Stein denn sonst noch so?" fragte Katherine.

"Eine ganze Menge sogar, junge Freundin. Das ist eines der Geheimnisse, die Sprechende Steine für uns so wertvoll machen. Die Altvorderen haben die Steine auf diese Weise geschaffen."

"Also, was müssen wir tun?"

"Ich weiß euren Eifer zu schätzen, aber da gibt es ein Problem. Wir haben erfahren, daß sich Edfunier in Atala herumtreiben, die zweifellos den Sprechenden Stein stehlen wollen. Wir müssen sie aufspüren und euch gleichzeitig vor ihnen beschützen."

"Kein Problem", meinte Trevor ein wenig zu schnell.

"Was? Aber wir dachten, die Edfunier wären Bäume auf Ruta Ynis." Katherine war sich bei diesem neuen Plan nicht mehr ganz so sicher.

"Wir sind uns fast sicher, daß der Hohepriester von Schuruk unter ihnen weilt. Die Elfen müssen die Diebe freigegeben haben. Aus welchem Grunde auch immer."

"Glaubt ihr, daß man sie bald fassen wird?" fragte Trevor.

"Das hoffen wir sehr, mein Kind."

"Aber wer wird denn noch mit nach Lyonesse gehen? Um uns zu beschützen..."

"Ihr werdet sie gleich kennenlernen..." Die Lady hielt inne. Sie runzelte ihre Stirn, schloss die Augen, stand dann abrupt auf, drehte sich um und griff in die Luft. Sie zog kräftig und die Gestalt eines schmuddelig aussehenden Gabari erschien. Die Lady hielt ein Amulett, das an einer abgeschabten Lederschnur hing, in der Hand. Die Kinder konnten es kaum fassen.

"Immer noch die gleichen alten Tricks, wie ich sehe", sagte sie mit dröhnender Stimme. Der edfunische Spion war fassungslos. Die sanfte Lady, mit der sie soeben noch gesprochen hatten, war verschwunden. Jetzt war sie eine harte Anführerin. Die Zeitreisenden sahen mit großen Augen zu, wie die Wachen der Zitadelle, die selbst Gabaris waren, in den Raum stürmten und den Riesen sekundenschnell bewegungsunfähig machten.

"Bringt ihn zum Verhör", sagte die Lady von Algiras kühl. "Sorgt dafür, daß er redet, bevor sie ihn auch noch eliminieren." Die Wachen schleppten den Mann grob aus dem Raum, und die Lady blieb einen Moment lang an ihren Stuhl gelehnt stehen. Sie holte tief Luft und lächelte, bevor sie sich wieder in die weise und sanfte Herrscherin von Atland verwandelte. Die Kinder starrten sie an.

"Ich muss mich bei euch entschuldigen, es hätte nie so weit kommen dürfen! Dies ist nicht der einzige edfunische Spion, den wir in Algiras bislang entdeckt haben. Zweifellos sind sie hier, weil der 'Sprechende Stein' sich in der Zitadelle befindet. Der Stein wird sehr sicher in einem geheimen Gewölbe aufbewahrt, aber je eher er wieder an Caradoc abgegeben werden kann, desto besser."

"Aha", stammelte Trevor.

"Woher wusstet ihr, daß der Riese dort stand?"

"Oh, aber hast du nicht gesehen, wie die Luft leicht verzerrt war?"

"Nein."

"Tja... also, wo waren wir? Ach ja, die Delegation..."

"Seid Ihr sicher, daß wir hier sicher sind? Ich meine, wir

sind doch nur Kinder." Chryséis hatte ihre Stimme wiedergefunden. "Wir können keine unsichtbaren Edfunier sehen und so was."

"Athenai, wenn der Stein sagt, er will, daß ihr mitkommt, dann hat er seine Gründe dafür. Die Weisheit der Sprechenden Steine ist verblüffend."

"Wir müssen also dem vertrauen, was ein dummer Stein von uns will?"

"Es ist kein dummer Stein, sondern ein sehr weiser Stein."

"Oh, ich bin mir nicht so sicher, ob ich einem Stein vertrauen kann."

"Das ist natürlich eure Entscheidung, aber vielleicht ist es an der Zeit, das 'Team' kennenzulernen." Sie stand auf und öffnete die Tür. "Ashkiri, wir sind bereit!" Die Lady von Algiras sprach nun kein Englisch mehr. "Nun denn, ich möchte euch zunächst Prinz Artû von Avallûn vorstellen, den Anführer der Delegation." Die Zeitreisenden starrten einen großen jungen Mann an, dessen breite Schultern von einem blauen Umhang bedeckt waren. Ein goldbesticktes Stirnband hielt die blonden Locken des Prinzen vor seinem attraktiven, wenn auch ernsten Gesicht zurück.

Da stand noch eine recht undeutliche Gruppe von Leuten in der Tür.

"Prinz Artû, darf ich vorstellen: die fremden Kinder aus Sydonia." Er trat nach vorne. Die Verwendung von Titeln wie Lady, König, Königin und Prinz war verwirrend. Dieser Prinz kam aus einem Land, von dem sie noch nicht einmal etwas gehört hatten. Kriegsherren wurden in Kriegszeiten von den Ladys ernannt, aber jedes Land schien seine eigenen Regeln für so etwas zu haben.

"Schelanti Athenai." Der Prinz verbeugte sich ein wenig, aber seine Miene blieb ernst.

"Schelanti, Prinz Artû von Avallûn." Sie machten die erforderlichen Handbewegungen an das Herz und die Stirn.

"Unser guter Prinz kommt aus Avallûn, einem Inselstaat im Gadirischen Meer. Ihr werdet zuerst dorthin segeln. Natürlich nur, wenn Ihr euch entschließt mitzugehen." Die Lady neigte gnädig ihren Kopf und der Prinz machte ihre Geste nach.

"Wozu?"

"Eine Ansammlung von Gorgonen-Schiffen dort in der Nähe muss abgeklärt werden. Sobald wir Algiras verlassen, werden wir nicht mehr telepathisch kommunizieren können", erklärte Prinz Artû knapp.

"Die Edfunier werden versuchen, solche Kommunikationen abzufangen", fügte die Lady hinzu.

"Aber wie sollen wir denn kommunizieren?" Chryséis geriet in leise Panik.

"Wir haben unsere eigenen Mittel."

"Ich bin mir nicht mehr so sicher, ob ich da mitmachen will. Erst sollen wir nur einen Stein nach Caradoc bringen. Dann ist da auf einmal eine Armee von bösen Gorgonen. Was kommt denn als Nächstes?"

"Wir wollen doch nichts übereilen, oder?" sagte die Frau fröhlich auf Englisch und winkte. "Das hier, Athenai, ist Amadis von Anaá." Der dunkelhaarige Amadis trat vor und verbeugte sich leicht. Er sah genauso beeindruckend aus wie der Prinz, aber seine braunen Augen funkelten freundlich und er lächelte. Amadis trug grüne Kleidung und war größer als Prinz Artû, aber definitiv kein Gabari. Über seine Schulter war ein Bogen geschlungen, und aus einem Köcher lugten gefiederte Pfeile hervor.

"Er sieht ganz so aus wie Robin Hood!" murmelte Katherine.

"Amadis ist ein D'Ånu und stammt aus Anaá, der Hauptstadt des alten Reiches seines Volkes auf Prydhain. Auch er ist ein erfahrener Krieger und kennt sich gut mit den Gabari sowie dem Kleinen Volk der Dwendi aus."

"Amadis sieht aber zu jung aus, um ein erfahrener Krieger zu sein", sagte Chryséis etwas unhöflich.

"Jugend ist ein Zeichen des Volkes der D'Ånu. Sie arbeiteten einst eng mit den 'Großartigen' zusammen", erklärte die Lady von Algiras und Amadis sah sehr stolz aus.

"Sein Volk ist von unschätzbarem Wert für die

Bekannte Welt. Sie tragen die Flamme der Zivilisation in Regionen, die noch immer im Griff des Dunklen Zeitalters sind. Sie helfen beim Fortschritt der Menschen, die oft noch schlimmer als Tiere leben."

"Schlimmer als Tiere?"

"Schlimmer als Tiere. Sie müssen wieder von Grund auf darüber belehrt werden, was Zivilisation angeht ... Lubbo, alter Freund", rief die Lady von Algiras.

"Hier bin ich, verehrte Lady." Ein eher kleiner, stämmiger Mann erschien und seine Stimme war tiefer als erwartet. "Schelanti."

"Dies hier ist Lubbo von Pindala, junge Freunde." Er kam dann wohl aus dem Zwergenvolk. Der Dwendi hatte ein weises, altes und doch irgendwie kindliches Gesicht.

"Schelanti", begrüßten ihn die drei Zeitreisenden.

"Lubbo ist ein Ältester des 'Kleinen Volkes' von Atala. Die Dwendis sind langjährige Verbündete des Volkes der D'Ånu und..." "Lasst mich durch!", forderte eine hohe Stimme entschlossen. Eine weitere kleine Person drängte sich an den Wachen vorbei in den Audienzraum hinein.

"Was soll denn dieser Aufruhr?", fragte die Lady von Algiras. Lubbo von Pindala wirkte verlegen und sagte spitz: "Verzeiht mir, ehrenwerte Lady, es ist meine Schwester Gwendola. Sie sollte doch warten bis..."

"Ich will mit ihnen mitgehen. Ich bin genau so gut wie die Männer."

"Gwendola, ich habe dir gesagt, du sollst nicht..."

"Nein Lubbo, lass sie ruhig reden." Die Lady hielt beschwichtigend die Hand hoch und nickte Gwendola zu, einer dunkelhäutigen Dwendi-Frau. Die verschränkte ihre muskulösen Arme und grunzte entschlossen.

"Ihr braucht eine Frau, wenn ihr mit Kindern reist. Drei Krieger, bei der Erdmutter! Ich bin eine Frau und ich bin auch eine Kriegerin – und ich kann sie besser beschützen."

Sie hatte ihren Standpunkt vorgebracht. Ein sehr guter Standpunkt. "Hmm ja, Gwendola, das klingt vernünftig.

Ich werde den Sprechenden Stein dazu befragen", meinte die Herrscherin von Atland. "Wir hatten nun wohl genug Aufregung für einen Tag, und ich fürchte, ich muss mich jetzt um andere Dinge kümmern."

"Ihr werdet mich wissen lassen, wie ihr euch entscheidet, Athenai. Das 'Team' wird recht bald aufbrechen müssen", sagte sie auf Englisch.

"Schelanti." "Schelanti, ehrenwerte Lady." "Schelanti, Athenai."

Alle schienen schon zum Aufbruch bereit zu sein, und die drei Freunde fanden sich bald draußen vor dem Quartier der Lady wieder. Gillead war mit Zitadell-Angelegenheiten beschäftigt, daher brachte Kheton sie zurück zum Appartment.

Chryséis war nun recht ärgerlich. "Auf keinen Fall gehe ich mit ein paar 'Gefährten' auf die Jagd nach wüsten Gorgonen, nur um dann einen dummen Stein in seine Heimatstadt zurückzubringen!" Kheton hatte sich für einen Abend-Spaziergang mit Lelani und den Kindern durch den "Garten der Zivilisation" entschieden. Die Zeitreisenden schenkten ihrer Umgebung allerdings kaum Beachtung, als sie die Angelegenheit diskutierten. "Was ist denn daran so schlimm? Es ist doch auf jeden Fall besser, als einfach nur herumzureisen."

"Also hör' mal... gefährlich ist es! Das ist das Schlimme daran." Sie gingen die letzten paar Stufen an der Stadtmauer hinauf und betraten den ihnen nun vertrauten Park. "Das ist ja nichts neues, oder? Ich meine, wir sind doch hier in der Vorgeschichte. Wir wussten, daß es kein Zuckerschlecken werden wird, und trotzdem sind wir her gekommen, um sie zu erkunden."

"Ja, aber ... .", Chryséis gingen die Argumente aus.

"Wenn dieser Sprechende Stein für alle so wichtig ist, finde ich es total cool, daß er uns mitnehmen will."

Chryséis dachte einen Moment lang nach. "Ach, egal. Dann lass es uns halt machen."

"Jep!" Trevor boxte in die Luft, was ihm amüsierte Blicke einbrachte.

"Sieh mal, wir haben immer noch unseren Zeitportalsucher

und wir können uns auch unsichtbar machen, wann immer wir wollen. Es ist nicht so schlimm", sagte Katherine tapfer. "Meinst du, der Stein weiß, daß wir aus der Zukunft kommen?"

"Du redest, als ob dieser dumme Stein alles weiß," brummelte Chryséis.

"Offensichtlich weiß er eine ganze Menge. Das denken jedenfalls alle. Ich wünschte, wir könnten ihn mit in die Zukunft nehmen", meinte Trevor.

Eine Frau in einem blauen Tunika-Anzug ging mit einem kleinen Hund auf dem Arm vorbei.

"Oh, ist der aber süß! Ich vermisse Tepi so sehr." Sie hatten nicht viel über Sydonia oder den gelben Welpen dort nachgedacht, der sich mit Katherine angefreundet hatte.

"Und was erzählen wir der Lady?" fragte Trevor

"Natürlich, daß wir mit dem 'Team' mitgehen," erwiderte Katherine.

"Na gut, dann gehen wir eben mit", räumte Chryséis ein.

"OK, cool. Warte auf uns, Kheton. Wir wollen dir was sagen", rief Trevor und lief schneller. Als sie zum Abendessen im Komplex ankamen, war die Sache geklärt.

"Holt bitte eine Schüssel mit gesalzenen Gurkenstücken aus dem Kühlregal draußen", bat Lelani Trevor. Sie aßen Hundshai-Steaks und unterhielten sich über ein Theaterstück, das Lelani und Kheton am Vortag in einem Amphitheater gesehen hatten. Niemand schenkte der roten Molyblume auch nur die geringste Aufmerksamkeit.

Draußen vor der Wohnung, im Schatten des großen Jacarandabaums, wurde ihr Gabari-Wächter von einem Kollegen abgelöst.

So leise, daß nicht einmal die neugierige Nachbarin Florini etwas davon mitbekam.

 **10**   ## DAS BASILEA
                                                   PFERDERENNEN

In dieser Nacht waren sie zu aufgeregt, um viel zu schlafen. Chryséis absolvierte eine Reihe von Yogastellungen, die "Gruß an die Sonne" hießen, und sprach mit Katherine über das Pferderennen am nächsten Tag, zu dem sie gehen würden. Nur Trevor war ungewöhnlich still.

"Hey Trevor, was ist los mit dir?" platzte Chryséis heraus.

"Was? Tut mir leid, hast du mich etwas gefragt?"

"Ich habe dich gefragt, was mit dir los ist, du bist so still."

Chryséis stand auf und begann, sich über dem kleinen Bronzebecken die Zähne zu putzen. "Morgen ist der 11. Juni," sagte sie und gurgelte mit Wasser.

"Wirklich?"

Mann - das ist der 'Tag des Gedenkens' und wir gehen zu Túvar."

"Ja, und außerdem ... na ja ... ist es mein Geburtstag," murmelte Trevor.

Die Mädchen waren einen Moment lang erstaunt. Chryséis hörte auf, ihren Mund am Waschbecken auszuspülen. Dann begannen die beiden gleichzeitig zu sprechen.

"Oh, tut mir leid, Trev, das habe ich ganz vergessen..." entschuldigte sich Katherine.

"Das müssen wir doch feiern..." Chryséis legte ihre Zahnbürste weg.

"Es ist ja nur ein Geburtstag, keine große Sache. Wirklich." Trevor war die ganze Aufmerksamkeit so langsam peinlich. "Sogar meine Mutter vergisst das manchmal."

"Was, wie kann deine eigene Mutter das vergessen? Du hast deinen Geburtstag hier in der Vorgeschichte - zählt das, wenn wir zurückkommen?" fragte Katherine. "Mein Geburtstag war im Januar."

"Tut mir leid, Kumpel, wir müssen wenigstens ein bisschen feiern. Ich muss es nur Kheton und Lelani erklären. Ich bin sicher, sie verstehen es." Chryséis war unnachgiebig. Sie hatte ihren zwölften Geburtstag gefeiert, bevor die Schule anfing, und es hatte ihr viel Spaß gemacht. Jetzt war Trevor an der Reihe.

"OK, wenn du meinst...", Trevor war selten so schüchtern.

"Auf jeden Fall. Ich lass mir was einfallen." Chryséis kroch in ihren Schlafsack. Sie fühlte sich plötzlich unheimlich müde.

"Nacht. Was machen denn die Motten hier drin?" Trevor scheuchte zwei kleine Feen aus dem Fenster, ohne zu ahnen, was sie wirklich waren. Er schloss das Fenster und ging ebenfalls schlafen.

"Chris, was willst du wegen dem Geburtstag morgen unternehmen?" fragte Katherine mit leiser Stimme, aber Chryséis war schon eingeschlafen. Es war ein wirklich langer Tag gewesen.

Trevor wurde mit einem fröhlichen 'Happy Birthday to You'-Ständchen überrascht, als er morgens aufwachte. Katherine und Chryséis hatten auch noch eine Kerze und ein paar Blumen organisiert.

"Tut mir leid, Trev, es war unmöglich, so schnell einen Kuchen zu besorgen, aber ich bin sicher, daß es heute auf der Rennbahn Kuchen zu kaufen gibt", entschuldigte sich Katherine. Trevor war so gerührt, daß er nicht wusste, was er sagen sollte. Er wurde einfach nur rot.

"Aber ..." fuhr Chryséis fort, "...wir haben beschlossen, daß wir zu Ehren deines Geburtstags einen Müsli-Riegel aufmachen werden."

"Lass uns nicht den Notproviant verschwenden", protestierte Trevor. "Das ist wirklich nicht nötig, nur weil..."

"Doch, ist es!" sagte Chryséis entschlossen. "Und du wirst das größte Stück davon abbekommen."

Kheton und Lelani waren fasziniert gewesen, als sie erfuhren, wie ihre fremden Freunde ihre Geburtstage mit

Kuchen feierten.

Das war in Alesia nicht so üblich, aber ein Ständchen zu einem besonderen Anlass zu bringen, das verstanden sie. Sie steuerten das sydonische Lied über das Backen eines Kuchens bei, als die Kinder nach unten kamen.

Die Zeitreisenden erinnerten sich noch gut an das Lied von ihrem Ausflug zum Moti-Markt, bei dem unsichtbare Edfunier sie beinahe entführt hätten. Kheton versprach, daß er heute auf der Pferderennbahn Kuchen auftreiben würde, falls es nötig sein sollte, das Ritual zu vollenden.

Wie passend, einen Geburtstag am 'Tag der Erinnerung' zu feiern! Draußen auf den Straßen wurden türkisfarbene atalische Fahnen mit dem typischen gelben Sonnenrad auf Dächern und Masten gehisst. Es wurden besondere Speisen gekocht, zur Erinnerung daran, daß richtige Mahlzeiten nach den langen, kalten Jahren des bloßen Überlebens etwas Kostbares waren.

Auf dem Weg nach Basilea kamen sie an aufgereihten Laternen vorbei, die zwischen den Bäumen hingen und nach Einbruch der Dunkelheit angezündet würden. An den Straßenecken wurde traditionelle Musik gespielt, und überall tanzten die Menschen.

"Schau, sie tanzen sogar auf der Brücke", rief Katherine. "Das sieht nach viel Spaß aus." Sie winkte den lachenden Tänzern zu und zwei von ihnen winkten zurück.

Die Basilea-Rennbahn lag gleich hinter der letzten Kanalbrücke. In ganz Atala wurden heute solche Rennen abgehalten, und es herrschte Betrieb.

Große Bronzestatuen von Pferden, in einer Bewegung erstarrt, schmückten die Vorderseite des halbmondförmigen Gebäudes. Hinter dem Gebäude befanden sich eine große ovale Rennbahn und zwei lange Felder für kürzere Rennen. Pferderennen wurden zu besonderen Anlässen veranstaltet, und auch der jährliche "Große Atland Pokal" war eine große Angelegenheit.

Die Pferde wurden von ihren Führern herumgezeigt.

Viele von ihnen waren Zentauren aus den Territorien von Hipparion und Garanhir im äußersten Nordwesten des Inselstaates.

Sie striegelten das Fell von großen, dunklen Pferden und der kleinen, heufarbenen Pferde mit borstigen Mähnen, putzten die Hufe und befestigten die Sättel.

Die Atalier schlenderten umher, bewunderten die Pferde und zeigten sich in festlicher Kleidung. Fleisch wurde über offenem Feuer gegrillt und die Têrakhon-Becher mit Caipirinha, einem traditionellen Getränk aus Zitronen, wurden schnell geleert.

Sie suchten Túvar in der Kabine, die für die besonderen Gäste der Lady von Algiras reserviert war, aber er war nicht dort. Kheton war in der Menge verschwunden, um Kuchen zu kaufen, und so gingen sie mit Lelani nach unten, um sich die Pferde anzusehen.

"Es sind so wahnsinnig viele Leute da. Wie sollen wir denn Túvar da finden?" seufzte Katherine. "Er muss doch hier irgendwo sein."

Neben Trevor führten drei Jungen eine lebhafte Diskussion. "Komm schon, Curunir, lass uns gehen. Ich habe einen Ball mitgebracht. Wir können draußen in der Ecke *Schweineschnauze* spielen," meldete sich ein rundwangiger Junge mit dunklen Locken zu Wort.

"Da können wir nicht richtig spielen. Draußen sind keine Löcher in der Wand", wandte ein blonder Junge mit fast weißen Augenbrauen ein.

"Das macht doch nichts. Wir tun einfach so, als ob. Ich finde schon was, womit ich Löcher zeichnen kann", antwortete der Dunkelhaarige und machte mit seinem Paddel schlagende Bewegungen.

"Alles ist besser, als langweilige Pferde anschauen", sagte der Junge namens Curunir und verzog das Gesicht, woraufhin die anderen lachten.

"Oh, die Anmut, das glänzende Fell ... so ein kräftiger Läufer, sicher ein Gewinner ..." spottete der sehr blonde Junge mit einer erwachsenen Stimme. Die Jungen lachten wieder.

"Kommt schon, Athenai. Wir müssen vor unserem Pferderennen zurück sein, sonst zieht mir Mutter bei lebendigem Leib die Haut ab."

Sie liefen in Richtung Eingang und zweifellos auch in die Ecke, wo sie spielen konnten. *Schweineschnauze* war in Sydonia zu Trevors Lieblingsspiel geworden und war in Versuchung, sich den Jungs anzuschließen.

Es wäre doch zu toll, zur Abwechslung mal wieder eine Partie *Schweineschnauze* zu spielen. Aber er konnte nicht einfach weglaufen und die anderen zurücklassen.

Außerdem war Kheton gerade mit drei Mondkuchen mit Beerenfüllung zurückgekommen, um Trevors Geburtstag zu feiern. Lelani lächelte als Kheton ihnen die handteller-großen Kuchen auf Maulbeerblättern überreichte.

"Ich musste bis zum anderen Ende des Stadions laufen, um diese Törtchen zu finden. Ich hoffe, sie sind nach deinem Geschmack, Freund Trevór." Kheton schien die neue Idee zu gefallen, einen Geburtstag auf diese Art zu feiern, und er tat seinen Teil dazu.

"Schukri, Kheton. Die sehen köstlich aus", bedankte sich Chryséis bei ihm. "Jetzt müssen wir wieder Happy Birthday singen."

"Oh nein, bitte, nicht hier."

Aber Kheton hatte schon angefangen zu singen. "Hepi börds dé...", sagte er mit lauter Stimme und warf Trevor einen aufmunternden Blick zu. Lelani und die Mädchen stimmten mit ein. Die Leute um sie herum begannen zu lachen, da sie das seltsame Lied nicht erkannten. Einige der Zuschauer klatschten sogar im Rhythmus mit. Das prähistorische Volk machte bei dieser Art von musikalischer Darbietung immer gerne mit.

Kheton beendete das Lied mit einem dramatischen, langgezogenen Ton und Lelani strahlte. Es war angemessen, die Bräuche ihrer Gäste zu respektieren.

"Danke, Kheton, das war... wirklich nett von dir", sagte Trevor. Er fühlte sich aber ziemlich verlegen wegen der ganzen Aufmerksamkeit.

"Es ist mir ein großes Vergnügen, Freund Trevór. Ich hoffe, du wirst diesen Tag als sehr angenehm in Erinnerung behalten."

"Ja, ja, das tue ich." Trevor nahm einen tiefen Bissen von seinem leckeren Mondkuchen und die Beerenfüllung tropfte auf seine Hände.

"Das sehe ich", lachte Kheton. "Ihr könnt euch am Brunnen waschen, wenn ihr euer festliches Mahl beendet habt. Wir werden uns jetzt die Pferde dort drüben ansehen."

Kheton zeigte auf ein großes schwarzes Pferd, und das Paar schlenderten hinüber, um es sich näher anzusehen. Die Sonne machte einer dünnen Wolkenschicht Platz, und viele der Frauen nahmen ihre Schleier ab, die sie vor der Sonnenstrahlung schützten.

"Das schmeckt wirklich gut", sagte Chryséis, während sie ihren Kuchen aß. "Ich frage mich, woher diese Pferde kommen. Sie sehen alle so unterschiedlich aus."

"Nun, zumindest eins von ihnen kam mit Túvar aus Sydonia an", sagte Trevor mit vollem Mund und sah sich nach den schönen weißen Pferden aus Alesia um, aber Túvar ließ sich immer noch nicht sehen.

Als sie am Brunnen standen und sich Gesicht und Hände wuschen, kam eine Dwendi-Familie in ihren besten Festagsstaat vorbei, als gerade ein Wind aufkam. Die Dwendi-Frau versuchte, ihren Hut mit beiden Händen festzuhalten, aber es war zu spät.

"Oh, oh, oh. Mein Hut!" Ein weiterer Windstoß fegte ihr den großen geblümten Strohhut vom Kopf. Einen kurzen Moment lang schwebte er vor dem Kopf des großen schwarzen Pferds. Das Pferd bäumte sich überrascht auf, und ein zentaurischer Pferdepfleger versuchte, es zu beruhigen, indem er es an der Leine festhielt und auf das Tier einsprach.

"Shertán, runter, ho. Ho Shertán!", rief der vierbeinige Pferdepfleger. Shertán bäumte sich wieder auf, und andere Pferdepfleger eilten im Galopp zu Hilfe. Schließlich ließ sich das schwarze Pferd von den Pferdepflegern wegführen, aber nun hatte ein Steppenpferd mit einer kurzen, steifen Mähne an den Blumen auf dem Hut geknabbert.

"Oh je! Mein neuer Hut ist hinüber."

Der kleine Sohn der Dwendi-Frau ging hin, um ihren zerfledderten Hut aufzuheben. Die Leute lachten über die komische Szene, aber die Dwendi-Mutter war den Tränen nahe.

"Es ist nicht so schlimm, Mutter", zwitscherte der Junge. "Das Pferderennen wird dir auch ohne den Hut Spaß machen."

"Dann gib den Pferden den Hut. Wenigstens scheint es ihnen zu schmecken," erwiderte der Dwendi-Vater.

Kheton und Lelani kamen von ihrer Runde über das Gelände zurück. "Die Rennen werden bald beginnen. Es sind heute viele Steppenpferde dabei. Sie sind starke und widerstandsfähige Läufer. "

Kheton lüpfte seinen Strohhut und entdeckte Túvar in der Nähe einer Gruppe von Gabari-Mädchen, die den stattlichen Riesen aus Sydonia beäugten.

Der Zentaur Gobän war damit beschäftigt, ein weißes Pferd mit einer breiten Bürste zu striegeln, während Túvar die anderen Pferde beobachtete. Er schenkte den Mädchen keine Beachtung.

"Da ist ja endlich mein Adoptivbruder." Kheton winkte zu ihm hinüber. Der junge Gabari-Edelmann überragte viele der Besucher und Kheton versuchte, seine Aufmerksamkeit zu gewinnen, indem er wild winkte. Schließlich sah Túvar ihn, grinste breit und winkte zurück, während er mit großen Schritten auf sie zumarschierte.

"Schelanti, Athenai. Bruder und Schwägerin. Da seid ihr ja endlich. Es ist eine Freude, euch wiederzusehen", rief er, während er Khetons Hand schüttelte, als wolle er seinem älteren Bruder den Arm von der Schulter reißen.

"Schelanti, Túvar. Wie geht es der Familie in Sydonia?" rief Chryséis.

"Es geht ihnen allen gut. Ich habe den Auftrag, Kheton und Lelani Geschenke zu überbringen, und Alun sagt..." Er konnte seinen Satz nicht beenden. Ein goldenes Fellknäuel hüpfte auf die Kinder zu und warf Katherine beinahe um. Eine aufgeregte Tepi leckte ihnen die Füße und sprang an Katherine hoch.

"Oh Tepi, was machst du denn hier?" Lachte das Mädchen.

"Tepi, hör auf hoch zu springen, du bist doch kein Welpe mehr!" Túvar wies sie streng zurecht. Die junge Hündin blieb einen Moment lang an Katherine gelehnt stehen, wedelte mit dem Schwanz und legte die Ohren an, als sie zu dem Riesen aufblickte.

Was für eine Überraschung! Tepi war ein ganzes Stück gewachsen, seit sie sie das letzte Mal in Sydonia gesehen hatten, aber sie war immer noch so ungestüm wie eh und je.

Túvar mochte die fremden Kinder, besonders Chryséis, das bezaubernde blonde Mädchen, das ihm das Leben gerettet hatte, indem es in Schuruk telepathisch um Hilfe rief.

"Oh Tepi, du kannst deine Ohren immer noch nicht gerade halten!" Katherine sah strahlend in das intelligente Gesicht des Hundes und alle lachten. Gobän kam im Trab auf sie zu und führte die weiße Stute, die er gestriegelt hatte. Prïnda war voller nervöser Energie angesichts der vielen fremden Rösser und Menschen, die sie sehen, hören und riechen musste.

Die Kinder wussten natürlich bereits, daß Gobän und Túvar telepathisch mit den Pferden kommunizierten und Trevor musste kurz an den Pferdeflüsterer-Film denken.

"Schelanti, Athenai. Ist dieser Ort nicht einfach wunderbar? All diese Mokis und Steppenpferde aus Maligasima. Eine Zusammenkunft der besten Rassen". Gobän klopfte Trevor auf den Rücken.

"Wie geht es dir, Gobän?" erkundigte sich Lelani.

"Mir geht es gut, wenn es meinen Pferden gut geht," antwortete der Zentaur und neigte den Kopf.

"Einige der Pferde hier sehen recht - ungewöhnlich aus." Katherine suchte nach dem richtigen Wort.

"Schaut euch die da drüben an." Trevor deutete auf seltsam aussehende Tiere, die in der heutigen Zeit überhaupt nicht als Pferde durchgehen würden.

Die drei zotteligen Tiere waren größer als die anderen, mit Ausnahme der großen schwarzen Pferde aus Tregarn. Sie hatten drei große Zehen anstelle von Hufen, aber das interessanteste Merkmal war ihr Rüssel.

Er war recht kurz, war aber immer noch ein Rüssel. Die Zeitreisenden hatten solche Tiere auf dem Weg zur Hafenstadt Atztlan von Weitem gesehen.

"Das sind Mokis, junger Freund. Zweifellos aus Punt. Mokis dienen oft als Lasttiere auf langen Karawanentouren, aber diese hier sind speziell für die Rennbahn gezüchtet." Prïnda schien Gobäns Rede mit gespitzten Ohren zuzuhören. Die weiße Stute wieherte und stieß den Zentauren mit ihrer weichen Schnauze an. "Ja Prïnda, du bist die Schönste von allen!" Ein Mann aus Ama-zûnas mit einem hohen Pferdeschwanz mit der Nase in der Luft schlenderte vorbei und führte sein kastanienfarbenes Pferd stolz am Zaum. Sein kleiner Sohn, der ein kleines Holzpferd auf quietschenden Rädern zog, schritt hinter ihm her.

"So, das ist deine Überraschung!" Katherine strahlte Túvar an. "Tepi!" Sie kniete sich neben dem Hund auf den Boden und vergrub ihr Gesicht in dem weichen, goldenen Fell. Tepi versuchte verschmitzt, auf Katherines Schoß zu klettern.

"Tepi, du wirst zu groß, um auf meinem Schoß zu sitzen!" Der Hund sprang ab und wurde stattdessen hinter den Ohren gekrault.

"Ja, Freundin Kathín. Das ist meine Überraschung. Tepi hat sich seit deiner Abreise aus Sydonia nach dir gesehnt."

"Ach, wirklich?"

"Ja, Vater Harun hat zugestimmt, Tepi mit uns nach Algiras kommen zu lassen. Alun wollte auch mitkommen, aber es finden gerade Prüfungen in der Zitadellenschule statt."

"Wir konnten es kaum glauben, als wir deinen Brief sahen, Schwager", sagte Lelani. "Ich bin froh, dich hier so froh und gesund zu sehen."

Sie unterhielten sich angeregt darüber, wer was in Sydonia gerade machte und Túvar überbrachte auch

Neuigkeiten von Lelanis Familie.

"Dein Onkel arbeitet jetzt für Azaes, dem Mann von Tante Mellea. Er wird bald aufbrechen, um ein Lagerhaus in Tollùn auf dem südlichen Kontinent Pushkara zu leiten."

"Das sind sehr gute Neuigkeiten," sagte Lelani.

"Und Ihr werdet dann bald nach Prydhain abreisen, Athenai?" fragte Túvar die Kinder. Woher wusste er das schon?

"Ja, das werden wir, mit..." Chryséis begann.

"Wir werden bald aufbrechen und meine Heimat dort besuchen." Katherine unterbrach sie. Ihre Freundin war gerade im Begriff, das Geheimnis um den Sprechenden Stein zu verraten. Die Lady hatte ihnen aufgetragen, nicht darüber zu sprechen. Chryséis lief rot an.

"Seid vorsichtig und traut nicht jedem in Prydhain", warnte Túvar sie. "Manche der Gabari haben keine guten Absichten. Es ist am besten, wenn ihr Tepi auf eure Reise mitnehmt. Sie wird schon auf euch aufpassen."

Tepi hörte ihren Namen, blickte erwartungsvoll auf und wedelte mit dem Schwanz.

"Oh, das ist ja wunderbar," jauchzte Katherine. "Wir werden uns auch gut um dich kümmern, nicht wahr?"

"Aber was ist, wenn wir gehen müssen... du weisst schon..."

"Oh Trevor, lass uns doch jetzt nicht darüber reden," flehte Katherine ihn an und Trevor ließ das Thema fallen.

"Wir müssen jetzt gehen. Die Pferderennen fangen gleich an." Túvar war mit dem Effekt seine Überraschung hatte zufrieden und ging zu Gobän hinüber. Die weiße Stute berührte zur Begrüßung mit der Schnauze seine Schulter. Die Pferdeführer bereiteten ihre Schützlinge schon auf die Rennen vor und flochten Bänder in verschiedenen Farben fest in die Mähnen der Pferde.

Die Bänder flogen hübsch auf, wenn die Pferde ihre Köpfe bewegten. Die weißen alesischen Pferde trugen die traditionell gelben und roten Bänder in den alesischen Nationalfarben.

Gverlún, ein pompöser atalischer Beamter, gesellte sich kurz zu Kheton, Lelani und ihren Gästen und begrüßte sie mit einer förmlichen Umarmung und einem Kuss auf die Stirn, wie es üblich war, und sie wünschten sich gegenseitig einen schönen "Tag des Gedenkens".

Die Kinder versuchten, sich nicht anmerken zu lassen, wie sehr sie sich vor dieser Kuss-Sache ekelten. Das wäre zu unhöflich gewesen.

"Ah, da sind ja die weißen Pferde aus dem Tal des Himmels. Sehr gute Rösser. Ihr müsst sehr stolz auf sie sein, " schmeichelte Gverlún ihnen.

"Ja, das sind wir. Da drüben ist Prïnda", erwiderte Lelani stolz.

"Ihr kennt euch also mit Pferden aus". Katherine versuchte, höflich zu Gverlún zu sein. "Ich bin schon auf Pferden ausgeritten, also ihr noch nicht mal ein Glitzern in den Augen deiner Mutter wart, junge Freunde." Der Zitadell-Beamte wusste ja nicht, wie recht er damit hatte.

"Ein ziemliches Glitzern", sagte Trevor, und Gverlún sah verwirrt drein.

"Ich bevorzuge jedoch unsere eigenen Pferde aus den Ebenen von Garanhir. Atalisches Zentaurenland", sagte der Mann und wischte sich imaginären Staub von seiner Tunika.

Als er merkte, daß ihm niemand zuhörte, machte sich Gverlún auf die Suche nach anderen wichtigen Leuten und stieß dabei fast mit ein paar übermütigen Ponys zusammen.

"Ich wünschte, meine Schwester Cassie wäre hier. Sie vergöttert Pferde. Ups!" Chryséis spürte einen Stupser und drehte sich um. Sie erhaschte einen flüchtigen Blick auf das Gesicht eines Mokis. Die rüsselartige Schnauze hing traurig herab und seine Augen hatten einen traurigen Ausdruck.

"Aaah! Geh weg von mir!" Chryséis sprang zur Seite und der friedfertige Moki trabte zur ovalen Rennbahn, gefolgt von seinem zentaurischen Pfleger. Die Mokis traten in ihren eigenen Rennen an und stellten sich nun an der Startlinie auf. Kheton erklärte, daß die meisten Pferde ihre Rennen ohne einen Reiter auf dem Rücken liefen.

"Die Pferde werden telepathisch über die Strecke

geführt. Ein Reiter ist oft nicht nötig."

Aber auch ohne Jockeys herrschte große Aufregung, sobald die Rennen begannen. Die Zuschauer pfiffen und johlten. Einige schrien und schwenkten Fähnchen in ihren Landesfarben.

Eines der Mokis aus Ta Méry belegte den ersten Platz. Zweiter wurde ein Mischling aus Hipparion. Die Preise bestanden aus vergoldeten Lorbeerkränzen, die das Siegerpferd krönten. "Gut gemacht, hoch lebe der Sieger!" rief Kheton mit dem Rest der Menge. "Hoch lebe der Sieger!"

Während des Rennens blieb Tepi zwischen den Kindern auf dem Boden liegen und ließ Katherine nicht aus den Augen. Diesen großen Kreaturen war nicht zu trauen.

Im zweiten Rennen des Tages gewann Túvar's Pferd, Prïnda. Die Stimmung war ausgelassen und ein lachender Túvar hob den Lorbeerkranz hoch in die Luft.

Danach wurden ihnen die Rennen langweilig. Es war immer das Gleiche: ein spannender Start und ein spannendes Ziel mit einer langen ereignislosen Strecke dazwischen. Trevor schaute immer wieder auf Chryséis' Uhr, aber die schien stehengeblieben zu sein. Die Zeit wollte einfach nicht vergehen.

Als er die Jungen mit dem Têrakhon-Ball wieder am Eingang sah, ging er leise weg, um mit ihnen zu spielen.

Nach den Rennen wurden die siegreichen Pferde unter dem Lärm von Trommelwirbeln, Pauken und Zimbeln um die Rennbahn geführt.

"Wo ist eigentlich Trevor?" Katherine klang besorgt.

Chryséis sah sich um. "Ich habe keine Ahnung."

"Vielleicht ist er nur zum Lokus gegangen."

"Zu wem?" fragte Chryséis.

"Nein - ich meine auf die Toilette," erklärte Katherine. Sie hatten einen Moment lang vergessen, daß Amerikaner den Ausdruck ja nicht kannten.

"Oh, ich verstehe. "Warum geht er denn einfach, ohne was zu sagen?"

"Ja, das ist seltsam. Es sieht ihm gar nicht ähnlich."

"Komm, wir gehen Trevor suchen. Hoffentlich ist er in

Ordnung." Als die Mädchen sich davonschlichen, sprang Tepi ihnen hinterher. "Oh Tepi, wir suchen nach Trevor. Kannst du uns helfen, ihn zu finden?" Tepi sah Katherine eindringlich an und schlängelte sich dann zwischen sich bewegenden Beinen aus dem Stadion.

"Meinst du, sie hat das verstanden?"

"Wieso sollte Tepi verstehen, was du gerade gesagt hast?" meinte Chryséis ärgerlich. "Sie versucht nur, uns wegzulaufen."

"Vielleicht versteht sie es ja doch. Jedenfalls können wir sie nicht einfach hier so rauslaufen lassen. Komm, sie ist da drüben." Katherine zeigte auf einen der Springbrunnen.

Ein paar Leni Lepi spielten Musik auf einer elfenbeinernen Doppelflöte und einer Chunga, einer Gitarre aus einem großen Schildkrötenpanzer. Eine Tanztruppe in Kostümen aus Papierrinde und Federn tanzte zur Musik und schwang dabei Reifen an Armen und Beinen herum.

Tepi trank durstig Wasser aus dem Brunnen und hüpfte dann weiter. Die Mädchen folgten ihr durch den Eingang. Sie entdeckten Trevor mitten in einem Spiel Schweineschnauze. Er fing den hüpfenden Ball mit einem löffelartigen Schläger auf und zielte auf das markierte Loch in der Wand.

"Trevor Huxley. Was machst du denn da? Du kannst doch nicht einfach weggehen, um Ball zu spielen", schimpfte Chryséis, die Hände in die Hüften gestemmt.

"Ja, wir haben uns Sorgen gemacht. Túvar sagte doch, wir sollten vorsichtig sein," stimmte Katherine ihr zu.

Trevor war ganz außer Atem. "Túvar hat ... von ... Prydhain geredet."

"Ach, fang nicht an, pingelig zu werden. Wir müssen auch hier vorsichtig sein. hast du den unsichtbaren Gabari bei der Lady vergessen?"

"Ja, aber hier ist es doch sicher." Er schlug den Ball gegen die Wand und ein anderer Junge spielte mit seinem kurzen Paddel weiter.

"OK, OK, das reicht jetzt. Wir besprechen das später. Lass uns jetzt wieder zurückgehen," Chryséis war es Ernst.

"Partypoopers. Lasst mich doch das Spiel zu Ende spielen."

"Kommt überhaupt nicht in Frage!" Die Mädchen waren unnachgiebig. Was war, wenn Túvar oder Kheton anfingen, nach ihnen zu suchen.

"Na gut ...", sagte Trevor gelangweilt.

Er winkte den enttäuschten Jungen zu und lief hinter Tepi und den Mädchen ins Stadion zurück. Zum Glück hatten die anderen ihre Abwesenheit noch nicht bemerkt.

Bald war es an der Zeit, die Pferderennen zu verlassen - und Atala noch dazu. Kheton hatte eine verschlüsselte Gedankenübertragung von der Lady von Algiras erhalten, als sie gerade aufbrechen wollten und Túvar bestand darauf, mit ihnen zum Appartment zu kommen.

"Ich werde dafür sorgen, daß sie das Schiff sicher besteigen, Gobän, ich bin bei Sonnenaufgang zurück," sagte er mit seiner tiefen Stimme. Ein Zitadell-Vimaan wartete bei der Pferdestatue vor dem Stadion und brachte sie über den Zitadellenplatz nach Hause. Es herrschte reges Treiben auf dem Platz, aber sie konnten nicht anhalten, um daran teilzunehmen.

"Sieh mal da drüben, ist das nicht Jostia?" fragte Trevor.

"Ja, sie amüsiert sich bei einem Formationstanz mit den Leni Lepi." Die ältere Jungfer, die sie zum ersten Mal während des Regens im Hafen getroffen hatten, hatte ihr langes weißes Kleid bis unter die Knie hochgezogen und tanzte fröhlich mit.

"Ich wünschte, wir könnten das auch tun."

"Nächstes Mal, Katie. Wir fahren doch jetzt nach England."

Draußen war es schon dunkel, als Túvar den drei Kinder eine feste Umarmung gab und Tepi ein letztes Mal befahl, sich zu benehmen. Ein paar einsame Regentropfen plätscherten auf den Boden. "Pula bedeutet in Atala gleichzeitig Regen und Segen. Die Götter segnen eure Reise." Lelani lächelte und ließ das Wasser auf ihre Handfläche tropfen.

"Ein gutes Zeichen. Ah, der Sommerregen hat schon aufgehört." Kheton klopfte Trevor freundschaftlich auf die Schulter. *Warum müssen sie das immer tun?* dachte Trevor irritiert. Lelani brachte ein paar tränenreiche Worte hervor, als sie die Mädchen umarmte. Sie hatte die fremden Kinder recht lieb gewonnen. Ohne sie würde es in Algiras einsam werden.

"Glaubt ihr, daß Gillead kommen wird, um sich zu verabschieden?" fragte Katherine etwas betrübt.

"Offensichtlich hat er was Wichtiges zu tun. Er ist ein Kriegsherr, kein Babysitter", meinte Trevor. Er war langsam genervt von ihrer Schwärmerei für den algirianischen Führer.

"Ja, schon gut, ich hab verstanden. Kein Grund, unfreundlich zu sein."

Als sich der Himmel in rosafarbenen Dunst hüllte, befanden sich die drei Zeitreisenden, Tepi und ihre vier neuen Gefährten auf einem Schiff, das nach Avallûn fuhr.

Sie ließen sich unter Deck auf Bänken entlang der Fenster nieder. Tepi stützte ihren Kopf auf Katherines Oberschenkel. Müde von all der Aufregung schliefen die Kinder und der Hund bald ein.

Am nächsten Tag fand der Gärtner ein kleines Körbchen mit einer weißen Blume neben dem Kühlregal bei Kheton und Lelani liegen. Die Blume mit ihren länglichen Blättern fügte sich bald gut in die weißen und lilafarbenen Stiefmütterchen neben dem Komplex-Eingang ein.

*

"Was – mein Verwandter, Túvar, ist in Atala?", rief der Hoheprister von Schuruk.

"Ja, Herr, er ist wegen der Pferderennen hier in Algiras."

"Aaaah! Er nützt uns hier ja überhaupt nichts."

"Nein, Milord. Das tut er nicht."

"Ach! Dann lasst ihn doch gehen. Lasst ihn gehen. Wir werden meinen Verwandten, den Prinzen, später zurückholen, sobald wir die Ordnung in der Bekannten Welt wiederhergestellt haben. Gibt es etwas Neues von dem... Stein?" Die Augen des Zauberers funkelten bösartig und die edfunischen Krieger blieben in sicherer Entfernung stehen.

"Sie haben unseren Mann in der Zitadelle festgenommen. Die Lady hat ihn vor den fremden Kindern entlarvt, als sie ihnen gerade von dem Sprechenden Stein erzählte. Das ist alles, was wir hören konnten, Sir, bevor die Verbindung unterbrochen wurde."

"Dann holt einen anderen! Sind diese lästigen fremden Kinder immer noch hier?"

"Ich fürchte ja, Sire. Wir behalten sie im Auge."

"Der Stein ist im Moment wichtiger als diese Opfergaben!"

"Ja, Herr. Der Stein wird in der Zitadelle streng bewacht. Er wird in einer Kugel in einem geheimen Gewölbe aufbewahrt und es ist unmöglich, an ihn heranzukommen. Diese Lady weiß, was sie tut."

"Verfluchtes Weibervolk! Nichts ist unmöglich, aber wir werden warten. Funktioniert die Ablenkung durch unsere Gorgonen-Verbündeten schon?"

"So scheint es, Milord. Aber es ist uns noch nicht gelungen, Gedankenübertragungen abzufangen, was die Bewegungen des Steins angeht. Wir wissen nur, daß jemand geschickt wird, um herauszufinden, warum die Schiffe dort sind."

"Nach Maligasima?" fragte der Hohepriester.

"Nach Avallûn."

"Nicht schlecht. Sie trauen niemandem. Streng dich mehr an, Creban."

"Ja, Milord. Wir tun unser Bestes."

"Du kannst jetzt gehen. Verschwende meine Zeit nicht mit dummem Geschwätz!"

"Sehr wohl, Herr." Creban, der treue edfunische Krieger, stapfte davon, um entsprechende Anweisungen zu geben. Ein weiterer Spion wurde in der Zitadelle installiert - und ebenso schnell entdeckt wie die anderen vor ihm. Als der Hohepriester von Schuruk die Nachricht erhielt, wurde das Versteck der Edfunier beinahe entdeckt, als er vor Wut explodierte.

Aber was sollten die Edfunier dagegen tun?

Es dauerte eine Weile, bis sie wieder auf dem Laufenden waren, nur da war der 'Sprechende Stein' schon längst auf dem Weg nach Avallûn.

▶▶▶▶ 11 INSEL DER GOLDENEN APFELBÄUME

"Mensch, ist es schon Tag?" "Chryséis gähnte und streckte sich ausgiebig.

Sonnenstrahlen kitzelten Trevors Gesicht und er rieb sich die Augen. Das orangefarbene Morgenglühen am östlichen Horizont wurde langsam heller. "Das war ein toller Geburtstag, danke," sagte er.

"Ja, war es." Chryséis war jetzt hellwach und schüttelte Katherines Schulter. "Komm schon, Schlafmütze, Aufwachen!"

"Was, wo bin ich?"

"Du bist auf dem Schiff nach Avallûn, Dummerchen. Lass uns nach oben gehen und etwas Luft schnappen."

"Schiff? Seeungeheuer?" Katherine brauchte einen Moment, sich zu orientieren.

"Nein, keine Seeungeheuer. Zumindest hoffe ich das nicht!" Chryséis runzelte die Stirn und blickte auf den Ozean hinaus. Es schien alles ruhig zu sein und das Schiff schwankte auch kein bisschen. Tepi entrollte sich und begann, Katherines Hand abzulecken, die den Boden berührte.

"Was ist das?" Katherine zog ihre Hand schnell zurück.

"Das ist nur Tepi. Hallo... Tepi der Hund... sie kommt mit uns mit. Was ist los mit dir, hast du schon alles vergessen, was gestern passiert ist?"

"Nein. Ich muss nur erstmal aufwachen.," gähnte Katherine.

"Aha, ich kann jetzt sehen, was du zu Abend gegessen hast", scherzte Chryséis.

"Das ist doch ganz einfach: wir haben alle dasselbe gegessen. Ich verstehe immer noch nicht, warum der Stein wollte, daß wir diese Tour mitmachen". Trevor gähnte nun auch und stand auf.

"Da haben wir ihn wieder, den Sprechenden Stein, der

nie spricht. Nur im Geheimen vielleicht," sagte Chryséis.

"Aber es klingt schon abenteuerlich", meinte Trevor.

"Ja, als hätten wir nicht schon genug Abenteuer erlebt."

"Ach komm schon, Chris, wir sind wieder zu Hause, bevor du es merkst, und dann wollt ihr sicher wieder zurückkommen und noch mehr Abenteuer erleben."

"Das glaube ich kaum." Katherine stand auf, und Tepi setzte sich hin. Sie bettelte mit ihren Vorderpfoten. "Tepi scheint hungrig zu sein."

"Ich bin auch hungrig. Mal sehen, ob es schon was zum Frühstück gibt", meinte Chryséis.

Jemand kam die Treppe heruntergestapft und der Kopf des Dwendi Lubbo erschien augenblicklich im Türrahmen. Er trug nun auch einen grünen Anzug wie Amadis, und einen Robin-Hood-artigen Hut auf seinem widerspenstigen roten Haar. Er war ein munterer junger Mann mit einem unbekümmerten Lachen, leicht hervorstehenden Zähnen und einem buschigen roten Bart.

Sein kleiner Bauch war so ordentlich rund wie eine Melone. Kheton hatte ihnen erzählt, daß Lubbo Handwerker war und sich auf die Herstellung feiner Werkzeuge verstand.

"Athenai, ich hoffe, ihr habt gut geschlafen", brummte er. "Die anderen nehmen nun das Morgenmahl an Deck ein."

"Mit Kapitän Thëlamôn?"

"Nein, dieses Schiff wird von Kapitän Maclir gesteuert." Lubbo wackelte mit dem Kopf.

"Warum? Wo ist denn Kapitän Thëlamôn?" wollte Trevor wissen.

"Das weiß ich nicht, junger Freund. Ihr seid auf der 'Navis Prydhwin', dem Schiff von Prinz Artû. Seid ihr nicht hungrig?"

"Ja, wir sind hungrig. Schukri, Freund Lubbo, wir kommen sofort." Die Kinder liefen hinter dem Dwendi die Treppe hinauf.

"Noch ein anderes Schiff?" wunderte sich Katherine.

"Ich wünschte, ich könnte mir erst die Zähne putzen", sagte Trevor.

"Oh bitte, wieso ist das denn jetzt so wichtig?" Eine Brise wehte Katherine die Haare ins Gesicht und sie band sie zu einem Pferdeschwanz hoch.

"Einen gesegneten Morgen, Athenai", grüßte Prinz Artû die Kinder, ohne auch nur einmal zu lächeln. "Brecht das Fasten mit uns." Er winkte auf einen langen Tisch hin, der mit Fladenbrot, aufgeschnittenem Harpyienbraten mit Aioli, Obst und kleinen Kirschkuchen gedeckt war.

"Schelanti, Prinz Artû. Schelanti Gwendola."

Die dunkelhaarige Dwendi-Frau nickte gütig und reichte jedem Kind eine Tasse mit heissem Minztee. Tepi schnupperte an dem Harpyienbraten, und Katherine beeilte sich, den Hund mit ein paar der Scheiben zu füttern, bevor sie für sich selbst einen Teller mit Essen aufhäufte. Die hungrigen Zeitreisenden sahen dem Sonnenaufgang zu, während sie ihr Frühstück verzehrten.

Amadis lächelte charmant. "Mir wurde gesagt, daß eure Familien aus Prydhain stammen, Athenai."

"Nur meine Familie", sagte Katherine zwischen zwei Bissen Kirschkuchen.

"Chryséis und ich kommen aus... Patala", erklärte Trevor, doch die Neugier des D'Ånu-Kriegers war noch nicht ganz befriedigt.

"Wo liegt denn dein Dorf und wie heißt es?" fragte er Katherine.

"Ehmm, es heißt Oxford."

"Oxfól? Ich habe noch nie von einem Dorf mit diesem Namen gehört. Oxfól." Er schien erstaunt zu sein.

"Es ist ein sehr kleines Dorf."

"Hör auf, so viele Fragen zu stellen, Amadis", wies Gwendola ihn zurecht und warf die krausen, schwarzen Zöpfe nach hinten. Ihr dunkles, rundes Gesicht wirkte jetzt freundlicher, aber sie war immer noch recht ernsthaft. Es war eine Sache der Gewohnheit, denn es war Gwendolas Aufgabe, die jüngere Generation in "ga i sced" zu unterrichten, was "Mut und Tapferkeit" bedeutet, eine Form dwendischer Kampfkunst.

Die Lady von Algiras hatte ihr während der Reise die Vormundschaft über die drei Kinder übertragen, und sie trug einen Brief als Beweis mit sich.

"Haha, liebe Gwen. Weise mich bitte nicht mit tödlichen Tritten zurecht", lachte Amadis. "Ich verspreche auch, weniger neugierig zu sein."

"Schukri Amadis", sagte Gwendola mit etwas Sarkasmus in der Stimme. "Wenn du nicht mit meinem Bruder in den Hügeln von Anáa aufgewachsen wärst, könnte man dich glatt für einen Firbolg halten." Firbolge waren bösartige Kleine Leute und Amadis fand ihre Bemerkung offensichtlich witzig, während der Prinz die fremden Kinder beobachtete.

"Warum so düster, Freund Artû?" wollte Amadis wissen.

"Das ganze Gerede über Firbolge könnte die Kinder erschrecken." Lubbo stimmte zu. "Die prydhanischen Gabari haben uns Dwendis in der Vergangenheit immer viel Kummer bereitet, aber das andere Kleine Volk, die 'Firbolge von Prydhain', können genauso lästig sein."

"Was sind denn 'Firbolge'?" wollte Trevor wissen.

"Das ist ein Stamm von bösen Kobolden", platzte Lubbo heraus. "Sie bauen unterirdisch Metalle und Edelsteine ab und verbünden sich des öfteren mit bösen Riesen gegen das zivilisierte Volk. Amadis' Großvater hat seinerzeit bei einem Gefecht mit den Firbolgen im Fûna-Gebirge seine Hand verloren. Den Riesen kann man auch nirgendwo mehr trauen."

"Wir haben einen sehr guten Gabari-Freund. Er lebt in Alesia und hilft der Lady von Sydonia ... er war in Algiras bei den Pferderennen dabei", begann Trevor, die alesischen Riesen und Túvar zu verteidigen, aber Lubbos Gesichtsausdruck war so grimmig, daß er gleich verstummte.

"Als mein Großvater noch ein junger Mann war, wurde er zu einer humanitären Mission in den Ausläufern des Fûna-Gebirges abkommandiert", erklärte Amadis. "Die Riesen waren nicht sehr erfreut über die Einmischung und befahlen den Firbolgen, seine Gruppe anzugreifen. Die D'Ânu-Mediziner ersetzten die abgetrennte Hand meines

Großvaters durch eine künstliche aus Bja-Metall..."

"...aber die Dwendis und die Firbolge sind seither zerstritten. Ein Angriff auf die D'Ånu ist ein unverzeihlicher Akt. Und es war wohlgemerkt nicht das einzige Mal ", beendete Lubbo die Geschichte und aß genüsslich geviertelte grüne und rosa Feigen von einem Teller.

"Was ist den Bja-Metall?"

"Ah, Freundin Chryséis, wie Têrakhon hat es viele Möglichkeiten der Anwendung," meinte Lubbo.

"Ich bin mir nicht sicher, ob mir dieses andere England gefällt", sagte Katherine leise. "Die Menschen scheinen sich dort nicht sehr zu mögen."

"Und wie ist das anders als bei uns?" Chryséis probierte ein Stück der kleinen violetten Frucht, die ein wenig nach Guave schmeckte. "Wir werden ja bald sehen, wie es dort ist. So schlimm kann es ja nicht sein."

"Es ist nur ein 'kleines' Problem, nicht wahr?! Versteht ihr, worauf ich hinaus will?" gluckste Trevor.

"Ich glaube, in deinem Kopf hat sich das gerade besser angehört."

"Ja, hat es", sagte Trevor leichthin, bevor er sich über ein weiteres Stück Fladenbrot , gefüllt mit Harpyienbraten, hermachte. Das Schiff fuhr an etwas vorbei, das in der Ferne wie eine Art Fabrik aussah, aus deren riesigen Schornstein schwarzer und schwefelgelber Rauch quoll. Von einem dunklen Kegel floss orangefarbene Lava herab.

Es handelte sich aber offensichtlich nicht um eine Fabrik. Das Lava erreichte prustend und zischend das Meerwasser. Weißer Dampf stieg hoch in die Luft hinauf und mischte sich mit dem dunklen Rauch.

"Was ist das denn?" stammelte Katherine, während Tepi sich hinter ihr versteckte. "Doch nicht etwa ein Vulkan?"

"Neuland", klärte Kapitän Maclir sie auf. Er war genauso stämmig wie Kapitän Thëlamôn, nur hatte er viel weniger Haare. "Es spuckt seit dem Fest der Hestia seine Eingeweide aus. Das war einmal ein Vulkan, bevor die

Erde bebte und das Wasser kam. Das ist nicht mehr passiert, seit ich alt genug war, mich daran zu erinnern."

Die warzenbedeckten Rücken großer Meerestiere, die von der Vulkaninsel wegschwammen, zogen am Schiff vorbei und tauchten unter und waren bald außer Sichtweite.

Chryséis deutete auf die Tiere. "Sind das Makarahs?" Sie war stolz darauf, ein neues Wort ausprobieren zu können, das sie in Algiras gelernt hatte.

Der Prinz erblasste sichtlich. *Diese Ausländer sind so ungebildet*, dachte er, *daß sie nicht einmal ein Walross von einem Hai unterscheiden können.*

"Nein, nein", sagte er laut und schüttelte den Kopf. "Nein, Freundin Chryséis, diese Meerestiere sind nicht Makarahs. Sie sind I v i k."

"Danke, daß ihr das klargestellt habt", erwiderte Chryséis höflich, da sie seine Irritation über ihre Frage spürte. "Er muss denken, daß wir total dumm sind", sagte sie zu Trevor.

"Wenigstens waren es keine Haie. Das wären ziemlich große Haie gewesen. Ich frage mich, ob die Seeungeheuer, die uns damals angegriffen haben, auch so groß waren."

"Oh, erwähne das bloß nicht." Chryséis zitterte ein wenig.

Prinz Artû starrte weiter auf den Vulkan und zog besorgt die Augenbrauen zusammen. "Ein 'Iti', ein Vulkankind, das zum Leben erwacht, ist kein gutes Zeichen," meinte er.

"Feurige Turbulenzen waren noch nie ein gutes Zeichen, weder im Atlantischen Meer noch sonstwo", stimmte Kapitän Maclir ihm zu. Bald kam die avallûnische Westküste in Sicht, und auf den von der Brandung umspülten Felsen sonnten sich Hunderte von gespickten rothäutigen Eidechsen.

"Seeleute erzählen sich oft Geschichten von riesigen roten Drachen, die die wertvollen Apfelplantagen bewachen", meinte Lubbo. "Die Obstgärten sind zwar gut geschützt, aber diese kleinen roten Echsen haben nichts damit zu tun."

"Das sind sie aber doch - kleine rote Drachen", sagte Trevor.

Avallûn war wahrlich die "Insel der goldenen

Obstgärten". Sie war mit einem äußerst vorteilhaften Klima gesegnet, und in den Tälern wuchsen sehr viele Apfelbäume. Weizen und Gerste standen goldgelb auf den Feldern und Schafherden weideten auf grasbewachsenen Hängen. Alte Windmühlen ähnelten riesigen Spinnennetzen, und die Sonnenhüte der Bauern, die den Weizen ernteten, tauchten auf den Feldern auf und ab.

"Erzählt den Kindern doch von Avallûn, Prinz Artû!" weckte Gwendola ihn aus seinen Gedanken. "Ich bin mir sicher, daß sie noch nie an euren Gestaden waren."

"Nun gut", seufzte der Prinz. "Avallûn bedeutet 'Apfelbäume', Athenai. Die Avallûnier überlebten die verheerenden Fluten vor dem Dunklen Zeitalter im Hochland. Der Kontinent versank ächzend unter den hohen Wellen und Avallûn wurde zu einer Insel."

Artû klang wie ein Film-Kommentator. "Dann begann Boreas, der Gott des Winters, seine Herrschaft in Avallûn. Die Überlebenden, die jahrelang von Frost heimgesucht wurden, konnten jedoch sich selbst und so manchen jungen Apfelbaum in geschützte Höhlen retten. Nachdem das raue Klima des Dunklen Zeitalters vorbei war, wurden in Avallûn die Apfelbäume wieder angepflanzt und sie gediehen seitdem."

"Sind Äpfel den so wichtig?" fragte Katherine.

"Aber natürlich. Die Bäume revanchieren sich, indem sie den Menschen in Avallûn viele Geschenke machen. Sie schenken uns Essen und Trinken und regen Handel."

"Das ist sehr interessant." Katherine blickte auf die Apfelbäume, als sie daran vorbeifuhren.

"Wofür sind denn diese Steinschiffe gut ?" fragte Trevor und zeigte auf die seltsamen bootsförmigen Steinhaufen, die sich entlang der Küste befanden.

"Man nennt sie 'Navetas'. Die alten Seefahrervölker bauten sie zu Ehren der Götter. Es heißt auch, daß sie die Küste vor Überschwemmungen schützen." Die *Navis Prydwhin* segelte schnell die Küste entlang. "Wir kommen nun an den

Getreidefeldern von Edom vorbei. Hestia hat unser Volk wahrlich mit fruchtbarem Land gesegnet", meinte Artû stolz.

"Ich dachte, die Erdmutter hieße Aïma." Chryséis runzelte die Stirn.

"Oh, die Erdmutter hat viele Namen", antwortete ihr Gwendola. "Hier wird sie Hestia genannt."

Grüne Weiden und Apfelplantagen wechselten sich nun mit duftenden Lavendelfeldern ab. Eine Herde von rotbraunen Kühen kamen in Sicht.

Zwei Gabari-Hirten mit langen Stäben trieben sie ins Landesinnere, gefolgt von einigen seltsam aussehenden Sauriern. Als Tepi die Saurier sah, wurde sie neugierig. Die junge Hündin lief auf dem Deck auf und ab, schnüffelte und winselte.

"Manchmal wollen unehrliche Seeleute nicht mit den Bauern handeln und stehlen die goldenen Früchte einfach im Schutze der Dunkelheit," erklärte ihnen Prinz Artû. "Unsere Äpfel sind kostbar und dafür bekannt, daß sie den 'Nereus-Fluch' verhindern - eine gefürchtete Zahnfleischerkrankung. Manchmal versuchen diese Seeleute sogar, ein Schaf oder eine Kuh zu stehlen, aber unsere Gabari-Hirten fangen sie oft mit Hilfe von den zahmen Sauriern ein. Sie sind dahin abgerichtet, die Herde zu beschützen",

"Pah, Gabari!" Lubbo schnaubte verächtlich. "Wahrscheinlich helfen sie ihnen noch beim Stehlen..."

Schon bald erhob sich vor ihnen auf einer felsigen Klippe die weiße Zitadelle von 'Caer Calvas'. Als sie die Halbinsel umrundeten, tauchte das Schloss des Königs auf, wie es sich an den Felsen lehnte. Ein robuster Apfelbaum der 'ersten Generation' spendete im Vorhof seinen Schatten. Der malerische, nach Osten ausgerichtete Hafen von Arvalos lag in der Bucht darunter. Das Schloss war das Zuhause von Prinz Artû, seinen Eltern, König Avallach und Königin Nuada, und seiner Schwester, Prinzessin Harleia.

"Auf der rechten Seite, jenseits der 'Meerenge von Caldera', liegt die Küste von Hesperus", fuhr Prinz Artû fort. "Aber sie ist zu weit von Arvalos entfernt, um selbst an klaren Tagen gesehen zu werden. Weiter oben an der avallûnischen Küste liegen Kriegsschiffe der atalischen Flotte im Flottenstützpunkt Katú vor Anker. Die Lady von Algiras reagierte schnell auf die Bedrohung durch die Kriegsschiffe der Gorgonen in dieser Gegend."

"Unsere Ama-zûnas Verbündete beaufsichtigen die Werft von Katú und kommandieren die Schiffe", ergänzte Amadis Prinz Artûs Bericht. "Sie sind ausgezeichnete Seefahrer."

Er sagte dies, als die 'Navis Prydhwin' in die Mündung des Hafens einfuhr. Kapitän Maclir warf den Anker an einer reservierten Stelle neben einem d'ântillianischen Frachter, der eine Ladung goldener Äpfel nach Kamûk bringen sollte. Die genaue Ankunftszeit der 'Navis Prydhwin' war geheim, also gab es kein Begrüßungskomitee und ausnahmsweise auch keinen Gesang.

"Seht euch all diese Blumen an!" Katherine zeigte erstaunt auf eine Unzahl von Blüten. Hibiskusbüsche mit roten, rosafarbenen und gelben Blüten, so groß wie Teller, und duftende Zitrusbäume wuchsen in jeder Ecke des steilen Kopfsteinpflasters.

"Wie merkwürdig. Was machen den die Leute da?" Chryséis traute ihren Augen nicht. "Ich kann es nicht genau beschreiben, aber ich glaube, sie fahren die Straße in riesigen Körben hinunter."

Die Einwohner von Arvalos hatten eine ungewöhnliche Methode, um Äpfel und ihren berühmten Apfelwein zum Hafen zu transportieren. Chryséis hatte ganz recht gesehen. Junge Leute manövrierten große Weidenkörbe, die man Toboggan nannte, die Hänge hinunter und führen auch manchmal zum Spaß um die Wette. Starke Jugendliche zogen dann die Körbe wieder bergauf, beladen mit Waren von den Handelsschiffen oder mit Passagieren.

So mancher Großvater aus Avallûn erinnerte sich gern an seine eigene Zeit als Schlittenfahrer und dem gelegentlichen damit verbundenen Wettkampf. Allerdings gelang es überraschten Besuchern oft nur in letzter Sekunde, noch rechtzeitig zur Seite zu springen.

"Wow, das ist ja toll." Trevor blickte hinauf zu der imposanten Zitadelle und dem Schloss.

"He da, passt auf!", rief jemand hinter ihnen, kurz bevor ein großer Korb, der von einem lachenden Jungen gelenkt wurde, vorbeiraste und Trevor nur knapp verfehlte. Tepi begann zu bellen, und Katherine kniete sich hin, um den Hund zu beruhigen. Der Toboggan steuerte in einem gefährlichen Winkel auf den Kai und den Frachter zu, der neben der *Navis Prydhwin* festgemacht hatte.

"Vorsichtig mit dem Toboggan, Junge!" rief Amadis. "Pass auf die Fußgänger auf." Doch der Korb war bereits außer Hörweite.

Eine Handvoll Äpfel war vom Schlitten gefallen, und Amadis hob zwei der goldenen Früchte auf und gab einen davon Katherine. Den anderen Apfel rieb er an seiner samtenen Weste und biss hinein. "Ein bisschen säuerlich für die letztjährige Ernte", sagte er mit einem Augenzwinkern.

Prinz Artû runzelte die Stirn über die Beleidigung, während Gwendola versuchte, nicht zu kichern. Offensichtlich versuchte Amadis, den strengen Adligen etwas zu reizen. Die Avallûnier waren ziemlich stolz auf ihre süßen Früchte und nahmen leicht Anstoß an ihrer Kritik.

"Ich finde den Apfel köstlich", versicherte Katherine Artû und aß die Frucht, die ihr Amadis zugeworfen hatte.

Prinz Artû grunzte und warf sich einen Zipfel seines himmelblauen Mantels über die rechte Schulter. Ihre Transportkörbe kamen sogleich an und zwei Gabari-Jungen in gelben Hofwämsen zogen sie den Hügel zur Zitadelle hinauf.

"Dieser Ort ist so rückständig, wo sind denn die ganzen Vimaane?" fragte Trevor leise.

"Da drüben ist einer." Chryséis zeigte auf eine rote Flugmaschine, die vor einem der soliden Häuser geparkt war. "Und einer ist gleich hier neben uns."

Die Häuser von Arvalos waren aus Steinen um einen

Innenhof herum gebaut. Ein überdachter Durchgang führte auf die Straße, und alle Häuser hatten große Schornsteine und Ziegeldächer.

"Da ist aber nicht so viel los wie in Algiras."

"Sieht aber ganz so aus wie eine Stadt in Frankreich", sagte Katherine. "Ich dachte schon, wir wären wieder in der Zunkunft. Fühlt sich eher an wie in St. Malo oder sogar Marseille." Ein großer grünlicher Vimaan schwebte den Hügel hinunter und pfiff an ihnen vorbei.

"Ach komm, wann sieht man schon Vimaane und Gabari in Frankreich?"

"OK, das ist auch wieder wahr," gab Katherine zu.

Die königliche Familie empfing sie im Vorgarten unter dem großen alten Apfelbaum. Der König sah aus wie eine ältere, bärtige Version seines Sohnes Artû, hatte aber nichts von der brummigen Natur seines Sohnes.

"Schelanti Athenai, Schelanti. Mein Sohn, wir haben auf euch gewartet," begrüßte er sie fröhlich. "Die Lady von Arvalos hat den Rat zusammengerufen, um die Botschaft der Lady von Algiras anzuhören." Da die Insel so nahe an den feindlichen Gebieten in Hesperus auf der anderen Seite der Meerenge von Caldera lag, wurde auf Avallûn ständig ein Seekönig benötigt. König Avallach war ein hervorragender Seekönig und zudem bei seinen Untertanen sehr beliebt.

"Schelanti, Vater, Mutter, Harleia. Es ist gut, wieder zu Hause zu sein", sagte Artû mit ernster Miene.

"Ach komm schon, großer Bruder, umarme uns." Die hübsche Prinzessin umarmte ihn grinsend. "Sei doch nicht immer so feierlich."

"Der Erdmutter sei Dank, mein Sohn. Du bist heil nach Hause gekommen," sagte seine Mutter mit Tränen in den Augen. "Und schon bald wirst du wieder aufbrechen nach ..."

"Mutter!", ermahnte der Prinz sie und die Königin verstummte. Prinz Artû sah sich um. Man wusste nie, ob Spione anwesend waren, aber alles schien normal zu sein. Die Angestelten im Hof waren alles vertrauenswürdige

Avallûnianer.

"Die Lady hat um die Anwesenheit eurer Begleiter in der Zitadelle nach der Konferenz gebeten. Das Abendessen wird auf der Veranda serviert. Bitte folgt mir; ich bin sicher, ihr wollt euch frisch machen..." Königin Nuada führte den Weg ins Schloss, während der König, Artû, Amadis und Lubbo von Vimaan zur Zitadelle gebracht wurden.

Gwendola blieb zurück und sorgte dafür, daß sie nie weit von den Kindern entfernt war. Als die Sonne spektakulär am Himmel unterging, setzten sie sich zum Abendessen auf die oberste Veranda der Zitadelle. Natürlich waren fast alle Gerichte mit Äpfeln zubereitet.

"Wie weit man von hier aus alles überblicken kann!" meinte Katherine verträumt. Die Sonne hatte das Meer zuvor dunkelorange gefärbt, und das Licht wurde immer schwächer.

"Die Erntezeit ist sehr wichtig in Avallûn ", erklärte die Königin während des zweiten Ganges, der aus saftigem Schweinebraten mit einer Lavendelhonigkruste und Bratäpfeln bestand. "Es ist schade, daß ihr jungen Leute nicht bis zur Erntezeit bleiben könnt. Unsere Jugend singt und tanzt während des Manzán-Festes, und im Frühjahr werden die Hochzeiten gefeiert".

Die Lady hob ihren Kelch mit Apfelwein und die Gäste taten es ihr nach, nur daß die Kinder Apfelsaft tranken. "Auf die gesegnete Erntezeit."

"Auf die gesegnete Erntezeit", antworteten alle im Chor.

"Ich bin viel zu jung zum Heiraten", sagte Chryséis mit leiser Stimme und trank ihren Saft.

Trevor bediente sich an einem weiteren Stück Flammkuchen und Tepi kaute neben seinen Füßen an einem saftigen Knochen. Er lauschte König Avallach und Artû, die lokale Angelegenheiten besprachen, während Tänzer und Musiker die Gäste unterhielten.

"Ich habe gesehen, daß Tiamat, unser Muttermeer, das Küstenland im Süden zurückgefordert hat, Vater." Prinz Artû klang besorgt.

"Gutes Ackerland wurde in der letzten Saison von heftigen Gewittern und Fluten fortgespült", sagte der König. "Es heißt, die Bauern seien zur Praxis von Menschenopfern auf den Navetas zurückgekehrt."

Trevor würgte ein wenig an seinem Stück Kuchen, aber die beiden Männer schienen es nicht zu bemerken.

"Vater, diese abscheuliche Tradition darf nie wieder zugelassen werden."

"Die Angst schleicht sich in ihre Herzen, mein Sohn. Die Angst, daß unsere wunderbare Insel unter dem Meer verschwinden könnte, wie Atland, wenn die Götter nicht eingreifen." Die Musiker taten ihr Bestes, um die Gruppe mit fiedelartigen Instrumenten und Flöten zu unterhalten. Es wurde nicht viel gesungen, aber die Jungfern führten einstudierte Tänze auf. Niemand bemerkte, wie sich zwei kleine Feen Stückchen vom Kuchen abhoben, um dann wieder auf einer Marmorstatue der Tiamat zu verschwinden.

"Hast du das gehört?" flüsterte Trevor Chryséis zu.

Sie spitzte die Ohren. "Was denn?"

Katherine beugte sich vor. "Hast du was gesagt?"

"Ich sagte ... hast du das gehört?" wiederholte Trevor leise. "Der König und der Prinz reden gerade von Menschenopfern."

Katherine sah überrascht aus. "Ich habe nicht zugehört. Ich habe den Tänzern die ganze Zeit zugesehen. Bist du sicher, daß er von Menschenopfern gesprochen hat?"

Chryséis war nicht wohl bei der Sache. "Vielleicht hast du die beiden nicht richtig verstanden. Der Dialekt ist ein bisschen schwer zu verstehen. Es sind doch so nette Leute."

"Du hast recht, ich habe sie wohl nicht richtig verstanden." Aber Trevor hatte immer noch ein ungutes Gefühl bei der Sache. Was würde es bedeuten, wenn er sie doch richtig verstanden hatte? Waren die Avallûnier so etwas wie Kannibalen?

"Die Ioannu berichten, daß gestern einige Kriegsschiffe der Gorgonen an der Küste von Maligasima entlangsegelten. Diese sturen Gorgonen verweigern telepathische Gespräche mit dem 'Haus der Völker der Bekannten Welt'." König Avallach schien frustriert zu sein.

"Wie unzivilisiert von ihnen. Ich werde morgen nach Katú gehen und mit dem Kommandanten der Ama-zûnas sprechen", sagte Prinz Artû.

"Wir werden einen Boten mit einem versiegelten Brief zur Lady von Algiras schicken, sobald wir mehr wissen. Nicht einmal Telepathie ist unter diesen Umständen sicher."

Während des letzten Gorgonen-Aufstandes, an den man sich in lokalen Liedern und Theaterstücken noch lebhaft erinnerte, waren Küstendörfer in der Region Edom grausam geplündert worden. Obwohl der Angriff zurückgeschlagen wurde, waren gute Männer mit dem Schwert getötet und Sklaven nach Hesperus verschleppt worden. Dieses Mal war Avallûn vorbereitet.

"Nehmt noch etwas von dem gebratenen Schwein," lud der König seine Gäste mit einer großzügigen Geste ein.

Zur gleichen Stunde herrschte in der Werft von Katú bei Fackelschein noch immer rege Betriebsamkeit. Einem Zimmermannslehrling, dessen Zähne nach Gorgonen-Art spitz zugefeilt waren, gelang es, sich unbemerkt von seinem Platz zwischen den Zimmerleuten fort zu schleichen.

Der Mann schlich vorsichtig einen schmalen Pfad entlang durch ein kleines Waldstück zum Ufer hinunter. In der Dunkelheit stolperte er über ein verlegtes Werkzeug, was die Ama-zûnas Wachen alarmierte. Sie sahen nach, aber der Mann konnte sich gerade noch rechtzeitig hinter einem Stapel von Holzbrettern verstecken.

Unten am felsigen Ufer löste er eilig ein Seil und kletterte in ein Beiboot. Er ruderte das Boot gegen die Flut und mühte sich die Küste hinauf. Bald konnte er einen Schoner ausmachen, der in einer kleinen Bucht versteckt lag. Jetzt musste der Lehrling nur noch seine Botschaft richtig aufsagen, genau so, wie es ihm aufgetragen worden war. Eine wichtige Nachricht, die er vor Einbruch der Nacht von einem Pagen des Zitadell-Palasts erhalten hatte.

Eine Stunde später war der Zimmermannslehrling wieder an seinem Platz und hämmerte lächelnd Holznägel in angebohrte Löcher. Der Schoner machte einen weiten Bogen um Maligasima und segelte im Schutze der Nacht geradewegs auf das nördliche Prydhain zu, auch wenn er es mit den Ungeheuern des Meeres aufnehmen musste.

An einem wilden Küstenabschnitt ging eine grimmige Gruppe von Edfuniern an Land.

Die Lecks, die die Riesen in den Rumpf getrieben hatten, ließen den Schoner bald mitsamt dem Kapitän und seiner Mannschaft sinken. Sie hatten ihren Zweck erfüllt.

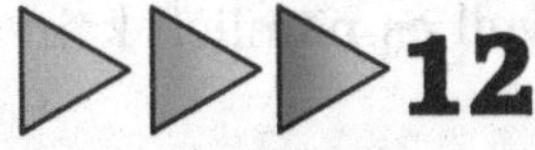 **12** **DIE WASSERHEXE**

Sobald die versiegelte Nachricht aus Arvalos auf dem Weg nach Algiras war, brach die *Navis Prydhwin* mit ihrer bunt zusammengewürfelten Besatzung und dem Sprechenden Stein an Bord heimlich auf. Die Überfahrt verlief zunächst ereignislos, und sie bewegten sich zügig auf die Küste von Maligasima zu.

Ein verzweifelter Warnruf zerriss bald die friedliche Stimmung. "Gorgonen-Kriegsschiffe, Gorgonen-Kriegsschiffe!" Wie aus dem Nichts tauchten zwei gewaltige Kriegsschiffe am Horizont auf. Zunächst waren es nur schwache Schatten, dann kamen die Schiffe immer näher.

"Was ist das? Maligasima ist zu weit östlich, als daß sie so schnell angreifen könnten!", brüllte Kapitän Maclir wütend. "Sie müssen näher bei Avallûn auf der Lauer gelegen haben."

"Ich werde Alarm schlagen. Der Kommandant in Katú wird schnell handeln."

"Beeilt euch, Artû, sie kommen immer näher!" rief Maclir.

"Woher wussten sie von unserer Abreise? Sie wurde bis heute Morgen geheim gehalten", donnerte Lubbo.

"Darauf gibt's nur eine Antwort: Spione!" meldete sich Gwendola zu Wort.

"Oh, das ist ja großartig. Wir werden von Kriegsschiffen gejagt und haben auch noch Spione unter uns." Katherine beobachtete, wie das führende Schiff Kurs auf sie nahm. Und die Gorgonen gewannen an Geschwindigkeit. Die *Navis Prydhwin* schien über die Wasseroberfläche zu fliegen, aber die Manöver von Kapitän Maclir zeigten wenig Wirkung.

"Warum können wir nicht ein einziges Mal eine normale Reise machen?" Chryseis rollte mit den Augen und Tepi sah besorgt zu ihr auf.

"Ich finde es cool - eine echte Seeschlacht." Trevor strahlte.

"Ach ja? In einer echten Seeschlacht kann man verletzt werden order gar getötet, weißt du - weil es nämlich kein Computerspiel ist!"

"OK, OK ... aber es ist trotzdem cool."

"So viel dazu, daß das hier vorbei sein wird, bevor wir es merken."

"Die Gorgonen haben es aber eilig, uns zu erreichen." Amadis sah vom Bug des Schiffes aus zu und hob spöttisch eine Augenbraue.

Prinz Artûs Gesicht war dagegen ernst und seine Lippen waren zusammengepresst. Er musste es wagen mit dem Kommandanten in Katú zu kommunizieren. "Sie schicken uns Hilfe", verkündete er nach einem kurzen telepathischen Gespräch.

"Gut. Ich hoffe, sie kommen nicht zu spät", war Lubbos trockener Kommentar. "Die Gorgonen bewegen sich schnell auf uns zu und sind nur noch zehn Längen entfernt."

"Macht die Waffen bereit, Kapitän!" befahl Prinz Artû.

Wie die *Navis Arion* war auch die *Navis Prydhwin* kein Handelsschiff und voll ausgerüstet, um ihre Mission und die Mannschaft zu verteidigen.

"Sollten wir nicht versuchen, das Festland zu erreichen, anstatt uns auf eine Schlacht vorzubereiten?" Amadis lächelte nicht mehr. "Überlassen wir das Kämpfen doch unseren Kriegsschiffen, wenn die ankommen."

"Wir werden keine große Wahl haben, mein Freund," erwiderte Artû. Die Kriegsschiffe kamen immer näher. Muskulöse Gorgonen-Männer und -Frauen in robusten Echsenhaut-Rüstungen und Lederhelmen standen an Deck und ihre geflochtenen Haare wehten in der Brise.

"Es ist gut, daß wir ihre Gesichter noch nicht erkennen können", sagte Lubbo trocken.

Dann, wie aus dem Nichts tauchte im Süden ein schnittiges Schiff auf, das sich ebenfalls schnell auf die *Navis Prydhwin* zubewegte. Dann noch eines und noch eines. Sie holten die sperrigen Kriegsschiffe der Gorgonen schnell ein, so daß die sich in zwei Gruppen aufteilen mussten.

Aber die Konföderierten fielen nicht auf die List herein und es kam zu einem heftigen Kampf zwischen den hinteren Gorgonen-Schiffen und den ebenso kampfstarken Ama-zûnas des dritten konföderierten Schiffes. Die ersten beiden Schiffe hielten ihren Kurs auf die *Navis Prydhwin*, allerdings nicht schnell genug. Eines der feindlichen Schiffe näherte sich ihnen.

"Was macht ihr noch hier oben?" schrien Kapitän Maclir und Artû gleichzeitig. "Kinder unter Deck. Sofort!"

Zack! Enterhaken krachten in die Holzplanken, gerade als die Zeitreisenden mit Tepi die Treppe hinunterkletterten. Grässlich aussehende Gorgonen-Krieger zogen an den Seilen und ihr Schiff kam immer näher heran.

"Holt die Rucksäcke, schnell! Wir müssen vielleicht eine Vortex in Gang bringen. Wo ist der Stein?" brüllte Chryseis.

"Amadis hatte ihn in seiner Umhängetasche."

"Wie können wir sicher sein?"

"Das ist mir egal!" schrie Katherine zurück.

Das Schiff bebte unddie Gorgonen machten sich mit gezogenen Waffen zum Sprung bereit. Die *Navis Prydhwin* erhielt einen gewaltigen Stoß, der zwei der bewaffneten Matrosen über Bord schleuderte.

Ein weiterer Schlag ließ den Rumpf erzittern, und die jungen Passagiere gerieten in Panik. "Gib mir das ZPS. Gib mir das ZPS!" rief Trevor.

"Aaah, sie werden uns versenken!" schrie Katherine und hielt Tepi fest im Arm. Die *Navis Prydhwin* zitterte, als sich eines der konföderierten Schiffe geschickt zwischen die beiden Schiffe zwängte und sie auseinander drängte. Die Ama-zûnas sprangen keinen Augenblick zu früh und überraschten die Gorgonen mit markerschütternden Schreien.

Dann traf weitere Hilfe ein. Einige Ioannu hatten sich auf den Rücken ihrer Delfine auf den Weg zum Kampf-Schauplatz gemacht.

"Schaut mal nach draußen." Trevor zeigte durch ein Bullauge auf einen Meermann, der damit beschäftigt war, die beiden triefend nassen Matrosen zu retten, die über Bord gefallen waren.

"Kommt schnell! Lasst schnell die Taue runter!" rief der Ioannu und winkte ihnen zu.

Gwendola kletterte zuerst an der Bordwand hinunter und hing an einem Seil vor dem Bullauge. Die Kinder brauchten nicht lange zu überlegen. Sie stürmten die Treppe hinauf und wurden sofort auf den Rücken der wartenden Tümmler und Delfine abgeseilt.

Bald hielten sich Chryséis und Trevor aneinander fest und ritten auf einem großen Tümmler hinter einem Ioannu-Mann. Katherine und Tepi teilten sich einen Delfin mit eine der Meerfrauen.

"Haltet euch fest!" befahl ihnen die Ioannu-Frau und sie ritten schnell über die Wellen in Richtung der Küste.

"Schnell, die Lagune von Narada!" rief Prinz Artû vom Rücken eines Delfins, der sie überholte. Die Ioannu beeilten sich, und statt mit einem Schiff in eine prähistorische Hafenstadt zu segeln, ritten sie auf dem Rücken der Meerestiere in eine versteckte Lagune.

Keines der Kriegsschiffe folgte ihnen, da die Krieger immer noch damit beschäftigt waren, sich gegenseitig aufzuschlitzen und zu verprügeln. Die Ama-zûnas verloren keine Zeit und machten kurzen Prozess mit der Zerstörung der beiden feindlichen Schiffe und den verachteten Gorgonen.

Die beschädigte *Navis Prydhwin* wurde mitsamt ihrer Besatzung nach Katú zurückgeschleppt - aber die Schlacht war gewonnen. Die übriggebliebenen Gorgonen flohen zurück nach Osten. Atland würde sich später mit ihnen befassen.

Währenddessen durchquerten die Meermänner auf ihren geflipperten Rössern die Lagune zu einer primitiven Anlegestelle. Eine Treppe führte ein kurzes Stück weit hinauf zur zerstörten Zitadelle von Narada.

Den Ioannu des Gadirischen Meeres war dieser Ort bekannt

und die Tümmler und Delfine reihten sich entlang des Stegs auf. Prinz Artû stand bereits auf den verwitterten Planken, als eine Robbe die Treppe hinuntergewatschelt kam, um die nassen Neuankömmlinge zu inspizieren.

Tepi sprang vor allen anderen auf das Podest und schüttelte sich ausgiebig, daß das Wasser nur so spritzte. Hund und Robbe beschnupperten sich gegenseitig und beschlossen, daß es nicht schaden würde, Freunde zu werden.

Hu, der Seehund, folgte seinem neuen Freund freudig mit einem kehligen Bellen den Steg entlang.

"Schelanti, Freunde der Ioannu", begrüßte sie eine Frau im Gewand einer Lady. "Ihr bringt mir Besuch? Herzlich willkommen." Ihr Gesicht war braun gebrannt und faltig, aber ihr langes blondes Haar war das eines jungen Mädchens. Der Kontrast hätte nicht größer sein können. Tepi beschnupperte die Frau. "Ah, Hu hat einen neuen Freund gefunden." Sie lächelte und ihr Gesicht sah nun jung aus.

"Hu?" fragte Prinz Artû.

"Das hier ist Hu, junger Mann." Sie zeigte auf den zahmen Seehund.

"Schukri, Ioannu-Freunde, ihr habt uns aus der Schlacht gerettet", bedankte sich Amadis bei den Wassermännern.

"Es war uns ein Vergnügen. Wir sind froh, Euch zu Diensten sein zu können." Die Ioannu hatten ihre Passagiere abgeladen und ritten nun auf den Tümmlern und Delfinen zurück zu den Schiffen, um zu sehen, ob der ein oder andere Krieger gerettet werden musste. "Gute Gesundheit. Wir sehen uns später, Athenai!" rief der Anführer ihnen über seine Schulter zu, bevor sie aus dem Blickfeld verschwanden.

Artû erinnerte sich an seine guten Manieren. "Schelanti, ehrenwerte Lady von Narada. Bitte verzeiht unser plötzliches Eindringen, aber wir haben einen wichtigen Gegenstand für Caradoc dabei und..."

"...und versuchten zu vermeiden, den Gorgonen auf See zu begegnen und es Euch wegnehmen zu lassen. Ich weiß, Sohn von König Avallach von Avallûn. Ich habe euch und eure Gefährten erwartet. Die Ama-zûnas sind starke Krieger. Da gibt es nichts zu befürchten."

Artû schien überrascht zu sein. "Woher kennt ihr meinen Namen, Lady, und unsere Absichten?"

"Ich bin nicht die Lady von Narada, junger Mann. Ich bin nur eine Jungfer, die zufällig die gute Frau und alle anderen in der Zitadelle überlebt hat. Und ich habe eure Ankunft in einem Traum gesehen."

"Ihr habt dann also das zweite Gesicht, Jungfer?" fragte sie Amadis.

"Mein Name ist Zeruana und – und ja, das habe ich", sagte sie knapp.

"Dürfen wir euch um Unterkunft bitten, gute Jungfer?"

"Ihr seid herzlich willkommen, mein bescheidenes Heim mit mir zu teilen, bis ihr bereit seid weiter zu reisen," führte Zeruana die förmliche Begrüßung aus.

Sie gingen den Weg hinauf, der mit blühenden Pflanzen, runden Kieselsteinen, Treibholz und riesigen Muscheln gesäumt war. Verwitterte Holztafeln, auf denen die "Gesetze der Treue" standen, waren ein Teil der niedrigen Umzäunung.

Die Besucher ließen sich auf glatten Steinblöcken nieder, die um eine überdachte Feuerstelle hinter der Zitadellenruine aufgestellt waren. Eine Steinplatte diente als behelfsmäßiger Tisch und trug noch die Inschrift "...der Pfad der Wahrheit ist oft...", der Text danach war abgebrochen. Ein kleiner Kessel mit Rosellentee köchelte über einem knisternden Feuer. Bald waren alle in der Sonne getrocknet und sie hielten Tassen mit dampfendem rotem Tee in der Hand.

"Habt ihr die ZPS gefunden?" flüsterte Chryseis.

"Ja, meiner ist in meinem Rucksack. Wo ist denn deiner?"

"Auch hier." Trevor zog das Zeitreisegerät ein wenig aus seinem Rucksack heraus, so daß man es sehen konnte.

"Meiner ist in meiner Jackentasche." Katherine fühlte es durch den Stoff hindurch. "Gut, daß wir die Dinger in Sandwichtüten eingewickelt haben."

"Und gut, daß wir keine Vortex aktivieren mussten",

sagte Trevor. Zeruana sprach über dies und das, während die Besucher ihren "Begrüßungsstee" tranken. Sie erzählte, wie die malerische Zitadelle und das Dorf Narada vor mehr als drei Jahrzehnten bei einem Erdbeben eingebrochen waren. Zeruana war damals sechzehn Jahre alt und eine Jungfer in der Ausbildung.

"Die Lady von Narada war unverletzt entkommen und fand mich, wie ich mich an einem Sparren festhielt. Ich hatte Prellungen und mein Bein war gebrochen. Alle anderen waren im Erdbeben umgekommen. Die gute Lady war im 'Haus des Lebens' ausgebildet worden und konnte mein Bein heilen. Die Zitadelle wurde nie wieder aufgebaut. Wir lebten weiter in den Ruinen, bis die Lady hier an Altersschwäche starb."

"Ihr lebt hier ganz allein, Jungfer?" fragte Gwendola verblüfft. Dwendis waren ein geselliges Volk, und allein zu leben war für sie unvorstellbar.

"Ja, ich lebe seitdem allein. Die guten Leute von Sogamosa nennen mich die 'Wasserhexe'. Ich nehme an, daß ich diesen Titel verdient habe, weil ich die Gesellschaft der Ioannu vorziehe. Manchmal essen wir am Strand der Lagune gemeinsam Glaswurzsalat und Seeigelrogen. Und dann sind da natürlich noch meine Haustiere. Sie sind abergläubisch, die Menschen von Narada und Sogamosa, aber sie kommen trotzdem hierher, um medizinische Hilfe zu bekommen."

"Warum sind sie so abergläubisch?"

"Naja, sie glauben, daß der Ort ihnen Unglück bringt und daß die Geister der Toten in den Ruinen umherstreifen. Vielleicht denken sie, daß ich besondere Kräfte besitze, um die Geister in Schach zu halten." Die Wasserhexe lachte schallend.

"Vielleicht denken sie, daß ihr selbst ein Geist seid", fügte Gwendola stirnrunzelnd hinzu.

Die Wasserhexe überschlug sich schier vor Lachen. "Ja, ein heilender Geist. Das ist ja lustig. Ich nehme an, es hilft nicht, daß ich das 'zweite Gesicht' habe und die Zukunft und die Vergangenheit sehen kann. Allerdings behalte ich die 'Träume' in letzter Zeit lieber für mich."

Katherine warf einen Blick auf die zerstörte Zitadelle. Zwei Säulen stützten einen Teil des oberen Stockwerks und bildeten darunter eine schattige Veranda.

Zeruana hatte die offene Seite ihrer Behausung mit großen Tüchern aus starkem Segeltuch verschlossen. Ein gewölbtes Fenster, das einst zur Audienzhalle gehörte, bot nun einen Ausblick auf die blass-blauen Mohini-Berge in der Ferne und das gadirische Meer.

"Es ist wirklich traurig, daß alle anderen bei dem Erdbeben gestorben sind", sagte Katherine.

"Der Tod ist immer ein großer Verlust, aber ich habe mich damit abgefunden. Niemand wollte danach hierher ziehen. Manchmal ist es einsam, und deshalb mag ich es, wenn die Meeresgötter mir ab und zu Besuch schicken."

"So wie heute?"

"Ja, ja so wie ihr heute."

Die "Wasserhexe" erwähnte, daß sie ihre wenigen Habseligkeiten in einer riesigen Muschelschale aufbewahrte. Als Lubbo erfuhr, daß das Schloss der Muscheltruhe nicht richtig zuging, bot er seine Fähigkeiten an, um den kaputten Riegel zu reparieren. "Danke, guter Dwendi-Freund, schukri", dankte Zeruana ihm.

"Schukri, schukri, guter Dwendi...", krächzte ein feuerroter Papagei auf der niedrigen Zitadellenmauer und verbeugte sich immer wieder auf seiner Sitzstange. Die Besucher starrten auf ihn.

"Das ist Haapi. Ein Händler aus Sogamosa gab ihn mir zum Geschenk. Ich hatte die Zwillingsjungen des Mannes sicher in die Welt verholfen. Sie sind jetzt beide schon verheiratet." erzählte Zeruana.

"Haapi, Haapi, mein kleiner Freund...", lockte der Vogel.

"Warum fliegt der Papagei denn nicht weg?" wollte Lubbo wissen.

"Man hat ihm die Flügel gestutzt, aber nach einer Weile hatte er beschlossen, bei mir zu bleiben. Haapi sitzt oft auf meiner

Schulter und er spricht ganz akzeptabeles Akkadisch."

Wie auf Kommando stimmte Haapi mit seiner krächzenden Stimme ein kleines Lied an:

'Unter schäumenden Türmen
Wo die Mächte des Meeres wohnen
auf ihren perlenbesetzten Thronen sitzen...'

Alle bogen sich vor Lachen. Daraufhin verbeugte sich der Papagei mehrmals, was noch komischer war. Dies gestaltete sich zu einem recht lustigen Besuch. Zeruana stand auf und ging auf den singenden Vogel zu. Sie fütterte ihn mit einem Obststückchen aus einer Têrakhon-Schale, und Haapi antwortete mit flatternden Flügeln und ruckartigen Bewegungen.

"Krah, krah ... Mächte des Meeres ... perlenbesetzten Thronen ... krah ...", sang er und nagte dann an der Frucht.

"Komm Hu, komm, komm, komm", rief Zeruana ihren Seehund.

"Warum ist Hu eigentlich so zahm?" fragte Trevor neugierig.

"Wir verstehen uns sehr gut. Eine Robbenkolonie ist in der Nähe, und Hu kann sich seiner Art anschließen, wann immer er das will." Hu watschelte gierig zu ihr hin und nahm ein paar kleine Fische aus einem Holzeimer entgegen. Tepi schnupperte an dem Eimer herum, entschied dann aber, daß die beweglichen Fische nichts für sie waren.

Dann begann Zeruana zur Überraschung aller auf einmal mit einer monotonen Stimme zu sprechen. "Sat Athenai, sieben Freunde... Die Menschen werden von der Zahl Sieben beherrscht. Das Leben des Menschen ist in sieben Perioden eingeteilt. Beim Kind sind es die Zähne, die im siebten Monat erscheinen und mit sieben Jahren ausfallen werden. Mit zweimal sieben beginnt die Pubertät, mit dreimal sieben sind alle unsere geistigen und vitalen Kräfte entwickelt, mit viermal sieben sind wir in voller Kraft, mit fünfmal sieben...", rezitierte sie den Text, den sie als junge Auszubildende gelernt hatte.

Dann schüttelte sich Zeruana leicht, als ob sie aus einem

Traum erwachte. Sie schien sich nicht daran zu erinnern, was gerade passiert war, und niemand sagte etwas. Seltsam oder nicht, eine Jungfer verdiente schließlich den Respekt aller.

"Möchtet ihr noch mehr Tee? Trinkt, ihr guten Leute, das gibt euch Kraft. Wir werden bald essen. Ihr habt noch eine anstrengende Reise vor euch..." Sie strich sich eine Strähne des blonden Haares zurück.

"Apropos... darf ich irgendwie beim Kochen helfen?" fragte Gwendola und spürte, wie der Hunger in ihrem Magen rumorte. Sie hatten seit heute Morgen nichts mehr gegessen, und jetzt war es schon nach Mittag.

"Oh, ich werde heute nicht kochen. Habt Geduld, liebe Besucher. Wir werden unten am Strand essen."

"Glaswurzelsalat und Sushi sind nicht so mein Ding", sagte Trevor leise zu Chryseis und Katherine. "Wir können was von dem Dörrfleisch essen."

Gwendola lehnte sich auf ihrem Steinsitz zurück und nippte an ihrem Rosellentee. Die Jungfer erzählte noch eine Geschichte aus den alten Zeiten, während Hu und Tepi nicht müde wurden, sich gegenseitig die Treppe hinauf und hinunter zu jagen. Sie warteten, bis sie sich beschnuppert hatten, um dann wieder zu rennen.

Bis auf die Zeitreisenden hatten alle anderen diese Geschichten schon mal gehört.

"Hoch oben im Norden gedeihte das Land des 'Mount Meru' über viele Jahre hinweg. Dann stürzte der Himmel ein und das Jahr wurde zu einem Tag und einer Nacht. Das dunkle Zeitalter begann, aber der Meru-Berg wurde vom Gott Boreas vor dem ewigen Winter bewahrt. Nach langer Zeit lockerte Boreas seinen frostigen Griff und das Eis auf der Welt begann zu schmelzen. Doch der Gott forderte den Meru-Berg als Opfer für die Rückgabe des Landes an die Erdmutter. Innerhalb weniger Augenblicke fror gutes Land, das verschont geblieben war, zu und wurde milchweiß. Diejenigen, denen es gelang, nach Süden in das Land Airyana Vaëgo zu fliehen, ließen sich in dem fruchtbaren Land um das große Thetys-Binnenmeer nieder. Obwohl es jetzt Thetys nicht mehr gibt, genießen die Menschen in Airyana Vaëgo ein herrliches Leben."

"Ja, der Erdmutter sei gedankt für ihre großzügigen Gaben", antworteten die Dwendis aus Gewohnheit und hofften, daß die Geschichte damit zu Ende sei. Sie waren bereit, rohen Fisch zu essen, wie es die Überlebenden des Dunklen Zeitalters getan hatten, und sie waren nicht die einzigen, die an Essen dachten.

"Klingt ja, als wäre das vor langer Zeit passiert." Chryseis unterdrückte ein Gähnen. "Die hat wohl nicht oft Besuch. Mann, ich bin am Verhungern. Lasst uns das Dörrfleisch essen."

"Sollten wir uns nicht langsam zum Essen begeben?" fragte Amadis. "Wir könnten Fische für uns alle fangen."

"Oh, das ist nicht nötig, geehrter D'Ånu, aber wir können gern an den Strand gehen. Ich bin an das Fasten gewöhnt und vergesse manchmal, wie hungrig meine Besucher werden können", sagte die Wasserhexe.

"Ja, allerdings." Chryséis ließ ihren Rucksack wieder fallen.

Das Dörrfleisch, das sie mitgebracht hatten, würden sie an einem anderen Tag essen. Am nahen Strand hatten sich einige Ioannu mit einem ansehnlichen Makrelenfang versammelt. Ein junger Ioannu-Mann stellte sich vor.

"Schelanti, ich bin Umantua, der Anführer des Ioannu-Stammes in der Gadirischen See. Ehrenwerte Zeruana, wir haben das Abendessen mitgebracht, so wie Ihr es gewünscht habt." Zeruana nickte gnädig. Bald stieg mit dem Rauch des Feuers der Duft frischer grüner Kräuter auf, mit denen sie die Fische gefüllt hatte. Die Makrelen waren so fett, daß kein Öl nötig war, um sie zu braten.

Katherine zählte die Ioannu. Es waren acht, und sie hatten noch viel mehr Fisch mitgebracht, den Zeruana trocknen würde. Während sie warteten hatte Tepi sich bei Katherines Füßen zusammengerollt und schnarchte friedlich, während Hu ein Bad in der klaren Lagune nahm.

Nach dem Essen verweilten die Ioannu-Besucher noch

ein Weilchen am warmen Strand. Trevor warf einen Kieselstein in die Luft und fing ihn ein paar Mal auf, bevor er ihn träge über die Wasseroberfläche hüpfen ließ. Bald wandte sich das Gespräch ernsten Dingen zu.

"Wir möchten euch davor warnen, mit dem Boot nach Caradoc zu fahren, Prinz Artû", quakte Umantua. "Es ist besser, den Landweg über Tregarn zu nehmen. Die Gorgonen haben aus Rache für Eure Flucht zwei Handelsschiffe angegriffen."

"Was kann man von stinkenden Gorgonen schon erwarten?" grunzte Lubbo. Die Ioannu quiekten zustimmend. Sie hatten im Laufe der Jahre viel Ärger mit dem wilden Gorgonen-Stamm erfahren.

"Eines der Handelsschiffe kam aus Maligasima, das andere war auf dem Rückweg nach D'ântilla..."

"Nicht die *Navis Arion*, hoffe ich", warf Katherine ein. "Nicht Kapitän Thëlamôn!"

Umantua legte einen Moment lang den Kopf schief. Dann lächelte er und sagte, "Nein, es war nicht die *Navis Arion* aus D'ântilla. Der gute Kapitän Thëlamôn hält sich immer noch in Ogygia auf und wartet auf eine Ladung Räucherlachs. Ein Schiff ist einem Angriff entkommen, das andere schlummert auf dem Grund des Gadirischen Meeres mit seiner Ladung Jade und Silber aus Dilmùn. Mit Hilfe unserer langschnäuzigen Freunde konnten wir so manchen Seemann retten."

"Die Delfine?"

"Ja, Freunde, die Delfine."

Zeruana sagte mit verträumter Stimme: "So weit weg vom Meer wird es keinen Ioannu geben, der euch hilft. Aber unsere kleinwüchsigen Freunde ..." sie nickte in Richtung Gwendola, "... werden euch ja auf eurer Reise begleiten."

Artû und Amadis starrten die Dwendi-Frau an. Die kleinen Feen aus Ruta Ynis, die sich jetzt in Gwendolas Zöpfen versteckten, saßen ganz still da. Niemand außer Zeruana konnte sie sehen.

"Plant eure Reise mit Verstand. Nehmt den längeren Weg, wenn es sein muss. Nie wieder darf ein 'Sprechender Stein' in die Hände der Selbstsüchtigen und Grausamen gelangen."

"Der kürzeste Weg ist nicht immer der beste", meinte Lubbo mit einer leichten Verbeugung vor der Jungfer und Umantua. "Seid versichert, daß wir unsere Entscheidungen mithilfe von gesundem Menschenverstand treffen werden."

Prinz Artû verbeugte sich ebenso wie Lubbo. Manieren waren wichtig, selbst unter diesen unvorteilhaften Umständen.

Es war ein milder Abend und am Horizont kündigte sich ein weiterer orangefarbener Sonnenuntergang an. Es wurde Zeit, daß die Wassermänner nach Hause zurückkehrten. Sie teilten sich ganz bequem eine Insel außerhalb der Lagune mit einer Walrosskolonie. Auf dem Weg dorthin begrüßte sie eine Herde Zeuglodons. Dies waren seltsam- anmutende Wale mit länglichen Körpern und kleinen spitzen Köpfen. Bald machten sich Zeruana und ihre Gäste zu den Ruinen auf. Auf dem Weg ließ ein wildes Flattern im Haoma-Baum in der Nähe des Strandes alle aufblicken. Das Flattern verstummte auf einmal.

"Sind das Vögel in dem Baum?" fragte Katherine.

"Nein, es sind Fledermäuse", antwortete die Wasserhexe. "Sehr seltsam... die Fledermäuse haben ihre Schlafbäume normalerweise weiter oben in den Hügeln. Sie kommen eigentlich nie so nah an die Küste."

Zeruana schüttelte den Kopf und ging auf dem steinigen Pfad weiter. "Die armen Dinger haben sich wohl verirrt. Ich werde ihnen morgen früh etwas Obst geben."

Doch am Morgen waren die Fledermäuse schon verschwunden und nach dem Frühstück verabschiedeten sich die Besucher. "Chudafis, auf Wiedersehen, auf Wiedersehen ... krah, krah", krächzte der rote Papagei.

"Sagt mir nicht, daß wir jetzt den ganzen Weg laufen müssen!" Chryséis hasste zuviel Bewegung.

"Sei nicht so faul. Es ist doch nur ein kleiner Spaziergang," seufzte Katherine.

"Aber warum nimmt uns niemand auf dem Schiff mit - oder wir könnten auf Delfinen reiten ..."

"Na ja, anscheinend ist es auf dem Wasser nicht sicher,

und willst du schon wieder nass werden?" Trevor rollte mit den Augen. Prinz Artû bereitete sich gerade darauf vor, nach Sogamosa aufzubrechen, als die 'Wasserhexe' verlangte, allein mit den drei Kindern zu sprechen. Er schien über die Verzögerung nicht sehr erfreut zu sein, aber eine Jungfer war doch ziemlich wichtig.

Das Gespräch dauerte nur einen Moment. "Alles, was ich euch Kindern sagen will, ist, daß Unsichtbarkeitsumhänge nicht ausreichen, um euch vor Schaden zu bewahren."

"Woher wisst Ihr davon?" Den Kindern stand die Überraschung ins Gesicht geschrieben.

"Oh, ich weiß viele Dinge." Zeruana senkte ihre Stimme, "hier ist, was ihr tun könnt..."

Hu grunzte traurig, als er sah, wie seine neue Hundefreundin den Besuchern hinterher sprang, und Tepi winselte auch ein wenig. Sie nahmen einen Weg, den die Einheimischen zwischen Sogamosa und Narada oft benutzten. Artû und Amadis schritten voran und wurden von den Kindern und den beiden Dwendis gefolgt. "Das war wohl die erstaunlichste Hexe, die ich je getroffen habe."

"Chris, sie ist die einzige Hexe, die du je getroffen hast," schmunzelte Trevor. "Und sie ist nicht einmal eine richtige Hexe. Nur eine Jungfer, die zufällig ein bisschen komisch ist", fügte er hinzu. "Wißt ihr noch, wie sie uns von der Zahl Sieben erzählt hat? Was hatte es *damit* auf sich?"

"Weiß ich nicht, aber sie war cool", beharrte Chryseis. "Nur das, was sie uns erzählt hat, bevor wir gegangen sind ... 'Ich hülle mich in einen Panzer aus Licht'. Komische Art, sich zu schützen. Vielleicht funktioniert es so wie ein Zauberspruch."

"Es ist wahrscheinlich die Art, wie eine Jungfer sowas macht. Cool." Sie kamen an einer Anhöhe mit einem Kreis aus stehenden Steinen vorbei. Das Fischerstädtchen Sogamosa schmiegte sich an die Ausläufer der blauen Mohini-Gebirgskette. Ein paar Delfine tauchten wie zur Begrüßung in Ufernähe und Chryseis sah, wie einer von ihnen eine Meerjungfrau trug, die ihr zuwinkte.

"Ich kann es kaum abwarten, die Prärien von Prydhain wiederzusehen. Grasland, so weit das Auge reicht. Tregarn ist sehr schön", sagte Lubbo voller Sehnsucht. Er war in Prydhain bei den D'Ånu aufgewachsen und war erst später nach Pindala gezogen.

"Wozu dienen denn die stehenden Steine?" fragte Katherine ganz unschuldig. Gwendola schaute überrascht auf. Stammte das junge Mädchen wirklich aus Prydhain? Warum wusste sie nichts von den Steinkreisen?

"Kathín, du musst das Land deiner Geburt schon sehr früh verlassen haben, um das nicht zu wissen. Die Vorfahren der Riesen haben sie natürlich für Fohar benutzt!" Sagte sie mit hochgezogenen Augenbrauen. Das schien eine Sache der Dwendi zu sein, diese hochgezogenen Augenbrauen.

"Ah ja, richtig." Katherine hatte absolut keine Ahnung, wovon Gwendola sprach. Was war denn Fohar? "Gibt es viele von ihnen in Prydhain?"

"Es gibt mehr im Drachenland, in der Nähe der nördlichen Ebenen. Das ist nicht gerade mein Lieblingsort", antwortete Lubbo und seine Augenbrauen zuckten. "Nichts als Drachen und Fledermäuse... und die verfluchten Firbolge. Ganz schön gefährlich." Katherine hatte gehofft, daß Prydhain vielleicht so sein würde wie Alesia und Atala. Zivilisiert nämlich. Die Lady von Sydonia hatte ihnen versichert, daß Riesenechsen nur an abgelegenen Orten gehalten wurden, weit weg von den Menschen. Das Drachenland hörte sich sehr nach einem solchen Ort an.

"Wo ist denn dieses 'Drachenland', Freund Lubbo?" fragte Trevor.

"Ach, hoch oben im Norden, Junge. Nicht, wo wir hingehen. Die Fûna-Berge liegen hinter den Sümpfen, und dort sollten sie meiner bescheidenen Meinung nach auch bleiben. Wer braucht schon Drachen und gemeine Firbolge?"

"Ja, wer braucht schon Drachen?" sagte Katherine leise und ein leiser Schauer lief ihr den Rücken hinunter

▶▶▶ 13 FÜNF GEFÄHRLICHE FLEDERMÄUSE

Tief in den bewaldeten Fûna-Bergen kehrte ein Schwarm Fledermäuse in eine Höhle zurück. Es waren fünf Fledermäuse, um genau zu sein.

Die Höhle war dunkel und warm, und kaum hatten die Fledermäuse sich dort niedergelassen, loderten an den Wänden der Höhle Fackeln auf.

Im Licht glänzte ein runder Tisch aus dunklem Holz, in den magische weiße Symbole eingelegt waren, und sechs massive Stühle. Eine Schale aus gedrungenem Silber, die bis zum Rand mit klarem Wasser gefüllt war, stand in der Mitte des Tisches. Becher mit rotem Wein standen ebenfalls bereit. Von Fledermäusen war jetzt in der unterirdischen Kammer allerdings keine Spur mehr zu sehen. Stattdessen saßen fünf dunkel gekleidete Männer auf den Stühlen um den Tisch herum und drei davon waren offensichtlich Gabari. Die Zauberer waren unzufrieden.

Sehr unzufrieden sogar. Einer hatte ein vernarbtes Gesicht und klebriges, rötliches Haar. Er stammte aus Ta Mery und sprach mit einem starken puntischen Akzent.

"Wie war es bloß möglich, daß sie den Kriegsschiffen der Gorgonen entkommen konnten?", knurrte er.

"Vielleicht hat die Wasserhexe ihnen dabei geholfen." Der Gabari-Halbblut-Zauberer aus Dilmun spuckte die Worte geradezu aus.

"Nein, wir haben das Weib beobachtet. Sie benutzt keine schwarze Magie. Obwohl es mir nichts ausmachen würde, ihr für ihre spätere Einmischung eine kleine Lektion zu erteilen."

Sie tranken nun den starken Wein aus den Holzbechern.

"Wir haben keine Zeit, uns mit dummen Jungfern herumzuschlagen. Ich habe eine viel bessere Idee." Der Hohepriester von Hisbernia drehte sich abrupt auf seinem

Stuhl um. "Was treibst du dich hier rum? Lass uns zufrieden, bis ich dich rufe!", bellte er einen kauernden Firbolg mit schiefen Zähnen an.

Der Firbolg ließ fast seinen Krug mit Wein fallen, mit dem er die Becher auffüllen wollte. Er verbeugte sich immer wieder und schlich dann an einem zahmen Saurier vorbei, der in der Ecke döste.

Der Hohepriester von Hisbernia mit seinen falkenähnlichen Zügen und dem schmuddeligen schwarzen Pferdeschwanz knallte auf den Tisch, daß die leeren Becher nur so tanzten. "Der Sprechende Stein führt sie von uns fort und ich will ihn endlich in die Finger kriegen!", knurrte er und boxte mit seiner Faust in die Luft.

"Das ist unmöglich! Der Stein ist versiegelt. Er spricht auch nicht mit ihnen", rief der Zauberer von Ta Mery. Der Saurier öffnete ein Auge, gähnte und döste weiter.

"Vielleicht behalten sie die Kinder bei sich, weil die das zweite Gesicht haben. Warum sonst sollte der Stein ihre Anwesenheit verlangen?", fragte der Hohepriester von Schuruk finster.

"Du meinst, sie besitzen die Macht der Drei? Das würde erklären, warum alle so viel Aufhebens um sie machen. Wenn wir nur einen von ihnen in die Finger bekommen könnten und ..."

"Lasst uns zuerst herausfinden, was mit den Gorgonen schief gelaufen ist, ja?" Der andere Halbblut-Gabari, der Zauberer von Maligasima, war bislang still gewesen und sprach jetzt mit donnernder Stimme. Fünf Stühle scharrten auf dem Steinboden. Die Zauberer schlossen die Augen und hielten ihre Hände ausgestreckt über die silberne Wasserschale.

"Bhavisyatåm!"

Das Wasser erwachte zum Leben und zeigte ihnen das Bild eines riesigen Kriegsschiffs, das zusammen mit anderen derartigen Schiffen an einer zerklüfteten Küste vor Anker lag. Die Zauberer murmelten gemeinsam weitere Zauberworte.

"Vikaran asaktih Goleón."

Mit einem lauten Knall erschien der Kapitän des Gorgonen-Schiffes neben dem Tisch, mit dunkel gegerbter Haut und in voller Rüstung. Einfach so. Der Firbolg, der gerufen worden war, hätte beinahe seinen Krug mit Wein fallen lassen. Aber zum Glück tat er es nicht. Die Meister waren heute schlecht gelaunt. Der schuppige Saurier öffnete erschrocken über das knallende Geräusch seine Augen, um sie dann wieder zu schließen.

Das Bild der Kriegsschiffe in der Wasserschale löste sich auf und verschwand schliesslich ganz.

Ein wild-aussehender Kapitän namens Goleón hatte sich eben noch eingebildet, am Bug seines Schiffes zu stehen und den Horizont über der Gadirischen See zu betrachten. Er trug goldene Ohrringe und einen Armreif in der Form einer Schlange, der für seine Muskeln zu eng zu sein schien. Goleón sah erschrocken aus, als er feststellte, daß er sich nicht mehr in Maligasima befand.

Er verbeugte sich unbeholfen, als er die Zauberer um den Tisch herum sitzen sah. "Geehrte Herren!", rief der kampferprobte Krieger ganz heiser vor lauter Angst.

Niemand forderte ihn auf, sich zu setzen. Niemand sprach mit ihm. Goleón war verwirrt. Er nahm seinen Helm ab und schielte nervös auf den Fûna-Saurier hinter ihm. Ohne den Komfort einer Willkommensgeste verbeugte sich der Kapitän der Gorgonen erneut und warf seine ledergebundenen Zöpfe zurück, während er sich aufrichtete.

Der Saurier öffnete ein Auge halbwegs, fixierte den Neuankömmling und schnalzte unablässig mit seiner langen gegabelten Zunge. Er fand eine bequemere Position und wusste, daß es nicht mehr lange dauerte bis zur Fütterungszeit.

"Zu Euren Diensten, Lord-Herren", sagte der stämmige Krieger.

"Goleón, mein Mann", lockte der Hohepriester von Schuruk mit seiner zischenden Stimme.

Der Gorgonen-Krieger war sich nicht sicher, ob der Ton freundlich oder bedrohlich gewesen war. Kein gutes Zeichen, ganz und gar nicht gut. Hexenmeister konnten im besten Falle hinterhältig sein. Er versuchte, seine Angst zu verbergen, aber seine zitternden Hände verrieten ihn.

"Wir sehen... daß die Gruppe aus Arvalos es geschafft hat, Prydhain zu erreichen, und der Stein noch in ihrem Besitz ist. Wie ist das möglich? War es nicht eure Aufgabe - eine einfache, kleine Aufgabe - zu verhindern, daß der Stein zurück nach Caradoc gebracht wird?"

Die Stimme schien Goleón zu verhöhnen. Seine ohnehin schon dünnen Lippen pressten sich noch fester zusammen. Goleón versuchte nachzudenken, aber sein schlichter, brutaler Verstand war den gerissenen Magiern nicht gewachsen. Als er sprach, zeigten sich Reihen von gefeilten Zähnen.

"Unsere Spione haben einen Fehler gemacht, ihr Herren. Sie haben uns falsche Informationen geliefert. Wir haben unser Bestes getan, das kann ich Euch versichern. Unsere Strahlenkanonen waren schon in Position, aber sie sind früher losgefahren, als wir erwartet hatten und..."

Die zischende Stimme explodierte vor Wut. "Euer Bestes getan, sagt ihr. Euer Bestes? Mal sehen... Ihr wart nicht auf eine früheren Abfahrt als erwartet vorbereitet? Nicht vorbereitet?"

Die Zöpfe des Kapitäns bebten, als der gebückte Riese ihm den Finger dicht vor's Gesicht hielt. "Wir sind Prinz Artûs Schiff gefolgt. Wir waren so nah dran ..." Der Gorgone erschauderte bei der Erinnerung an diese Begegnung. "Dann bekamen die abscheulichen Ama-zûnas Wind von unserem Angriff und verfolgten uns. Sie zerstörten zwei unserer Schiffe auf einmal und drängten sich zwischen unser Schiff und ihres, gerade als wir es entern wollten."

"Willst du damit sagen, daß die Ama-zûnas euch überlistet haben? Vielleicht wären sie die besseren Verbündeten für uns gewesen? Sagt mir, wären sie das?"

Der erfahrene Gorgonen-Krieger ballte die Fäuste.

"Ich... ich kann das nicht wissen, aber wenn Ihr es sagt, Meister..." fügte er hinzu, wobei sein linkes Auge unkontrolliert zuckte.

"Ihr seid nutzlos und unwürdig des Vertrauens, das wir in Euch gesetzt haben. Nutzlos!", sagte der Hohepriester voll Verachtung.

"Aber Herr, Ihr habt es versprochen. Wir sind doch Verbündete ..." Goleón war kurz davor, in Panik zu geraten. Sein Blick huschte durch die Höhle und suchte nach einem Fluchtweg. Aber er wusste, daß es keinen Zweck haben würde.

"Verbündete? Wir dulden es nicht, daß Verbündete uns im Stich lassen. Und Ihr, Goleón, mein Freund, ihr habt versagt", lautete die unbarmherzige Antwort des Magiers von Maligasima. "Vielleicht hätten wir eine bessere Wahl treffen sollen. Die Ama-zûnas..."

"Herr, Ihr habt es versprochen...", sagte der Kapitän der Gorgonen schwach.

"Ihr redet von Versprechen?", zischte der Zauberer aus Ta Mery wütend. "Ihr hättet nur eure Rolle spielen müssen ... aber Ihr habt versagt! Dank eures Versagens kann der 'Sprechende Stein' nun zurückgegeben werden, bevor wir ihn für die 'Sache' verwenden können. Ich nehme an, Ihr wisst, was das bedeutet? Vielleicht war dies unsere letzte Chance!"

Der Gorgonen-Krieger wusste, daß diese Anschuldigungen ungerecht waren, aber sein Verstand hatte sich vor Angst verdunkelt. Er versuchte zu sprechen, aber seine Stimme versagte.

"Dank euch, Goleón, sind wir nicht im Besitz des 'Sprechenden Steins' und wir hatten mehr von euch erwartet..."

"Aber Herren... habt Erbarmen mit mir! Das nächste Mal werde ich es besser machen."

Goleón fiel auf die Knie und bedeckte sein Gesicht mit großen, schwieligen Händen, die schon viele würdige Feinde getötet hatten. Dann griff er mit einer unerwarteten Geste nach einem schwarzen Gewand. Der Zauberer schnippte mit den Fingern und eine Gruppe edfunischer Krieger betrat die Kammer aus einem Nebenraum.

"Ein nächstes Mal wird es nicht geben." Der Hohepriester von Fûna schüttelte die Hand des Mannes angewidert ab, als hätte er es mit einem Insekt zu tun.

Die Edfunier stellten sich zwischen den Anführer der Gorgonen und die Zauberer. Im hinteren Teil der Höhle kicherten die Goblins boshaft. Ihre langen, spitzen Nasen röteten sich vor Heiterkeit. Zur Abwechslung war mal jemand anderes dran! Fünf finster dreinblickende Zauberer steckten die Köpfe zusammen und flüsterten, wobei sie den unglücklichen Mann ignorierten, der auf seinen Knien herumrutschte.

Die Zauberer stürzten so manchen Kelch hinunter, bevor sie mit ihrem neuen Plan zufrieden waren. Er war genial. Sie brauchten keine Verbündeten. Goleón kauerte immer noch auf dem Höhlenboden, ein gebrochener Mann und die hässlichen kleinen Zwerge kicherten.

Letztendlich schnippte der Hohepriester von Fûna wieder mit den Fingern. Der Saurier in der Ecke erkannte das Signal und richtete sich mit steifen Gliedern auf, wobei es mit einem breiten Gähnen einen beeindruckenden Satz gebogener Reißzähne entblößte. Das Reptil kratzte sich vorsichtig mit einer Klaue am Hinterkopf und sah seinen Herrn fragend an. Außerhalb der Höhle war die Dämmerung in eine sternenklare Nacht übergegangen.

Ein heller Halbmond hastete schnell zur Morgendämmerung hin und Nachteulen gurrten.

Leuchtende Augen sahen aus der Dunkelheit heraus.

Ein lautes Gebrüll in einer Höhle in dieser schwarzen Wildnis kündete von einer erfolgreichen Jagd. Sogar Insekten verstummten für einen kurzen Moment, nur um ihr Summen energischer wieder aufzunehmen.

*

Der Marsch von Narada nach Sogamosa hatte nur etwas über eine Stunde gedauert. Weiße Fahnen flatterten am Strand, und silbrige Fische trockneten an Schnüren zwischen wackligen Stangen. Fischer flickten ihre von mächtigen Thunfischen zerrissenen Netze, vom Fang wenige Stunden zuvor.

Braune Frauen mit leuchtenden, lachenden Augen schuppten und weideten den guten Fang aus. Bunte Stoffe wallten in der Brise um ihre schlanken Figuren, und ihr langes schwarzes Haar war mit Muschelketten zusammengebunden.

"Sieh nur, wie hübsch die sind. Sie sehen aus wie Polynesier", rief Chryséis.

"Sollen das etwa Engländerinnen sein?" Katherine war nicht überzeugt. "Es ist eher ein Teil von Westirland. Da wird sich natürlich noch einiges ändern. Also sind sie streng genommen - irisch."

"Für mich sehen sie garnicht irisch aus."

"Oh, aber das tun sie." Chryséis zwinkerte Trevor zu. "Sieh nur, der Typ da drüben trägt eine Melone auf dem Kopf und ein Monokel."

"Sehr witzig, Chris. Das hat mit Irland auch nichts zu tun."

"Komm schon, was erwartest du von Prydhain, Piccadilly Circus vielleicht?"

"Ich weiß auch nicht. Irgend was, das ein bisschen mehr... vertrauter ist, denke ich... All diese Aloen und Palmen. Was haben die mit dem Großbritannien zu tun, das ich kenne. Wir könnten irgendwo in der Südsee sein."

"Das ist doch schon so, seit wir hierher gekommen sind. Sydonia hat ja auch nicht viel mit dem Carter Tal zu tun. Gewöhnt euch endlich daran."

Die seltsamen Drifter wurden misstrauisch beäugt, als sie sich der Stadt näherten, aber niemand sprach sie an.

"Unfreundlicher Haufen", brummte Lubbo. "Kommt denn nie jemand hierher?"

"Wahrscheinlich nicht aus dem von Geistern verseuchten Narada", antwortete Amadis.

Niemand schien die Gruppe von Fremden mit der Seeschlacht in Verbindung zu bringen, die sich einige der

Fischer am Vortag angesehen hatten. Und das war auch ganz gut so. Es war besser anonym zu bleiben.

Tepi hatte einen Haufen weggeworfener Fischabfälle entdeckt und beschäftigte sich mit einem Fischkopf, der so groß war wie ihr eigener. Der Fischschwanz roch auch sehr gut. "Komm, Tepi, Prinz Artû wird nicht auf uns warten", überredete Katherine ihren Hund, ihnen zu folgen. Mit dem Fischkopf zwischen den Zähnen ließ Tepi den leckeren Haufen widerwillig zurück. Rauch stieg von einem brennenden Haufen Fischabfälle auf, an dem sie vorbeigingen.

"Äh, das stinkt ja. Können die ihren Müll nicht einfach ins Meer schmeißen?" fragte Katherine.

"Kannst du dir vorstellen, wie das sein würde? Einfach ekelhaft."

"Und wenn du hier überall Seeungeheuer haben willst, dann schon..." Trevor rollte mit den Augen.

"OK, es ist wahrscheinlich besser, den Müll zu verbrennen."

Unvorhergesehene Stürme machten den Fischern schon genug Sorgen. Sie opferten jeden Tag einen Teil ihres Fangs, um wankelmütige Gottheiten wie Tiamat und Bel, den Gott des Donners und des Feuers, zu besänftigen, und verbrannten den Rest. Das Opfer ging an ein raues Volk in den Hügeln, die alteingesessenen Guanchi. Sie beherrschten eine seltsame Vogelsprache und blieben meist unter sich.

"Wir werden diesen Weg entlang gehen", drängte Artû sie weiter. Er führte sie an ein paar Häusern auf Stelzen vorbei und dann über richtige Straßen und entlang Häusern aus Stein hinunter zum Marktplatz. Wenn die Bewohner neugierig waren, dann zeigten sie es nicht.

Der Plan war, einen Avallûnier namens Dantû zu finden. Er würde ihnen eine Nachricht von der Lady von Caradoc übergeben und ihnen sagen, was sie als Nächstes tun sollten. Sie mussten jedoch aufpassen, daß keine Gedankenübertragung entdeckt wurde.

"Zeruana sagte, wir sollten auf dem Marktplatz nach dem Weg fragen."

"Dann gehen wir halt dorthin."

Vor einer baufälligen Töpferei spielten zwei junge Mädchen in groben braunen Kitteln eine fröhliche Melodie auf Tonflöten. Die glasierten Flöten sahen aus wie kleine dicke Vögel. Ein Mann kam zwischen einem Wust von Tongefäßen aus dem Schuppen hervor und scheuchte die Mädchen von einem Stapel Holz herunter. Mürrisch trug er mit Hilfe eines Lehrlings weitere Holzscheite ins Innere, um den Ofen dort zu befeuern.

"Was machen denn diese Leute da?" fragte Katherine Amadis und deutete auf eine Reihe von Frauen, die mit Knochenwerkzeugen auf Muscheln einhämmerten.

"Nun, sie machen Geldstücke, Freundin Kathín", antwortete Amadis.

"Die machen Geld einfach so?"

"Aber, natürlich. Perlmutt ist besonders gut für Geldstücke geeignet."

"Was ist mit wertvollen Metallen wie Gold oder Silber? Werden die nicht als Zahlungsmittel verwendet?"

"Nein, die sind zu schwer", sagte Amadis. "Seltene Federn und Muscheln sind viel wertvoller und besser zu tragen."

Die Zeitreisenden wussten bereits, daß die prähistorischen Menschen keine Verwendung für Geld im modernen Sinne hatten, und daß sich da noch so einiges ändern würde.

"Hier ist jemand, den wir nach dem Weg fragen können."

Prinz Artûs Aufmerksamkeit richtete sich auf eine Gruppe verhutzelter alter Männer, die gemächlich durch lange Schläuche aus einer glasierten Tonvase rauchten. Sie saßen unter dem breiten Baldachin eines Haoma-Baumes auf dem Platz, der wohl der Marktplatz war.

"Schelanti, Athenai." Artû machte die entsprechenden Gesten und die Männer hoben ihre Hände auch zum Gruß. Prinz Artû öffnete den Mund, um nach dem Weg zu fragen, aber einer der alten Männer bekam plötzlich einen Hustenanfall. Sein Gesicht verzog sich und er wurde ganz rot. Seine Freunde klopften ihm sanft auf den Rücken, und der alte Mann erholte sich. Tapfer saugte er weiter Rauch aus seinem Mundstück, bevor er mit heiserer Stimme "Schelanti" antwortete.

Mit freundlichen Gesten gingen die Gefährten weiter. "Dann fragen wir eben jemand anderen."

Ein Windstoß trug Steppengras über die staubige Straße und ein paar dunkel gefiederte Vögel mit langen Schnäbeln pickten auf die Krümel auf dem Platz ein. Ein seltsames, dumpfes Dröhnen erhob sich hinter einem Hügel außerhalb der Stadt. Dann verstummte es wieder.

"Hast du das gehört?" Katherine sah einen Moment lang erschrocken aus. Das waren eindeutig Geschrei und Buhrufe gewesen. "Was meint ihr, was da los ist?"

"Weiß ich nicht, vielleicht ein Schweineschnauze-Spiel?" sagte Trevor.

"Danach hat es sich aber nicht angehört. Eher nach einer schreienden Meute."

"Dann weiß ich es auch nicht. Und warum sollte wohl eine Meute angreifen? Die Leute hier scheinen sich keine Sorgen darüber zu machen. Du hast immer so seltsame Ideen."

"Ach, hör doch auf, Trev. So ist es auch wieder nicht," schmollte Katherine. Prinz Artû ging unbeirrt weiter.

Drei alte Frauen in dunklen Kleidern saßen auf Grasmatten im Schatten eines ausgetrockneten Brunnens. Sie plauderten, drehten ihre Flachsspindeln und folgten den Fremden mit ihren rheumatischen Augen, während sie weiter schwatzten.

"Schelanti, Mütter", sprach der Prinz die Frauen an. Sie blickten auf, als hätten sie die Fremden bisher nicht bemerkt.

Artû stellte sie als Besucher aus Avallûn vor, die gerade in Sogamosa angekommen waren. Die Frauen starrten ihn ehrfürchtig an. Er war ein Prinz. Ein echter Prinz!

"Wir sind auf der Suche nach dem Haus von Dantû von Arvalos. Könntet Ihr uns freundlicherweise den Weg zeigen?", fragte er charmant.

Die faltigen Gesichter der Frauen verzogen sich zu einem

zahnlosen Grinsen. Es war schockierend, Menschen in einem Zustand der körperlichen Verwahrlosung zu sehen.

Gibt es in einem 'Haus des Lebens' keine Mediziner, die Zähne reparieren und den Alterungsprozess verlangsamen können? fragte sich Chryséis.

"Der Händler aus Arvalos ist es, den Ihr sucht?", wiederholte eine der Frauen.

"Das ist richtig, Mutter. Er erwartet unsere Ankunft."

"Ach, er wartet? Dantû wartet auf sie." Die Frauen klangen erleichtert. Verknotete Finger zeigten die Straße hinauf. Jede von ihnen wollte sich wichtig tun und sie redeten durcheinander.

"Dort links bei der rosa Statue der Erdmutter," sagte die eine. "Du wirst sehen, daß die Schmiede der Gabari gleich an der Ecke ist."

"Es ist die Straße hinauf und dann das dritte Haus rechts," meinte eine andere Frau.

"Nein, es ist das vierte Haus auf der linken Seite," widersprach man ihr.

"Nein, Clovilda, das vierte Haus auf der rechten Seite."

"Nein, du weißt nicht, wovon du sprichst. Das ist es nicht. Es ist das dritte..." versicherte die erste Frau.

"Dann fragst du besser den Gabari-Schmied."

"Ja, den Gabari-Schmied. Er ist in der Schmiede bei der Statue..." Schließlich hob Prinz Artû die Hand, um das verwirrende Geschnatter zum Schweigen zu bringen. Einem fremden Prinzen gebührte genug Respekt, um die Frauen verstummen zu lassen. Er bedankte sich höflich bei den alten Frauen und verabschiedete sich.

"Hat die eine Artû gerade zugezwinkert?" fragte Chryséis.

"Ich glaube schon." Katherine zuckte mit den Schultern.

Die rosafarbene Statue entpuppte sich als ein ziemlich verstaubtes Abbild der Erdmutter, das mit ausgestreckten Armen über einen Trog mit fließendem Wasser wachte.

Hämmernde Geräusche deuteten auf die Schmiede gegenüber hin. Eine Statue von Bel, dem gehörnten Gott des Donners und des Feuers, und heiße Luft begrüßten sie an der geschwärzten Tür.

"Ausgerechnet ein Gabari-Schmied", stöhnte Lubbo. "Es wird immer schlimmer hier."

Im hinteren Teil der Schmiede glühten heiße Feuer in gemauerten Öfen. Ein hochgewachsener Mann hob gerade einen mächtigen Hammer in die Luft. Mit wuchtigen Schlägen zwang er glühendes Metall in Form, daß die Funken nur so flogen. Seine Lehrlinge sahen genauso schmutzig und furchterregend aus wie ihr Meister. Einer von ihnen nahm eine orangefarbene Sensenklinge aus dem Feuer und tauchte sie in einen Wassereimer, während der andere den Blasebalg in Gang hielt.

"Schelanti, guter Schmied. Wir sind fremd an diesem Ort und suchen jemandem. Die alten Frauen sagten uns, wir sollten uns bei Euch erkundigen." Der Schmied drehte sich um und blinzelte im Licht. Zur großen Überraschung der Dwendis erwies sich der riesige Schmied als gutmütig und hilfsbereit. "Wen sucht ihr denn, Athenai?"

"Dantû von Arvalos," antwortete Amadis.

"Der Händler Dantû, den du suchst? Schauen wir mal. Er wohnt im vierten Haus auf dieser Seite der Straße."

"Schukri, guter Schmied. Die Erdmutter sei mit euch."

"Alles Gute, Athenai. Bel sei mit euch."

Das hämmernde Geräusch begleitete sie, als sie das Kopfsteinpflaster zwischen Lehm- und Flechtwerkhäusern hinaufgingen. Nur ein einzelner Vimaan überholte sie.

"Nicht viel Verkehr hier", sagte Gwendola verächtlich.

"Was erwartest du denn von so einem hinterwäldlerischen Ort?" meinte ihr Bruder in demselben Ton.

Eine junge Frau war damit beschäftigt, auf einem einfachen Webstuhl, der an starken Haken in einer Hauswand befestigt war, einen Stoff mit Zickzackmustern zu weben. Sie schenkte ihnen nicht die geringste Aufmerksamkeit und sie gingen an ihr vorbei. Endlich blieb Prinz Artû vor der geschnitzten Holztür des vierten Hauses rechts stehen und klopfte an. Sie konnten sehen, wie jemand hinter dem vergitterten Fenster im ersten Stock stand.

"Mach auf. Die Äpfel von Avallûn sind die besten", sagte Prinz Artû mit leiser, drängender Stimme.

"Das muss so eine Art Passwort sein," flüsterte Katherine.

"Mhm."

Ein etwa sechsjähriger Junge öffnete die Tür und blickte neugierig auf die Fremden. "Tschatschi, Tschatschi, komm schnell! Tschatschi!", rief er seiner Tante zu. Eine ältere Frau in avallûnischer Tracht kam zur Tür geschlurft.

"Schelanti, gute Frau. Ich bin Prinz Artû von Arvalos und dies sind meine Begleiter. Dürfen wir eintreten? Dantû erwartet uns bereits. Die Äpfel von Avallûn sind die besten."

Die Frau war sehr beeindruckt von dem Prinzen und ließ sie unter Verbeugen ins Haus. Tepi schnüffelte an dem gefliesten Boden bis zur hinteren Veranda, wo sie einen Fischkopf auf dem Steinboden fand.

"Dantû ist der Mann meiner Nichte. Sie sind heute in der Arena, um sich das Finale des 'Echsenkampfes' anzusehen. Es ist das jährliche große Turnier in der Mohini-Region, ehrenwerter Prinz Artû."

Die Tante sprach schüchtern, verbeugte sich nach jedem Satz und schaute abwechselnd auf den Prinzen und auf ihre blau gestreiften Leinenschuhe.

"Da sind sie also alle. Sie sehen sich ein Spiel an, das sich 'Echsenkampf' nennt," sagte der Prinz.

"Ich hatte also recht. Das muss ein Schweineschnauze-Spiel sein."

"Ja, ja. Wir wissen, daß du Schweineschnauze liebst, Trev. Aber warum heißt es dann Echsenkampf? Was haben Echsen mit Schweineschnauze zu tun?" fragte ihn Chryséis.

"Vielleicht ist es so eine Art Fussball oder Kricket oder sowas."

"Klar, Katherine. Wir sind ja schließlich in England." Trevor grinste.

"Irland."

"Ja, ja..."

Artû beschloss, Dantû in der Sportarena zu treffen. Er konnte nicht bis nach dem Turnier warten.

"Dürfen wir mitkommen? Wir würden uns gerne das Spiel ansehen", bat Trevor. "Bitte, Gwendola." Ihr derzeitiger Vormund stimmte zu. Amadis, Gwendola und Lubbo blieben derweil mit Tepi und dem 'Sprechenden Stein' zurück.

"Ich kann nicht auf euch aufpassen, also seid nicht lästig", sagte Artû ungeduldig.

"Mensch, wie kann er nur immer so schlecht gelaunt sein?" beschwerte sich Chryséis, als sie den Weg zum nahegelegenen Hügel zurücklegten.

"Das macht doch nichts. Er geht mit uns zum Spiel und ich kann's kaum abwarten das zu sehen," meinte Trevor.

"Ach ja, Jungs und Sport, oder wie?" Chryséis rollte mit den Augen. Einer der Hausangestellten war mitgekommen, um ihnen den Weg zu zeigen, und sie brauchten nicht lange. Die vordere Tribüne, acht Ränge hoch, war in den Fels gehauen und an den drei anderen Seiten standen hölzerne Tribünen. Zwei hoch aufragende Gestalten bewegten sich auf dem ovalen, mit Sand bedeckten Platz zu einer Art Tanz.

Trevor warf einen neugierigen Blick auf die großen Holzkäfige mit offenen Türen, die zwischen den Holztribünen auf der anderen Seite standen.

"Es ist der letzte Wettkampf des Turniers", rief der Diener, als er sich durch die Menge zu den Tribünen am Hang drängte. Sie waren für die wichtigen Bürger von Sogamosa reserviert. Alle sprangen auf und jubelten laut, als aus der Mitte des Spielfelds ein kreischendes Geräusch kam. Die Menge beruhigte sich wieder. Es war noch nichts Aufregendes passiert.

"So viel zum Schweineschnauze-Spiel. Ich habe die Spieler noch nie so kreischen hören," meinte Katherine.

"Was genau spielen die hier eigentlich?" fragte Trevor.

"Das werden wir wohl gleich sehen."

Dantû von Arvalos, seine Frau und ihr ältester Sohn saßen

auf der zweiten Tribüne und schrien und boxten in die Luft wie alle anderen Zuschauer auch. Der avallûnische Kaufmann war genauso blond und stämmig wie der Prinz. Er trug einen langen, würdevollen Schnurrbart und einen bestickten Anzug aus sydonischer Seide.

"Ja los geht's Eumolus, los, los! Los, Eumolus, los, los, los!"

Wegen der hüpfenden Zuschauer war es schwer, auf den Bänken voranzukommen. Sie erreichten Dantû, und der Diener schrie seinem verärgerten Herrn etwas ins Ohr.

Dantû mochte es nicht, bei einem so wichtigen Spiel gestört zu werden. Aber er sah schnell, wer da nach seiner Aufmerksamkeit verlangte, und gab eine kurze Version des avallûnischen Grußes zum Besten.

Schnell wurde auf der Bank Platz gemacht für den Sohn des Königs Avallach von Avallûn, seinen noblen Gast. Dantû gab seinem Diener ein Zeichen, zu gehen. Er ignorierte die drei Kinder einfach, die mit dem Prinzen gekommen waren, und sie setzten sich einfach auf die Bank.

Der Kaufmann war nicht unfreundlich, aber sein Prinz war ihm wichtiger.

"Wir haben Euch schon erwartet, seit die Nachricht auf der verknoteten Schnur Euren Besuch ankündigte, Prinz", rief Dantû.

"Jetzt sind wir hier und Ihr müsst mir die Nachricht von..."

Die Menge sprang auf, buhte, johlte und trampelte.

"Ich kann Euch nicht hören, Prinz."

"Ich sagte...", wiederholte Artû, was er gesagt hatte.

Von dort, wo sie saßen, hatten die Zeitreisenden einen guten Blick auf die Arena, aber sie konnten nicht hören, was die beiden Männer besprachen. So starrten sie auf die beiden Gegner auf dem Spielfeld. Unglaublich! Es waren nicht zwei Männer, die sich im Flugsand prügelten, sondern ein Gabari und ein... Dinosaurier!

"Was ist das denn für ein Sport?" Katherine war schockiert.

Es hatte keinen Sinn, Prinz Artû jetzt irgendwelche Fragen zu stellen, denn er war in ein Gespräch mit Dantû vertieft.

"Sie kämpfen - wie Gladiatoren oder sowas ähnliches!" rief Chryséis.

"Nur, daß der eine ein Dinosaurier ist. Cool." Trevor war begeistert.

Der Riese, halb Gabari, halb Ama-zûnas, trug eine enge Rüstung aus Echsenhaut. Sein rötliches Haar war oben auf dem Kopf zu einem krausen Pferdeschwanz gebunden. Sein Gesicht und seine nackten Arme waren mit schlangenartigen Drachen tätowiert.

"Eumolus, Eumolus, auf geht's, auf geht's!", brüllte die Menge. Das Gesicht des Gladiators verzerrte sich zu einer bedrohlichen Fratze, während er in der einen Hand eine kurze Lanze schwang und in der anderen eine Kugel mit Kette baumeln ließ. Der schuppige Dinosaurier war nicht viel größer als der Mann, hatte einen langen Hals und eine schnabelartige Schnauze. Die stummeligen Vorderbeine des Tieres bogen sich in die Richtung des Riesen.

So etwas hatten die Zeitreisenden noch nicht gesehen. "Meinst du, das ist ein Drache aus dem Fûna-Gebirge?"

"Was, hier?!"

Die Menge buhte. Sie wollte mehr Action sehen. Der kämpfende Raptor war in Vorbereitung auf den Wettkampf nicht gefüttert worden, um seine Wildheit zu gewährleisten. Er brüllte und stürzte sich auf den Riesen.

Drei scharfe Krallen an jedem kräftigen Fuß schlugen zu. Eumolus, der Echsentöter, duckte sich und richtete seine Lanze vorsichtig aus, nur um den Winkel erneut zu ändern. Der Dinosaurier hüpfte flink von einer Seite zur anderen. Eumolus wusste, daß es wichtig war, die Waffe in die Weichteile zu rammen. Er hatte es schon viele Male getan.

"Aaaah!"

Die Lanze zischte durch die Luft und ... verfehlte nur knapp ihr Ziel. Es gab noch mehr Buhrufe. Die abgebrochene Lanze steckte im Rücken des Sauriers und peitschte auf und ab. Nur tief genug, um den Raptor noch wütender zu machen. Die Bestie spuckte und kreischte wütend.

Die Menge war begeistert. Der menschliche Kämpfer war nur noch einen Kampf davon entfernt, zum Champion der gesamten Mohini-Region gekürt zu werden. Ein Titel, für den es sich lohnte, durchzuhalten.

"Eumolus, vah! Eumolus, vah Eumolus, vah, vah, vah!"

Die schallenden Rufe wurden lauter und spornten ihn weiter an. Aber der Raptor war schlau. Und schnell. Er duckte sich und sprang aus dem Weg, als die Kugel und die Kette herabstürzten. Die Menge brüllte in Erwartung eines blutigen Trittes, als Eumolus nach seiner Waffe griff. Katherines Gesicht wurde weiß vor Entsetzen. Das war überhaupt kein Sport. Das war nur grausam.

"Das schaue ich mir nicht an!", schrie sie und sprang auf die Füße.

"Was?" Trevor konnte sich nur schwer von dem Spiel losreissen.

"Ich gehe!" Das war aber gar nicht so einfach, denn die Arena kochte vor Aufregung. Katherine musste sich an Zuschauern vorbeidrängen, die auf ihren Sitzen auf und ab sprangen, und wurde dabei einmal fast zu Boden geworfen. Raue, stämmige Männer in Lederrüstungen saßen am Eingang und spielten ein Owaré-Brettspiel.

Unbeeindruckt von all dem Lärm und Treiben warfen sie Steine in die Löcher des Holzbretts. Klack, klack, klack. Sie schenkten dem Mädchen, das völlig aus der Fassung war, kaum Beachtung. Draußen sackte Katherine zitternd unter einem Baum zusammen. Jedes Mal, wenn die Zuschauer in rasendem Chor aufschrien, zuckte sie nervös zusammen.

Ein lautes Quietschen ertönte, und das wütende Brüllen des Riesen dröhnte über das ganze Getöse hinweg. "Oh nein, sie haben sich gegenseitig umgebracht!" rief Katherine.

Sie konnte nicht anders und rannte ins Stadion zurück, um zu sehen, was passiert war. Dort stieß sie auf ihre beiden Freunden. "Wo bist du gewesen? Du kannst doch nicht einfach so weglaufen!"

"Ich konnte dem doch nicht einfach... zusehen!"

"Oh Katie." Chryséis nahm sie in den Arm.

"Das hörte sich ja furchtbar an. Sind beide tot?"

"Nein, nur Fleischwunden, denke ich. Sie sind noch voll dabei", antwortete Trevor mit leuchtenden Augen.

"Wie kann man sich über so etwas freuen? Es ist so, so schrecklich!"

"Wir sind in der Vorgeschichte, was erwartest du denn da?"

Sie warfen einen Blick auf den Kampf. Der Echsentöter hatte es geschafft, dem Raptor die Lanze aus dem Rücken zu ziehen, und als die wütende Echse erneut angriff, flog die Kugel mit der Kette um seinen Hals und wickelten sich dann um seine Füße. Bevor sich der Dinosaurier losreißen konnte, drang die Lanze durch die weiche Seite tief in sein Herz.

"Kreeeeh!" Ein markerschütternder Schrei und ein letzter Schauer ging durch den Körper des Dinosauriers, dann war der Kampf vorbei. Eumolus brach mit Hieb- und Bisswunden an Armen und Beinen zusammen und Helfer rannten auf das Spielfeld.

Sein hart erkämpfter Sieg wurde verkündet, und der Champion der Mohini-Region, der "Echsentöter", wurde in seiner zerfledderten und blutverschmierten Rüstung fortgebracht. Doch er schaffte es zu lächeln und hob zum Gruß triumphierend seinen guten Arm in die Luft.

"Eumolus, param! Eumolus, param! Eumolus Eumolus Eumolus, hey!"

Der Siegesgesang erhob sich und verebbte. Das Turnier war zu Ende und Wetten wurden ausbezahlt. Es war ein guter, unterhaltsamer Tag gewesen. Schon bald strömten die Zuschauer zu den Getränkeständen außerhalb der Arena, um sich ein Glas Tesgüin, das lokale Hirse-Bier, und Süßigkeiten für die Kinder, zu gönnen.

"Das war einfach großartig. Ein Fußballspiel ist nichts im Vergleich zu so einem Gladiatorenkampf!" Trevor war ganz aus dem Häuschen.

"Schön, daß es dir gefallen hat", sagte Chryséis sarkastisch und beschloss, daß sie Jungs nie verstehen würde.

Prinz Artû erschien zusammen mit Dantû und seiner Familie am Eingang. "Wir werden zu Hause essen", verkündete Dantû. "Ein Festmahl ist angesagt! Was für ein triumphaler Abschluss der Saison." Die beiden Männer hatten noch viel zu besprechen. Nachdem sie sich kurz vergewissert hatten, daß die Kinder hinter ihnen waren, gingen die Erwachsenen voran und zum Haus zurück.

Barbaren!" sagte Katherine hitzig. "Triumphales Ende der Saison. So'n Quatsch!"

"Die Leute machen es hier eben anders, Katie", sagte Chryséis. "Das wäre auch passiert, wenn wir nicht da gewesen wären. Wir haben es doch nur beobachtet."

"Das weiß ich auch. Aber es ist trotzdem barbarisch. Und ich will so etwas nie wieder ansehen müssen."

"Das war ein echter Dinosaurier... eine trainierte Kampfmaschine." Trevor war immer noch sehr aufgeregt. "Würdest du dir vielleicht lieber eine Partie Badminton ansehen?"

"Blödsinn! Ich finde das Ganze einfach nur grausam", meinte Katherine hartnäckig.

"Ach komm, was ist denn mit spanischen Stierkämpfen oder Boxen ..." Katherine sah Trevor böse an. "Sowas mag ich auch nicht. Siehst du dir Boxen im Fernsehen an? Ekelhaft!"

Trevor zuckte mit den Schultern und sagte nichts mehr. Er holte den Sohn von Dantû ein und ging neben ihm her. "Mädchen können ja sowas von langweilig sein!"

"Ich weiß", seufzte der Junge.

In dem Haus mit den vergitterten Fenstern wurden eilig Vorbereitungen für ein frühes Abendessen getroffen. Zwei von Dantûs Dienern eilten zum Strand, um Meeresfrüchte für die Gäste zu besorgen. Sie kamen mit einer riesigen Muschel und einem Korb voller Langusten und Krabben zurück.

"Das Ding muss ja eine Tonne wiegen," stellte Trevor fest.

"Mindestens 15 Pfund", schätzte Chryséis.

Das Essen wurde über heißen Kohlen zubereitet und in der Muschelschale mit Dips und Fladenbrot serviert. Aus dem Keller wurden Flaschen mit avallûnischem Apfelwein heraufgeholt und in trompeten-förmige Têrakhon-Gläser mit Spiralböden gefüllt. Tepi machte sich einen Spaß daraus, die Schalen mit Resten, die auf dem Boden standen, auszulecken.

"Seht euch nur diese Aussicht an", gähnte Katherine. Schlanke Palmen hoben sich vor dem rosafarbenen Horizont ab, als die Sonne über den Dächern von Sogamosa unterging. Wolken zogen am sich verdunkelnden Sommerhimmel über das Gadirischen Meer hinweg.

"Fantastisch. Lass mich mal ein Foto davon machen."

"Ja, mach das. Ich werde jetzt schlafen gehen." Katherine gähnte erneut und kletterte die Treppe zum Schlafraum hinauf.

Bei Sonnenaufgang brachte Dantûs Vimaan sie nach Norden zu den Sümpfen und folgte damit dem Ratschlag der Lady von Caradoc. Der Händler hatte seinem Prinzen die Nachricht während des Abendessens übergeben.

"Man ist froh, Euch zu Diensten stehen zu können. Eure Botschaft wird auch sofort an Arvalos weitergeleitet," beteuerte er.

"Ich danke Euch, Dantû. Chudafis."

"Chudafis, Lord... Athenai." Prinz Artû wusste, daß er der Erfüllung seiner Aufgabe einen Schritt näher gekommen war. Morgen früh würden sie in Tregarn sein und dann am Abend in Caradoc. In Amadis' Tasche lag der 'Sprechende Stein von Caradoc' unter einem dunklen Samttuch sicher in seiner schützenden, durchsichtigen Kugel.

Niemand bemerkte das warnende Glühen, das von dem Stein ausging, und jemand anderes verließ Sogamosa an diesem Morgen. Er ritt auf einem mächtigen schwarzen Pferd auf die Ausläufer des Fûna-Gebirges zu. Eine andere Aufgabe war erfüllt worden und er hatte die falsche Botschaft erfolgreich überbracht.

Die bösen Riesen würden es zufrieden sein!

▷▷▷▷ **14** DURCH TRÜGERISCHES SUMPFLAND

Die Nachricht lautete: '*Begebt euch zu den Feniern und durchquert die Sümpfe. Es ist sicherer, als direkt durch Tregarn zu reisen. Auf der anderen Seite wird ein Zitadell-Vimaan auf euch warten. Er wird euch nach Tregarn bringen und dann weiter nach Caradoc.*'

Die Schriftrolle trug das Siegel der Lady von Caradoc.

In den Sümpfen lebten die Fenier, ein Gabari-Stamm. Sie kannten das sich ständig verändernde Labyrinth der Sümpfe wie ihre Westentasche. Die Sümpfe waren auch das Revier von schleimigen Molchen, Salamandern und umherstreifenden Wildkatzen.

Die Fenier wurden oft von Reisenden angeheuert, um sie durch die Sümpfe nach Prydhain zu bringen. Heute würden sie anscheinend Prinz Artû und seine Gruppe von Reisenden durch das Sumpfgebiet geleiten.

'Das ist nicht die Nachricht, die wir erwartet haben', hatte Amadis zuerst gesagt. 'Es wäre besser, wenn uns ein Vimaan von Sogamosa direkt nach Caradoc bringen würde. Warum müssen wir denn erst durch die Sümpfe?'

'Die Lady von Caradoc weiß es besser als wir', hatte Fürst Artû geantwortet. 'Sie ist schließlich die Hüterin des Steins.'

Sie hatten keine Möglichkeit gehabt, die Nachricht zu überprüfen, also folgten sie den Anweisungen der Lady. Die Sümpfe waren schliesslich nicht weit von der Küste entfernt. Im Norden lagen die Fûna-Berge und im Osten die Prärien von Tregarn, die Heimat der berühmten schwarzen Pferde. Doch Lubbo war nicht sehr glücklich über den Verlauf der Ereignisse.

Dantûs Vimaan war schon vor über einer Stunde

aufgebrochen und sie warteten noch immer. Vor einer Hütte aus Schilfgras befand sich ein kleiner Teich, der mit Algen durchsetzt war und nach Sumpfschlamm roch.

"Irgendetwas stimmt hier nicht. Irgendetwas stimmt hier nicht", murmelte er vor sich hin. Natürlich konnte er die Wünsche der Lady von Caradoc nicht offen in Frage stellen.

"Kein Wunder, daß es hier so viele Fliegen gibt", beschwerte sich Chryséis und fegte eine weitere Fliege von ihrem Gesicht. "Ich wünschte, wir könnten jetzt gehen und das Ganze hinter uns bringen."

Eine dicke Gabari-Frau mit wippenden Zöpfen saß die ganze Zeit faul auf einem riesigen Stuhl vor der Hütte. Völlig uninteressiert an den Reisenden nippte sie an ihrem Tesgüin-Bier aus einem irdenen Becher. "Nicht mehr lange jetzt. Nicht mehr lange." Sie rülpste und schlug mit einem langen Rosshaarbesen auf die lästigen Fliegen ein. Neben dem Stuhl stand das Essen und das Bier, das Dantûs Kutscher wie vereinbart als Bezahlung dagelassen hatte.

"Warum haben sie denn keinen Lavendel und Pennyroyal, um die Fliegen fernzuhalten, wie überall sonst?" fragte Trevor genervt und rieb sich Kräuterbalsam aus kleinen Têrakhon-Tiegeln ins Gesicht, die Dantûs Frau ihnen mitgegeben hatte.

Schliesslich stapften zwei wahrhaft riesige Gabari in langen Stiefeln den schmalen Pfad hinauf. Es waren die größten Riesen, die die Kinder je gesehen hatten. Die Fenier sagten nicht viel zueinander. Es gab ja nichts zu sagen.

"Hört gut zu, Reisende", sagte der größere und ältere von den beiden etwas rüpelhaft. "Wir nehmen euch auf unsere Schultern und müsst euch gut festhalten. Auf halbem Weg durch das Moor werden wir eine Pause einlegen, und niemand darf die Gruppe verlassen. Niemand."

"Gut, wir werden uns an eure Regeln halten, Fenier", meinte Amadis.

Bevor sie aufbrachen, baten die Riesen die Sumpfelfen um Erlaubnis, ihr Land zu durchqueren. Die kleinen rutischen Feen, die jetzt hinter dem umgestülpten Rand von Lubbos Hut mitreisten, begannen zu kichern, was beinahe zu ihrer Entdeckung geführt hätte.

Sie wussten, daß es hier keine Feen mehr gab. Die Sumpfführer beugten sich herab, damit die Reisenden auf ihre massiven Schultern klettern konnten. Der kleinere, jüngere Riese drehte sich um und brüllte in seinem fennischen Akzent. "Wir sind zum Mittagessen zurück, Ma!"

Die Riesenfrau nickte und schlug weiter träge mit ihrem Besen nach den Fliegen. Die Riesen gingen mit langen Schritten den Weg entlang und staken dabei ihre Baumstöcke, die als Stäbe dienten, in den Boden. Es war ein recht wackeliger Ritt. "Das gefällt mir nicht. Das gefällt mir ganz und gar nicht. Wer hat jemals davon gehört, durch die Sümpfe zu gehen, um Caradoc zu erreichen?" grummelte Lubbo.

"Oh Bruder, was können wir tun?" sagte Gwendola. "Es ist der Wunsch der Lady."

"Fühlt sich an wie ein Ritt auf dem Rücken eines Elefanten", sagte Katherine zu Chryséis neben ihr. Sie hielt sich mit einer Hand an den Fransen der Lederweste des Riesen fest und hielt Tepi mit der anderen auf ihrem Schoß.

"Ich war noch nie auf einem Elefanten." Sie musste sich darauf konzentrieren, das Gleichgewicht zu behalten und nicht von der Schulter des Riesen zu gleiten.

"Ich aber schon."

"Schön für dich, Katie," meinte ihre Freundin. "Diese Kerle haben es aber eilig."

"Das ist doch gut, nicht wahr?", sagte Katherine und versuchte, es sich bequem zu machen. "Wir wollen doch schnell nach Caradoc kommen."

*

Derweil betrachtete eine Gruppe von Zauberern in einer Höhle im Fûna-Gebirge ein Bild in der glänzenden Wasserschale. Das Abbild in dem Wasser zeigte einen verhüllten Reiter.

"Sie haben den Köder geschluckt und sind auf dem Weg."

"Wurde der Vimaan schon heraufbeschworen?"

"Ein kleiner Vimaan für die Menschen, genau wie du es gewünscht hast, Bruder. Die Firbolge malen immer noch an dem Zitadell-Emblem von Caradoc", berichtete der Magi von Maligasima. "Es sieht ganz echt aus."

Das Bild in der silbernen Schale änderte sich und der Hohepriester von Schuruk beobachtete jede Bewegung ganz genau. "Die Firbolge sollen sich beeilen. Die Fenier verlieren keine Zeit, die andere Seite des Sumpfes zu erreichen. Wer von denen trägt eigentlich den 'Sprechenden Stein'?"

"Es scheint, als ob es der D'Ånu-Krieger ist, der den Stein in seiner Tasche hat, aber wir sind uns nicht sicher. Er könnte auch bei dem Jungen sein," sagte der Magi von Maligasima.

"Nehmt sie beide mit."

"Die Kinder sind unzertrennlich, Bruder."

"Das wird ihnen nicht viel nützen, nicht wahr?" Die zischende Stimme brach in einen röchelnden Husten aus.

"Wir sollten sie alle zusammen mitnehmen. Xipe Xolotle hat lange genug auf ein würdiges Opfer gewartet. Ha, ha, ha." Der Hohepriester von Dilmun fand die Idee, die Kinder zu opfern, sehr amüsant.

"Wo sind die Fenier jetzt?", krächzte der Hohepriester von Schuruk. Die Gabari waren vom Weg abgekommen und konnten nicht mehr gesehen werden. "Wir werden sie noch verlieren. Sie dürfen doch nicht einfach verschwinden." Der Hohepriester von Schuruk verlor die Beherrschung. Er wurde immer leicht ärgerlich. Das war eine Lektion, die die Firbolge in der Höhle schnell gelernt hatten, und sie machten sich rasch aus dem Staub. Das Wasser in der Silberschale zitterte, dann verschwand das Bild ganz und gar. Die schwarze Spinne auf der Stirn des Zauberers schien sich mit seinem tiefer werdenden Stirnrunzeln zu bewegen.

"Geduld, Bruder. Es ist wahrscheinlich nur der übliche Zwischenstopp. Keine Angst, diesmal kriegen wir die Würstchen und den Sprechenden Stein noch dazu."

"Ich habe auch lange genug darauf gewartet! Wein!"

*

Die eilige Pause, die sie in den Sümpfen einlegten, war von einem Ansturm fliegender Insekten geplagt, obwohl sie mehr von dem Kräuterbalsam auftrugen. Nur die Riesen schienen sich nicht daran zu stören. Nach ein paar Schlucken aus ihren Wasserflaschen waren die Fenier bereit, weiterzugehen. Sie warteten ungeduldig darauf, daß Lubbo wieder hinter einem Gebüsch auftauchte, als Trevor plötzlich aufschrie und im Boden verschwand. Er hatte am Rande eines Treibsandes das Gleichgewicht verloren, als ein Schwarm kleiner Sumpfvögel vor ihm aufflog.

Die Riesen waren verärgert. Der Junge würde sie zu spät zum Mittagessen aufbrechen lassen. Sie standen da und sahen schmollend zu, wie Trevor langsam in der schmutzigen Flüssigkeit verschwand.

"Freund Trevór!" Prinz Artû reagierte schnell und feuerte eine Reihe von Anweisungen an Amadis ab. Der D'Ånu-Krieger griff nach seinem Stab, der im Vergleich zu den Stäben, die die Riesen trugen, winzig war. "Hör auf zu zappeln und halte den Stab fest, Junge!", befahl er.

Chryséis und Katherine kämpften gegen die Tränen an. Es war so unerwartet, ihren Freund im Treibsand versinken zu sehen. Gwendola hielt die Mädchen zurück, damit sie nicht selbst in den Sumpf fielen, während Amadis weiter auf Trevor einsprach.

"Zieh dich an dem Stab hoch und leg dich auf den Bauch drauf." Trevor ergriff den langen Stab, den Amadis über das Moorloch geworfen hatte, und begann, sich daran hochzuziehen. Artû hielt den Stab auf der einen Seite fest, und Amadis auf der anderen Seite. Trevor rutschte ab, gerade als er es schaffte, ein Bein über die Stange zu bekommen. Panik stand in seinen Augen und Tepi wimmerte.

"Versuch es noch einmal. Atme tief ein. Und jetzt leg dich auf den Bauch. Nein, der Länge nach. So ist es gut, so ist es gut", wiederholte Artû geduldig.

"Trevor, krabble am Stab entlang zum Rand des

Moorlochs", meldete sich Katherine. Trevor lag einen Moment lang auf dem Pfahl, dann bewegte er sich langsam an dem Stab entlang in die Sicherheit des festen Bodens.

"Du bist fast da", ermunterte Amadis ihn. "Genau so. Beinahe am Ziel."

Gwendola und Lubbo bogen das Sumpfgras zur Seite. Trevor griff nach Lubbos starker Hand und ließ sich von dem Dwendi aus dem Treibsand ziehen. Er lag mit schlammverschmierten Kleidern da und sog geräuschvoll die Luft ein, als wäre er am Ertrinken.

Seine Gedanken jagten einander wie wild, bis sie langsamer wurden. Tränen strömten über Trevors Gesicht. Es war ihm egal. Er hätte glatt umkommen können. Prinz Artû schimpfte wütend mit den Riesen, weil sie dem Jungen nicht helfen wollten. "Ihr hättet ihn doch ganz einfach da rausholen können..." Die beiden Fenier standen verlegen herum und ließen die Köpfe hängen. Trevor blickte zu den verschwommenen Riesen auf und fühlte sich etwas seltsam.

"Trevor, Trevor ... sieh mich an. Geht es dir gut?" Er hörte Chryséis durch den weißen Nebel sprechen. Tepi leckte ihm über das schmutzige Gesicht und der Nebel lichtete sich.

"Atme langsam. Es ist alles in Ordnung. Du brauchst nicht weinen."

"Was? Ich weine doch nicht", stammelte er und wischte sich mit einer schmutzigen Hand über das Gesicht. "Es ist nur der Schlamm. Dieser ... verdammte ... Sprechende Stein!"

"Was ist denn mit dem Sprechenden Stein?" fragte Katherine erstaunt.

Daß Trevor in den Treibsand-Sumpf gefallen war, hatte doch nichts mit dem Sprechenden Stein zu tun.

"Was mit dem Stein ist? Nichts als Ärger, das ist es!" brachte Trevor hervor.

"Aber Trevor, wir sind dafür verantwortlich, daß er sicher ist..."

"Sicher? Was wir tun müssen ist, dafür zu sorgen, daß wir am Leben bleiben, um nach Hause zurückkehren zu können."

"Was ist denn, wenn wir es nicht tun und die Zeitgeschichte verändert sich die zum Schlechteren?" flehte Chryséis ihn an.

"Seit wann willst du denn nicht mehr nach Hause zurück?" Er rang nach Worten. "Ich bin erst dreizehn. Diese dummen ... dummen ... dummen ..."

"Edfunier? Ich kann sie auch nicht leiden, aber ich denke, wir müssen versuchen, das Richtige zu tun", argumentierte Chryséis. Sie schienen nicht zu bemerken, daß alle um sie herumstanden und starrten.

"Wir können nicht zulassen, daß das Böse gewinnt", sagte Katherine entschieden. "Und Schluss."

Gwendola klopfte Trevor auf die Schulter. "Es ist Zeit zu gehen. Du musst dich waschen." Sie versuchte, mit sanfter Stimme zu sprechen. Lubbo half Trevor auf und ging mit ihm zu dem kleinen Bach, der neben dem Weg entlangfloss. Die Mädchen sahen ihm zu, wie er sich den Schmutz von Gesicht und Armen wusch, während Tepi daraus trank.

"Wenn es dir nichts ausmacht, wasche ich mich hier..."
Tepi sah auf und trank dann weiter. Obwohl Trevor noch blass unter der Schlammschicht aussah, war der Moment der Schwäche vorbei. "Also gut!", rief er.

"Also gut? Was meinst du mit also gut?" fragte ihn Katherine.

"Also gut, ich bin ja kein Drückeberger", sagte er. "Und erwähne bloß nicht, daß meine Augen vom Schlamm ganz nass waren."

"Na klar", gab Chryséis ihm den Daumen hoch.

"Also gut, kann ich mich jetzt zuende waschen?" Trevor begann, sein Hemd auszuziehen, und bedeutete den Mädchen, wegzugehen. Er brauchte etwas Zeit für sich. Lubbo setzte sich hin und beobachtete Trevor. Nur um sicherzugehen, daß der Junge nicht ins Wasser fiel.

Prinz Artû und die anderen nickten wohlwollend, als die Mädchen ihnen sagten, daß Trevor einen Moment brauchte, um sich fertig zu machen. Chryséis setzte ihren kleinen Rucksack auf und ging zu Katherine und Gwendola hinüber.

"Was für ein unglücklicher Vorfall", seufzte Gwendola. "Der arme Junge." Bald erschien Trevor mit Lubbo im Schlepptau. Er hatte neue Kleidung angezogen und sah viel sauberer aus als gerade noch. Mithilfe der Riesen erreichten sie die andere Seite des Sumpfes lange vor Sonnenuntergang und verschwendeten keine Zeit mit langen Verabschiedungen.

"Gut, daß wir die los sind, sage ich." Lubbo war froh, die Riesen gehen zu sehen. "Gemeine, dickköpfige Gabari."

Sie gingen auf eine kleine Holzhütte zu, die sich in der Nähe befand. Sie diente Reisenden als Schutz vor den Elementen und den ständigen Insekten. Perlhühner mit weiß gepunktetem Gefieder pickten auf dem Boden zwischen Grasbüscheln herum und die Szene hätte malerisch sein können, aber die Dwendis fühlten sich unwohl, als die Sonne am Himmel tiefer sank.

"Wo ist nur der Vimaan aus Caradoc? Er sollte doch schon hier sein", brummte Lubbo.

"Vielleicht sucht uns der Fahrer ja", sagte Gwendola.

"Dann haben wir keine andere Wahl, als weiter zu warten."

Sie aßen den restlichen Proviant, den Dantû ihnen in Sogamosa mitgegeben hatte, und nach einer Weile kam ein Vimaan auf die Hütte zu geschwebt. Es war eindeutig ein Zitadellen-Vimaan aus Caradoc. Zumindest nahmen sie das an.

Tepi knurrte und wich vorsichtig von dem Fahrzeug zurück, als es absetzte, und versteckte sich hinter Katherine und Trevor. Die Têrakhon-Kuppel der Fahrerkabine war getönt, so daß sie nicht hineinsehen konnten.

Amadis klopfte an die Abdeckung, aber da war keine Reaktion. Der große ovale Verschluss über der Fahrgastkabine öffnete sich mit einem schmatzenden Geräusch.

"Der Fahrer wird es kaum erwarten können, wieder loszufahren. Er wird uns nach Tregarn und dann weiter nach Caradoc bringen. So stand es ja in der Nachricht", versicherte ihnen Gwendola.

Trotz eines leichten Unbehagens drängte Artû sie, das Fahrzeug zu besteigen. "Wir sollten nicht noch mehr Zeit in dieser Wildnis verbringen. Die Kinder gehen zuerst hinein und dann der Hund."

Tepi brauchte allerdings etwas Überredungskunst. "Komm schon, Tepi, Tepi", redete Katherine ihr gut zu. Der Hund sprang in die Kabine und legte sich winselnd auf Katherines Füße.

"Ist ja gut, Tepi." Sie versuchte, den Hund zu beruhigen.

"Nun sind Gwendola und Lubbo an der Reihe ... und Amadis." Der Beutel mit dem sprechenden Stein rutschte von Amadis' Schulter und er passte den Gurt über seiner Brust an. Artû war der letzte, der sich auf einen bequemen Sessel setzte.

Der Têrakhon-Deckel schloss sich und der Vimaan hob vom feuchten Boden ab. Es war eine Freude, einfach mal über die Landschaft mit ihren länger werdenden Schatten hinweg zu fliegen, ohne Insekten, Schlamm und gefährlichem Treibsand.

Die Luft in der Kabine war angenehm kühl, aber die Zeitreisenden fühlten sich noch immer verschwitzt und schmutzig und freuten sich auf ein richtiges Bad. Als sich die Straße vor ihnen gabelte, folgte der Vimaan dem Schild im Norden auf dem 'Tregarn' stand. Tregarn lag jedoch im Osten, aber niemand bemerkte es.

Die Straße schien die Ausläufer des Gebirges zu umfliegen und dann über eine grüne Prärie hinweg. Keiner von ihnen war jemals zuvor auf diesem Weg gewesen.

"Ah, Tregarn ist ein schöner Ort", brummte Lubbo. "Zivilisiert und sauber und es gibt kaum Gabari. Ich brauche dringend etwas Seife und warmes Wasser in einem richtigen Badezimmer."

Einen flüchtigen Moment lang dachte er an die vergorene Stutenmilch, die Koumiss hiess. Eine Spezialität der Tregarni. Er konnte es kaum erwarten, sie endlich wieder zu kosten. "Es wird ja nicht mehr lange dauern, Bruder", sagte Gwendola.

Der Vimaan ließ das Schild und die Weggabelung hinter sich. Das Schild änderte sich sofort wieder und wies Richtung Osten. Es gab hier keine Straße, die nach Norden führte, nur einen kleinen Pfad in die Ausläufer des Fûna-Gebirges hinein. Der Vimaan trug die sieben ahnungslosen Reisenden tiefer in das bewaldete Hochland und näher an die Höhle, aus der triumphale Rufe ertönten. Vom Inneren des Vimaans aus sah die Landschaft bald wie die Ebene von Tregarn aus, mit weidenden schwarzen Pferden und wogendem Gras, das sich im Nachmittagswind wiegte. Der Zauber war perfekt.

Was sie nicht sahen, war, daß sich draußen die Hügel zu dunklen, bedrohlichen Bergen erwuchsen. Amadis sah nach dem Sprechenden Stein. Er befand sich noch immer sicher in seiner schützenden Kugel. Überzeugt davon, daß alles in Ordnung sei, steckte er den Gegenstand zurück in seine Tasche und nickte wie die anderen vor Müdigkeit ein.

Als er aufwachte, war die Landschaft immer noch unverändert, und während er noch darüber nachdachte, geschah etwas Seltsames. Der Vimaan fing an, auf und ab und nach links und rechts zu ruckeln. Das Gefährt stotterte und kam kurz vor einer weiteren Wegbiegung, die ihm irgendwie bekannt vorkam, zum Stillstand.

"Hier waren wir schon schon einmal. Fliegen wir etwa im Kreis herum?" fragte sich nun auch Lubbo und gähnte.

"Wir halten an." Amadis reagierte schnell und öffnete die Luke. Tepi sprang als Erste heraus, begierig darauf, dem unheimlichen Fahrzeug zu entkommen, und begann zu bellen. Lubbo hatte recht: irgendetwas stimmte hier nicht. Die anderen folgten ihr schnell und nahmen ihre Taschen gerade noch rechtzeitig aus dem Vimaan. Auf einmal schüttelte sich der Vimaan, knarrte und löste sich mit einem hohlen Geräusch in Luft auf.

"Verflixt nochmal!" Katherine keuchte und starrte auf die leere Stelle. "Das gibt's doch nicht!" Es war schon Morgen, aber sie waren noch nicht in Tregarn. Stattdessen standen sie an einem von Bäumen umrandeten Bergsee.

"Bei der Erdmutter, der Vimaan war eine Falle!" rief Lubbo.

"Was ist da denn gerade passiert?" fragte Gwendola

noch im Halbschlaf. "Warum sind wir jetzt in den Bergen?"

"Es war eine Falle!" rief ihr Bruder zornig. "Die Nachricht muss gefälscht gewesen sein."

"Wohl um mir vorzugaukeln, daß die Lady von Caradoc uns in die Sümpfe schicken würde. Ich kann es einfach nicht glauben, daß ich so dumm war, das zu glauben", machte sich Prinz Artû Vorwürfe.

"Sie sah ganz wie eine echte Botschaft aus. Wir hatten ja keinen Grund, den Inhalt anzuzweifeln", protestierte Amadis.

"Der Vimaan. Er sah so echt aus," meinte Lubbo verblüfft. "Obeah natürlich. Ich nehme an, wir befinden uns im Gebiet der Gabari und Firbolge. In den Fûna-Bergen."

"Das kann doch nicht sein." Gwendola konnte es immer noch nicht fassen. "Das kann doch einfach nicht wahr sein."

"Seht euch um. Seht ihr etwa das Grasland von Tregarn?"

"Wo ist Trevor?" Katherine schrie die Worte fast heraus. "Trevor, Trevor!" Sie suchten im Unterholz und am Hang bis hinunter zum Seeufer. Aber nichts. Trevor war nicht mehr da.

"Ich habe seine Tasche." Katherine spürte, wie kalte Angst sie ergriff. "War er ... ist er immer noch in dem Vimaan? In diesem falschen Vimaan? Er hat geschlafen, als ich ihn zuletzt gesehen habe. Er muss noch in dem Vimaan gewesen sein, als wir rausgesprungen sind!"

"Oh, bei der Erdmutter!" Rief Gwendola. "Sie haben das Kind mitgenommen! Ich hätte auf ihn aufpassen müssen. Wie konnte ich nur selbst einschlafen?" Sie fühlte sich verantwortlich. Die Edfunier hatten zweifellos vor, uns alle mitzunehmen. Und den Sprechenden Stein auch," klagte der Prinz. "Etwas muß schief gelaufen sein mit dem Vimaan."

"Wie konnten sie aber von unseren Plänen wissen? Daß wir nach Sogamosa laufen würden." Amadis setzte sich auf einen Felsen. "Daß wir bei Dantû übrtnachten würden?"

"Die Fledermäuse. Es müssen die Fledermäuse gewesen sein. Zauberer sind dafür bekannt, daß sie sich in Fledermäuse verwandeln können," meinte Lubbo.

"Warum tust du nichts, um Trevor zu finden?"

"Was soll ich denn deiner Meinung nach tun, Chris?" Antwortete Katherine stockend.

"Ich weiß es ja auch nicht. Findet ihn, bitte!" Chryséis spürte, wie ihr die Tränen kamen. "Bitte findet ihn."

"Zuerst müssen wir diesen Ort wieder verlassen. Wenn die Hintermänner dieses Betrugs herausfinden, daß nur der Junge an Bord ist, werden sie uns sicher suchen," sagte Amadis.

Also taumelten sie den Pfad entlang, der am See vorbeiführte. Noch immer unter Schock, weinte Chryséis ein wenig, aber dann beschloss sie, tapfer zu sein und wischte sich die Tränen weg. "Wir werden Trevor finden, Katie. Das werden wir," flüsterte sie. Lubbo scheuchte einen Schwarm wilder Harpyien aus dem Weg. Sie zischten protestierend und bliesen ihre Kragen auf, um dann das abfallende Seeufer hinunterzuwatscheln, wo ein paar Rehe das trübe Wasser tranken.

Dieser Ort fühlte sich irgendwie feindseelich an, aber wie feindseelich, das sollten sie erst noch herausfinden. Grunzen und Brüllen drang vom anderen Ende des Sees zu ihnen hinauf. Eine Herde fett gefressener Saurier mit langen Hälsen und großen Flossen wackelte mit ihren schlangenartigen Köpfen in der Luft. Sie sonnten sich in der Sonne, während ihre Jungen schleimiges Rehfleisch fraßen. Auf den Felsen oberhalb des Strandes schlugen kleinere Saurier mit ihren federlosen Flügeln und hofften später etwas abzubekommen.

"Wir sind hier im DinoPark!" sagte Chryséis zu Katherine, während sie Amadis und Artû hinterher eilten und die beiden Dwendis folgten ihnen auf dem Fuß. Zum Glück bot ihnen dichtes Laub entlang des Weges zwischen zerklüfteten Felsen etwas Schutz.

"Seht euch das an. Wie sie kämpfen." Die Mädchen sahen fasziniert zu, wie zwei der Männchen anfingen zu brüllen. Sie stellten sich einander gegenüber, grunzten rhythmisch und bewegten sich zähnefletschend hin und her. Einen Moment später ließen sie sich auf den warmen Sand fallen, und der jüngere Bulle entfernte sich grunzend.

"Sie haben nur zum Schein angegriffen", sagte Chryséis mit leiser Stimme. "Ich hoffe nur, die Viecher können uns nicht sehen." Das Knurren wurde leiser, als sich die Gruppe vom See entfernte. Sie bemerkten nicht, wie ein Saurierweibchen damit beschäftigt war, Stücke aus einem Reh zu reißen, das direkt unter ihnen am Ufer lag. Sie nahm oben einen seltsamen Geruch wahr und beschloss, dem nachzugehen. Ein großer schlangenartiger Kopf tauchte langsam auf und ein schreckliches, lippenloses Grinsen entblößte ein Maul voll nadelscharfer Zähne.

Sie brüllte eine ohrenbetäubende Warnung. "Aaaaaah!" schrie Gwendola. Vögel, die in den Felsen nisteten, flogen in einem Schwarm auf. Amadis und Artû zogen ihre Waffen, aber der Drache war einfach zu groß und zu nahe bei ihnen. Da war keine Zeit für eine Herausforderung. Plötzlich schoss der lange Hals mit einem lauten Zischen nach vorne.

"Lauft in diese Richtung. Lauft!" Ohne nachzudenken, rannten Katherine und Chryséis so schnell sie nur konnten. Hinter ihnen spornte ein lautes Getümmel sie an, aber sie blickten nicht zurück. Die Saurier-Herde plumpste unten ins Wasser und brachte die Jungtiere in die Höhlen unterhalb der Seeoberfläche in Sicherheit. Völlig außer Atem erreichten sie ein geschlossenes Tal und versteckten sich hinter Bäumen und zum Glück verfolgte der Saurier sie nicht. Hier stürzten mehrere kleine Wasserfälle die kahlen Felswände hinunter und trafen unten auf einen schäumenden Bach. Die anderen Gefährten waren direkt hinter ihnen und erreichten auch die Bäume.

"Wir sind im... Drachenland. Oh, diese... verdammten Edfunier!" Artû atmete schwer und setzte sich hin. Erst als Amadis vorschlug, das Lager auf der anderen Seite des Tals aufzuschlagen, sahen sie einen langen, scharfen Zahn in Lubbos Arm stecken. "Der Drache hat Lubbo gebissen! Wir müssen den Zahn herausziehen!"

"Nein, warte! Da sind Haken dran. Damit würden wir ihn noch mehr verletzen. Wir haben keinen Arzt dabei und kein Gerät", warnte Amadis.

"Was sollen wir denn nur tun?" fragte ihn der Prinz

"Ich glaube, diese Drachenart hat keinen Feuerbiss und kein Gift." Amadis begutachtete die Wunde. "Wir müssen aber einen Arzt finden, und zwar schnell."

"Es wird schon dunkel und es gibt kein 'Haus des Lebens' in der Nähe dieses Ortes", erwiderte Artû.

"Wir müssen eben in Gedanken um Hilfe bitten", drängte Gwendola. "Dies ist ein Notfall."

"Und was ist mit den Edfuniern? Wir können nicht riskieren, daß sie auf uns aufmerksam werden."

"Sie wissen doch bereits, wo wir uns aufhalten."

"Das glaube ich nicht. Keine Gedankenübertragung." Lubbos Gesicht war von Schmerz gezeichnet.

"Mein Bruder, du musst dich behandeln lassen. Wir werden uns sofort auf den Weg machen."

"Es wird bald dunkel sein. Wir können doch nachts nicht im Drachenland herum wandern." Lubbo hielt seine gute Hand hoch. "Nein, Gwen, kein Wort mehr darüber. Wir werden hier rasten und morgen früh weitergehen."

Sie lagerten unter dem breiten Baldachin der Araukarienbäume. Das Geräusch des rauschenden Wassers war hier nur ein Murmeln und der Boden war weich und duftete nach Kiefernnadeln. Schmetterlinge flatterten zwischen den Wildblumen herum. Keine blutsaugenden kleinen Vampire wie in den Sümpfen. Ein grünes Chamäleon saß regungslos auf einem Ast und rollte mit den Augen über die Schmetterlinge. Ein schmaler, zugewachsener Pfad schlängelte sich hinauf zu einigen alten Ruinen, die halb zwischen den Felsen versteckt waren. "Es war leichtsinnig, keine medizinischen Vorräte mitzunehmen", sagte Artû, während er mit einem Holzbecher Wasser schöpfte.

"Wir hätten schon längst in Tregarn sein können, wenn diese verfluchten Edfunier nicht gewesen wären," antwortete Gwendola. Die Mädchen sagten nichts.

"Es ist meine Schuld. Ich hätte mich vergewissern müssen, daß alles mit rechten Dingen zugeht", sagte Prinz Artû.

"Keiner von uns hätte das wissen können", konterte Amadis. "Wir sollten nicht zu weit von den Ebenen entfernt sein. Wir werden bald Hilfe finden." Amadis hatte im Handumdrehen Fische aufgespießt, die bald auf geschälten Stöcken über einem kleinen Feuer gebraten wurden. Die Mädchen sagten die ganze Zeit über nichts. Sie waren immer noch zu geschockt darüber, daß sie einen so riesigen Dinosaurier gesehen hatten und daß der Vimaan samt Trevor verschwunden war. "Das ... Ding ... war aber groß!" begann Katherine schließlich zu reden. "Ja."

"Sie sagen, daß wir im Land der Drachen sind."

"Sie meinen Dinosaurier", korrigierte Chryséis sie.

"Das weiß ich auch."

Sie schwiegen wieder und lauschten dem gurgelnden Bach. "Was meinst du, was die Zauberer mit Trevor gemacht haben?"

"Ich weiß es nicht. Ich hoffe, nichts Schlimmes. Trevor ist schlau, und er hat seinen VUU dabei." Chryséis berührte ihr Aliceband. "Ja, er muss sich einfach zusammenreißen, bis wir ihn wiederfinden."

"Aber Lubbo ist verletzt und sie reden davon, einen Arzt zu finden. Wie sollen wir nach Trevor suchen, wenn all das auch noch passiert?"

"Artû wird schon einen Plan machen. Trevor kann ja überall sein," antwortete Katherine. "Ich bin mir nicht sicher, ob sich Artû so sehr darum kümmert."

"Oh, sag das nicht. Er ist nur besorgt. Er wird sich einen Plan ausdenken." Sie schauten zum verletzten Lubbo hinüber, der mit geschlossenen Augen an einem Baumstamm lehnte. Er sah recht blass aus. Gwendola setzte sich neben ihren Bruder und bot ihm Tee in einer gefalteten Blatttasse an. Sie schnitt den Stoff um den Saurierzahn herum auf und Lubbo zuckte vor Schmerz zusammen. "Wir brauchen mehr Feuer. Was ist, wenn uns die Drachen heute Nacht angreifen wollen?" hörten sie ihn mit zusammengebissenen Zähnen sagen. "Ganz zu schweigen von den Firbolgen. Wir sind im Land der Drachen."

"Ich wünschte, er würde aufhören, solche Dinge zu

sagen. Land der Drachen. Jetzt kann ich sicher nicht mehr schlafen", brummte Chryséis. Sie hatte eine Gänsehaut an den Armen bekommen.

"Schau mal, Bruder Amadis macht schon einen Feuerkreis um die Bäume herum", sagte Gwendola und zeigte auf kleine Feuer, die Amadis mit trockenen Ästen versorgte.

"Das ist gut, die Drachen haben Angst vor Feuer."

Lubbo saß still unter dem Baum, während Gwendola ihm Tee aus wilden Kamillenblüten zu trinken gab. Jeder hielt jetzt eine Teetasse aus Blättern in der Hand. Nach einer einfachen Mahlzeit aus Süßwasserfischen und Honig aus einem Bienenstock, den man in einer der Kiefern gefunden hatte, krochen Chryséis und Katherine in ihre Schlafsäcke. Lubbo stöhnte etwas im Schlaf. Die Haut rund um die Bisswunde war gerötet, obwohl Gwendola einen Umschlag aufgelegt hatte.

*

Der vermeintliche Caradoc Vimaan schwebte außerhalb der versteckten Berghöhle zwischen knorrigen Bäumen und Gestrüpp. Drinnen war Trevor und hatte gerade einen bösen Traum. Er träumte von etwas, das sich an seinem Bein hinaufschlängelte, während er in einem Sumpf aus sich bewegendem Schlamm stand und sich nicht bewegen konnte. Er wollte schreien, wollte herausklettern. Aber er konnte nicht. Plötzlich fühlte er sich so leicht.

Nichts hielt ihn mehr zurück. Der Treibsand wurde wie Wasser zwischen seinen Zehen und er konnte ganz einfach aus dem Sumpf herausfliegen. Das Gefühl der Freiheit war unbeschreiblich.

Nur die schwarze Fledermaus, die ihn von einem Dornenbusch auf der anderen Seite des Moorlochs anstarrte, war unheimlich, aber Trevor hielt sich nicht lange damit auf. Er flog über den Sumpf hinweg. Es war alles so einfach. Dann ließ ihn ein Lichtblitz aufschrecken. Trevor wachte auf. *Ah, es ist soweit. Wir sind endlich da,* dachte er zufrieden und streckte sich..

 **15**   **DIE FLUCHT**

Chryséis und Katherine wachten in der Morgendämmerung durch grummelnde Geräusche und entferntes Gebrüll auf. Die anderen waren bereits mit der Zubereitung des Frühstücks beschäftigt. "Oh nein, das war kein Albtraum", stöhnte Katherine. "Wir sind immer noch hier an diesem - Ort." Sie sah sich um.

"Ja." Chryséis setzte sich auf. "Überall gibt's Drachen."

Katherine erschauderte. "Musst du das so sagen?"

"Wieso? Komm, lass uns aufstehen."

Gwendola und Amadis gossen Wasser auf die Überreste der schützenden Feuerstellen. "Es ist an der Zeit, diesen Ort zu verlassen. Nur in welche Richtung sollen wir gehen?" Prinz Artû blickte auf den gewundenen Pfad, der in die Hügel führte und die Ruinen oben am Hang. Es war eindeutig, daß dort niemand wohnte.

"Wir können Caradoc einen Gedankentransfer senden und um einen Teleporterstrahl bitten", schlug Gwendola vor.

Artû war nicht damit einverstanden. "Wir sind zu viele, und der Junge ist immer noch verschwunden. Ausserdem ist es nicht sicher."

"Ich sage, wir machen uns auf den Weg Richtung Osten. Was können wir denn sonst tun?" Meinte Amadis und fuhr fort, die Fische auszunehmen, die er zum Frühstück gefangen hatte. Er nahm eine Bewegung aus dem Augenwinkel wahr. "Freund Lubbo, wie geht es euch heute Morgen?"

"Oh Amadis, Freund. Ich will mich nicht beklagen, aber es tut weh. Ich wünschte, wir könnten bald ein 'Haus des Lebens' oder wenigstens eine menschliche Behausung finden." Das zerknitterte Gesicht des Dwendi errötete. "Habt ihr die Schmetterlinge gesehen? Sie sind so - groß."

Artû und Amadis sahen sich mit besorgter Miene an. Hatte

das Fieber seinen Verstand verwirrt? Nach einer Mahlzeit, die wieder aus frischem Fisch bestand, hatte es Prinz Artû eilig, aufzubrechen und die Wasserflaschen wurden schnell aufgefüllt. "Alles gepackt?" fragte er und deutete auf die Hügel. "Wir werden diesen Weg hier drüben nehmen."

"Dann lasst uns gehen." Lubbo stapfte an die Spitze der Gruppe, bereit, sie anzuführen. Er schwankte ein wenig, und Gwendola pflanzte sich mit ausgebreiteten Armen vor ihm auf. "Du wirst vernünftig sein, Bruder. Amadis kann dich ein paar Stunden lang tragen, nicht wahr?" Amadis nickte und kniete sich hin.

"Ich lasse mich nicht wie ein Kind tragen", protestierte Lubbo.

"Es tut mir leid, alter Freund, aber in deinem Zustand solltest du nicht laufen. Ich werde für heute dein Vimaan sein." Amadis hob den verstimmten Dwendi auf und setzte ihn auf seine Schultern. "Vorsichtig, Amadis. Wage es nicht zu stolpern und mich auf den Kopf fallen zu lassen."

Sie wollten gerade losgehen, als ein Schwarm von Schmetterlingen ins Tal geflogen kam. "Seht nur, wie bunt sie sind!"

"Ja, und groß." Katherine schaute genauer hin.

"Hier ist alles groß. Vielleicht sind es Dinosaurier-Schmetterlinge."

"Hör dir doch mal selbst zu, Chris. Was sollen denn Dinosaurier-Schmetterlinge sein?" Katherine runzelte die Stirn.

"Das war ein Scherz. Nimm nicht alles so ernst."

"Das ist ein bisschen schwierig, wenn Trevor vermisst wird und in einem Drachenland festsitzt. Ich habe wirklich keine Zeit für Scherze."

"Na gut, na gut. Reg' dich ab." Doch die Schmetterlinge entpuppten sich als etwas ganz anderes. Die kleinen Feen, die den ganzen Weg von Ruta Ynis mit ihnen gekommen waren, wussten sofort Bescheid.

"Schelanti", begrüßten sie ihre prydhanischen Cousins eifrig mit hellen Stimmen. "Schelanti", kam die Antwort.

Sie begannen ein lebhaftes Gespräch und die Feen umkreisten die Gruppe. Prinz Artû war so erstaunt, daß er fast in die kalte Asche der größten Feuerstelle fiel. Eine der Feen landete auf Amadis' Ärmel und begann zu sprechen.

"Seid gegrüßt, Amadis von Anaá. Ich bin Brigas von Fûna und dies sind meine Cousinen aus Ruta Ynis."

Wenn er überrascht war, zeigte Amadis es nicht. "Seid gegrüßt, Freunde", antwortete er.

Gwendola und die Kinder kamen näher, um zu sehen, was los war. "Wo kommen diese Feen denn her? Sind sie hier, um uns Streiche zu spielen?" Fragte sie.

"Hoffentlich nicht!" Erwiderte ihr Bruder brummig.

"Amadis, du und deine Freunde seid in unserem Lande willkommen", sagte der Sprecher der Feen förmlich und zeigte auf die beiden kleinen rutischen Feen. "Unsere Cousinen hier sind den ganzen Weg mit euch von Ruta Ynis hierher gekommen, um ein wachsames Auge auf den 'Sprechenden Stein' zu haben."

"Eure Cousinen? Wie sind sie uns denn den ganzen Weg nach Prydhain gefolgt?" Wollte der erstaunte Prinz wissen.

"Wir haben da unsere Methoden, Athenai. Sie sagten uns gerade, daß ihr nur knapp einer Falle der bösen Gabari entkommen seid. Geht es euch allen gut? Abgesehen von diesem tapferen Dwendi, natürlich." Brigas blickte zu Lubbo auf. "Drachen können ziemlich unberechenbar sein."

"Unser Freund Lubbo braucht dringend einen Arzt." Amadis drehte sich so, daß die Feen den Arm des Dwendi sehen konnten, aus dem der große Zahn noch herausstak. Die Bisswunde sah rot und entzündet aus.

"Oh ja, kein schöner Anblick. Aber es ist kein Feuerbiss, sonst wäre der Dwendi schon tot."

"Da habe ich aber Glück gehabt", versuchte Lubbo in jovialem Ton zu sagen, aber er fühlte sich überhaupt nicht glücklich.

"Dem Rest von uns geht es soweit gut, Brigas," sagte Prinz Artû. "Aber ein Junge namens Trevór wurde entführt. Er schlief im falschen Vimaan, als der verschwand. Wir müssen ihn wiederfinden. Könnt ihr uns dabei helfen?" Brigas hörte gleichzeitig einer Fee zu, die ihm ins Ohr flüsterte. "Wir haben gehört, daß der Junge sich in einer Höhle im Fûna-Gebirge befindet. Das ist nicht weit von diesem Tal entfernt." Er deutete nach Osten.

"Gott sei Dank", begann Katherine vor Erleichterung zu schluchzen. "Dann lasst uns bitte dorthin gehen."

"Nicht weinen, Kleine", sagte Brigas freundlich. "Der Junge ist unversehrt. Im Moment jedenfalls. Wir werden einen Rettungsplan aushecken und müssen den Riesen-Zauberern und Firbolgen aus dem Wege gehen."

"Riesen-Zauberern und Firbolgen?" fragte Chryséis nach.

"Ja, ihr wisst sicher von der 'Sache'?" Er konnte sehen, daß sie noch nie etwas von 'der Sache' gehört hatte. "Um den sprechenden Stein von Caradoc zu stehlen und die Macht der Bekannten Welt wieder in die Hände der bösen Gabari zu bringen? Von denen gibt es leider einige in unserer Gegend."

"Nein, das wussten wir nicht." Prinz Artû fühlte sich entmutigt. "Ist der Junge in die Hände dieser bösen Zauberer gelangt?"

"Ja. Sie benutzen die Höhle schon eine ganze Weile. Wir müssen nach Fledermäusen Ausschau halten. Sie verwandeln sich in Fledermäuse, wenn es ihnen in den Kram passt. "

"Ich wusste es!" Lubbo hüpfte ein wenig auf Amadis' Hals.

"Das ist allerdings keine gute Nachricht, Freund Brigas. Was sollen wir nur tun?" fragte Amadis.

"Zuerst müsst ihr zu Rusálka gehen, eine Jungfer, die allein im Wald lebt. Sie ist eine Heilerin und wird eurem Dwendi-Freund hier helfen."

"Also gehen wir jetzt endlich?" fragte Katherine ungeduldig.

"Ja, in der Tat, wir sollten gehen. Eine weitere Verzögerung können wir uns nicht leisten", sagte der Prinz.

"Rusálka lebt in einem Nuraghi-Turm, ein ganzes Stück durch das Drachenland. Wir möchten euch unsere Begleitung an, ihr großen Kerle. Ihr braucht hier ein winzig kleines bisschen Hilfe." Die Feen kicherten über Brigas' Scherz und die Dwendis schienen nicht einmal beleidigt zu sein.

"Schukri, gute Feen. Dann führt uns." Sie nahmen den Weg nach Osten und gingen an den Ruinen vorbei und eine handvoll der kleinen Feen schwebten immer noch um sie herum. Bald waren sie aus dem Tal heraus und befanden sich darüber. Die Reisenden kamen an etwas vorbei, das wie ein dünner weißer Schleier aussah, der ganz zerknittert an dornigen Büschen hing. Chryséis erstarrte und erinnerte sich an die grausigen weißen Bündel in der Höhle von Schuruk.

"Kein Grund zur Sorge, Athenai. Es ist nur die Haut, die eine große Schlange vor nicht allzu langer Zeit abgestreift hat", erklärte Brigas.

"Oh, da fühle ich mich gleich viel besser." Chryséis blickte besorgt über ihre Schulter. "Was ist, wenn die Schlange hungrig ist?"

"Dann müssen wir einfach nur wachsam sein", beendete Prinz Artû die Diskussion. Nirgends war eine Riesenschlange zu sehen, nur große Leguane mit breiten Schnauzen, die auf kräftigen Hinterbeinen standen und die grünen Blätter der Araukarien fraßen. Sie hatten mit dem kleinen Leguan in den Räumen der Lady von Sydonia nichts gemein. Chryséis achtete darauf, daß Amadis, der immer noch Lubbo trug, und Artû zwischen ihr und den Leguanen gingen, aber die Reptilien beachteten die Wanderer überhaupt nicht.

Ein paar Stunden später lagen die nördlichen Ebenen in ihrer ganzen Pracht vor ihnen. Von der luftigen Höhe des Bergpfades aus sahen sie Steinkreise und riesige Behausungen inmitten reifender Getreidefelder. Eines der Gebäude war oval und bestand ganz und gar aus glitzernden weißen Kristallen.

"Endlich Zivilisation!" rief Lubbo.

"Ja, aber noch sehr weit weg. Wir werden nun zum Turm der Rusálka gehen", sagte Brigas entschlossen.

Das Vorgebirge war mit bräunlichem Gras bedeckt und sah aus wie struppiges Büffelfell. Gabari-Hirten gingen auf den darunter liegenden Feldern ihrer Arbeit nach.

Hier und da erstreckten sich Gingko- und Eichenbestände von der Hochebene ins Tal hinunter. Die Sonne hatte ihren Zenit bereits überschritten, als die Feen die Reisenden durch ein trostloses Hochlandtal führten. Nur graue Felsen und Schotter. Wären da nicht ein paar riesige Lobelien, schwammiges Moos und orangefarbene Flechten gewesen, die ab und zu für Farbe sorgten, hätten sich die Reisenden genauso gut auf dem Mond befinden können.

"Prinz Artû, ich schlage vor, daß wir schneller gehen, hier könnten sich Firbolge herumtreiben", warnte Brigas.

Um sicherzugehen, daß sie nicht entdeckt wurden, schlängelten sie sich an der Felswand entlang. Wenn sie den Turm bald erreichen wollten, mussten sie diese graue Mondlandschaft durchqueren, ob sie wollten oder nicht. Und der bewölkte Himmel hilf auch nicht viel weiter. Als wahrer Sohn des Meeres benutzte Prinz Artû seinen 'Solarisring' mit einem Delfin, der von einem regenbogenfarbenen Stein gekrönt war, um die Richtung der Sonne zu bestimmen. Die Farbe des Steins änderte sich in ein helles Blau, wenn er direkt auf die Sonne gerichtet war.

"Das ist hier nicht nötig, Prinz", betonte Brigas. "Wir werden euch schon sicher ans Ziel geleiten."

"Ich hätte in Pemberton mehr Sport treiben sollen, um meine Ausdauer zu trainieren." Katherine wischte sich den Schweiß von der Stirn. "Dafür ist es jetzt aber zu spät. Ich hoffe, wir werden diese Rusálka bald finden... Ich frage mich, ob es Trevor gut geht."

"Wir könnten ja Brigas fragen, was in dieser Höhle vor sich geht."

"Nein, lass uns einfach weitergehen. Die Feen haben versprochen, sich um Trevor zu kümmern und ich bin mir sicher, sie werden ihr Versprechen halten."

Das wünschte sich Katherine so sehr.

*

"Ich habe es euch doch schon gesagt: ich weiß nicht, wo sie sind. Ich bin im Vimaan eingeschlafen - und dann habe ich mich hier wiedergefunden. Amadis war weg und die anderen auch." Trevor wünschte, er wüsste, wo seine Freunde waren. Aus welchem Grunde waren sie nicht mehr mit ihm im Vimaan gewesen? Er war es leid, auf all die Fragen, die er erdulden musste, immer die gleiche Antwort geben zu müssen.

Die Gabari waren grob zu ihm gewesen, und seine gefesselten Hand- und Fußgelenke taten ihm inzwischen weh. Er fühlte sich von Minute zu Minute unglücklicher. Eigentlich schon, seit er aus dem Vimaan gezogen und auf den kalten Höhlenboden geworfen worden war.

"Aaah!", brüllte der Hohepriester von Schuruk und schlug seinen Humpen auf den Tisch. Trevor zuckte zusammen. Es war nicht der erste derartige Wutanfall.

Dieser Kerl war wütend gewesen, daß keiner der anderen Gefährten bei ihm waren. Vor allem Amadis. Anscheinend hatte mit dem Vimaan irgendwas nicht geklappt. Trevor konnte sich einfach nicht erklären, was da passiert war. Einen Moment lang waren sie die Straße nach Tregarn entlang geschwebt, im nächsten Moment war er alleine in einer Berghöhle und wurde von diesen ungehobelten Riesen verhört.

"Wie lange wird der Junge noch durchhalten? Habt Ihr ihm den Trank gegeben?"

"Ja, Herr. Zweimal. Aber er weiß es nicht. Er scheint nur zu denken, daß..." Der Diener war ratlos.

"Was?" brüllte der Zauberer.

"Daß Ihr... hässlich seid, Herr. Das ist alles, was ich aus ihm herausbekommen habe."

"Ach wirklich, wie würde es ihm gefallen, selbst hässlich zu sein?" Der Hohepriester sprach auf Edfunisch und blickte einen Moment lang zu dem Saurier in der Ecke hinüber. Nestum, der Saurier, rülpste und fuhr fort, einen Oberschenkelknochen sauber abzunagen.

Trevor wünschte sich verzweifelt, er könnte seine Hüfttasche öffnen und das Schweizer Armeemesser herausholen, aber der Zauberer beobachtete jede seiner Bewegungen. Besser, er riskierte nicht, daß ihm die Tasche weggenommen wurde...

"Herr, wir haben keine Zeit für Sport. Wenn sie bald Tregarn oder Caradoc erreichen, wird es zu spät sein." Eine der edfunischen Wachen neigte den Kopf vor dem Zauberer. Trevor hatte bisher nur Gabari in der Höhle gesehen und einige hässliche Goblins. "Belehrt mich nicht, Kuli. Das weiß ich selbst sehr gut." Der Hohepriester von Schuruk rülpste und zog grob an den Haaren des sich verbeugenden Gabari.

"Ja Herr, ich entschuldige mich dafür", stammelte der Krieger. "Ich habe mich unpassend ausgedrückt."

"Pah!" Der Hohepriester ließ das Haar des Mannes los, stand verärgert auf und verließ die Kammer, gefolgt von ein paar anderen Riesen.

Die beiden edfunischen Wachen blieben mit Trevor in der Kammer zurück. "Lasst ihr mich jetzt gehen?" Trevor dachte, es sei einen Versuch wert.

"Hat der Winzling was gesagt?", spottete der eine Wächter und rieb sich die schmerzende Kopfhaut. "Ich verstehe die Flohsprache nicht, hahaha", lachte der andere.

"Ja, er ist ein Floh. Haha."

"Sehr witzig", sagte Trevor zu sich selbst und rollte mit den Augen. Die Riesen drehten sich um und schenkten Wein aus einem Krug in die Humpen auf dem Tisch ein. Sie brauchten den Jungen nicht weiter zu beobachten. Er würde nirgendwo hingehen. Nach ein paar Minuten wurde ihr lautes Gespräch leiser. Trevor war eingenickt.

"Psst." Trevor sah sich um. Was war das denn?

"Psst, hier drüben." Eine Fee stand auf einem Steinvorsprung in der Mauer und winkte.

"Bin ich verrückt geworden oder träume ich?"

"Nein, Freund Trevór. Ich bin hier, um dir zu helfen, aus der Höhle heraus zu kommen."

"Ach ja? Woher kennst du meinen Namen? Du spielst mir wohl einen Streich wie Gump auf Ruta Ynis. Wieso sollte ich dir trauen?"

"Nein, es ist kein Streich. Ich komme aus Ruta Ynis, das ist wahr, aber ich bin hier, um zu helfen. Unsere Cousins in den

Fûna-Bergen sind bei deinen Freunden. Sie sind in Sicherheit, na ja, bis auf den Dwendi, der gebissen wurde von einem..." Trevor setzte sich mit einem Ruck auf. "Du kennst meine Freunde? Wie kannst du aus Ruta Ynis sein? Das ist auf der anderen Seite des Ozeans."

"Ich bin mit euch gekommen, als ihr unsere Insel verlassen habt und von Seeungeheuern angegriffen wurdet und in Algiras wart und..."

"OK, OK, jetzt verstehe ich. Du bist uns gefolgt." Trevor begann sich ein wenig zu entspannen. "Wer wurde gebissen?"

"Sssht, leise. Die Kerle hier dürfen nicht wissen, daß ich hier bin."

"Wie heißt du denn?" Trevor senkte seine Stimme.

"Mein Name ist Parmini von Ruta Ynis."

"Schelanti, Parmini von Ruta Ynis. Ich bin Trevor aus Chicago."

"Ich weiß. Kein Grund für Formalitäten. Ich werde euch jetzt helfen."

"Ach wirklich ... wie willst du das anstellen? Das hier sind doch alles Riesen." Trevor blickte zm Tisch hinüber, an dem die Wachen weiter ihren Wein tranken.

"Unterschätze niemals eine kühne Fee," sagte Parmini.

"Also gut, was hast du dir vorgestellt?" Trevor senkte seine Stimme.

"Dreh dich mit den Händen zur Wand."

"Wie bitte? Warum das denn?"

"Wir haben keine Zeit für Geplauder. Dreh dich jetzt um."

Trevor bewegte sich gerade so weit, daß sein Rücken zur Wand zeigte.Parmini flatterte auf den Boden und begann, die Fesseln zu lösen, die in Trevors Handgelenke schnitten. Es fiel der Fee nicht leicht, und Trevor kicherte ein wenig über das kitzelige Gefühl. Die Gabari-Wachen drehten sich um und beäugten ihn verächtlich. "Hey, was ist los mit dir, Junge? Weinst du nach deiner Mami?" fragte ihn der Größere der beiden.

"Ja, ich bin sehr traurig", sagte Trevor sarkastisch.

"Oh, Muttersöhnchen, Muttersöhnchen", spotteten sie

über ihn, und Trevor rollte mit den Augen. Die Fee hatte in der Zwischenzeit Fortschritte gemacht, also hielt Trevor es für das Beste, mitzuspielen. Aber die Riesen hatten bald genug davon ihn zu schikanieren.

"Fast fertig", verkündete Parmini, und dann waren Trevors Hände frei.

"Ich werde die Schnur hier einstecken, und jetzt befreie ich deine Füße." Die Fee begann, die Schnur um Trevors Knöchel aufzulockern, und er lächelte steif einem der Gabari-Wächter zu, der sich umgedreht hatte, um nach ihm zu sehen. Glücklicherweise konnte er die Fee hinter einem Fass nicht sehen.

Zwei Firbolge stolperten vorbei und trugen ein Holzbrett und einen kleinen Sack mit weißen Kieselsteinen mit sich. Sie legten alles auf den massiven Tisch und verbeugten sich, als sie die Kammer verliessen. Die Wachen spielten ein Brettspiel, um sich die Zeit zu vertreiben, aber bald darauf sagte der Riese, der an den Haaren gezogen worden war: "Ich muss mal wohin", und rappelte sich auf. "Kannst du auf den Floh aufpassen, damit Nestum unser Muttersöhnchen nicht frisst? Die Herren haben noch etwas vor mit ihm."

"Geh und erleichtere dich. Ich werde ein Auge auf unseren Flohjungen haben." Der andere Wächter warf Kieselsteine in die runden Vertiefungen des Holzbretts. Klack, klack, klack. "Wenn du zurückkommst, spielen wir noch ein Spiel." Klack, klack. Er stocherte mit einem Zweig in seinen Zähnen und drehte dem Gefangenen den Rücken zu.

"Hör gut zu", flüsterte die Fee in Trevors Ohr. "Du musst auch mal raus. Du weißt schon ... nach draußen. Sag es ihnen ... jetzt." Trevor nickte.

"Hey Wächter ... ich muss mich auch erleichtern. Ich will ja eure saubere Höhle nicht beschmutzen." Das war natürlich ein Scherz, den die Riesen nicht verstanden.

"Hat der Floh etwas gesagt?" Fragte der Kleinere von ihnen.

"Haha, ja, er muss pinkeln. Haha. Der Floh muss pinkeln." Ein Firbolg, der eine Schüssel mit Essen trug, starrte den Wächter an.

"Verschwinde hier!", knurrte der Gabari den Zwerg an.

"Ja, ich muss pinkeln." Trevor versuchte, ruhig und männlich zu klingen. "Wie wäre es, wenn ihr mich mit nach draußen nehmt?"

"Ich weiß nicht so recht..." Der Wachmann am Tisch schien sich nicht sicher zu sein. "Was soll er denn tun? Wegrennen? Ich kümmere mich schon um ihn", sagte der andere, der auch pinkeln musste. "Besser, als den Rest des Tages Gestank in der Höhle zu haben. Ich werde den Saurier mitnehmen. Der hat auch einen Ausflug nötig."

"Gut, aber lass dir nicht zu viel Zeit. Steh auf, du eklige Echse." Der Wächter pfiff. Nestum ließ den Knochen fallen und richtete sich auf. Der Gabari-Wächter führte den zahmen Saurier zum Höhleneingang.

"Komm, Floh, beeil dich, lass uns gehen", donnerte er.

Trevor stand unbeholfen auf und humpelte hinter dem Gabari und dem schwerfälligen Dinosaurier durch den Eingangstunnel. Seine Hände und Füße waren locker gefesselt, so daß die Wachen den Eindruck hatten, er sei noch hilflos. Sie dachten keinen Augenblick daran, wie er so sein Geschäft da draußen verrichten sollte.

"Wenn du draußen bist, stell dich hinter den Gabari. Halte nach dem Drachen Ausschau. Dann aktiviere dein VUU", flüsterte Parmini in Trevors Ohr.

"Du weißt davon?"

"Keine Zeit für Erklärungen... dann drehst du dich nach rechts. Du wirst einen hohlen Baum sehen. Klettere hinein und verschließe ihn mit der Rindenklappe."

"Verstanden. Rindenklappe schließen." Das Sonnenlicht draußen blendete ihn und Trevor hielt sich die Hand vor die Augen. Sobald der Wachmann hinter einen Busch getreten war, drückte Trevor den Knopf des VUUs. Er wurde sofort unsichtbar und Trevor schüttelte seine Fesseln ab. Sie fielen geräuschlos auf den moosbewachsenen Boden. Der Wächter bemerkte nichts. Der Drache hatte sich nicht weit von der

Wache entfernt einen Baum gesucht und erleichterte sich.

"Oh, dieser Geruch ist ja ekelhaft", flüsterte Trevor zurück.

"Drachenexkremente sind nicht sehr angenehm. Beachte ihn nicht. Wir sind jetzt unsichtbar. Dreh dich nach rechts." Parmini saß immer noch auf seiner Schulter, und war jetzt genauso unsichtbar wie Trevor.

Er wandte sich nach rechts, wie sie es ihm gesagt hatte und ging so leise wie möglich um die Höhle herum. Einige trockene Äste unter dem blätterbedeckten Boden knackten. Trevor blieb stehen und hielt den Atem an, aber der Drache hob nicht mehr als seinen Kopf und schnalzte mit der Zunge.

"Es ist der Baum dort drüben. Nein, der nächste. Ja, der, geh' hinein." Der hohle Baum war groß genug für mindestens drei Personen. Trevor zwängte sich durch die Öffnung, fand die Rindenklappe und verschloss sie. "Was soll ich jetzt tun?", fragte er.

"Wir bleiben eine Weile hier drinnen und warten."

"Werden sie uns nicht finden? Wir sind so nah an der Höhle."

"Sie können versuchen, was sie wollen, aber dieser Baum ist ... geschützt."

Das war keine große Überraschung, aber Trevor dachte, daß ein bisschen zusätzlicher Schutz nicht schaden könnte. "Ich hülle mich in einen Panzer aus Licht", sagte er zu sich selbst. Bald hörte er draußen Stampfen und Rufen und blieb ganz still sitzen.

*

In der Mondlandschaft flogen die Feen unermüdlich voran.

Prinz Artû wollte unbedingt das Hochland verlassen und keine Pause machen. Je schneller Lubbos Arm versorgt war, desto eher konnten sie sich auf die Suche nach dem Jungen machen. Vom Turm aus würde es ein Kinderspiel sein, nach Lyonesse und Caradoc zu gelangen.

Die Mädchen gingen langsamer. Katherines Sandalen scheuerten und sie hatte zwei Blasen an den Fußsohlen. Artû warf einen Blick zurück, offensichtlich genervt über ihr langsames Tempo. Er verstand immer noch nicht, warum der weise Sprechende Stein darauf bestanden hatte, daß die Kinder sich seiner Mission anschlossen.

"Freund Artû, wir müssen uns ausruhen", sagte Amadis und setzte den verletzten Lubbo von seinen Schultern ab.

"Haben wir noch Trinkwasser?", fragte der Dwendi schwach. "Ich bin sehr durstig." Gwendola gab ihrem Bruder Wasser zu trinken, während Amadis sich streckte und den Kopf hin und her drehte. Selbst das Gewicht eines Dwendi konnte nach einer Weile mühsam werden. Katherine setzte sich hin und kümmerte sich um die Blasen an ihren Füßen. Zum Glück hatten sie eine Schachtel mit Pflastern dabei.

"Hast du das Antiseptikum?", fragte sie Chryséis.

"Nein, aber vielleicht ist es hier drin." Sie kramte in Trevors Rucksack, den sie zusätzlich zu ihrem eigenen trug. Katherine behandelte die Blasen mit der Creme und dem Pflaster. Gwendola schaute fasziniert zu und Tepi wälzte sich derweil im Moos.

Amadis nahm seinen Bogen. Er hatte eine Schar wilder Schneehühner entdeckt. Es war eine gute Idee, nicht mit leeren Händen anzukommen, wenn sie den Turm der Rusálka erreichten. Er pirschte sich den felsigen Hang hinauf und an die gackernde Schar heran. Ein gut gezielter Pfeil erlegte eine fette Henne im Handumdrehen. Amadis ging los, um den Vogel zu holen, und hatte kaum die Stelle erreicht, als Brigas vor ihm auf und ab flatterte. "Versteckt euch, Freund Amadis. Es ist Gefahr im Verzug." Amadis hob den Vogel auf und versteckte sich in einer Felsspalte. Alles schien still zu sein. Hatte die Fee ihm einen Streich gespielt? Dann hörte er knirschende Schritte und sah wie sich ein paar kleine Gestalten näherten. Zwei Firbolge!

Er konnte nur vermuten, wie viele von ihnen noch herumkrabbelten. Amadis drückte sich an den Felsen und versuchte, seinen Atem zu kontrollieren. Er schob das Schneehuhn mit dem Fuß nach hinten, spannte einen Pfeil in seinen Bogen ein und wartete ab. Aus den Augenwinkeln sah er, daß Katherine und Gwendola den Hang hinaufgegangen waren. Katherine blickte auf und sah Amadis direkt an - bereit, seinen Pfeil abzuschießen. Er warf ihr einen eindringlichen Blick zu. Im nächsten Moment sah sie die Firbolge und duckte sich schnell hinter ein paar Büsche und zerrte kräftig an Gwendolas Tunika. Sie formte lautlos das Wort F I R B O L G und Gwendola verstand. Amadis lugte aus seinem Versteck hervor und sah, wie einer der Firbolge seinen Speer hob.

Das Schlimmste befürchtend, drehte er sich herum und brachte sich in Position. Doch bevor Amadis zielen und seinen Pfeil abschießen konnte, hörte er einen triumphalen Schrei - die beiden Firbolge hatten einen Schneehahn aufgespießt. Sie machten sich mit ihrer Beute davon, ohne den D'Ånu-Krieger oder die anderen Gefährten zu bemerken. Vielleicht war etwas Feenstaub im Spiel, der ihre Sinne trübte.

"Das war knapp. Wir müssen vorsichtig sein, Athenai, die Firbolge sind ein schlaues Völkchen", sagte Brigas als er wieder erschien.

"Dann ist es wohl am besten, wenn deine Leute die Augen offen halten." Amadis holte tief Luft.

"Du hast recht, D'Ånu. Wir werden an wichtigen Stellen entlang unserer Route Wachen aufstellen."

"Es ist das Beste, weiterzugehen. Hier wimmelt es von Goblins", sagte Gwendola, als sie zurückkehrten.

"Du hast sie gesehen?" Artûs Blick fiel auf den Vogel, der an Amadis' Gürtel gebunden war.

"Ja, zwei von denen. Sie haben Schneehühner gejagt. Sie haben uns nicht gesehen, aber es ist besser, schnell von hier zu verschwinden." Sie begegneten keinem weiteren der gefürchteten Firbolge, nur ein paar Komodowaranen, die sich regungslos auf den noch warmen Felsen räkelten.

Zuweilen fühlten sich die Gefährten beobachtet. Aber wenn sie sich umdrehten, in der Erwartung, daß sie ein Mensch oder ein Tier hinter einem Felsen oder durch wehende Äste anstarrte, war nichts da. Die Feen hatten recht gehabt: die Mondlandschaft machte bald einer grüneren Umgebung Platz und kurz nach Mittag erreichten sie den Nuraghi-Turm. Es war ein runder Turm aus grobem Stein. Nuraghis waren ein Teil der alten Zitadellen in Prydhain gewesen und sogar Zeruanas Ruine hatte einen solchen Turm gehabt.

"Wir sind da", verkündete Brigas und flog mit seinem Trupp Feen voraus. Breite Steinstufen führten hinauf zu einer Plattform, die von einer niedrigen Mauer umgeben war.

"Jungfer Rusálka, Schelanti, wir kommen als Freunde!" rief Prinz Artû und betrat den Turm. Doch Rusálka war nicht zu Hause. Nur zwei Schleiereulen saßen auf Sitzstangen in einer Ecke unterhalb der Decke und buhten. Einer der Vögel flog durch ein offenes Fenster, um eine fette Eidechse zu fangen, die sich draußen auf einem Pippala-Zweig sonnte.

Die Feen achteten darauf, den Eulen aus dem Weg zu gehen, um nicht mit Mäusen oder dergleichen verwechselt zu werden. Die hungrige Tepi hatte sich sofort eine große Ratte hinter dem Turm geschnappt und verspeiste sie, sehr zu Katherines Abscheu, mit großem Appetit.

Amadis und Gwendola legten den fiebrigen Lubbo auf ein Bettgestell und deckten ihn mit Decken zu. Er murmelte und stöhnte. Gwendola holte mit einem irdenen Krug Wasser aus dem tiefen Brunnen vor dem Haus und wischte ihrem Bruder mit einem feuchten Tuch das Gesicht ab, während Amadis dem Feuer im Kamin getrocknetes Holz hinzufügte, das an der Außenwand gelagert war. Chryséis und Katherine sahen ihnen vom Brunnenrand aus zu.

"Wer seid ihr?", fragte eine schroffe Stimme überraschend fest hinter Artû. Er drehte sich um und sah sich einer verhüllten Frau gegenüber. Sie sah so zerknittert und trocken aus wie ein Herbstblatt, bereit, bei der geringsten Berührung zu zerbröckeln. Ein paar der Feen hatten die Jungfer beim Pilzesammeln entdeckt und sie zum Nuraghi gerufen. Rusálka stand da und wartete auf eine Antwort, wobei sie Prinz Artû fest im Blick hatte.

"Verzeiht uns, daß wir in Euer Heim eingedrungen sind ... wir sind Freunde und brauchen dringend eure Heilkunst. Schelanti, Rusálka, ich bin Prinz Artû von Avallûn..." Er fuhr fort, sie vorzustellen, und die Miene der alten Frau wurde sanfter.

"Ihr sagt, Ihr braucht meine Fähigkeiten, Artû von Avallûn?"

"Gute Frau des Waldes, unser Dwendi-Freund Lubbo wurde verletzt, als uns gestern ein Drache angriff. Nun leidet er an Fieber, und der Zahn des Drachen muss entfernt werden."

"Warum habt ihr eure Ankunft nicht durch Gedanken angekündigt?" schimpfte Rusálka. "Oder noch besser: Warum habt ihr nicht eine der Zitadellen um Hilfe gerufen? Ein Vimaan oder ein Teleporterstrahl könnte euch schnell zum nächstgelegenen 'Haus des Lebens' bringen."

"Wir wagen es nicht, Aufmerksamkeit auf unsere Anwesenheit zu lenken, Jungfer Rusálka. Wir haben einen Gegenstand in unserem Besitz, der nach Caradoc zurückgebracht werden muss. Wir sind gerade einer üblen Falle entkommen, die von bösen Zauberern gestellt wurde."

"Wer ist das denn?" Sie deutete mit dem Kinn unhöflich auf Gwendola und die Mädchen hinter Amadis' hochgewachsener Gestalt. "Eine Dwendi, Gwendola von Penda. Es ist ihr Bruder, der den Drachenzahn in seinem Arm stecken hat. Und zwei Kinder."

"Kein Firbolg-Ungeziefer?" fragte die Jungfer.

"Nein, keine Firbolge."

"Ihr sagt, die Zauberer sind hinter euch her? Dann ist es gut, daß ihr sie nicht auf meine Nuraghi aufmerksam gemacht habt. Was ist das für ein Gegenstand in eurem Besitz?"

Artû war erstaunt über ihre Unverfrorenheit, aber er musste der Jungfer, die viele Jahre älter war als er, Respekt zollen. "Das darf ich euch nicht sagen, Jungfer Rusálka, aber bitte vertraut uns. Wir müssen den Gegenstand vor den Zauberern in Sicherheit bringen."

"Ja, ja, ja..." Rusálka winkte seine Antwort mit der Schroffheit des Alters ab, aber sie schien doch etwas besänftigt zu sein. "Wo ist dieser kranke Freund von euch?"

"Er liegt auf einem Bett in eurem Turm."

Die alte Frau ging hinein und untersuchte Lubbo sorgfältig. "Da ist kein Gift. Ich werde eine Medizin zubereiten und den

Zahn entfernen. Euer Freund wird sich erholen oder auch nicht. Wer kann das schon sagen? Tztztz. Kinder auf eine so gefährliche Reise mitzunehmen..." Sie sprach halb zu sich selbst, während sie getrocknete Kräuter von Bündeln zupfte, die von der niedrigen Küchendecke hingen. Der Keller des Turms sah aus wie das Labor eines Alchemisten. Zwischen Kerzen, von denen Bienenwachs in kleinen Hügeln auf den Tischen entlang der rauen Steinwand tropfte, gab es eine Reihe von Destillationsgeräten, Töpfen und Pfannen.

"Ah, ich sehe, das Wasser wurde abgekocht. Das ist ein guter Anfang."

Gwendola rappelte sich auf, als Rusálka sich über den dampfenden Topf beugte.

"Fünffingergras, ein Stückchen Fieberbaumrinde und 'Gnadenkraut'", murmelte die Jungfer vor sich hin, während sie die getrockneten Kräuter in einer Schüssel zerkleinerte und heißes Wasser über das Gebräu goss. Rusálka bedeutete Gwendola, ihr zu helfen, die bräunliche Flüssigkeit in eine Tasse abzusieben. Dann brachte sie diese zu Lubbo.

"Hier, trink das langsam, Dwendi", sagte die alte Frau.

Lubbo war noch halb wach und starrte die fremde Frau mit fiebrigen Augen an. "Och, lasst mich schlafen", sagte er mit mürrischer Stimme.

"Macht mir keinen Ärger, Dwendi. Du tust, was ich dir sage, oder du könntest sterben."

Sie reichte Gwendola den Becher, die es schaffte, Lubbo die Hälfte des bitteren Gebräus einzuflößen. Die Jungfer bereitete schnell einen schmerzlindernden Weidenrindentrank zu, bevor sie den Drachenzahn mühelos aus Lubbos Arm herauszog und die Wunde verband. Die anderen Reisenden wurden angewiesen, sich auf Grasmatten zu setzen und Recutistee zu trinken, um die Gemüter zu beruhigen.

Später mischte sich der muffige Geruch des Turms mit den köstlichen Aromen von Pilzen und gebratenem Schneehuhn, die schließlich alle satt machten. Tepi war immer noch hungrig und kaute gierig auf den Resten und den Knochen herum, während die Feen es vorzogen, mit dem Nektar aus den großen Lobelienblüten in der Nähe des Turms vorlieb zu nehmen.

"Ich frage mich, wie sie das gemacht hat. Der Zahn war so groß und mit so vielen Widerhaken versehen. Sie hat nur ihre Kräuter und überhaupt keine Instrumente." Chryséis war offensichtlich beeindruckt.

"Zum Glück war der Biss ja nicht giftig, nur infiziert."

"Der Drache am See war so unheimlich. Ich will nie wieder in irgendein Drachenland gehen, vielen Dank auch." Chryséis schüttelte sich. "Und das alles nur wegen dem falschen Vimaan..."

"Ich wünschte, wir könnten jetzt einfach losgehen und Trevor finden." Katherine starrte aus dem Fenster. "Sie arbeiten doch daran, oder? Um ihn aus der Höhle zu holen."

"Brigas hätte es uns gesagt, wenn es ihm nicht gut ginge. Und ja, ich bin sicher, daß sie das tun." Katherine warf einen Blick auf Amadis, der draußen auf der niedrigen Mauer saß. Er hatte sie vor den Firbolgen in der Mondlandschaft beschützt. Das war wirklich großartig von ihm.

Als die Nacht hereinbrach, hielt Amadis außerhalb des Nuraghi Wache. Sie mussten wachsam bleiben, man konnte nie wissen. Rusálka hatte ihm eine Bettdecke zum Wärmen gegeben und ein fantastischer Nachthimmel mit funkelnden Sternen leistete ihm Gesellschaft.

Amadis suchte nach dem Sternzeichen des Bogenschützen und fand es hoch oben. Das Volk der D'Ånu schrieb besonderen Sternen Schutzkräfte zu, und der Schütze war sein eigenes Sternzeichen. Bald erhob sich ein großer, gelber Mond über die Berggipfel. Vater Mond.

Der Schrei einer Eule riss ihn aus seinen verträumten Gedanken. Amadis tastete nach seinem Bogen und seinen Pfeilen. Gut - sie lagen noch immer neben ihm.

Er zog die Bettdecke fester um seine Schultern und lauschte den langsam verklingenden Geräuschen des Waldes.

 16   IN DEN WÄLDERN

Trevor öffnete seine Augen. Nur ein klein wenig. Schummriges Licht drang durch die Ritzen der dünnen Rindentür. Im Inneren des Baumes war es fast dunkel und es roch stark nach Harz. Er gähnte und streckte sich. Gut, er war nicht mehr in der Höhle. Wie lange hatte er bloß in dem hohlen Baum geschlafen? "Parmini, bist du da?"

"Ja", antwortete eine kleine Stimme von einem Felsvorsprung über Trevors Kopf. Dank des Schutzzaubers, der den Baum umgab, hatte der zahme Saurier seine Witterung nicht aufgenommen. Trevor war in dem hohlen Baum den ganzen Tag vor Entdeckung sicher gewesen. Vielleicht hatte auch der 'Panzer des Lichts' ein wenig geholfen.

"Wir müssen schon sehr lange hier sein."

"Es ist Nachmittag", sagte Parmini.

"Was sollen wir jetzt tun? Ich bin hungrig. Diese doofen Riesen haben mir nichts zu essen gegeben", beschwerte sich Trevor. Sein Magen grummelte. Alles, was er getrunken hatte, war Wasser aus einer irdenen Vase im Inneren des Baumstamms.

"Wir müssen auf die Dunkelheit warten."

Als es allmählich dunkler wurde hatte Trevor einer Spinne beim Weben ihres Netzes zugesehen und Ameisen, die zerbröseltes Holz durch die Ritzen trugen, aber sonst gab es nicht viel Unterhaltung. Alles, was er jetzt tun konnte, war wieder zu schlafen.

"Es sollte sicher genug sein, um nach draußen zu gehen und deine Freunde zu finden - und etwas zu essen", sagte die Fee und hörte auf, ihre Flügel zu putzen. "Mir wurde gesagt, daß die Firbolge und die Gabari weit weg von hier noch auf der Suche nach dir sind. Diejenigen, die die Höhle bewachen, werden uns nicht bemerken. Du wirst wieder unsichtbar werden, und wenn wir bald aufbrechen, können wir vielleicht sogar noch heute Nacht zum Nuraghi gelangen. Du kannst unterwegs Beeren und Nüsse pflücken und essen."

"Was ist ein Nuraghi?"

"Das wirst du schon sehen. Deine Freunde sind dort."

"Worauf warten wir dann noch? Lass uns gehen." Trevor stand auf und hielt sich mit beiden Händen an der Rindenklappe fest.

"Nein, bleib hier!" Parmini pfiff und ein schwaches Pfeif-Echo antwortete. "Draußen ist es sicher, du kannst jetzt die Tür öffnen", sagte sie. Zwei weitere Waldfeen schlossen sich ihnen an, und Trevor ging, wohin sie ihn führten. Als sie ein gutes Stück weiter östlich waren, zeigte Parmini auf Haselnusssträucher und essbare Beeren, die Trevor in seine Taschen steckte und im Gehen aß.

"Kommen wir der Sache näher?", murmelte er, während er die weichen Haselnussschalen mit den Zähnen abschälte.

"Ja, aber es wird bald vollkommen dunkel sein, und wir müssen uns trotz des Mondscheins vor wilden Tieren und Firbolgen in Acht nehmen. Halte einen Moment hier an."

Sie durften kein Risiko eingehen. Ein leises Pfeifen kam von einem Kiefernzweig über ihnen und sie wussten, daß es sicher war, weiterzugehen.

*

Mitten in der Nacht wachte Chryséis auf und sah tanzende Lichter im niedrigen Gebüsch draußen. Sie fragte sich, was das wohl sein mochte, aber dann überkam die Müdigkeit ihre Neugierde. Sie schlief wieder ein und kuschelte sich an Tepis warmes Fell. Die tanzenden Lichter waren bald vergessen.

Am nächsten Tag hing schwerer grauer Nebel über den Hügeln. "Es wird schwierig sein, im Nebel zu gehen. Ichkann unter diesen Bedingungen meinen Ring nicht benutzen, und die Bösen könnten sich einfach an uns anschleichen."

"Ja, es ist besser zu warten, bis sich der Nebel gelichtet hat, wenn Ihr es euch Recht ist, Jungfer." Amadis lächelte charmant. "Lubbo wird es hoffentlich besser gehen. Wir warten auch auf eine Nachricht von den Feen."

"Das macht mir nichts aus", sagte Rusálka. "Ihr solltet jetzt was essen."

"Schukri, gute Jungfer, wie können wir Euch helfen? Ist Lubbo in der Lage weiterzugehen?"

"Ach, ihr werdet nur im Weg sein. Setzt euch hier an den Kamin, während ich mich um euren Dwendi-Freund kümmere."

Gwendola hatte neben ihrem Bruder geschlafen und saß nun an seiner Seite. Eine Bergeidechse huschte über den Boden und versteckte sich unter einer Grasmatte. Gwendola wich überrascht vor der Matte zurück.

"Wie geht es euch heute, Dwendi?" fragte Rusálka. Sie konnte sehen, daß er kein Fieber mehr hatte.

"Es geht mir viel besser. Ich glaube, der Arm heilt sehr schnell. Schukri, ich danke euch für eure Hilfe, Jungfer", meinte Lubbo.

"Gut. Ich werde den Verband wechseln, bevor ihr geht. Ihr solltet auch etwas essen", sagte Rusálka in einem Ton, der keinen Raum für Einwände ließ. Sie ging zurück zum Kamin und bereitete das Frühstück und die Medizin vor.

"Du kannst deinen Hund hier lassen, wenn du willst, Mädchen", bot die Jungfer Katherine beiläufig an, während sie den Brei umrührte. "Sie ist eine gute Gesellschaft für eine alte Frau." Rusálka hatte nur die Eulen als Haustiere, abgesehen von Eidechsen und Ratten. Ein schlauer, knuddeliger Hund wäre schön.

"Ich mag Tepi sehr gern. Ich würde sie gerne bei mir behalten", lehnte Katherine das Angebot höflich ab und legte ihre Arme um den jungen Hund. Tepi kuschelte sich noch ein wenig enger an sie.

Die alte Jungfer zuckte mit den Schultern. "Dann behalte sie. Das macht mir nichts aus."

Das Mädchen errötete, als Amadis sich zu ihr beugte und sie an der Schulter berührte, um das Feuerholz abzustellen. Er schien es nicht zu bemerken, und eine

Träne bahnte sich ihren Weg über Katherines Wange. Sie fing sie mit ihrer Zunge auf. Die Jungfer sah wie sich die Stimmung des jungen Mädchens verdüsterte.

Herzensangelegenheiten waren nie einfach, und das Letzte, was dieses Kind brauchte. Rusálka braute einen Tee mit einigen winzigen Blättern in einer kleinen Kanne und goss den Inhalt in eine irdene Tasse. Sie stellte die Tasse auf dem Holzbrett neben Katherine ab. "Hier, trink das, Mädchen", befahl sie ihr unwirsch.

Katherine schaute zweifelnd drein, aber sie wagte es nicht, ungehorsam zu sein. Die Jungfer nickte, lächelte und beschäftigte sich wieder mit den Essensvorbereitungen. Nach einer einfachen Mahlzeit aus gebratenen Pilzen und Hirsebrei hörten sie Geräusche vor dem Nuraghi. Die Landschaft wogte im schwebenden Morgennebel und irgendetwas tauchte zwischen den Bäumen auf. War es ein Drache oder ein Firbolg? Amadis zielte mit einem Pfeil auf die sich nähernde Gestalt. Dann kam sie den Hügel hinaufgestapft und – es war Trevor.

"Trevor!" Chryséis und Katherine rannten den Abhang hinunter und begrüßten ihren Freund.

"Hallo", sagte er müde. "Ich bin die ganze Nacht gelaufen. Was muss man tun, um hier etwas zu trinken zu bekommen?"

"Was ist mit deinem Arm los, warum ist da Blut an deinem Ärmel?"

"Ach, das ist nichts," meinte er. "Nur ein paar Brombeersträucher, in die ich reingelaufen bin", fügte er etwas leiser hinzu und erschauderte, "...und wilde Harpien."

"Was? Hast du dein VUU nicht eingeschaltet? Wie konnten sie dich denn sehen?" schimpfte Chryséis.

"Ich hatte es ausgeschaltet, damit ich mich selbst sehen konnte."

"Das ist aber nicht schlau."

"Nein, das weiß ich jetzt auch."

Sie erreichten die Platform beim Turm, wo die anderen

schon warteten.

"Wir können dir nicht genug danken, Freund Brigas, daß ihr den Jungen befreit habt", sagte Prinz Artû zu dem Anführer der Feen. "Ihr habt uns in dieser gefährlichen Gegend das Leben gerettet."

"Unserer klugen Parmini hier gebührt ein großer Teil des Lobes. Sie hat Freund Trevór geholfen, aus der Höhle der Zauberer zu entkommen." Die kleine Fee lächelte.

"Ihr wart mit Zauberern in der Höhle?" Katherine stand der Mund offen.

"Ja, und mit einem zahmen Drachen, den sie Nestum nennen ..." Und Trevor erzählte ihnen die ganze Geschichte, wie er in dem Vimaan aufwachte und nicht wusste, wo er war. Wie er gefesselt und stundenlang verhört wurde, wie Parmini ihn von seinen Fesseln befreit und ihn unsichtbar zu dem hohlen Baum gebracht hatte, der durch ein Schutzschild geschützt war, und wie er im Dunkeln durch den Wald gelaufen war.

"Wir haben überhaupt keine Gabari gesehen." sagte Chryséis.

"Glück gehabt. Glaub mir, mit diesen Kerlen willst du nichts zu tun haben." Trevor schüttelte sich.

"Ich erinnere mich schwach daran, wie es sich anfühlt."

"Ach ja, ich hatte beinahe die Höhlen von Schuruk vergessen. Ich habe Durst", meinte Trevor nun und Katherine eilte, um ihm etwas Wasser zu bringen und Trevor trank durstig.

"Wir sind allerdings Firbolgen begegnet", sagte Katherine. "Aber sie haben uns nicht gesehen..."

"Wir haben noch Hirsebrei und Pilze, junger Mann", unterbrach die Jungfer. Sie stand mit einer hölzernen Schale und einer Tasse Tee direkt hinter ihnen. Sie hatten Rusálka völlig vergessen.

"Wie seid Ihr denn hier bei dieser alten Frau gelandet?" fragte Trevor die Mädchen, während er sein Frühstück aß.

"Wir mussten einen Arzt finden, weil Lubbo von einem Drachen gebissen wurde und ein Drachenzahn in seinem Arm steckte. Also brachten uns die Feen zu der Jungfer Rusálka, und sie zog den Zahn heraus, und Lubbo geht es nun viel besser."

"Seid ihr deshalb nicht gekommen, um mich zu suchen?" Trevors Stimme klang vorwurfsvoll.

"Ja, Lubbo hätte sterben können. Und wir brauchten eine Unterkunft. Wir wollten heute nach dir suchen."

"Nun, der Hohepriester von Schuruk hatte Pläne für mich mit diesem zahmen Dinosaurier. Heute wäre es vielleicht zu spät gewesen."

"Ach du meine Güte." Katherine wurde ganz blass.

"Wir müssen gehen, Athenai", unterbrach Prinz Artû. "Die Jungfer will keinen Ärger mit den Riesen und Firbolgen. Wir werden ein Stück gehen und einen guten Platz zum Ausruhen finden. Von dort aus werde ich nach einem Vimaan rufen."

"Noch weiter laufen?" Trevor war müde, weil er die ganze Nacht zu Fuß unterwegs gewesen war.

"Es lässt sich nicht ändern, Athenai. Wir müssen aufbrechen. Die Sonne scheint nun etwas stärker." Er hielt seine Hand mit dem Ring nach oben. "Wir gehen hier lang."

Sie verabschiedetn sich schnell und bedankten sich bei der Jungfer, dann machten sie sich auf den Weg. Stunden später ruhten sie sich auf dem moosbedeckten Boden aus, der noch ganz feucht vom Morgentau war. Lubbo heilte recht schnell, aber er konnte immer noch nicht lange laufen.

Artû hatte beschlossen, daß dies ein guter Ort war, um den Vimaan von Caradoc herbeizurufen. Er hatte nach dem 'Sprechenden Stein' gesehen und wollte gerade die Têrakhon-Kugel wieder in Amadis' Tasche stecken, als ein plötzliches Beben den Boden erschütterte.

"Ein Erdbeben! Rettet euch!" Rief Adamis. Die Kugel fiel ihm aus der Hand und rollte über den felsigen Vorsprung der Klippe hinunter. Eine schreiende Chryséis konnte sich an nichts mehr festhalten. Sie stürzte über den Rand und folgte der Têrakhon-Kugel nach unten.

Sobald das Beben aufhörte, eilten die Gefährten zur Klippe und starrten hinunter. Chryséis saß benommen auf einem breiten Felsvorsprung, etwa fünf Fuß tief. Ihr Sturz war durch ihren Rucksack und ein dichtes Gestrüpp, das waagerecht vom Felsen weg wuchs, abgefedert worden. Etwas Weißes, Glänzendes lag nicht weit von ihrem linken Fuß in einem Büschel getrockneter Kiefernnadeln. Ein Nachbeben, und der 'Sprechende Stein' würde sicher weiter hinunter fallen.

"Bist du in Ordnung da unten?" rief Trevor.

Chryséis saß fassungslos an den Felsen gelehnt und beobachtete zwei Leguane, die sich den Felsen hinaufkrallten.

"Oh, nein, ich bin nicht in Ordnung. Was ist, wenn ich falle, was ist bloß, wenn ich falle?"

Ein Schauer kleiner Steine regnete auf den Felsvorsprung, als eines der Reptilien den Halt verlor. Chryséis schrie auf, starrte eie grünen Leguane entsetzt an und versuchte, sich von dem rutschenden Reptil zu entfernen. "Geh weg von mir. Geh weg von mir!" Sie hielt sich an dem wackeligen Gestrüpp fest. Der Leguan fand seinen Halt wieder und kletterte weiter.

"Nicht bewegen, Freundin Chryséis", warnte Amadis sie.

Nichts hätte einen weiteren Sturz über die Klippe verhindern können.

"Chryséis , bist du verletzt, Kind?" rief Gwendola und versuchte, ihre Stimme zu beherrschen, um das Mädchen nicht zu einer ruckartigen Bewegung zu verleiten. Chryséis blickte wie im Traum auf.

"Ich glaube nicht. Mein Hintern... tut weh", sagte sie und befühlte ihre blauen Flecken.

"Kannst du deine Zehen bewegen?" Das war das einzige, was Katherine einfiel.

"Ja... es ist nur mein Hintern, der wehtut. Und ich habe ein paar Schürfungen, glaube ich." Sie untersuchte ihre Arme. Katherine atmete erleichtert auf. Die Leguane kletterten über den Felsvorsprung und verschwanden rasch im Gebüsch.

"Das ist gut - ich meine, unter den Umständen", rief Katherine nach unten. Amadis deutete auf das weiße Ei in der durchsichtigen Têrakhon-Kugel. "Sieh mal nach links, Freundin Chryséis", sagte er so ruhig, wie er konnte.

Chryséis reckte ihren Hals und schaute nach links.

"Siehst du das weiße Ei in der Kugel? Versuche, es am Herunterrollen zu hindern. Vielleicht kannst du es ja in deine Tasche stecken." Chryséis nickte. "Ich kann es sehen." Ihr Verstand schaltete sich auf schmerzhafte Weise wieder ein. Ei. Sprechender Stein...aber er schien so weit weg zu sein. Sie begann, aus dem hüpfenden Dickicht zu kriechen. Ihr Fuß berührte die Kugel leicht. Die Gefährten hielten den Atem an, aber das Objekt lag unbeweglich auf seinem Kissen aus trockenen Kiefernnadeln. "Ich... ich weiß aber nicht, ob ich das kann...", Chryséis beugte sich vor.

"Bitte Chryséis, du musst es versuchen", flehte Katherine.

Chryséis kniete sich hin und verhinderte mit ihrer rechten Hand, daß die Kugel vom Sims rollte. Dann schob sie sie näher zu sich heran.

"Ausgezeichnet. Jetzt versuche, sie aufzuheben. Sieh dabei nicht nach unten", sagte Prinz Artû schnell, als er sah, wie Chryséis über den ausladenden Strauch hinweg nach unten blickte. Sie ergriff die Kugel mit beiden Händen, versuchte dabei nicht das Gleichgewicht zu verlieren, und setzte sich wieder hin. "Hast du sie?"

"Sie ist in meiner Tasche", rief sie nach oben.

"Halt dich gut fest, Freundin Chryséis", wies Amadis sie an. "Wir werden dich nach oben bringen."

Er streckte beide Arme nach unten, während Prinz Artû sich an seinen Beinen festhielt. Gwendola packte Chryséis, als sie über die Kante kam, zog sie hoch und führte sie weg. Die Dwendis waren trotz ihrer kleinen Statur ziemlich stark.

Chryséis ließ sich auf das weiche Moos fallen. "Verdammt, das ist nicht mein Glückstag heute..." beklagte sie sich bei Katherine. "Ich hätte doch glatt da unten..."

"Ich glaube, du hast sehr viel Glück gehabt, Chris! Was... zum Teufel?" Etwas anderes kam über den Felsvorsprung gekrochen, und es war kein weiterer Leguan. Gwendola erblickte zuerst die drei Dwendis. Ein zweiter Blick bestätigte, daß es Kobolde waren.

"Haaaa!" Sie versetzte dem Firbolg, der ihr am nächsten war, einen kräftigen Tritt. Er verlor das Gleichgewicht und stürzte die Klippe hinunter. Ein weiterer Tritt ließ den nächsten fliegen. Amadis und Artû zogen ihre Waffen, aber Gwendola hatte mit dem dritten Firbolg bereits kurzen Prozess gemacht. Er fiel mit einem langen, markerschütternden Schrei hinunter. Tepi, die noch immer von dem beängstigenden Erdbeben zitterte, bellte wild. Gwendola löste sich aus ihrer "Gottesanbeterin"-Haltung und holte tief Luft.

"Freundin Gwendola. Ich muss sagen ... das war sehr ... kraftvoll", lobte Artû. Wer hätte gedacht, daß die muntere, aber auch eher ruhige Gwendola mit solch tödlicher Geschwindigkeit in Aktion treten konnte?

"Mut und Tapferkeit!" Die Dwendi-Frau stieß den obligatorischen Schlachtruf aus und verneigte sich mit der rechten Hand auf ihrem Herzen.

"Ist schon gut, Tepi, sei jetzt still. Es ist ja alles gut", sagte Katherine beruhigend zu dem Hund.

Lubbo lächelte stolz. "Das war einfach großartig, Schwester!"

"Danke, Freundin Gwendola. Sie waren sicher hinter dem 'Sprechenden Stein' her," sagte Prinz Artû.

Katherine schrie auf, als ein weiterer Kobold hinter einem Baum hervorsprang, ein Knochenmesser über dem Kopf schwingend. Tepi stürzte sich auf die Füße des Firbolgs und biss zu. Amadis warf sich herum und feuerte zwei Pfeile ab, die sofort ihr Ziel trafen. Das Firbolg-Messer wurde in seine Richtung geschleudert und fiel zu Boden. Die böse Kreatur lag keuchend da und Blut spritzte aus den tödlichen Wunden.

"Komm her, Tepi. Schnüffel nicht da dran herum."

Lubbo kickte den Körper des Firbolgs über die Klippe und die Kinder sahen schockiert zu. "Gibt es noch mehr von denen, die sich im Wald verstecken? Wir müssen es herausfinden," meinte er.

"Legt euch hin und rührt euch nicht. Wir werden nachsehen. Der Hund kommt mit uns." Artû gab Lubbo und den Kindern ein Zeichen, sich hinzulegen. Dann suchte er mit Amadis, Gwendola und Tepi die Umgebung ab. Sie kamen bald zurück. Amadis hatte einen weiteren Firbolg erledigt, der sich hinter einem Haselnussstrauch versteckt hatte. "Wenn die Firbolge wissen, wo wir sind, müssen wir verschwinden. Dieser Wald ist nicht der richtige Ort, um uns einen Vimaan zu rufen."

Prinz Artû nickte. Sie hatten keine andere Wahl, als ihren Abstieg von den Hügeln in die Tiefebene, das Land der D'Ånu, zu Fuß fortzusetzen.

"Glaubst du, Rusálka ist eine Hexe, so wie Zeruana?" fragte Katherine Trevor. Seine Augen waren rot von Schlafmangel, aber er versuchte tapfer, sich seine Müdigkeit nicht anmerken zu lassen.

"Sie sah auf jeden Fall wie eine aus. Wie aus einem Märchenbuch der Gebrüder Grimm."

"Ja, sie war irgendwie komisch und so mürrisch. Und sie wollte, daß ich ihr Tepi gebe. Das war seltsam, aber sie hat Lubbo so schnell geheilt. Schau ihn dir jetzt an."

Der stämmige Dwendi-Mann ging aus eigener Kraft, die Schultern zurückgeworfen und den Kopf hoch erhoben. Amadis half Chryséis über einige Steine in einem rieselnden Bach hinweg, als zwei Konks in der entgegengesetzten Richtung an ihnen vorbeigingen.

"Schelanti." Da sie schüchtern waren, hielten sie nicht an, um zu mit den Fremden zu plaudern.

"Schelanti Athenai," antworteten die Gefährten. Einer der Konks trug seinen Arm in einer Schlinge. Sie waren auf dem Weg, um die alte Jungfer in den Bergen zu bitten, einen gebrochenen Arm zu behandeln. Sie nickten und waren fort.

Katherine war tief in Gedanken versunken. Amadis mochte sie nicht wirklich, hatte sie beschlossen. Er hatte im Tal der Mondlandschaft nur seine Pflicht getan. Seltsamerweise beunruhigte sie das nicht. Die Schmetterlinge in ihrem Bauch waren verschwunden.

"Vorsichtig da drüben. Pass auf das Loch auf." Amadis tastete den Boden mit seinem Stab ab. "In dem schwammigen

Boden könnten sich Sümpfe verbergen."

Sie schafften es trockenen Fußes bis zum Waldrand to gelangen, wo der dichte Wald sich am Hang lichtete und Pippala- und Ginkgobäume sichtbar wurden.

"Wir müssen euch jetzt verlassen, Prinz Artû. Wir sind Geschöpfe der bewaldeten Berge." Brigas und seine Feen flatterten vor ihnen her. "Dort unten seid ihr nicht mehr weit von freundlichen Menschen entfernt."

Er deutete in Richtung Getreidefelder und Häuser. Die Feen hielten sich unter den schattigen Bäumen zurück und ihre glänzenden Flügel flatterten unaufhörlich. "Dann müsst ihr natürlich hier bleiben. Wir danken euch für eure Hilfe und Führung, Freund Brigas", sagte Prinz Artû.

"Unsere Cousinen aus Ruta Ynis werden euch aber noch eine Weile begleiten, Athenai. Bringt den Sprechenden Stein gut nach Hause. Lebt wohl und möge die Erdmutter mit euch sein."

"Lebt wohl, ihr guten Feen. Chudafis."

"Jetzt müssen wir uns nur noch um die verfluchten Riesen kümmern", brummte Lubbo und stapfte den Hang hinunter.

Nach einer Weile wich der moosbewachsene Boden lückenhaftem Gras, und der Fußweg wurde so steinig, daß sie aufpassen mussten, nicht zu stolpern.

"Endlich wieder Zivilisation," seufzte Lubbo und stieß mit dem Fuß einen Stein zur Seite.

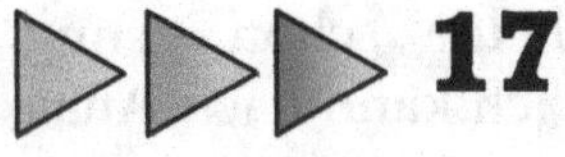 **17**

DIE SOMMER
SONNENWENDE

Die Kinder des Dorfes rannten über's Feld und hüpften durch das hohe, trockene Gras, um die Fremden zu begrüßen. Sie beäugten die Reisenden neugierig und plapperten und kicherten einander zu. Tepi sprang fröhlich um sie herum, wedelte mit dem Schwanz und brachte sie mit ihren Gekasper zum Lachen. Schafe mit weißen Korkenzieherlocken und braune Pferde weideten zwischen den Getreidefeldern. Nicht die großen, schwarzen Tregarni-Pferde, sondern kleinere, heufarbene Steppenpferde. Es war schade, daß sie Tregarn hatten umgehen müssen. Ein paar schlafende Hirten lagen weltvergessen unter einer Hecke.

"Nicht gerade sehr wachsam", sagte Trevor zu Chryséis, und sie nickte. Sie waren gerade erst mit knapper Not den Firbolgen entkommen, und hier waren die Menschen vollkommen sorglos.

"Anaá ist dort drüben in den Hügeln!" rief Amadis und Freude schwang in seiner Stimme mit."Das ist meine Heimat."

"Du warst schon viel zu lange in Algiras, mein Freund," sagte Lubbo.

"So scheint es, Freund Lubbo." Amadis zeigte auf einen breiten, mit kurzem Gras und Sträuchern bewachsenen Hügel." Der Eingang zu Anaá liegt an diesem Hügel hinter dem Dorf."

"Dann werden wir dorthin gehen", verkündete Prinz Artû. "Ihr werdet heute im Dorf rasten. Es ist Mittsommer und nicht die Zeit, um gleich weiter zu reisen." Die Sommer-Sonnenwende war ein Festtag: die kürzeste Nacht und der längste Tag des Jahres. "Ihr bleibt im 'Haus des Lebens' und ich werde mit Amadis nach Anaá aufbrechen. Wir holen euch dann später ab", sagte der Prinz. "Es ist wohl besser, noch keine Gedanken zu übersenden."

"Seht aber zu, daß ihr in einem Vimaan zurückkommt.

Lubbo und die Kinder sind für heute schon genug gelaufen", trug Gwendola ihnen auf. "Ich kann nach Anaá laufen, wenn es sein muss", fuhr Lubbo auf.

"Ich bezweifle nicht, daß du das kannst, Bruder, aber du musst wieder zu Kräften kommen. In diesem erbärmlichen Zustand nützt du niemandem etwas." Lubbo murrte ein wenig, gab aber unter Gwendolas strengem Blick nach.

"Wir werden uns bei der Lady von Anaá melden und per Vimaan zurückkehren. Ihr werdet hier sicher sein, Athenai, während wir den Stein in der Zitadelle in Sicherheit bringen", fügte Amadis voller Zuversicht hinzu. "Hoffen wir, daß wir die letzten Zauberer und Firbolg des Fûna-Gebirges gesehen haben. Dieses Gebiet steht unter dem Schutz der D'Ånu."

Sie gingen weiter and kamen bald im Dorf an. Die bescheidenen Gebäude waren für das wichtige Fest 'Mittsommer' geschmückt. Dem Fest der lebensspendenden Sonne, dem Gefährt der Erdmutter. Das erste Haus war das 'Haus des Lebens', vor dem die 'Flamme der Zivilisation' flackerte. Ein paar schnüffelnde Schweine wühlten in einer stinkenden Pfütze neben dem Eingang herum. Die Gemeinde war viel zu klein für eine richtige Zitadelle.

"Schelanti, gute Leute. Kommt herein, kommt herein", begrüßte sie der einzige ansässige Mediziner. Er war klein und rothaarig und hatte ein freundliches Gesicht. Sie setzten sich in den Empfangsraum, wo der Boden mit einem runden Mosaik bedeckt war und ein kleines Wasserspiel fröhlich vor sich hin plätscherte. "Wenn das nicht Amadis von Anaá ist. Welch eine Ehre, Athenai. Der tapferste D'Ånu-Krieger aller Zeiten." Es war erstaunlich, daß der Medicus Amadis erkannte, aber es wa ja schliesslich seine Heimat.

"Das bezweifle ich sehr, guter Arzt, aber ich danke Euch für Eure Gastfreundschaft. Unser Dwendi-Freund hier wurde vor ein paar Tagen von einem Drachen verletzt. Kümmert Euch bitte um seine Wunde. Ich werde mich sofort mit Prinz Artû auf den Weg nach Anaá machen. Unsere Freunde werden bis zu unserer Rückkehr in Eurer geschätzten Obhut bleiben."

"Wir werden uns gut um eure Freunde kümmern, ehrenwerter Amadis. Das Gästehaus hat genug Platz für alle."

Der Mediziner schien Arzt und Gastwirt zugleich zu sein. Das Wort Gasthaus war Musik in Trevors Ohren. Er war mittlerweile sehr müde.

Nachdem Amadis und der Prinz gegangen waren, wurden Speisen für Lubbo, Gwendola und die Kinder gebracht. Chryséis füllte eine Brottasche mit Gemüse und Aioli, aß und schaute sich um. Das Gebäude war auffallend leer. "Wo sind denn all die anderen Leute? Ist denn niemand sonst im 'Haus des Lebens'?" Fragte Trevor.

"Junger Freund, die Dorfbewohner von Katrev sind leider davon überzeugt, daß medizinische Behandlungen 'magisch' sind. Und 'Magie' macht sie misstrauisch."

"Misstrauisch?" fragte Katherine.

"Ja, sie sind ein robustes Volk von Pionieren im Land der 'Bebenden Erde'", erklärte der Arzt, während er Lubbos Verband abnahm. "Ich stamme selbst aus Tregarn und wünschte manchmal, ich wäre zu Hause geblieben und nicht an diesem rückständigen Ort."

Er säuberte die heilende Wunde und hielt ein Gerät darüber. "Das sieht gar nicht schlecht aus, Freund Dwendi. Wer diese Wunde behandelt hat, wusste, was er tat."

"Es war die Jungfer Rusálka. Sie lebt in einem Nuraghi im Wald und hat sich um die Verletzung unseres Freundes Lubbo hier gekümmert", meinte Chryséis.

"Rusálka? Da müsst ihr euch irren. Sie ist seit nicht weniger als drei Bündel an Jahren eine Legende. Nur die D'Ånu erreichen in Prydhain noch ein so hohes Alter."

"Wirklich? Sie schien alt zu sein, aber lebendig und gesund."

"Erstaunlich."

"Das ist in der Tat erstaunlich", sagte Gwendola und griff nach dem Essen auf dem Tisch.

"Ah, ihre Heilkunst is legendär. Die Mediziner hier sind gut genug, um Knochen zu richten und Wunden zu nähen. Für alles andere gehen die Einheimischen zu ihren Hexen.

Und ...", er kicherte, "... in Vimaanen wird es ihnen übel."

"Das erklärt all die kränklichen und zahnlosen Menschen, die wir seit unserer Landung in Prydhain gesehen haben", sagte Katherine. "Sie gehen einfach nicht zum Arzt."

"Woher kommen denn die Dorfbewohner? Ich dachte, sie wären alle D'Ånu." Chryséis nahm einen weiteren Bissen von ihrer Brottasche. Trevor hatte aufgegessen und lag schlafend auf dem Sofa neben ihr.

"Nein, die D'Ånu leben nur in den Hügeln dort. Die Vorfahren der Dorfbewohner in dieser Provinz kamen nach dem Dunklen Zeitalter aus Airyana Vaëgo. Wie so viele andere der ersten Siedler in Prydhain. Dieses Dorf trägt den Namen Katrev. Das bedeutet soviel wie 'einhundert'. Gegründet von einhundert Siedlern. Das war damals eine große Anzahl von Menschen."

"Sie müssen dann wohl ihre zivilisierte Sitten vergessen haben," meinte Lubbo.

"Ja, ja. Wir haben noch eine ziemliche Arbeit vor uns", seufzte der Mediziner und schüttelte seinen kahlen Kopf. "Die Gabari und Dwendi haben sich auch hier niedergelassen, aber nicht sehr viele."

"Unsere junge Freundin Kathín ist selbst auch aus Prydhain". Lubbo zuckte zusammen, als der neue Verband angelegt wurde.

"Oh, aber das müsst ihr doch dann alles wissen. Warum belehre ich euch? Ihr könnt es euren Freunden ja selbst erzählen."

"Oh nein, meine Familie hat sich erst viel später hier niedergelassen. Ich weiß gar nicht so viel über die Geschichte Prydhains," sagte Katherine und streichelte Tepi.

Der Hund leckte durstig aus einem Wassernapf und schnüffelte an dem Futter, das Katherine für sie auf den Boden gestellt hatte. "Ich verstehe, ich verstehe. Genug geredet. Ihr könnt euch im Gästehaus ausruhen. Und du Freund Dwendi, du solltest morgen wieder so gut wie neu sein. Die Kinder möchten vielleicht an den Mittsommerfeiern teilnehmen. Die Feuer werden bei Einbruch der Dunkelheit angezündet."

Gwendola ließ Trevor auf dem Sofa liegen und legte eine Decke über ihn. "Ich bleibe hier. Geht ihr nur, Mädchen. Im Dorf ist es bestimmt sicher genug." Also gingen Katherine und Chryséis allein spazieren.

Eine Gruppe von Kindern saß auf dem Boden vor dem 'Haus des Lebens' bei einem hohen blühenden Kaktus. Zwei kleine Töpfe mit weißer Farbe standen vor ihnen. Eines der Mädchen winkte Katherine, sich zu setzen. "Schelanti, Besucher. Nehmt am Mittsommerschminken teil."

Ein anderes Mädchen war damit beschäftigt, einem Jungen eine traditionelle weiße Scheibe auf die Stirn zu malen. Als sie fertig war, tauchte sie ihren Finger erneut in die weiße Farbe. Das Mädchen malte eine Reihe weißer Punkte über Katherines linke Stirn, über den Nasenrücken und unter ihr rechtes Auge. Katherine hielt still, bis das Mädchen fertig war.

"Lass mich dein Gesicht bemalen, Freundin", bot das Mädchen an und zog an Chryséis' Hosenbein. Sie machte ihr ein Zeichen, sich zu bücken. "Du bist hübsch."

"Oh, ich weiß nicht recht... aber danke. Vielleicht sollten wir noch ein bisschen herumlaufen."

"Komm schon, sei kein Spielverderber. Das ist für die Feierlichkeiten heute Abend," sagte Katherine.

"Für das hübsche Gesicht", sagte das Mädchen und lächelte.

Chryséis konnte kaum nein sagen und hatte am Ende eine weiße Sonnen-Scheibe auf der Stirn und eine gepunktete Linie am Kinn. "Trevor schläft wie ein Stein. Er wird noch das Fest verpassen."

"Armer Kerl. Ich habe Tepi gesagt, daß sie bei ihm bleiben soll, und sie hat es auch getan. Was er in der Höhle alles durchgemacht hat. Und dann läuft er durch die Nacht, um uns zu finden." Katherine schüttelte den Kopf.

"Ich wäre auch todmüde. Ich bin froh, daß er wieder bei uns ist, aber er hätte bestimmt auch Spaß am Fest. Wir sind schon so lange hier, aber bald werden wir wieder daheim sein. Ich kann es kaum erwarten, meine Familie wiederzusehen. Ich vermisse sie ", sagte Chryséis sehnsüchtig.

"Es wird länger dauern, bis ich meine Familie sehe," seufzte Katherine.

"Eigentlich bist du hier schon zu Hause. Nur noch nicht zum richtigen Zeitpunkt."

"Fühlt sich irgendwie komisch an."

"Das kann ich mir vorstellen."

Als das Dorfmädchen mit dem Bemalen von Chryséis Gesicht fertig war, sagte sie: "Schukri, liebe Freundin, wir werden jetzt einen Spaziergang machen und uns euer Dorf ansehen."

"Ich werde mitkommen", bot das Mädchen an. Sie wussten noch immer nicht, wie sie hieß, aber das schien in Katrev auch keine große Rolle zu spielen. Das Mädchen führte sie über die unbefestigten Wege bis zum zentralen Dorfplatz.

Polierte Messingscheiben und Sonnenblumenkränze waren hier über den Eingängen angebracht und die Menschen trugen festliche, mit Blumen und Bändern verzierte Kleidung in Orangetönen. "Ich fühle mich in dem alesischen Anzug irgendwie fehl am Platz," sagte Katherine.

"Ist ja nur für einen Tag. Ich bin sicher, sie ziehen sich morgen wieder normal an." Chryséis steuerte auf Essenstische zu, die auf dem Dorfplatz aufgestellt waren.

Die Tische waren mit orangefarbenen Tüchern bedeckt und jeder konnte sich hier nach Herzenslust mit Essen bedienen. Die Dorffrauen hatten Safranbrotscheiben, ein Symbol für die Sonne, auf großen Tellern ausgelegt. Die Brotsonnen hatten lachende Gesichter aus Nüssen und Samen. Außerdem gab es gekochte, halbierte Eier, die sich in grünen Schalen auftürmten. Sie wurden mit einer grünen Soße aus gehackten Kräutern gegessen. "Eier sind ... heilige Nahrung", erklärte das Mädchen. "Das Eigelb ist wie der orangefarbene Ball der Sonne. Grüne Soße für die Sonne lässt Pflanzen wachsen."

"Ah, das macht Sinn," stimmte Chryséis zu.

"Hier für euch, nehmt!" Das Mädchen nahm Brot von einem der Tische, tauchte die Stücke in die grüne Soße und reichte sie dann Chryséis und Katherine. "Schukri. Das sieht köstlich aus."

"Das ist nichts für Kinder." Das Mädchen deutete auf das traditionelle Tesgüin -Bier in dicht geflochtenen Grasbehältern, das aus vergorener Hirse zubereitet wurde. An den Rändern der abgedeckten Töpfe hingen hölzerne Schöpfkellen.

"Geflochtene Töpfe?" Katherine war erstaunt.

"Habt ihr das noch nie gesehen? Die feuchten Fasern quellen auf und machen sie wasserdicht," belehrte sie Chryséis.

"Nein, habe ich nicht." Katherine berührte den äusseren Boden des Topfes, aber es floss nichts heraus. "Hm, schau dir das an." Sie kauten auf ihrem Brot herum und gingen auf dem Dorfplatz herum. Backöfen, die wie riesige weiße Birnen geformt waren, standen in einem Halbkreis in der Mitte des Platzes. Die Öfen waren seit dem Morgengrauen mit Holz befeuert worden.

Frauen balancierten flache Körbe mit gelben Teigfladen auf ihren Köpfen, die sie zu den Bäckern brachten. Ältere Dorfbewohner saßen auf Bänken und beobachteten das Treiben zur Unterhaltung. Das Mädchen, das Katherine und Chryséis herumführte, begrüßte sie respektvoll und beantwortete neugierige Fragen über die Fremden.

"Alle freuen sich auf ... das Fest. Auf Pir-oggies und kleine Oggies, gefüllt mit herzhaftem... Ragout", erzählte eine der Frauen und zeigte stolz auf ein Tablett mit Gebäck, das Pasteten ähnelte.

"Lecker", sagte Chryséis höflich. Ich kann es kaum erwarten, sie zu probieren." Als Katherine die fröhliche orangefarbene Dekoration sah, hatte sie eine Idee. Sie kramte in ihrem Rucksack herum und fand bald, wonach sie gesucht hatte. "Hier, fang mal auf!"

Chryséis fing den orangefarbenen Frisbee mit Leichtigkeit. Die Dorfbewohner standen zunächst mit offenem Mund da. So etwas hatten sie noch nicht gesehen. Wer hatte schon mal davon gehört, daß jemand eine Sonnenscheibe herumwarf? Aber, es war ja eigentlich ganz passend zum heutigen Anlass.

Die Dörfler begannen zu lachen und schüttelten den Kopf.

Bald gesellten sich Kinder zu den seltsamen jungen Besuchern in ihr Spiel, nachdem sie die Scheibe inspiziert hatten. Sie standen im Kreis auf dem Dorfplatz und warfen und fingen die fliegende Sonnenscheibe auf. Sie machten so lange weiter, bis die Sonne sich anschickte, hinter den Hügeln unterzugehen und dem aufregenden Spiel ein Ende setze. "Wir sollten jetzt besser zurück zum 'Haus des Lebens' gehen." Katherine steckte die Frisbee wieder in ihren Tagesrucksack.

"Ja, ich bin sicher, Gwendola wird nicht glücklich darüber sein, daß wir so lange unterwegs waren."

"Wo ist eigentlich unsere Führerin?" Fragte Katherine auf einmal.

"Ich sehe das Mädchen garnicht mehr. Wir müssen den Rückweg wohl selbst finden," stöhnte Chryséis. "Sag mir bloß nicht, daß wir uns verlaufen haben".

"Ich glaube, wir sind von da drüben gekommen." Katherine deutete auf eine Gasse hinter die Brotöfen.

"So groß kann das Dorf nicht sein. Wir werden einfach jemanden fragen." Sie begannen zu laufen.

Niemand auf dem Platz bemerkte, wie eine Gruppe Edfunier in einer dunklen, engen Gasse in der Nähe einen einheimischen Gabari verprügelte. Die Musik war einfach zu laut. "Wo sind Prinz Artû und seine Bande?" rief der eine Riese.

"Ich weiß nicht, wer das ist."

Ein weiterer Schlag ließ den Gabari zu Boden stürzen.

"Halt!", befahl eine krächzende Stimme. "Wir werden uns jetzt zurückziehen, bevor die Dorfbewohner uns sehen. Ihr seid besser still, wenn ihr wisst, was gut für euch ist!"

Sie ließen den zitternden Mann liegen, wo er war. Nicht alle Gabari waren für die 'Sache', aber ihn zu töten hätte die ganze Gegend schnell in Aufruhr versetzt.

"Wir waren zu voreilig. Der Prinz ist ein gerissener Mann", brummte der Hohepriester von Schuruk. "Sie werden nach Anaá gegangen sein, aber jetzt ist es zu spät." Damit verschwanden sie wieder in der Dunkelheit.

Katherine und Chryséis fanden das 'Haus des Lebens',

nachdem sie eine freundliche Gabari-Frau am Ende einer von Fackeln beleuchteten Straße nach dem Weg gefragt hatten.

Chryséis hatte recht gehabt. Gwendola war nicht sehr erfreut über ihre verspätete Ankunft. Amadis und Artû waren wie versprochen mit dem Vimaan nach Katrev zurückgekommen und warteten schon ungeduldig.

"Es ist nicht sicher, nach Einbruch der Dunkelheit herumzulaufen", schimpfte sie. "Wir sind schon für die Abreise nach Anaá bereit."

"Tut uns leid." Katherine und Chryséis hielten sich die Ohrläppchen in einer Geste der Entschuldigung, die sie gelernt hatten.

"Aber was ist mit den Feierlichkeiten?" fragte Chryséis.

"Davon wird es in Anaá noch genug geben", lachte Lubbo.

Trevor stand schon mit ihren Rucksäcken bereit. "Wo seid ihr denn gewesen? Ich dachte, Gwendola kriegt nen Anfall."

"Erzählen wir dir später", meinte Chryséis und kletterte hinter Katherine in den Vimaan.

Der war groß und verfügte über eine gepolsterte Sitzbank entlang der Fenster. Als sie aus Katrev hinausschwebten, begannen die Jugendlichen im Dorf schon Stroh zwischen die Speichen großer Holzräder zu stopfen, die das Sonnenrad symbolisieren sollten. Das Stroh wurde an kleinen Feuern angezündet, die auf zwei Hügeln außerhalb des Dorfes brannten. Überall in Prydhain wurden heute Abend solche brennende Räder unter großem Gelächter und Gesang die Hänge hinuntergerollt. Gwendola bemerkte das Erstaunen der Kinder über dieses Treiben.

"Es heißt 'Dipta'. Die Verbrennung. Zum Gedenken an die Zeit, als der Himmel einstürzte und die Sonne verschwand. Dipta' ist der endgültige Triumph über das 'Dunkle Zeitalter', als Sonne und Wärme zurückkehrten", erklärte sie. "Die Dorfältesten sorgen dafür, daß die brennenden Räder schnell gelöscht werden und im Morgengrauen werden die Räder auf Lagerfeuer geworfen."

Als die Vimaan am Hügel landeten, der die Stadt Anaá

umgab, wartete kein offizielles Empfangskomitee auf sie. Stattdessen herrschte drinnen ein fröhliches Durcheinander. Vom Sorghum-Bier angeheizt, brachen die Bewohner in Gesang aus und tanzten mit einstudierten Schritten zu fröhlicher Musik.

Die Gefährten drängten sich durch die beschwipsten Tänzer und folgten Amadis tiefer in den Hügel hinein. Die D'Ånu waren genau wie Amadis groß und gutaussehend und bewegten sich mit anmutiger Leichtigkeit.

"Wir werden im Haus meiner Familie übernachten," rief er über den Lärm hinweg. "Folgt mir hier entlang".

Die Zeitreisenden sahen sich um. Der gesamte Berghang schien ausgehöhlt zu sein. Die gelblichen Felswände der großen Halle waren mannshoch mit Moos bewachsen, und eine Seite war ein terrassenartiges Amphitheater. Lange schmale Fenster weiter oben, ließen tagsüber Licht herein. Nachts beleuchteten Laternen die Gänge und Hallen, und die Fenster waren mit schweren Stoffen verhängt.

"Wow, das ist ja super." Trevor pfiff, und Tepi spitzte die Ohren und schnupperte die Luft.

Am Fuße des Amphitheaters wurden drei Ziegen am Spieß gebraten. Schon bald würde sie das gleiche Schicksal ereilen wie all die Oggies und das Sircroûte Sauerkraut, und in hungrige Bäuche verschwinden.

Zwei Gänge entlang eines schmalen Wasserlaufs, führten aus der Halle hinaus. Das Wasser sprang über flache Stufen und unter hölzernen Brücken hindurch. Zu beiden Seiten des Baches waren Kammern in den Fels gehauen.

"Alle sind in der Halle am Feiern, aber fühlt euch hier wie zu Hause", sagte Amadis und führte sie in zwei Zimmer mit einem richtigen Bad. "Lubbo, du solltest dich vielleicht ein wenig ausruhen."

"Was, und den ganzen Spaß verpassen? Nicht in einem Dunklen Zeitalter, werde ich das tun."

Nachdem sie sich frische Kleider angezogen hatten, schlossen sich die Reisenden den Feierlichkeiten an. Viele standen draußen auf versteckten Terrassen und beobachteten die Dipta-Räder, die wie riesige Glühwürmchen leuchteten.

"Seht euch das an!" Trevor nahm einen großen Bissen von einem mit Gulasch gefüllten Oggie und zeigte auf ein schnell rollendes Feuerrad, das in der Ferne einen Hügel hinunterrollte.

"Glaubst du, das da drüben ist Katrev?" fragte Katherine.

"Könnte sein." Chryséis aß Ziegenfleisch aus einer Blattschüssel.

"Wahnsinn." Trevor machte seinem Oggie den Garaus und liebäugelte mit dem gebratenen Ziegenfleisch.

Sie gingen hinein und setzten sich auf eine Bank am kleinen Bach. Tepi lag unter der Bank und war mit einem großen Knochen beschäftigt, während Prinz Artû und die anderen sich anderswo in Anaá amüsierten. Es war so sicher, daß sie die Kinder sich selbst überlassen konnten.

"Tepi! Hör bitte auf, deine Haare an mir abzustreifen." Katherine zog goldenen Flaum von ihrer Hose. Das Fell des Hundes hatte in der Sommerhitze angefangen, büschelweise auszufallen.

Tepi hörte ihren Namen und wedelte mit dem Schwanz. Sie schaute Katherine mit großen, unschuldigen Augen an. War es Zeit zum Spielen? Aber ihre Freundin zeigte keinerlei Anzeichen von Spiellaune und aß nur von ihrem Teller. Tepi ließ sich mit einem Grunzen auf den Boden fallen und nagte wieder an ihrem Knochen. Die Kinder waren viel zu aufgeregt, um an Schlafen zu denken.

Zwei Magier führten Tricks vor, mit denen sie jedes moderne Publikum hätten täuschen können und am Ende der Vorstellung tanzten zwei bunte Seidentücher in der Luft bis zur Spitze der Kuppel. Die Tücher drehten sich umeinander, bevor sie unter tosendem Beifall wieder heruntersprangen. Dann begann der Tanz von neuem.

Tepi bellte, als eine Tänzerin die Mädchen von ihren Sitzen holte und sie dazu brachte, Tanzschritte mitzumachen.

"Das macht Spaß!" rief Katherine fröhlich und beobachtete die tanzenden Füße.

"Passt auf!" warnte Trevor sie, aber es war zu spät.

Ein paar Konks mit alkoholischem Atem stießen mit ihnen zusammen und warf eine ganze Reihe von Tänzern zu Boden. Alle lachten darüber und rappelten sich wieder auf. Die Konks wurden von zwei D'Ånu-Männern weggeführt, um ihren Kater in einer ruhigen Ecke auszuschlafen.

Dann, mit dem ersten Morgenlicht war der Mitsommer vorbei. Die Kinder schliefen in weichen Betten und wachten erst auf, als Gwendola ins Zimmer kam. "Kommt, Athenai, sonst verpasst ihr das Frühstück."

"Oh, ist es schon Zeit zum Aufstehen?" Chryséis gähnte.

"Ich will nicht. Ich bin zu müde", wandte Katherine ein. Tepi leckte ihr fröhlich über das Gesicht.

"Du kommst auch mit", sagte Chryséis beharrlich.

"OK, genug." Katherine schob Tepi beiseite und schleppte sich aus dem Bett. Sie folgte Gwendola zum Amphitheater, wo Frühstücksschalen ausgeteilt wurden.

Die Dwendi-Frau zeigte ihnen die richtigen D'Ånu-Tischmanieren. Gekonnt pflückte sie mit Stäbchen die festen Stücke aus dem Eintopf, dann wurde die Suppe geräuschvoll geschlürft und Brot in die restliche Flüssigkeit getaucht.

"Was ist das für ein Eintopf, Gwendola?" fragte Trevor.

"Gut, nicht wahr, Freund Trevór? Das wird mit Froschschenkeln zubereitet," meinte sie. Frösche! Die Kinder starrten auf ihre Schüsseln und sahen sich dann einander an.

"Ist Froscheintopf eine Spezialität der D'Ånu?" Trevors Gesicht verknitterte sich. Aber bevor Gwendola darauf antworten konnte, begann Katherine zu würgen und Chryséis musste ihr kräftig auf die Schultern klopfen, bis sie sich wieder unter Kontrolle hatte.

"Wisst ihr was? Wir werden es überleben. Es ist gar nicht so schlimm. Sind Frösche nicht auch eine Spezialität in Italien?" Trevor sah ein Stück helles Fleisch stirnrunzelnd an.

"Ich glaube, in Frankreich." Chryséis hörte auf, auf Katherines Rücken zu schlagen. "Und essen Chinesen nicht auch Frösche und faule Eier?" Katherines Augen wurden wieder groß und sie holte tief Luft. Gwendola starrte sie an.

"Geht es dir gut, Freundin Kathín?"

"Doch schukri, es geht mir gut." Katherine fühlte sich peinlich berührt. "Könnt ihr endlich aufhören, über sowas zu reden?", zischte sie ihre Freunde an. Besorgt darüber, daß sie ihre Gastgeber beleidigen könnte, aß sie tapfer weiter. *Wir sind schließlich Wissenschaftler*, dachte sie, *und Wissenschaftler sind nicht zimperlich, oder?! Es ist nur eine Art Proteinquelle. Was macht schon so ein bisschen Froschsuppe aus?*

"Hier." Sie fütterte Tepi mit ein paar Bissen.

"Und die Menschen in Wüstengegenden essen oft fette fliegende Termiten. Und Grillen," fügte Trevor hinzu.

"Danke, Leute. Soll mir das vielleicht irgendwie helfen?" Katherine blickte ihre Freunde strafend an, aber ihre Wangen hatten wieder etwas Farbe bekommen.

"Haut es einfach rein, als ob du dein ganzes Leben lang nichts anderes als Frösche, Termiten und faule Eier gegessen hättest," sagte Trevor augenzwinkernd.

Eine Frau neben Gwendola schien sich zu wundern. "Hier, junge Freundin. Nimm etwas von meinem Frühstück." Sie hatte eine Schüssel mit knusprig frittierten Kakerlaken vor sich und bot Katherine etwas davon an, als wäre es Müsli. Katherine lehnte höflich ab und versuchte, die frittierten Insekten nicht zu genau zu betrachten, wie sie so zwischen den Zähnen der Frau knirschten. "Schukri, Athenai. Ich bin eigentlich nicht sehr hungrig," lehnte sie ab.

In der Ferne hörte man Donnergrollen und ein seltsam stampfender Rhythmus. "Gibt es wieder ein Gewitter?" wunderte sich die D'Ånu-Frau.

Doch dann bemerkten sie, wie die Erde unter ihren Füßen bebte.

 # 18 DAS ERDBEBEN

Die morgendlichen Aktivitäten in Anáa kamen abrupt zum Stillstand, aber die Erschütterungen waren zu regelmäßig für ein Erdbeben, also musste etwas anderes den Boden erzittern lassen.

"Es ist eine Armee von Gabari!" Der aufgeregte Ruf verbreitete sich wie ein Lauffeuer in der Stadt im Inneren des Hügels. Mächtige Gabari-Truppen stapften auf Anáa zu und liessen den Boden erbeben. Außerdem glaubten die prydhanischen Gabari, daß der Klang von Kriegstrommeln ihre Krieger vor einer Schlacht anheizen würde. Es war nicht mehr als eine fast-vergessene Erinnerung und das Stampfen einer Gabari-Armee war in Prydhain schon lange nicht mehr zu hören gewesen. Erschrockene Stimmen wurden laut. "Warum, was wollen die Riesen von uns?

"Die Gabari wenden sich gegen die D'Ånu?"

"Sie brechen den Frieden!"

"Das wird ihnen aber nicht gelingen!" Die D'Ånu wussten, daß sie innerhalb der Hügel ziemlich sicher waren, doch es war das Beste, sich zu vergewissern, was draußen vor sich ging. Diejenigen, die im Besitz von Waffen waren, begaben sich schnell damit zu den verdeckten Terrassen, und die Zeitreisenden wurden von der Menge mitgerissen. Die Terrassen auf den Hügeln waren bald mit D'Ånu-Kriegern gefüllt, die seltsamen Hockeyschläger nach außen richteten und Pfeile in ihre großen Bögen spannten. Was man sehen konnte, waren Reihen tätowierter Riesen in rotem Kriegszeug, die aus den nördlichen Ebenen herunter marschierten.

"Die ziehen wegen dieses blöden Steins in den Krieg?" Chryséis konnte es nicht fassen.

"Sieht ganz so aus", meinte Katherine. "Die Edfunier müssen sie irgendwie angestachelt haben."

Weder mit List noch Tücke war es ihnen gelungen, den Sprechenden Stein von Caradoc in ihren Besitz zu bringen. Jetzt wollten die Zauberer vom Fûna-Gebirge aus den Stein anscheinend mit Gewalt an sich reißen. Der Anmarsch kam in der Nähe der bewohnten Hügel zum Stillstand. Auf der südlichen Ebene war allerdings immer noch Bewegung zu erkennen. "Was machen die denn da?" fragte Trevor und wurde sofort von D'Ånu-Stimmen übertönt.

"Was ist das? Da kommen noch mehr Gabari von der anderen Seite."

"Diese sind Getreue der D'Ånu!" Diesmal marschierten Truppen von Riesen, die sich der Sache der Zivilisation verschrieben hatten, in grüner Kleidung von Osten und Süden her, um ihren wilden Brüdern im Kampf zu begegnen. Gabari traten gegen stampfende Gabari an.

Die Anführer an der Spitze hatten furchterregende Tätowierungen im ganzen Gesicht und hielten ihre Waffen hoch über dem Kopf. Es waren seltsame, uralte Waffen aus gehärtetem Holz, die mit geschliffenen Dreiecken aus Feuerstein, ähnlich wie Zähnen, besetzt waren. Das dumpfe Dröhnen der Trommeln und das Stampfen der Füße nahmen jetzt einen rasenden Rhythmus an.

Katherine verlor bei dem Anblick die Nerven. "Sie sehen so furchterregend aus. Was ist, wenn sie in den Hügel einbrechen? Wir sollten besser von hier verschwinden", jammerte sie. Trevor stimmte ihr zu. "Vielleicht sollten wir hintenrum rausgehen. Wo ist eigentlich Tepi?"

"Ich weiß es nicht, ich weiß es nicht ..." Katherine weinte und schlug sich auf die Stirn. "Ich kann nicht denken bei dem Lärm!"

"Katherine MacDougal, reiß dich zusammen!" schimpfte Chryséis.

"Wir werden alle sterben, aber ich will nicht sterben!"

"Du wirst nicht sterben! Lasst uns schnell die VUUs einschalten."

"Das können wir nicht tun. Nicht gleich jetzt", rief Trevor.

"Ich hülle mich in einen Panzer aus Licht. Ich hülle mich in einen Panzer aus Licht..." wiederholte Katherine immer wieder ohne Luft zu holen, wie sie es von Zeruana gelernt hatte.

"Wo ist Amadis?" Chryséis sah sich um.

"Er ist dort drüben auf der anderen Terrasse mit Prinz Artû und..." Das Stampfen und Trommeln hörte abrupt auf, und nach ein paar Sekunden zerriss das Klirren massiver Kriegsharfen die plötzliche Stille.

Markerschütternde Kriegsschreie erhoben sich aus der Ebene, dann prallten große Körper aufeinander und brachten sich gegenseitig aus dem Gleichgewicht. Katherine setzte sich, lehnte sich an die grasbewachsene Brüstung und bedeckte ihr Gesicht mit den Händen.

"Ich kann das nicht mit ansehen", rief sie. "Ich will, daß das aufhört!" Der Lärm nahm zu und ebbte wieder ab, während die Riesen weiter kämpften.

"Komm her und sieh dir das an." Trevor war ganz fasziniert. "Sie schwingen ihre Schwerter gegeneinander. Die sind riesig."

"Nein, ich kann nicht zusehen!" Katherine presste die Hände weiter vor the Augen.

"Du wirst nie gut mit Computerspielen sein."

"Mir sind Computerspiele total egal und ich will das hier nicht sehen!" Der gigantische Kampf war schon in vollem Gange, als sich der Boden des Schlachtfelds zu heben begann und Risse das Weideland durchzackten. Die Erde bebte und ächzte, bevor sich das Beben bis zum Hügel ausbreitete. Die Kampfschreie verstummten, aber die Gegner brauchten einige Augenblicke, um zu begreifen, was da geschah.

Seit Menschengedenken hatte die Erde nie während einer Schlacht gebebt. Niemals. Die Götter waren zornig geworden! "Ein böses Omen!"

"Xipe Xolotle ist unzufrieden mit uns!"

"Die Erdmutter helfe uns!"

"Rückzug!" Die furchterregenden Krieger in Rot und Grün entwirrten sich und taumelten in entgegengesetzte Richtungen davon, verletzte Kameraden mit sich ziehend.

Ein weiteres leichtes Beben erschütterte den Boden und die Wände der Höhlenstadt schienen sich zu bewegen.

"Was ist los?" Katherine stand auf. "Was ist das?"

Sie spähte ins Tal. Waffen lagen dort herum und Felsbrocken. Im Inneren der Hügel drängten sich die Menschen, um nach draußen zu gelangen.

"Ich weiß es nicht. Ich glaube, es ist ein Erdbeben... ein richtiges." Trevor fühlte sich benommen. "Wow."

Ein weiteres Nachbeben erschütterte Anáa. "Ich hasse diesen Ort!" Katherine begann wieder zu weinen.

"Werd bloß nicht hysterisch", sagte Chryséis ungeduldig und dann in einem dringenden Ton. "Wir müssen hier weg. Was ist, wenn der Berg einbricht?"

"Das Erdbeben kam so verdammt plötzlich."

"Erdbeben sind immer plötzlich. Komm schon, steh auf." Chryséis zog Katherine am Arm hoch.

"Wir können die ZPS nicht hier lassen!" verkündete Trevor.

Das stimmte, also huschten Trevor, Chryséis und Katherine zurück in die Kammer am Ende des Weges am Flüsschen entlang, um ihre Sachen zu holen. Dann fanden sie irgendwie in einem Wirrwarr von Nachbeben den Weg zum Hintereingang neben dem Amphitheater. Draußen brachen die Tiere in Panik durch die Zäune ihrer Gehege und mussten zusammengetrieben werden. Kinder weinten. Die D'Ånu begannen trotz der Panik, Felsen wegzuräumen.

Die drei Freunde folgten einer hektischen Menge durch den Hintereingang, wo sie Prinz Artû in die Arme liefen. Amadis und die beiden Dwendis standen finster dreinblickend neben einem Vimaan. "Seht nur, sie warten schon auf uns!" rief Katherine.

"Aber ich habe Gwendola doch gerade noch drinnen gesehen." Die Erleichterung der Zeitreisenden schlug in Misstrauen um. Irgendetwas war hier faul.

"Steigt in den Vimaan!", befahl der Prinz. Er schien es eilig zu haben.

"Warum? Warum ausgerechnet jetzt?" fragte Chryséis

ihn verblüfft.

"Wegen des Erdbebens und ... weil der Sprechende Stein gesprochen... und gesagt hat, daß er euch hier nicht mehr braucht. Wir werden euch zum Schiff bringen, das morgen nach Aztlan ablegt. Es ist nur zu eurem Besten", sagte Prinz Artû mit Nachdruck. Aber seine Stimme hatte etwas Seltsames an sich. Sie zitterte. Artû konnte manchmal mürrisch sein, aber er war immer selbstbewusst gewesen. Irgendetwas machte hier keinen Sinn. "Wo ist denn dieses Schiff?" fragte Trevor in einem misstrauischen Ton.

"Du stellst zu viele Fragen, Junge." Amadis wurde langsam gereizt.

"Nein, es ist in Ordnung", antwortete Gwendola. "In Sogamosa. Das Schiff ist in Sogamosa."

"In Sogamosa? Wozu? Wo ist dann der Stein?"

"Wir haben ihn," antwortete Amadis.

"Moment mal. Der Stein soll doch bei der Lady von Anaá sein. Warum sagt sie uns das nicht selbst und warum die Eile?" Trevor wurde von Sekunde zu Sekunde misstrauischer.

"Steigt sofort in den Vimaan!" Amadis klang ungewöhnlich herrisch und er ging auf Trevor zu. Trevor wich ihm zur Seite aus. "Da stimmt etwas nicht. Was ist denn hier los? Wer seid ihr?" Chryséis wich von der Gruppe und dem Vimaan zurück.

"Wir sind genau die, für die ihr uns haltet. Und jetzt ab in den Vimaan!"

Die Leute wuselten immer noch überall durcheinander, versuchten, Tiere zusammenzutreiben und trugen Steine und ein paar Verletzte fort. Ein Zicklein stand neben dem Vimaan und blökte. Es wurde von einem jungen Mann aufgehoben und weggetragen.

"Wo ist Tepi?" fragte Katherine.

"Was?" Prinz Artû sah sie ungeduldig an.

"Tepi, mein Hund." Katherine sah sich besorgt um. "Vielleicht ist sie ja verletzt."

"Vergiss deinen Hund. Du musst jetzt mit uns kommen.

Der Stein ... hat es uns gesagt."

"Ich will es von der Lady selbst hören - oder von dem Stein", forderte Trevor and stemmte seine Arme gegen die Hüften. "Du bist ein Kind, und du wirst tun, was man dir sagt!" rief Amadis.

"Nein, das werden wir nicht!" Katherines Gesicht war vor Zorn gerötet.

"Du wagst es, deinen Ältesten zu widersprechen?"

"Ja, ich wage es ... du ... du ... oh, mit dir stimmt was nicht!"

"Lauft wieder rein!" brüllte Trevor plötzlich. "Die sind nicht echt."

"Du kommst her!" Lubbo packte Katherine grob und trug sie schreiend und tretend zum Vimaan.

"Lass mich los, lass los!"

"Lass sie in Ruhe!" Trevor schaltete seinen VUU ein und verschwand blitzschnell. Dann tat Chryséis das Gleiche. Trevor trat dem vermeintlichen Amadis gegen das Schienbein und stürmte an ihm vorbei zu dem Vimaan, während der D'Ånu-Krieger sich erstaunt das Bein hielt.

"Gib mir deine Hand." Trevor zog Katherine aus dem Vimaan und sie verschwand, sobald er auf den Knopf an ihrem Haarreif drückte. Lubbo ließ sie los. "Chris, wo bist du?" Keine Antwort. "Lauf rein und versteck dich." Prinz Artû schnappte mit den Händen in die Richtung von Trevors Stimme, aber die beiden Kinder waren bereits hinter ihm und huschten zurück durch die Öffnung und in den Hügel hinein.

"Wer ... war das?" Katherine schnappte unsichtbar nach Luft, als sie sich im Amphitheater hinsetzten.

"Ich wünschte, ich wüsste es. Aber das sind sicher Fälschungen."

"Wie geht das? Sie sahen so echt aus." Chryséis erschien und setzte sich neben die beiden. "Ach, komm schon. Das sind doch Zauberer!"

"Würde mich nicht wundern", sagte Trevor und machte sich wieder sichtbar. Dann erschien auch Katherine, aber niemand schenkte den Zeitreisenden Beachtung.

Eine junge D'Ånu-Frau versuchte, ihre schluchzenden

Kinder auf der unteren Stufe zu beruhigen. Ein kleines Mädchen drehte sich um und starrte die Fremden mit runden, weinenden Augen an. Die Mutter gab dem Mädchen etwas zu essen und es beruhigte sich.

Katherine war immer noch verwirrt. "Wie haben sie es geschafft, genauso auszusehen?"

"Denk mal nach!"

"Athenai, wo seid ihr nur gewesen?" rief eine bekannte Stimme. Die drei Freunde drehten sich um. Amadis und Lubbo standen mit besorgten Gesichtern da.

"Wie habt ihr uns so schnell gefunden? Bleibt weg von uns!" Die Kinder sprangen auf und sprinteten die Treppe hinauf und den Gang hinunter in die Richtung der Schlafräume. Amadis und Lubbo starrten sich an. "Was ist nur los mit ihnen?"

"Vielleicht ist es Schock. Sie sind ja nur Kinder," sagte Lubbo verblüfft.

Gwendola war in dem Zimmer, das sie gemeinsam bewohnt hatten. Und Tepi auch. Der Hund sprang an Katherines Beinen hoch und winselte vor Freude.

"Oh, du hast Tepi gefunden!" Katherine setzte sich hin und umarmte sie.

"Athenai, sie hat mich gefunden und ist mir gefolgt."

"Dann bist du also die echte Gwendola?"

"Wie meinst du das?" fragte sie die Dwendi Frau.

Trevor, Katherine und Chryséis sahen sich gegenseitig an. "Ich glaube, sie ist in Ordnung", entschied Chryséis.

Also erzählten sie Gwendola die Geschichte, wie sie Prinz Artû oder wen sie für Prinz Artû hielten, und die anderen draußen gesehen hatten. Wie er ihnen sagte, sie sollten mitkommen, wie Lubbo Katherine in den Vimaan packte und wie sie weggelaufen waren. Den Teil, in dem sie sich unsichtbar gemacht hatten, ließen sie aus. Gwendola hörte mit ernster Miene zu und schüttelte hin und wieder den Kopf.

"Wir müssen das der Lady von Anaá melden. Und zwar sofort." Entschlossen legte sie ein Kleidungsstück weg, das sie gerade zusammen faltete.

"Schon gut, geht ihr, ich nehme Tepi und suche nach den anderen", bot Trevor an.

"Wie kannst du sicher sein, daß es die Echten sind?" fragte Katherine.

"Das kann ich nicht, aber Tepi wird es wohl wissen." Die gelbe Hündin bellte einmal, als ob sie es verstanden hätte.

"Na gut. Also, bis später dann."

"Bis gleich." Trevor grinste und strich sich durch die zerzausten Haare.

"Tepi, bleib hier!" Katherine befahl ihrem Hund, mit Trevor zurückzubleiben. Tepi verstand bereits ein paar Kommandos, die sie ihr beigebracht hatte. Der junge Hund sackte neben Trevor zusammen und sah entsprechend gerüffelt aus. Die Mädchen machten sich mit Gwendola auf die Suche nach der Zitadelle. Der einzige Weg dorthin führte durch eine Reihe von Gängen zur Spitze des mittleren Hügels. Caer Anaá, wie die Zitadelle genannt wurde, war durch die hohen Seiten des schüsselförmigen Hügels geschickt getarnt und mit hängenden Gärten und einem zentralen Amphitheater ausgestattet. Über dem breiten Torbogen zum Eingang von Caer Anaá befand sich das Abbild eines geschnitzten Holzschwans, der seinen Kopf nach hinten zu einem kleineren Schwan neigte.

Interessant, dachte Katherine, als sie eine letzte Treppe hinaufstiegen, durch den Torbogen gingen und plötzlich in einem Blumengarten standen.

Währenddessen ging Trevor mit Tepi zum Amphitheater zurück. Wenn der echte Amadis, Lubbo oder Prinz Artû nach ihnen suchten, würden sie sie hier finden. Jemand reichte ihm einen Becher mit Tee und Tepi beschloss, ein Nickerchen zu machen. Für einen kurzen Moment verspürte Trevor Heimweh.

So faszinierend ihr Abenteuer in der Vorgeschichte bisher auch gewesen sein mochte, es wäre doch schön, wieder nach Hause zu gelangen - wenn auch nur für eine Weile.

Katherine hatte den Discman in seiner Hüfttasche

gelassen. Trevor hörte Musik von Katherine's Lieblingsband Bliss 5 und summte ein wenig die bekannten Melodien mit. Trevor seufzte und schloss die Augen. Nur für einen kleinen Moment lang.

"Schelanti, guter Besucher", durchbrach eine gutturale Männerstimme seinen Traum. Trevor setzte sich kerzengerade auf. Hatte er etwa geschlafen? Ein Mann mittleren Alters in einem cremefarbenen Sämischhemd lächelte gewinnend und setzte eine Bardenharfe von seinem Rücken ab. Er machte es sich bequem und legte das Instrument auf seinen Schoß.

"Schelanti athenai, ich bin Trevor aus Chicago", sagte Trevor.

"Man sagte mir, du kämst aus Atala, junger Freund Trevór." Der Mann sprach mit einem leichten Akzent, denn die Sprache seiner nördlichen Heimat war Danvries.

Trevor hätte sich nie erlauben dürfen, einzunicken. "Wer bist du?"

"Verzeihung, darf ich mich vorstellen? Venûtiu von Amelút, derzeit Barde und Geschichtenerzähler der ehrenwerten Lady von Anaá." Er sah Trevor die Verwirrung an. "Aha, du kennst Prydhain noch nicht? Amelút ist unsere nördlichste Hafenstadt am Maalbec-See, das Tor zu den nördlichen Ozeanen." Trevor hätte schwören können, daß Venûtiu Dr. Broadbent, dem Direktor der Pemberton Academy, ähnelte. Nur eben eine jüngere Version von ihm.

"Wie ich sehe, wurdest du von den reizenden Mädchen hier zurück gelassen."

"Ja, das sind eigentlich meine Freunde aus der Schule..." Trevor hätte sich treten können. "Es ist schwer zu erklären."

Der Barde ließ sich aber nicht beirren. "Macht es dir etwas aus, wenn ich dir eine Weile Gesellschaft leiste?" Er schien weder ein Zauberer noch ein Spion zu sein, also nickte Trevor. Schon bald unterhielten sich die beiden über dies und das. Trevor ließ den überraschten Venûtiu die CD durch Ohrstöpsel hören. Obwohl Miragen etwas

Alltägliches waren, hatte der Barde noch nie Musik aus einer Box über Knöpfe gehört. "Die kleinen Knöpfe machen die Musik?" fragte er.

"Das ist ganz normal – bei uns zu Hause." Trevor zuckte die Schultern. Es war zu kompliziert, es dem Mann zu erklären.

"Stimmt. Würdest du gerne Musik hören, die wir zu Hause in Amelút machen?" Venûtiu klimmperte auf der Harfe und die Leute bildeten einen Halbkreis um ihn herum, um ihm zuzuhören.

"Erzähle uns eine Geschichte, Barde!", forderte einer der Jungen, als die beruhigende Melodie endete. Alle stimmten mit ein. "Oh ja, eine Geschichte, erzähl uns eine Geschichte."

"Na, na, mal sehen, was ich da tun kann." Er überlegte einen Moment lang. "Kennt ihr den Fluss Brigadhu, der sich wie eine silberne Schlange zwischen die Hügel schlängelt?" fragte Venûtiu seine Zuhörer. Natürlich kannte jeder außer Trevor den Anfang dieser Geschichte. Tepi spitzte die Ohren und stieß ein kurzes Wimmern aus. Würde Katherine bald zurückkommen? Doch als nichts geschah, schloss sie mit einem Grunzen wieder die Augen. Der Barde fuhr mit seiner Geschickte fort.

"Jenseits der Hügel, an der Bergquelle des Flusses Brigadhu, hauste in alter Zeit, bevor das 'Dunkle Zeitalter' seinen Schatten auf das Land Ereint geworfen hatte, ein Seeungeheuer. Schöne Gebäude bedeckten einen Großteil des Landes, wo es nicht als Weideland oder zum Anpflanzen genutzt wurde. Ein Tempel, der "Na Tri Dee" oder "den drei Göttern" geweiht war, überblickte die grünen Täler von Ereint. Dieser Tempel befand sich auf einem von Menschenhand geschaffenen Hügel.

Eines Frühjahrs drohte das Seeungeheuer aus einer Laune heraus, eine Wasserlawine loszutreten, die den heiligen Schrein und einen Großteil des darunter liegenden Dorfes mitreißen würde. Der Preis, den das Ungeheuer forderte, um die Dorfbewohner zu verschonen, war grausam. Jeden Frühling sollten zwei makellose Jünglinge geopfert werden, um den

Schutz vor der Flut zu garantieren. Ein unvorstellbares Unterfangen." Die Zuschauer murmelten.

"Die guten Dorfbewohner weigerten sich. Aber nachdem sie den Tempel und das Dorf zu oft wieder aufbauen mussten, gaben die Dorfbewohner schließlich nach. Anstatt die Götter zu befragen, beschloss man, der Forderung des Ungeheuers nachzugeben. Der Kummer war groß, als die Jugendlichen auf den Hügel geführt wurden. Hunderte stimmten in einen klagenden Refrain ein:

'Wo ist das Haus der Kristalle,
Wo ist das Haus der kostbaren Muscheln?
In Atland, in unserem Atland...'

Die Bewohner von Ereint glaubten nämlich, daß die Jungen, der kostbare Schatz des Dorfes, nach Atland, dem alten Land, gebracht werden würden, denn nach Atland im Westen gingen alle verstorbenen Seelen, um ihre letzte Ruhe zu finden."

"Aahh." Die Zuhörer lauschten gebannt.

"Das ging eine ganze Weile so", erzählte Venûtiu weiter, "bis ein edler junger Gabari namens Fantû auf seinem Weg nach Norden zufällig am Dorf vorbeikam. Er stieß auf die traurige Prozession zum Gipfel des Berges, und nachdem er den Hintergrund der Prozession erfahren hatte, überredete er die Dorfbewohner zur Rückkehr. Ich werde das Ungeheuer töten und euer Dorf vom Joch des grausamen Opfers befreien. So sagte Fantû es ihnen. Und tatsächlich nahm er zwei Männer aus dem Dorf als Führer mit zum Bergsee und tötete das Ungeheuer mit seinem großen mit Obsidianzähnen besetzten Schwert..."

Venûtiu beendete die Erzählung und die Zuhörer applaudierten. Der Barde hatte sie gehörig abgelenkt. Ein leichtes Nachbeben rüttelte an den Höhlenwänden, aber niemand schien sich sehr daran zu stören. Trevor sah auf und erblickte Artû und Amadis, die auf ihn zukamen.

Der avallûnische Prinz drängte sich durch die Menge und setzte sich neben ihn. Aber war das der echte Artû?

"Hier seid ihr ja, athenai. Wir haben euch gesucht, Kinder", brummte Prinz Artû. "Wo sind die Mädchen?"

"Sie sind wohl bei der Lady von Anaá." Trevor sagte nicht zu viel - nur für den Fall, daß er es mit den Hochstaplern zu tun hatte. "Warum?"

"Hat Gwendola es euch nicht erzählt?" Trevor bezog sich auf die telepathische Gedankenübertragung, aber der Prinz sah ihn nur unverständig an. "Nein, wir haben sie nicht gesehen", sagte Artû, als Amadis sich zu ihnen setzte.

"Noch eine Geschichte, noch eine Geschichte!", rief die Menge um sie herum. "Die Legende von der versunkenen Stadt Ker-is." *In den Geschichten geht es aber viel um Wasser,* dachte Trevor, während er versuchte auszuklamüsern, ob diese beiden Männer wirklich seine Gefährten waren. Er war immer noch auf der Hut.

"Schukri, gute Leute, schukri", Venûtiu hob seine Hände. "Ein andermal. Ich habe noch etwas zu erledigen."

Die Zuhörer waren enttäuscht , aber zerstreuten sich ohne zu meutern. Der Barde hob seine Harfe auf und stellte sich Amadis und Artû vor.

"Ich sehe schon, wir haben einen begabten Barden in unserer Mitte. Mein Name ist Prinz Artû von Avallûn und dies ist Amadis von Anaá. Wir werden uns nun auf den Weg zum Hügel der Lady machen."

"Ah, gute Freunde. Darf ich mich euch anschließen? Nichts für ungut, aber die Lady hat mich geschickt, um ein Auge auf diesen jungen Mann hier zu behalten. Ich werde zur Zitadelle zurückkehren, jetzt wo ihr angekommen seid."

Ein Kindermädchen? Trevor passte das garnicht.

Amadis und Artû schauten schuldbewusst drein. Es war ihre Pflicht gewesen, sich um die jungen Fremden zu kümmern. "Das Erdbeben...", sagte Amadis entschuldigend.

"Ja, das Erdbeben und anderes auch. Sollen wir gehen?"

Und so gingen sie gemeinsam mit dem Barden zur Zitadelle der Lady von Anaá. Unterwegs erzählte Venûtiu dem schockierten Artû und Amadis, was den Kindern zugestoßen war. Also musste jemand es ihm erzählt haben.

Sie gingen gerade durch den Torbogen mit dem hölzernen Schwan, als sie auch schon die Lady von Anaá trafen. Sie sah anmutig aus in ihrem wallenden Seidengewand und das dunkle Haar fiel ihr über die Schultern. Ein goldener Kranz mit einem großen Aquamarin auf der Stirn war der einzige Schmuck, den sie trug. War sie etwa eine Elfenkönigin? Aber als sie zu sprechen anfing, hatte sie mit Elfischem nichts mehr zu tun. "Schelanti, Athenai und mein Dank an euch, Freund Venûtiu. Wie ich sehe, habt ihr genau die Männer mitgebracht, die ich sehen wollte", begrüßte sie Trevor, Artû und Amadis mit einem Nicken und beugte sich vor, um Tepi zu streicheln. "Der Schlachtenlärm im Tal muss dich erschreckt haben, mein Mädchen. Und dann das Erdbeben". Sie sprach sanft mit dem Hund. Sie war eine Lady ohne Starallüren.

"Schelanti, ehrenwerte Lady. Dürfen wir uns zu Euch gesellen?" Er meinte damit ein rundes Gartenhäuschen, in das die Lady sich nun begab. "Aber sicher, Prinz Artû. Es ist an der Zeit, daß wir uns ein wenig unterhalten," sagte sie. "Hier sind wir aus der Sonne."

"Ähm, ja." Artû fühlte sich immer noch schuldig, daß er die Kinder sich selbst überlassen hatte. "Verzeiht uns, wenn wir während des Erdbebens unsere Pflichten vernachlässigt haben. Wir werden die Kinder nun vor den Scharlatanen beschützen."

"Ich bin nur froh, daß ihr und Amadis die Richtigen seid und nicht irgendwelche Schurken."

"Sie redeten eine Weile, bis die Lady sagte: "Lasst uns nun Essen gehen und fröhlich sein."

Sie schien ihnen verziehen zu haben. Die Lady von Anaá drehte sich um und ging in den offenen Garten hinaus, gefolgt von Jungfern, die Platten mit Gerichten trugen. Gwendola und die Mädchen saßen bereits auf roten Polstern bei einem Wasserspiel. Vor ihnen standen Kristallgläsern mit Granatapfelsaft auf einem niedrigen Tisch. Das Essen wurde auf Tischen abgestellt und die Lady winkte den Jungfern zu gehen. Ein Rahmen mit gespanntem Leinentuch schützte sie vor dem Sonnenlicht. Tepi ließ sich mit einem Grunzen hinter Katherine auf den Rasen plumpsen und Amadis nahm den Platz neben der Lady ein. Sie war mit ihm bekannt, da Amadis der älteste Sohn ihres Bruders war. Das Mahl begann. Es gab Haselnussbrote mit Beerensoße, gegrilltes Schneehuhn und Speisen, die die Kinder nicht kannten. Alles schmeckte vorzüglich.

"Ich hoffe, es sind keine Insekten oder Frösche drin," sagte Katherine.

"Nö, sieht nicht so aus. Ich glaube, du isst einen gebratenen Pilz." Trevor grinste und schob sich einen Pilz in den Mund.

"Da bin ich aber froh. Es schmeckt wirklich köstlich", seufzte Katherine.

"Ich habe gehört, daß böse Edfunier gestern in die Nähe von Anaá waren und versucht haben, unsere wertvollen Kinder hier zu entführen." begann die Lady in einem leicht vorwurfsvollen Ton. "Im Dorf Katrev?"

"Ich... das wussten wir nicht", stammelte Prinz Artû. "Diese Zauberer..."

"Ich verstehe schon. Tapfere Krieger wie ihr hattet alle Hände voll zu tun, zu feiern." Amadis und Artû wussten nicht recht, was sie dazu sagen sollten. "Venûtiu, mein unbezahlbarer Barde hier, war so freundlich, unserem jungen Freund den dringend benötigten Schutz zu bieten, während er auf euch wartete."

Sie sah Trevor freundlich an und Venûtiu verbeugte sich leicht. In der Stimme der Lady lag kein Sarkasmus, aber die Bemerkung war eindeutig als Tadel gemeint.

"Das war auch sehr nötig, wenn man bedenkt, daß diese Edfunier Gestaltenwandler sind und sich heute für euch ausgegeben haben."

"Wir werden uns von nun an mehr dran halten, liebe Tante," entschuldigte sich Amadis und sie schenkte ihm ein Lächeln.

"Das solltet ihr tun. Der Hohepriester von Schuruk ist ein mächtiger Zauberer, und für ihn und seine Verschwörer ist es ein Kinderspiel, die Gestalt zu wechseln. Wir müssen in Zeiten wie diesen wachsam sein. Ich freue mich zu hören, daß die Zauberer aus Anaá geflohen sind, sobald ihr Plan gescheitert war."

Bald unterhielten sie sich über dies und das und Lubbo erzählte wie immer, wie sehr er die Riesen verabscheute.

"Nur die Erdmutter selbst hätte das Scharmützel in der Ebene mit einem Erdbeben beenden können... diese Gabari-Feiglinge! Liefen davon wie ein Haufen Ziegen. Haha."

"Wir haben Maßnahmen ergriffen, um die Hügel von Anaá und das Umland besser zu schützen, aber der Sprechende Stein sagte mir, daß es nun für euch an der Zeit ist, nach Caradoc weiterzureisen."

"Na endlich!" sagte Lubbo. "Oh, ich wollte nicht ... Ich danke Euch für Eure Gastfreundschaft, Lady, es ist nur..." Er verstummte.

"Ich fühle mich nicht beleidigt, mein unverblümter Freund. Die Mission muss zu einem guten Ende gebracht werden." Die Lady lächelte wohlwollend.

Nach dem Essen spielte der Barde Venûtiu auf seiner Harfe. Natürlich verstanden die Zeitreisenden kein Wort von dem, was er da in der alten Sha-kari-Barden-Sprache sang. Aber das machte nichts - die Schönheit der Musik schuf ihre eigene, magische Atmosphäre.

Chryséis knipste heimlich ein Foto von ihm, weil er sie ein wenig an Dr. Broadbent erinnerte. Als die Sonne hinter den Hügeln versank, begleiteten zwei Jungfern sie zurück in die große Halle, wo eine Gruppe von Dwendi- und D'Ånu-Frauen auf den Sitzterrassen des Amphitheaters an einem großen Wandbehang aus ineinandergreifenden Herbstblättern arbeitete. Mit flinken Fingern flogen Knochennadeln in den Stoff hinein und wieder heraus, während die Frauen bei der Arbeit sangen.

"Es ist also endlich vorbei." Katherine setzte sich hin

und sah den Frauen fasziniert zu.

"Wenn du meinst", sagte Trevor.

"Hast du denn nicht gehört, was die Lady sagte? Das, was der Stein ihr gesagt hat?"

"Das habe ich natürlich gehört. Ich frage mich nur, was sie als Nächstes versuchen werden. Ich meine, daß die Zauberer ihre Gestalt wechseln können und so weiter. Ich bin nicht scharf darauf, ihnen wieder zu begegnen."

"Das werden sie sicher nicht nochmal versuchen. Sie hatten ja keinen Erfolg damit", sagte Katherine.

"Glaubst du wirklich, daß sie ihren Kampf wegen des Erdbebens eingestellt haben?"

"Sagt das nicht jeder?" antwortete Chryséis mit einer Frage.

"Komisch. Warum haben sie diese Hügel nicht einfach gestürmt? Gabari sind doch so groß und stark." Trevor zuckte die Achseln. "Wer weiß. Ich bin jetzt müde. Morgen liefern wir den Stein ab und dann geht's zurück nach Amerika. Ich kann es kaum mehr erwarten."

"Eigentlich noch Alesia," korrigierte Katherine ihre Freundin.

"Egal." Chryséis stand auf und Tepi lief voraus zu ihrem Schlafquartier. In dieser Nacht schliefen alle auf dem Hügel unruhig, halb in der Erwartung, daß ein weiteres Erdbeben sie aus dem Bett schütteln würde.

Trevor hatte einen seltsamen Traum, in dem sich Amadis in eine lachende Fledermaus verwandelte. Trevor hatte Angst, aber hielt dann eine Steinschleuder in seiner Hand, bückte sich, um einen Stein aufzuheben, und holte die Fledermaus herunter. Trevor wälzte sich hin und her. Plötzlich war er wieder im Carter Tal und flog den ganzen Weg nach Pemberton zurück - nur um auf der Bank im Rosengarten zu landen.

In der Zitadelle von Caer Anaá besprach sich die Lady bis in die frühen Morgenstunden mit einem glühenden Ei. Es gab einiges zu besprechen.

Die Erde jedoch schlief fest in dieser Nacht - und noch für einige Zeit danach.

▶▶▶19 LAUERNDE GEFAHR

Die Stimmung in der Berghöhle war angespannt.

Die Zauberer waren wütend. Zwei Firbolg lagen auf einem Haufen an der Wand gegenüber. "Xipe Xolotle hat uns im Stich gelassen, Bruder."

"Unsinn", bellte der Zauberer, der als 'Bruder' angesprochen wurde. "Sie haben mehr Glück als Verstand. Mehr nicht. Wenn das Erdbeben nicht gewesen wäre, hätten wir den Stein schon längst in unseren Besitz gebracht. Zweifellos hilft er jetzt der aufdringlichen Lady der D'Ånu. Bei den Gebeinen von Xipe Xolotle!" Er faltete seine Hände, rieb sie und faltete sie wieder.

"Der Stein scheint einfach nicht in unseren Besitz kommen zu wollen", sagte der Magi von Maligasima ungeduldig und starrte auf das Wasser in der Silberschale. "Aber warum setzen sie ihre Kräfte nicht ein, um uns zu vernichten?"

"Wie kannst du nur so etwas sagen, Bruder. Bring sie nicht auf Ideen, sie könnten dich hören."

Das Spiegelbild im Wasser zeigte weiß gekleidete Jungfern, die über den "Sprechenden Stein von Caradoc" im Garten von Caer Anaá wachten. Die gesamte Anaá-Region befand sich jetzt unter einem Schutzschild. Die D'Ånu wollten vorbereitet sein.

"Der 'Sprechende Stein' wird demjenigen, der ihn hütet, Ratschläge geben", krächzte der Hohepriester von Schuruk.

"Das sind ihre starrköpfigen Ideen. Sie tun nur Gutes für alle", spottete der Hohepriester von Hisbernia. "Da sind die fremden Kinder wieder." Die anderen Zauberer rückten näher an die Wasserschale heran.

"Merkt euch meine Worte, die Kinder sind der Schlüssel zu unserem Unglück. Irgendetwas an ihnen..."

"Sie sind nicht wie andere Kinder. Sie müssen etwas an

sich haben... irgendwelche Kräfte, die stärker sind als unsere Zauber. Wir müssen ihr Geheimnis herausfinden."

"Welches Geheimnis?"

"Wir könnten die Lady foltern, um es herauszufinden. Sie ist nicht so gut geschützt, wie sie glaubt." Der Hohepriester von Schuruk rieb sich die Hände.

"Nein, das Risiko können wir nicht eingehen. Wir müssen abwarten. Prydhain ist nicht Atala, aber der lange Arm der Zivilisation reicht sogar bis hierher. Sogar bis nach Anaá. Mit roher Gewalt erreichen wir nichts. Wir müssen geduldig sein wie eine Schlange und zum richtigen Zeitpunkt zuschlagen." Der Magi machte eine schnappende Bewegung und die anderen wichen zurück.

"Ihr habt sie euch durch die Finger schlüpfen lassen. Wir hätten es schon längst wissen können," krächzte der Hohepriester von Schuruk. "Der Sprechende Stein wird es uns dann eben verraten. Wenn wir sowohl den sprechenden Stein als auch die Kräfte der Kinder haben, werden wir unschlagbar sein. Wir müssen nur darauf warten, daß die D'Ånu den Stein wieder bewegen."

"Warten... ich habe das Warten satt. Ich bin für Taten." knurrte der Magi. "Wir könnten ihnen Firbolg an die Fersen heften."

"Die prydhanischen Gabari schwanken in die andere Richtung. Manche sagen, 'die Sache' bringt nur Unglück. Wir müssen handeln."

"Sollen sie doch die Pocken kriegen. Wir haben zu viel geopfert. Es wird keine weiteren Chancen mehr geben. Nicht in naher Zukunft. Jetzt müssen wir Erfolg haben, mit oder ohne die Prydhanier!"

"Der 'Sprechende Stein' und die Kinder werden uns in den Schoß fallen wie reife Äpfel aus Avallûn." Der Hohepriester von Hisbernia gackerte. Die anderen Zauberer stimmten mit ein. Ihr grässliches Gelächter hallte von den Höhlenwänden wider, daß selbst der Saurier in seiner Ecke erzitterte.

"Hier ist ein Vorschlag." Der Magi von Maligasima riss seinen Blick vom Spiegelbild in der Silberschale los. Die anderen Zauberer verstummten. "Wie wäre es, wenn du deinen avallûnischen Akzent noch etwas üben würdest, Bruder?"

"Bei Xipe Xolotle. Du meinst doch nicht etwa..."

"Nur besser dieses Mal. Sie werden keinen Verdacht schöpfen." Der Magi schnalzte mit der Zunge. "Der Rote wird sein Opfer bekommen und wir bekommen den Stein. Und die Macht." Er erzählte ihnen von seinem Plan und die anderen Zauberer brüllten vor Entzücken. "Nicht schlecht, Bruder. Ganz und gar nicht schlecht. Es könnte klappen."

"Es muss einfach - Ukur!", der kemnitische Zauberer warf seine Kapuze zurück. Er schrie einen wartenden Firbolg grob an und zog ihn am Ohr. "Bringe das Essen, wir sind am Verhungern." Bald tranken sie Krüge voll Starkbier und gruben ihre Zähe in die gebratenen Lenden eines riesigen Hirsches, die noch immer vor Blut trieften.

*

Am nächsten Tag traf in Anaá eine offizielle Nachricht für den ehrenwerten Prinzen Artû von Avallûn ein. Seltsamerweise wartete der Dwendi-Bote außerhalb des Hügels auf eine Antwort. Er lehnte jegliche Erfrischung ab und achtete darauf, den Wachen aus dem Weg zu gehen.

"Die Lady von Caer Sidi wünscht mich zu sehen", sagte der Prinz. "Sie hat eine dringende Nachricht von meinem Vater, dem Seekönig. Amadis wird mich dahin begleiten."

"Warum kommen wir nicht alle mit?" fragte Chryséis.

"Hier in Anaá wird es sicherer sein. Die Gespräche könnten einige Zeit in Anspruch nehmen. Ihr bleibt mit den Kindern zurück", sagte Prinz Artû zu Lubbo und Gwendola. "Passt auf, daß ihr sie immer im Auge behaltet."

"Noch eine Verzögerung! Werden wir jemals nach Caradoc kommen und unsere Mission erfüllen?"

"Freund Lubbo, ich muss einen Ruf meines Vaters befolgen. Es könnte unsere Mission beeinflussen," antwortete der Prinz und Lubbo nickte nur mit dem Kopf.

Bevor er ging, übergab Prinz Artû Chryséis den 'Sprechenden Stein' im Audienzsaal der Lady. "Ich gebe dir den

Stein zur sicheren Verwahrung, bis ihr alle zu uns kommt."

"Aber...", begann Chryséis zu protestieren.

"Ich weiß, was ich tue", sagte er mit leiser Stimme. "Sag es niemandem. Ich vertraue dir."

Als sie ein paar Stunden später gerufen wurden, konnten die Kinder es kaum erwarten, in den Vimaan zu klettern. "Wir sind fast da. Prinz Artû ist mit seinen Gesprächen fertig. Jetzt geht's ab nach Caradoc." Lubbo rieb seine Hände aneinander.

Sie verließen das Dorf und die Hügel von Anaá und schwebten über die Anfänge des Gogmagog-Gebirges hinweg. Die Zitadelle von Caer Sidi lag in rauem Gelände im Vergleich zu der sanften Landschaft, die sie gerade verlassen hatten. Caer Sidi bedeutete "Zitadelle auf dem von Menschenhand geschaffenen Berg" und die Zeitreisenden sollten bald herausfinden, warum sie so genannt wurde. Die Berge waren die letzte Barriere bevor man zur fruchtbaren Ebene von Lyonesse kam.

"Gibt es hier immer noch Berge?" fragte Trevor Katherine.

"Nein, in der Zukunft nicht." Sie runzelte die Stirn. "Nur Klippen." Der Vimaan näherte sich der Zitadelle über einen Bergpass hinweg, dann spannte sich eine Hängebrücke über einen reißenden Fluss. Zugbrücken machten die Bergzitadelle nahezu unbesiegbar und brüllende Steinlöwen bewachten das westliche Tor, aber von menschlichen Wächtern war nichts zu sehen. "Löwen streifen noch immer durch die Berge. In den Niederungen von Lyonesse sind sie aber nicht mehr anzutreffen", erklärte Gwendola, bevor der Vimaan von einer der Jungfern begrüßt wurde. Kein Begrüßungskomitee oder Ständchen erwartete sie hier. Die Jungfer war eine kleine, ernsthafte Frau und schien geradewegs durch sie hindurchzusehen. Sie wies die fünf Gefährten knapp an, auf der großen, nach Osten ausgerichteten Terrasse zu warten, von der aus man die Ebene überblicken konnte.

"Das kann nur bedeuten, daß Prinz Artû und Amadis schon auf dem Weg sind. Aber was für ein mürrisches Völkchen die hier doch sind."

"Was für eine Aussicht!" Katherine seufzte, als sie so an der steinernen Brüstung stand.

"Ja, Lyonesse ist schon ein einzigartiges Land. Die Seen von Mor Maalbec und Mor Llyn Llion sind die blauen Juwelen in der Krone von Lyonesse. Caradoc, dort ganz rechts, ist die Hauptstadt mit der Zitadelle von Caer Llion." Lubbo winkt mit seiner Hand nach rechts. "Und auf der anderen Seite, im Nordosten, liegen die Länder Twiskland und Danesbode."

Trauerweiden am Ufer hingen ihre langen Äste direkt vor ihnen in den Mor Maalbec. Auf dem plätschernden Wasser waren Segelboote und Enten zu sehen. Araukarienwälder bedeckten einen großen Teil des westlichen Seeufers bis zum Fuß des Berges. Ein Kanal verband Mor Maalbec mit dem größeren Mor Llyn Llion und Handelsschiffe sowie kleinere Boote nahmen diese Route in beide Richtungen.

"In dem See gibt es viele gute Fische, und an seinen Ufern wachsen riesige Pilze. Einer dieser Pilze kann eine ganze Familie tagelang ernähren", sagte Gwendola. "Wo wir gerade dabei sind, wo ist Prinz Artû? Ist es nicht bald Zeit für das Mittagessen?"

"Nur Geduld, Schwesterchen, er ist sicher schon auf dem Weg," sagte Lubbo. Die Kinder konnten jetzt nicht an Essen denken. Dieses fabelhafte Land hatte sie ihn seinen Bann gezogen. "Was ist das da drüben? Sind das Dächer?" fragte Trevor.

"Ja, das ist die Stadt Maalbec," antwortete Gwendola.

Katherine zeigte auf ein paar Holzhäuser auf Stelzen. "Ist das ein Dorf im flachen Wasser dort?"

"Ja, die Mor-zaaten oder Seebewohner leben schon seit Generationen an den Seen", erklärte Gwendola. "Sie glauben, daß sie eine besondere Beziehung zu Ruhnu, dem 'Gott des Sees', haben."

"Nun, das ist ja mal was ..." Katherine konnte nicht umhin, fasziniert auf die dunkelhäutigen Frauen in ihren bunten Saris unten am See zu starren. Sie waren zwar ein ganzes Stück entfernt, aber man konnte sie erkennen. "Was machen die da?"

"Die Frauen pflücken Seerosenwurzeln im Schlamm. Sie werden gekocht, getrocknet und zu Mehl gestampft."

"Ach ja natürlich."

"Es ist nur eine Frage der Zeit, bis diese ganze Ebene da unten, dieses Lyonesse, im Meer versinkt. ", sagte Trevor etwas heftig. "Und zum Ärmelkanal wird."

"Oh Trevor, das wird erst in Tausenden von Jahren in der Zukunft passieren, bevor das alles im Meer versinkt", sagte Katherine.

"Wie kommst du denn auf diese Idee, junger Freund?" Gwendola war verblüfft. "Die Stadt Ker-is ist doch schon vor langer Zeit untergegangen."

"Hmm ja, das ist das, was ich meinte."

"Die Boote sehen aus wie Schmetterlinge", sagte Katherine verträumt.

"Wo in Prydhain ist eigentlich deine Heimat Kathín?" fragte Gwendola auf einmal. War die Dwendi-Frau misstrauisch geworden?

"Oh, das ist ein Ort namens Oxford." Katherine war es peinlich, daß sie lügen musste, weil es Oxford natürlich noch nicht gab. "Oxfól?" Gwendola schaute verwirrt drein. Sie hatte noch nie von einem solchen Ort gehört. "Willst du deine Familie denn nicht sehen, Kind?"

"Das würde ich gerne, aber ... das ist nicht möglich. Sie sind jetzt nicht mehr da."

"Oh, du armes Ding! Du hast deine Familie wohl bei einem Erdbeben verloren..." Gwendola schenkte ihr einen mitleidigen Blick.

"Na ja, so etwas in der Art."

"Sie sind noch nicht da", murmelte Trevor und sagte dann laut. "Das ist perfekt zum Abseilen hier. Ich wünschte, wir könnten hinunterklettern." Er beugte sich etwas vor, um die steile Berwand to bewundern.

"Du vielleicht." Chryséis konnte sich eine Million Dinge vorstellen, die sie lieber tun würde. Der steile Abfall des

Berghangs war furchterrengend.

"Was hält Artû und Amadis bloß auf?" Jetzt war Lubbo an der Reihe mit Herumzappeln.

"Kann man die Küste von Frankreich von hier aus sehen?" Chryséis spannte ihre Augen an. "Könnte diese dunkle Linie sein, ach, ich weiß auch nicht", sagte Trevor.

Gekrönte Kraniche flogen mit einem Rascheln in die Luft, als ihnen ein Boot zu nahe kam. Tepi bellte. Sie konnte es kaum erwarten, dort unten zu sein und Vögel zu jagen.

"Na endlich", platzte Lubbo heraus, als die beiden Männer auf sie zukamen. Tepi wedelte mit dem Schwanz und schnupperte an Prinz Artûs Gewand. Dann knurrte sie und entfernte sich von ihm. Ein Gefühl der Vorahnung kroch in Katherine hoch, aber es ergab keinen Sinn. Dies musste der echte Prinz sein.

"Schelanti Athenai", begrüßte Prinz Artû sie.

Tepi schien seine freundliche Stimmung nicht zu teilen. Sie stellte sich schützend zwischen die Männer und die anderen Gefährten und knurrte.

"Ho, Ho, Ho. Was ist denn Hündchen?" Der Prinz lachte. "Erkennst du uns nicht mehr?"

"Genug jetzt,Tepi", befahl Katherine und der Hund schlich mit eingezogenem Schwanz zurück. "Was ist los mit dir?"

"So ist es besser. Hat er einen Geist gesehen?" Prinz Artû hatte ungewöhnlich gute Laune. Amadis winkte ihnen, ihm zu folgen. "Es ist Zeit zu gehen, Athenai!"

Fürst Artû verlangte den Stein nicht zurück, also schob Chryséis die Sache erst einmal zur Seite.

"Aber wie kommen wir von hier oben nach unten?" fragte Trevor stirnrunzelnd. "Nehmen wir denn nicht den Vimaan?"

"Nein, mein Freund Trevór, wir werden die Treppe im Inneren des Berges hinunter zum Seeufer gehen. Dann nehmen wir ein Boot und rudern nach Caradoc ", erklärte Amadis.

"Eine Treppe - im Inneren des Berges?"

"Ja, das ist eine Zinnmine, und die Dwendi-Bergleute benutzen die Treppe ständig."

Von der Terrasse aus führte eine Tür in den Berg hinein und dann eine steile Treppe hinunter. Niemand kam, um sie zu verabschieden, was ungewöhnlich war. "Wo sind denn alle hier?" fragte Katherine. "Wo sind die ganzen Jungfern?"

"Vielleicht will die Lady uns nicht aufhalten", versuchte Chryséis es zu erklären.

"Kommt schon, ihr zwei." Gwendola und Lubbo schauten irritiert zurück. Amadis schien nicht so höflich wie sonst zu den beiden Dwendis zu sein. Keiner von ihnen bemerkte, daß die Augen ihres Gefährten nicht mehr dunkel-braun waren.

"Waren die Nachrichten dennn so schlecht?" fragte Lubbo mürrisch, aber Artû und Amadis schienen überhaupt nicht bereit, über ihr Treffen mit der Lady von Caer Sidi zu sprechen. Langsam gewöhnten sich die Kinder an das schummrige Licht. Ein ausgeklügeltes System von Luftschächten sorgte für frische Luft und schmale Fenster in der Außenwand ließen etwas Tageslicht herein. Rundherum tasteten sie sich am Treppengeländer entlang, und ab und zu erreichten sie eine Plattform. Von diesen Plattformen aus führten Türen in verschiedene Minenschächte hinein.

"Die Dwendis müssen tief im Inneren des Berges wohl hart arbeiten." Trevor runzelte die Stirn über den Mangel an Aktivität.

"Das Zinn wird nach unten transportiert und auf Boote verladen, die nach Maalbec fahren", erklärte Lubbo knapp und zeigte auf eine breite Rinne unter dem Geländer.

"Ach, das ist schlau, sie lassen es einfach hinunter kullern", staunte Katherine. Auf halbem Weg nach unten war eine der Türen nicht ganz geschlossen. War da etwa ein Gemurmel hinter der Tür? Amadis führte sie unbeirrt weiter. Katherine rutschte aus und wäre beinahe gestürzt, aber Artû fing sie rechtzeitig auf. "Na, na, junge Freundin. Sei vorsichtig mit diesen kleinen Beinen."

"Das war fast schon unheimlich!" flüsterte Trevor in Katherines Ohr. Sie hatten sich während der Reise an

Artûs ruppige Art gewöhnt, und Humor war ganz und gar nicht seine Art. Lubbo und Gwendola fühlten sich in der Nähe der beiden Männer besonders unwohl.

"Warum ist denn sonst niemand hier, Gwen? Wo sind die ganzen Bergleute?" fragte Lubbo seine Schwester. Sie zuckte nur mit den Schultern. "Ich wünschte, die hilfreichen Feenführer wären noch da." Aber die letzten hatten sich in Anaá von ihnen verabschiedet. Chryséis schaute auf ihre Uhr, gerade als sie durch eine verborgene Tür gingen. Sie hatten etwa eine halbe Stunde bis zum Fuß des Berges gebraucht.

Trevor blickte zurück und sah, wie Amadis einen Stein mit einem geschnitzten Löwen darauf in eine Lücke zurückschob. Die Steintür schloss sich knarrend auf starken Kugellagern und wurde wieder eins mit der Felswand. Trevor sah sich die Umgebung draußen an. Ein großer steinerner Torbogen ragte zu ihrer Rechten über einer gepflasterten Straße auf, die von Wych-Ulmen gesäumt war. Die Straße führte direkt in die Stadt Maalbec, auf der anderen Seite des Sees, hinein.

Der Bogen war hoch genug, daß zwei Gabari - einer auf den Schultern des anderen stehend - bequem hindurchmarschieren konnten. Singende Vögel hatten ihre Nester in dem gemeißelten Relief entlang des oberen Türsturzes des massiven Monuments gebaut. Wenn es diese Straße gab, warum nahmen sie dann überhapt ein Boot? Links und rechts des Bogens bildeten große runde Kakteen eine natürliche Barriere. Das musste die lange hellgrüne Linie sein, die sie von der Terrasse aus gesehen hatten. Zu ihrer Linken erstreckte sich ein dichter Smaragdwald.

Durch eine Lücke zwischen den stacheligen Kakteen gingen sie nun die kurze Strecke zum Seeufer hinunter. Das Boot war an einem krummen Ast vertäut, der sich über den schlammigen Strand ins Wasser lehnte.

"Schnell jetzt, klettert ins Boot. Wir können es heute noch nach Caradoc schaffen", sagte Amadis zuversichtlich.

Trevor warf einen Blick auf den schlammigen Strand und das schwankende Boot. "Ich verstehe nicht, warum wir nicht mit dem Vimaan fliegen oder die Straße nehmen können ", sagte er hartnäckig.

Lubbo wollte das trockene Land ebenfalls nicht verlassen und blieb neben Trevor stehen. Das Lächeln verschwand aus dem Gesicht von Prinz Artû, der sich neben vier ebenfalls nicht lächelnden Dwendis in das Boot setzte, die kurze viereckige Ruder hielten. "Wir fahren mit dem Boot und Schluß!" meinte er.

Als Amadis seine Hand ausstreckte, um Katherine durch den Schlamm zu helfen, begann Tepi wieder zu knurren. "Pst, Tepi...", begann Katherine sie zurechtzuweisen, dann sah sie Amadis' Spiegelbild im Wasser und verstand, warum Tepi so feindselig war. Sein Haar war mausblond geworden und seine Gesichtszüge hatten sich verändert. Dann sah sie das Spiegelbild von Prinz Artû. Sie wich zurück und hielt sich an ihrem Rucksack fest.

Katherine hielt Gwendola zurück, während sie auf das Boot zuging und auf das Bild deutete. Es zeigte nicht den avallûnischen Prinzen, sondern den Zauberer, den Chryséis in den schrecklichen Gefängnishöhlen von Schuruk gesehen hatte. Auf der Stirn befand sich die Tätowierung einer Spinne. Tepi knurrte noch lauter. "Seht ihm nicht in die Augen, er hypnotisiert die Leute", sagte Katherine mit ruhiger Stimme, damit er es nicht hören konnte. Sie hätte in demselben Tonfall auch 'Oh, sieh dir den schönen See an' sagen können.

"Athenai, beeilt euch!", versuchte es der Hohepriester ein letztes Mal. Gwendola trat blitzschnell nach Amadis' Hand. Der große Mann wich überrascht zurück und schlitterte im Schlamm. "Lauft!", rief sie. Ohne weiter nachzudenken, drehte sich Chryséis um und begann zu rennen.

"Was ist denn hier los? Warum laufen wir weg?" verlangte Trevor zu wissen, als er Chryséis einholte.

"Schuruk - Trev - Schuruk!", schrie sie außer Atem.

Der Hohepriester von Schuruk schäumte vor Wut. Er sprang auf, packte eines der Ruder und schlug damit auf's Wasser. Sie waren schon wieder so nah dran gewesen! So nah dran!

Einer dieser verfluchten Gefährten musste den 'Sprechenden Stein' dabei haben. Sie hatten ihn nicht bei dem echten Prinzen Artû oder bei Amadis gefunden, deren leblose Körper oben in Caer Sidi lagen. Aber der Altar auf der kleinen Insel im See war letzte Nacht vorbereitet worden. Und nun war es wieder nichts mit dem Schlachtopfer.

Tepi bellte und machte einen Scheinangriff. Der Zauberer stolperte über den Saum seines Umhangs und fiel zurück ins Boot. "Dieser verdammte Hund!" Er zeigte auf Tepi und ein Blitz schoss auf den Hund zu. Doch der Blitz verfehlte sein Ziel und zischte in einem schwarzen Fleck auf den Boden.

"Tepi, komm her!" rief Katherine und der Hund sprang ihr hinterher. Das Boot trieb auf den See hinaus. Der falsche Artû drehte sich langsam um und sah, daß er allein in dem Boot saß. Die Dwendis, die gar keine Dwendis waren, sondern verkleidete Firbolg, waren auf dem Weg zum Grund des Sees. Die Zauberer hatten nicht mit den geräuschlosen Ioannu in ihrem wässrigen Element gerechnet.

Ein weiterer Mann tauchte aus dem Nichts neben dem gebogenen Ast auf, an dem gerade noch eine Fledermaus kopfüber gehangen hatte. Ein schwarzer Mantel hing locker über den kräftigen Schultern. Er bewegte sich überraschend schnell auf die hohen Araukarienbäume zu, die ihm Schutz boten. Während er rannte, verwandelte er sich vollständig in den Zauberer von Dilmun zurück.

Als er gerade den Wald betreten wollte, warf ihn etwas Unsichtbares zu Boden. Auf dem Rücken liegend sah er die Erscheinung einer Frau in einem goldenen Seidengewand, dessen Säume mit zwei violetten Streifen gesäumt waren. Sie schwebte in der Luft zwischen den Bäumen. Ein überlebensgroßes Hologramm der Lady von Sydonia! Dann erschien eine weitere Lady. Und noch eine. Die Ladys von Anaá und Algiras.

"Ihr schwachen, abscheulichen Weiber!", schimpfte der Zauberer. Die Ladys lachten leise, was den Zauberer noch mehr erzürnte. Er versuchte, einen Energieblitz auf das schwankende Hologramm der Lady von Sydonia zu schleudern, aber er merkte, wie er in einem unsichtbaren Kraftfeld gefangen war.

Praktisch gelähmt sah der Zauberer von Dilmun aus dem Augenwinkel, daß es seinen beiden bösen Brüdern, dem Hohepriester von Schuruk und dem hisbernischen Hohepriester, im Schlamm nicht viel besser erging.

Der dunkle Magier im Boot versuchte, sich in eine Fledermaus zu verwandeln und zu fliehen. Doch er konnte seinen Zauber nicht ausführen. Kopf und Arme waren bereits grässlich geschrumpft, sein Mantel zu dunklen Flügeln geworden. Der Rest seines Körpers blieb aber der eines Riesen. Er stand im Boot, als wäre er zu Stein geworden. Die Lady von Algiras winkte, und Meerleute zogen das Boot ans Ufer.

"Ihr werdet für eure bösen Taten bestraft", dröhnte die Stimme der Lady von Anaá. "Genau hier im Berg werdet ihr gefangen sitzen. Eurer Kräfte beraubt und in den kalten Felsen eingesperrt."

"Aaah, Betrug!", hallte der wütende, hilflose Schrei des Hohepriesters von Schuruk wider.

Die Lady von Algiras war ungerührt. "Eure Brüder vom Linken Pfad in den Fûna-Bergen, sind als nächste dran."

Inzwischen hatten die Kinder und die beiden Dwendis das Tor zum Berg erreicht. Sie ahnten nicht, was sich hinter ihnen abspielte, als sie die unheimlichen Schreie hörten, die von den Bergen herüberschallten.

"Beeilt euch! Schnell!" kreischte Katherine voller Panik. Ihr Gesicht war vom schnellen Laufen ganz rot angelaufen. "Sie werden uns kriegen!"

"Nicht, wenn wir den Schutzzauber benutzen, den Zeruana uns beigebracht hat", keuchte Trevor. "Ich hülle mich in einen Panzer aus Licht." Sie sagten es alle gemeinsam, sogar die Dwendis.

Trevor suchte nach der Verriegelung des Mechanismus. In seiner Eile konnte er den äusseren Stein mit dem geschnitzten Löwen nicht finden, und ein entschlossener Lubbo half ihm dabei.

"Er hat normalerweise eine andere Farbe. Versuch es mit diesem." Lubbo zeigte auf einen Stein, der neuer aussah. Es war der Stein mit dem Löwen. Trevor schob den Stein in seine Fuge hinein. Er gab nach und die Tür öffnete sich.

"Rein mit euch!" brüllte Trevor und schob alle grob durch die Öffnung.

"Autsch, seid vorsichtig, Freund Trevór!" knurrte Gwendola ihn an.

"Ich bitte um Entschuldigung, Athenai." Trevor zog seinen Arm gerade noch rechtzeitig zurück, als die Türöffnung zuschlug. Sie standen jetzt sicher in dem dunklen Berg, am Fuße der Treppe. "Setzen wir uns einen Moment hin, bis wir wieder sehen können." Sie tasteten nach der Treppe und setzten sich auf die Steinstufen.

"Ich kann nicht glauben, daß wir schon wieder darauf reingefallen sind", sagte Chryséis wütend. "Ich kann es einfach nicht glauben." Sie umklammerte immer noch ihren Rucksack mit dem Sprechenden Stein.

"Wer war dieser Riese in dem Boot?" verlangte Lubbo zu wissen. "Woher kam er? Und wo sind Prinz Artû und Amadis?"

"Oh Bruder, du bist manchmal so langsam", sagte Gwendola. Katherine erklärte, was sie im Wasser gespiegelt gesehen hatten.

"Die 'Bösen' sagst du, Freund Kathín, bist du sicher?" Lubbo schnaubte verächtlich. "Riesen sind nichts als Ärger. Nichts als Ärger mit denen."

"Ganz bestimmt. Wir haben den Zauberer in dem Boot schon einmal gesehen", sagte Chryséis. "In den Kerkern von Schuruk. Er hatte unseren Gabari-Freund Túvar dort gefangen gehalten."

Lubbo grummelte. "Ein Gabari-Freund, Riesen sind doch alle gleich..."

Trevor ignorierte ihn. "Was ist mit dem 'Sprechenden Stein'? Der falsche Prinz muß ihn gestohlen haben."

"Oh gute Erdmutter, was sollen wir nur tun?" Lubbo warf seine Arme nach oben.

"Nein, Lubbo. Der falsche Prinz hat den Stein nicht. Ich habe ihn", meldete sich Chryséis zu Wort. Sie erzählte ihnen, wie der echte Prinz ihr die Têrakhon-Kugel mit dem Stein gegeben und sie gebeten hatte, darauf aufzupassen.

"Warum hat Prinz Artû den 'Sprechenden Stein' einem Kind zur Aufbewahrung gegeben?" schmollte Lubbo. "Man muss in aller Fairness sagen, daß ich der Älteste von uns fünf hier bin."

"Aber Bruder, die Lady von Anaá muss den 'Sprechenden Stein' befragt haben", sagte Gwendola in beruhigendem Ton. "Prinz Artû ist sicher nur ihrem Rat gefolgt."

"Vielleicht sollten wir selbst mit dem Stein sprechen. Wenn nicht jetzt, wann dann..." Chryséis nahm die Kugel heraus. In dem fast dunklen Raum schimmerte der Mondstein ganz sanft.

"Der falsche Amadis und Artû wussten anscheinend nicht, wo der Stein war. Deshalb haben sie uns nicht sofort getötet", sagte Trevor und wischte sich die Stirn ab.

"Wenn der Prinz und Amadis noch am Leben sind, dann können sie sicher unsere Hilfe gebrauchen," Gwendola said.

"Du glaubst, daß sie sie getötet haben könnten?" Lubbos Herz sank.

"Dann lass uns den Stein fragen. Er sollte es doch wissen." Chryséis hielt die Kugel hoch. "Hallo Stein, kannst du mich hören?" Nichts geschah. Tepi bellte und setzte sich. Der Hund wedelte mit dem Schwanz und ließ die Zunge heraushängen. Ein Lichte blitzte auf und sie sahen hinauf, halb in der Erwartung, daß sich schreckliche Firbolg an sie heranschleichen wollten. Stattdessen sahen sie Artû und Amadis, die auf dem ersten Treppenabsatz standen. Sie waren von D'Ånu-Kriegern und Dwendis umgeben.

"Ihr ... ihr seid am Leben." Chryséis ließ vor Erleichterung fast die Kugel mit dem Stein fallen. "Seid ihr der echte Prinz Artû und Amadis?"

"Ja, wir sind es, Athenai. Habt keine Angst", begrüßte

Amadis sie. "Und seid froh, am Leben zu sein. Dank des Sprechenden Steins."

"Was war denn passiert?" fragte Lubbo.

Also erzählte Artû ihnen, wie die Lady von Anaá den Rat der zivilisierten Völker in Algiras zu Hilfe gerufen hatte, nachdem sie von den Absichten der Zauberer erfahren hatte. Ein Plan wurde ausgeheckt und D'Ånu-Truppen zur Zitadelle im Gogmagog-Gebirge entsandt .

Die beiden wurden gerettet und die Firbolge, die in der Mine auf der Lauer lagen, wurden betäubt und gefesselt. Die Ioannu hatten ihren Teil dazu beigetragen, bevor die Ladys die Zauberer bewegungsunfähig gemacht und in den Fels verbannt hatten. Und zwar in der Form von Miragen.

"Die Lady von Anaá traute dem Frieden nicht. Nicht, nachdem die prydhanischen Gabari, die mit der 'Sache' sympathisierten, begonnen hatten, Anaá anzugreifen."

"Sie wusste, was vor sich ging, und ließ uns mit dem falschen Prinzen Artû und Amadis in die Mine gehen? Wir wurden als Lockvögel benutzt?" Katherine konnte es kaum glauben.

"Wir mussten die Bösen auf frischer Tat ertappen. Die D'Ånu-Krieger und Dwendis waren in der Mine und hielten Wache", erklärte Amadis.

"Aber etwas hätte doch schief gehen können. Und was ist mit dem 'Sprechenden Stein'? Prinz Artû hat ihn mir in Anaá gegeben."

"Nein, das hat er nicht. Du hast ein normales Ei aus Selenit bekommen, das sehr ähnlich aussieht. Wir konnten es nicht wagen, den echten Stein zu verlieren."

"Ihr habt mich angelogen... und unser Leben riskiert!" beschwerte sich Chryséis.

"Wir entschuldigen uns dafür. Der Sprechende Stein war sich sicher, daß ihr in Sicherheit sein würdet."

"Oh, das ist aber sehr beruhigend."

"Es tut mir sehr leid, daß du wütend bist, Freundin Chryséis. Vielleicht wirst du mit der Zeit verstehen, daß es zum Wohle aller war."

"Das glaube ich nicht", brummte Chryséis. "Uns so zu benutzen..."

"Oh Chris, es ist doch alles gut gegangen", sagte Trevor.

"Aber nur knapp." Sie verschränkte die Arme.

"Ding dong die Hexe ist tot ..." begann Trevor die Melodie aus dem Film 'Der Zauberer von Oz' zu singen, was ihre Gefährten und die Wachen sehr überraschte.

"Wirklich? Das musst du jetzt singen?" grummelte Chryséis.

"Mir ist eben danach, '*Ding dong die Hexe ist tot, die alte Hexe, die böse Hexe, ding dong die böse Hexe ist tot...*'"

"Das ist so was von kitschig, Trevor." Katherine lachte.

"Und? Mir ist halt nach Singen zumute." Aber dann summte er einfach nur die fröhliche Melodie weiter und alle begannen mit ihm mitzusummen.

Vorbereitungen wurden getroffen und endlich waren sie auf dem Weg nach Caradoc. Nicht mit dem Boot, sondern in einem komfortablen Vimaan, der am Ufer des Mor Maalbec Sees entlang schwebte.

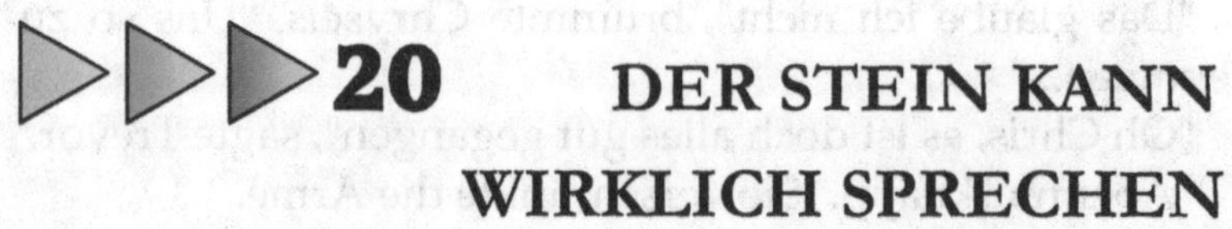

20 DER STEIN KANN WIRKLICH SPRECHEN

Bald nach ihrer Ankunft in Caradoc rief die Lady der Zitadelle die Kinder zu sich. Sie stiegen die Treppe zu ihren Gemächern hinauf und standen vor der Tür zum Empfangsraum.

"Der Hund muss hierbleiben, Athenai", verkündete der Zitadell-Wächter, der gekommen war, um sie zu begleiten.

"Aber sie wird bestimmt keine Probleme machen", protestierte Chryséis. Die Wache war unnachgiebig. "Die Lady sagte, nur die Kinder."

"Geht hinein, Freunde, ich bleibe mit Tepi zurück", bot Gwendola an.

"Schukri, Freundin Gwendola. Tepi bleibe hier," sagte Katherine. Sie hörten Tepi ein wenig wimmern, als die Tür geschlossen wurde, aber der junge Hund blieb gehorsam bei der vertrauten Dwendi-Frau zurück.

Der Zitadell-Wächter und eine Jungfer führten sie diese Treppe hinauf und jene hinunter, bis sie vor einer Wand standen, die mit dem Mosaik einer Löwin geschmückt war, zwischen deren Pranken ein Hirsch lag.

Eine Tür neben dem Mosaik öffnete sich. Sie traten ein und befanden sich nun im Audienzsaal. Die Lady von Caradoc war eine dunkle, zierliche Frau, die sehr viel Autorität zu besitzen schien. Nach der üblichen Begrüßung und dem offiziellen Dank im Namen des Volkes von Caradoc, daß sie an der Rückgabe des Sprechenden Steins beteiligt gewesen waren, bat sie die Wache und die Jungfer, den Raum zu verlassen.

"Liebe Kinder aus der Zukunft", sagte sie ohne große Umschweife. "Bitte folgt mir." Die Zeitreisenden waren inzwischen an solche Bemerkungen von Ladys gewöhnt und stellten keine Fragen. Sie folgten ihr durch eine Reihe von kleineren Privaträumen und schließlich öffnete die Lady von Caradoc eine Schmetterlingstür und führte sie in einen fensterlosen Raum.

Die dunkelblauen Wände waren mit glitzernden Sternen versehen und die Decke war ein pyramidenförmiges Têrakhon-Dach in schimmerndem Grün, das sanftes Licht von oben hereinließ. Direkt unter dem Scheitelpunkt des Daches standen ein mit Perlmutt eingelegter Tisch und ein ähnlich verzierter Stuhl.

"Woah, was ist das denn alles?" fragte Trevor beeindruckt.

"Dies ist das Zuhause des 'Sprechenden Steins'", antwortete die Lady von Caradoc. Auf dem Tisch stand das große perlweiße Ei, das die Kinder auf ihrer Reise so gut kennen gelernt hatten, aufrecht in einem mit Juwelen besetzten silbernen Kästchen, das mit dunkelblauer Seide ausgekleidet war. Der Stein begann zu leuchten, und die Lady drängte sie nach vorne. "Geht zu, Kinder. Der Stein möchte mit euch sprechen."

"Der Stein will mit... *uns* sprechen?" fragte Katherine.

"Ja, ich werde euch jetzt allein lassen. Ihr dürft fragen, was immer ihr auf dem Herzen habt." Die Lady von Caradoc zog sich zurück und sie gingen vorsichtig zum Tisch vor. Die Kinder starrten ungläubig auf das glühende Ei. "Woher weiß sie, daß der Stein mit uns sprechen will?"

"Das Glühen muss eine Art Zeichen sein."

"OK." Chryséis setzte sich auf den Stuhl, während Katherine und Trevor hinter ihr standen. Sie starrten das glühende Ei an, aber das schimmerte nur.

"Was sollen wir jetzt tun?" fragte Trevor.

"Das weiß ich auch nicht," erwiderte Chryséis.

"Was ist, wenn es einen Betäubungsstrahl oder so etwas aussendet?"

Chryséis rollte mit den Augen. "Sei nicht albern, Trev."

"Man kann ja nie wissen."

Der 'Sprechende Stein' tat aber nichts dergleichen.

Stattdessen erschien das Gesicht eines freundlichen Mannes mit weißem Haar und Bart auf der Oberfläche des glänzenden Eies. Das war ja aufregend!

"Ihr dürft jetzt näher kommen, dann muss ich nicht so laut sprechen."

Der Mann hatte ein Zwinkern in den Augen, als wüsste er, was die Kinder dachten. Sie zuckten zusammen. War das etwa eine Art Hologramm? Es fiel ihnen zunächst garnicht nicht auf, daß der Stein perfekt Englisch mit ihnen sprach.

"Wer bist du? Was bist du?" stammelte Trevor. "Wie heißt du denn?"

Der alte Mann bedeutete ihnen, näher zu kommen. Dann begann der Stein wieder zu sprechen. "Aah, Trevor, mein Freund. Ich bin nicht irgendein alter Mondstein, weißt du. Ich bin echt und dann auch wieder nicht. Ein sehr ausgeklügeltes Programm, wenn man es so nennen kann. Mein Name ist aber nicht von Bedeutung."

"Du bist also ein Programm? Wie ein Computer-Programm?" Chryséis rückte den Stuhl etwas näher heran.

"Woher kennen Sie meinen Namen?" Trevor war ganz verwirrt.

"Aber ich kenne euch doch alle sehr gut." Die Augen des Abbilds huschten durch den Raum, als ob sie nach etwas oder jemandem suchten. "Wo ist ... ach, egal." Offensichtlich hatte der Stein sich geirrt.

"Ach ja, natürlich, Sie hatten der Lady von Algiras gesagt, daß wir mit nach Caradoc kommen sollen. Dabei hat sie Ihnen wohl unsere Namen gesagt ", meinte Chryséis.

"Wenn du meinst."

"Sie können also tatsächlich sprechen?" fragte Trevor naiv.

"Warum sollte man mich sonst den 'Sprechenden Stein' nennen?"

"Wir dachten, es sei irgendein Trick, um die Leute hier dazu zu bringen, sich anständig zu verhalten."

"Nun, da liegt ihr gar nicht so weit daneben. Wie alle anderen 'Sprechenden Steine' ist in mir das Wissen und die

Weisheit des At-tee'kah D'At-tee-keen gespeichert. Das bedeutet 'die Ältesten der Alten'. Ein Geschenk zur Anleitung der Menschheit, bevor sie sich entschlossen hatten, 'Rokana', wie dieser Himmelskörper vor langer Zeit genannt wurde, zu verlassen."

"Rokana? Sie meinen damit den Planeten Erde?"

"Ja richtig, Planet Erde, so wird Rokana in eurer Zeit genannt." Das Abbild war zu reaktionsschnell für ein bloßes Hologramm – eher interaktiv wie eine Art künstliche Intelligenz.

"Dann stimmt es also, daß eine Art 'Götter' die 'Sprechenden Steine' zurückgelassen haben? Davon haben wir schon paarmal was gehört", meinte Chryséis schüchtern. "Wo sind die denn hingegangen?"

"Es sind ja nicht wirklich 'Götter' im eigentlichen Sinne, meine Liebe. Aber eine sehr - wie soll ich sagen - hochentwickelte Gruppe von Menschen. Das ist alles, was ich im Moment zu verraten bereit bin."

"Och." Die Zeitreisenden waren enttäuscht.

"Ihr müsst ja eine endlose Energiequelle besitzen." Katherine wusste nicht recht, was sie von einem derart programmierten Stein halten sollte, aber eine wissenschaftliche Herangehensweise war immer ein guter Anfang.

"In gewisser Weise. Aber so etwas Aufwändiges ist nicht nötig. Meine 'Energiequelle' ist 'Fohar'. Reine Energie. Viel fortschrittlicher als eine Vakuumbatterie und schwer zu erklären. Lassen wir es dabei bewenden."

Trevor war neugierig, er hatte das Wort schon einmal gehört. "Was ist reine Energie? Ist das sowas wie Elektrizität?"

"Es ist viel einfacher und doch kraftvoller als Elektrizität oder jedes Gerät, das von Erdlingen hergestellt wird."

Katherine fiel etwas auf. "Wie kommt es eigentlich, daß Sie unsere Sprache sprechen können?"

Der Mann im Stein lächelte und kratzte sich am Bart. "Ich verstehe die Sprachen derer, die in meine Nähe kommen. Man könnte sagen, es ist ein Teil meines 'Programms', das in diesem Stein gespeichert ist."

"Aber wann war das denn alles passiert?" fragte Trevor.

"Ich bin schon eine ganze Weile hier", sagte der Mann im Stein.

"Eine ganze Weile?"

"In der Tat. Ich habe so eine Art Aufzeichnungsgerät in mir."

"Wird es Ihnen denn nie langweilig?" wollte Chryséis wissen.

"Der Gedanke an Langeweile ist den Sprechenden Steinen fremd."

"Aber wie konnten die Menschen vor so langer Zeit so klug sein?"

Der Stein musste nun tatsächlich lachen. "Das ist kein Paradoxon. Nach der 'Ersten Zeit', als das Leben in Frieden und Glückseligkeit ein Ende gefunden hatte, beschlossen die 'Alten', die Menschheit sich selbst zu überlassen. Zumindest für eine gewisse Zeit. Andere Aufgaben warteten in fernen Reichen und das Böse hatte eine tragische Kette von Naturkatastrophen auf Rokana ausgelöst.

Die edlen D'Ånu, die es damals schon gab, und Personen von hohem moralischen Ansehen, die vielversprechendsten aller Menschen, wurden mit den "Sprechenden Steinen" betraut. Zwölf würdige Herrscher erhielten im Geheimen je einen "Sprechenden Stein", um ihn für das Allgemeinwohl einzusetzen. Eine Sicherheitsmaßnahme sozusagen."

"Wie die Ladys der Zitadellen...", sagte Trevor eifrig.

"In der Tat, wie die Ladys der Zitadellen. Wir konnten dazu benutzt werden, mit den At-tee'kah D'At-tee-keen bis zu deren Rückkehr im 'Himmel' zu kommunizieren. Bis heute werden die 'Sprechenden Steine' in Notzeiten zu Rate gezogen, um den besten Weg zu finden, Frieden und Sicherheit für die Leute im Lande zu erhalten oder wiederherzustellen", fuhr der 'Sprechende Stein' fort. "Als sich dies herumsprach, reizte die Aussicht, einen sprechenden Stein der 'Götter' zu besitzen, die dunkle Natur vieler, die nicht auserwählt worden waren. Eine Reihe von uns sprechenden Steinen wurde von denen gestohlen, die von einem absurden Verlangen nach Macht über andere angetrieben sind. Sinnlose Kriege wurden geführt. Ich nehme an, ihr seid mit dem Konzept vertraut?" Der 'Sprechende Stein' seufzte leise, wenn das bei einem Stein überhaupt möglich war.

Die Kinder nickten. "Sie landeten auf dem Grund der weiten Meere - die 'Sprechenden Steine' eben. Sie wurden im Zorn dorthin geschleudert, als man entdeckte, daß die Unvorbereiteten gar nicht mit den 'Göttern' sprechen konnten. Kein böser Herrscher sollte den Vorteil von 'göttlichem' Rat erfahren, aber sie versuchen es trotzdem. Immer noch." Der Stein hielt einen Moment lang inne.

"Es sind nur noch drei von uns übrig. Ein Amethyst auf dem Kontinent Patâla, der einst eine Zivilisation von höchstem Rang beherbergte, ein Smaragd in Kharsag und natürlich - ich selbst." Er machte eine kleine Verbeugung.

Die Kinder erinnerten sich, daß Gwendola ihnen von den D'Ånu-Missionaren erzählt hatte, die eine Plantage in den Bergen von Rusicada hatten. Sie fragten sich, wo genau Rusicada lag, aber das war ja im Moment nicht so wichtig.

"Dann stimmt es also nicht, daß ein Sprechender Stein jedem, der ihn in seinem Besitz hat, Ratschläge geben und seine Weisheit mit ihm teilen muss?"

"Nein. Die At-tee'kah D'At-tee-keen wären nicht so töricht gewesen, einen solchen Missbrauch ihres Wissens zuzulassen. Zumindest nicht, wenn es um sprechende Steine geht. Habgier ist ein schlechter Ratgeber, immer kurzsichtig und auf den eigenen Vorteil bedacht."

"Aber die Zauberer und die Edfunier wussten das nicht. Unsere ganze Reise war dann umsonst!" Chryséis sprang vom Stuhl auf.

"Nein, Chryséis", kam die prompte Antwort. "Die Reise, die ihr unternommen habt, um mich zurückzubringen, war nicht umsonst. Auf dem Grund des Meeres wäre ich der Menschheit nämlich nicht von großem Nutzen. Erdbewohner lernen aber langsam." Der Mann im Stein seufzte erneut.

"Leider ist das Verlangen nach Macht hartnäckig, und

die Wahrheit ist nicht in jedermanns Ohr süß wie Honig."

"Die Ladys, die mit dir gesprochen haben, wussten das also die ganze Zeit ... und haben uns trotzdem gehen lassen?" Chryséis war schockiert. "Warum?" Sie setzte sich wieder hin.

"Nein, Chryséis, sie kannten nicht die genauen Gründe. Nur, daß eure Anwesenheit für den Erfolg der Mission unerlässlich war."

"Wieso das denn? Warum waren wir so wichtig?"

"Ihr hattet bereits euren Mut bewiesen, indem ihr durch Zeit und Raum gereist seid. Außerdem kanntet ihr beiden Mädchen den Hohepriester von Schuruk. Keiner eurer Reisegefährten hätte ihn erkannt. Euch ist es zu verdanken, daß ich überhaupt noch in der Lage bin, Ratschläge zu erteilen. Und daß ihr alle überlebt habt."

Der 'Sprechende Stein' hatte das also die ganze Zeit gewusst?

"Sprechender Stein, Sir. Könnten Sie uns bitte sagen, ob wir das Richtige tun, wenn wir hier bleiben. Sind wir noch sicher in der Vorgeschichte?" fragte ihn Trevor.

"Hmm, mal sehen, Trevor. Wie wäre es mit dieser Antwort:
'Ihr seid noch nicht am Ende eurer Reise angelangt,
Ihr seid dorthin gegangen, wo nur wenige zuvor waren.
Euer innerstes Verlangen... stachelig und brennend,
wird euch sicher ans Ufer führen.' Hmm, das sollte reichen..." Der Mann im Stein schien mit seinen Bemühungen zufrieden zu sein.

"Ich nehme an, das ist eine Orakel-Antwort?" fragte Chryséis stirnrunzelnd und dachte: *Was soll denn diese ganze Reimerei?*

"So gut es eben geht. Gesunder Menschenverstand und Grundwissen gehören zu unserem Programm," antwortete der Sprechende Stein. "Und ein wenig Reimerei."

"Kannst du nicht etwas genauer sein?" Trevor wollte mehr wissen. Dann entschuldigte er sich, daß er so dreist gewesen war. "Ich frage ja nur..."

"Seid weiterhin reinen Herzens und starken Geistes, dann werdet ihr jede Herausforderung meistern, junge Freunde. Ihr werdet in der Tat viele Herausforderungen meistern. Was ihr jetzt lernt, müsst ihr euch gut merken, wenn ihr in eure eigene Zeit zurückkehrt."

"Warum das denn?"

"Das wisst ihr doch bereits. Warum sonst würdet ihr ein Tagebuch führen, Fotos machen und so viele Fragen stellen? Es gibt noch vieles zu lernen." Die Kinder waren überrascht, daß er davon wusste, aber anscheinend wusste der Stein sogut wie alles.

"Bitte, Herr Stein", Chryséis wollte unbedingt noch etwas loswerden. "Wenn Sie in die Zukunft sehen können, sagen Sie mir bitte, ob es meiner Familie gut geht?"

"Liebes Kind, es stimmt zwar, daß ich in die Zukunft sehen kann, ebenso wie meine 'Kollegen', aber ich kann dir solche Dinge nicht sagen. Wie du schon weißt, wirst du genau in dem Moment zurückkehren, in dem du deine eigene Zeit verlassen hast. Die gewünschten Informationen werden euch also zugänglich sein, sobald ihr nach Hause zurückkehrt. Nichts wird sich durch eure Anwesenheit hier verändert haben."

"Wir werden dann also sicher nach Hause zurückkehren?" fragte Chryséis eifrig. "Und wir haben nichts verändert?"

"Aha", sagte der Sprechende Stein in einem väterlichen Ton. "Aber nicht alles ist vorhersehbar. Gebt acht. Die Aufzeichnungen, die ich besitze, können sich durch die zukünftigen Handlungen der Beteiligten ändern. Ich sehe eine sichere, wenn auch abenteuerliche Reise voraus. Solange ihr euch an euer Ziel erinnert und euch nicht in brenzlige Situationen begebt."

"Dafür ist es schon zu spät," seufzte Trevor.

"Oh, aber ihr wart recht vorsichtig. Benutzt eure Tarnkappen, wenn nötig, und trefft Entscheidungen aus guten Gründen. Ihr seid klug genug."

"Wie meint Ihr das?"

"Lasst euch nicht hinreißen. Denkt immer daran, woher ihr gekommen seid und daß ihr diese Reise bis zum Ende durchziehen müsst. Nicht vorher aussteigen. Eure Anwesenheit hier ist von Wichtigkeit."

"Danke, Herr Sprechender-Stein. Das werden wir uns merken."

"Ja, natürlich werdet ihr das. Ich werde mich jetzt zurückziehen, um mich zu stärken und euch euren Weg gehen zu lassen. Es war mir ein Vergnügen, solch junge Forscher persönlich kennenzulernen."

"Danke ... Stein", rief Trevor, bevor das Leuchten schwächer wurde und bald ganz verging. Der Mann im Stein war verschwunden.

"Und das, meine Damen und Herren, war der Sprechende Stein." Trevor konnte sich einen Hauch von Sarkasmus nicht verkneifen. In Kamûk hatten sie es nicht für möglich gehalten, und nun hatte der Stein ihnen praktisch ein Interview gegeben.

"Ich frage mich, warum Königin Elfinûr ihn aufgegeben hat. Der Stein ist doch fantastisch." Katherine starrte immer noch auf den nun unbelebten Mondstein.

"Was für eine Frage", schimpfte Chryséis. "Vielleicht gehört sie zu den Leuten, mit denen der 'Sprechende Stein' eben nicht sprechen will, und sie war sowieso ziemlich verrückt."

"Warum hat er nicht was Genaueres gesagt? Zum Beispiel: 'Ich sehe, daß ihr eine tolle Reise zurück nach Sydonia und dann durch das Zeitportal ins Carter Tal haben werdet.'"

"Ach Trevor, hast du denn gar nicht zugehört, was er gesagt hat? Die Dinge können sich noch ändern, je nachdem, welche Entscheidungen wir treffen," schalt ihn Katherine.

"Ich weiß, die Dinge können sich immer noch ändern." Trevor klang irritiert. "Aber ich habe mehr erwartet als nur ein Gedicht."

"Er hat gesagt, daß es uns gut gehen wird, wenn wir uns an unseren ursprünglichen Plan halten."

"Unseren ursprünglichen Plan?"

"Ja, Dodo! Zeitreisen erforschen wie Wissenschaftler. Informationen für das Quantenphysik-Projekt sammeln und so weiter." Jetzt war Chryséis an der Reihe, irritiert zu sein.

"Ja, gut, 'vergesst nie, wo ihr herkommt'..."

"Ich glaube, was er meinte, war, daß wir es uns in der Vorgeschichte nicht zu bequem machen sollten," meinte Katherine und nickte.

"Das wird wohl kaum passieren." Sie gingen nun allein durch die Zimmerflucht und treppauf, treppab zum Audienzsaal zurück.

"Ja, sehr unwahrscheinlich. Ich frage mich, warum er in dem Raum nach jemand anderem gesucht hat ... und warum wartet da draußen ein Vimaan?" Chryséis sah durch eines der großen Fenster nach unten.

"Es ist zu spät, den Stein jetzt danach zu fragen. Und es ist Zeit für unsere Besichtigungstour, schon wieder vergessen?" erwiderte Katherine.

"Natürlich... das hätte ich fast vergessen."

"Vielleicht dachte er, daß Artû hier sein würde oder Amadis und die Dwendis," überlegte Trevor. "Wo ist denn die Lady?"

"Wahrscheinlich ist es nicht so wichtig, daß sie uns hinausbegleitet." Chryséis war schon halb aus der Tür. "Praktisch, so ein sprechender Stein. Das ist, als hätte man einen klugen Freund immer da."

"Oh, danke, wir sind also nicht mehr gut genug für dich?"

"Du weißt, was ich meine. Es gibt Dinge, die ihr eben nicht wissen könnt."

"Glaubt ihr, daß es in der Zukunft noch 'Sprechende Steine' gibt? Zum Beispiel in Höhlen versteckt oder in irgendeiner vergrabenen Kiste."

"Stell dir das mal vor. Er hat ja noch zwei andere Steine erwähnt, aber wer weiß."

Natürlich wusste keiner von ihnen eine Antwort auf diese Frage.

 **21**   # DAS UNWETTER

"Lyonesse ist so ein toller Ort", seufzte Chryséis und schaltete den Palmtop Computer aus. Sie blickte aus dem Fenster. "Ich hätte nie gedacht, daß ich Europa mal so sehen würde. Wir müssen heute unbedingt ein paar Fotos machen."

Die Zeitreisenden waren froh, daß ihre Aufgabe endlich vorbei war, auch wenn das Treffen mit dem Sprechenden Stein ungeheuer interessant gewesen war. Ihr Turmzimmer hatte Fenster auf drei Seiten und rundherum einen Balkon, den sie nicht benutzen konnten, wenn ein Wind aufkam, was öfter passierte. Aber die Aussicht auf Caradoc und die umliegende Landschaft war atemberaubend.

"Schade, daß es hier oben so windig ist", sagte Katherine, obwohl sie den Mund voller Essen hatte. Der Turm befand sich direkt über einem Gewirr von Balkonen, auf denen in der warmen Morgensonne Wäsche zum Trocknen aufgehängt war. Springbrunnen und Mosaike waren den Hinterhöfen und Dachgärten vorbehalten. Es gab auch ein paar alte Gebäude mit Säulen, die den mittelalterlichen Eindruck störten. Von fast allen Dächern in Caradoc flatterten grüne Banner mit einem roten Löwen darauf, dem Wappen von Lyonesse. Chryséis machte ein paar Fotos mit der kleinen Digitalkamera.

"Es ist so anders hier. Wo sonst gibt es Steintreppen, die von der Straße auf Felder hinauf führen?"

"Ja, die Leute hier sind von Treppen geradezu besessen. Hoch und runter und wieder hoch und runter." Aus irgendeinem Grund liebten es die Lyonessals, viele Treppen zwischen ihre Häuser zu bauen, mit Terrassen und überdachten Brücken, die dicht an dicht standen. Aber das schien die Bewohner nicht zu stören. Es war angenehm, in der Hitze des Tages etwas Schatten zu haben. Das Kopfsteinpflaster war ein verwirrendes Labyrinth mit vielen Plätzen dazwischen. Die

Kinder trauten sich nicht, ohne einen der Zitadellenführer hinauszugehen, aus Angst, sich zu verlaufen.

"Nicht so steil wie Poseidonis auf Atala, oder? Warum sind die Bilder eigentlich so unscharf geworden?" Chryséis löschte die Bilder und versuchte es erneut.

"Kannst du mir etwas von der Salchi geben?" Katherine war noch mit Frühstücken beschäftigt. Salchi war eine Spezialität in Caradoc. Schnüre mit Paprika, Zwiebeln und der dünnen, langen Salami, die "Salchi" genannt wurde, hingen von den Dachsparren in fast jedem Haus des Landes.

"Katie, du isst, als wärst du am Verhungern," schalt sie Chryséis. Katherine nahm einen großen Bissen von der Salchi, die Chryséis ihr gereicht hatte. "Ich bin hungrig. Solange es nicht wieder gebratene Kakerlaken sind. Igitt."

Sie gab Tepi ein paar Bissen. Der Hund hob den Kopf vom Boden und wimmerte vor Vergnügen. "Mmh, das ist einfach zu gut. Ich frage mich, wie dieser gelbe Käse da schmeckt."

Lyonesse war die Kornkammer der Region. Die Bauern bauten auf dem fruchtbaren Vulkanboden alles an: von Getreide über Gemüse und Obst bis hin zu Weintrauben zum Keltern. Die Westflanken des Ushantil-Gebirges sahen durch die vielen Weinberge ganz schwarz und grün gestreift aus. Das Ushantil-Gebirge erstreckte sich fast über die gesamte Länge des östlichen Lyonesse und die Tiefebene war mit rotgedeckten Dörfern in rechteckigen Feldern gesprenkelt. Man konnte von hier oben alles bestens sehen. "Ich werde diese Aussicht vermissen, wenn wir gehen. Es ist eine Schande, wie das alles in ein paar hundert Jahren verschwinden wird. Am südlichen Horizont kann man sogar eine blaue Linie sehen."

"Das ist der Atlantik", sagte Katherine, während sie ein Stück Käse aß.

"Das weiß ich." Die Vimaane bewegten sich gemächlich über die belebten Straßen hinweg. Eine künstliche Wasserstraße, der Usk-Kanal, verband Mor Llyn Llion mit der Hafenstadt Haithabu im Süden, die zu Fuß etwa eine Tagesreise entfernt war. Hohe Zypressen säumten die gepflasterten Alleen links und rechts des Kanals. Das einzige Boot, das sie so früh am Morgen sahen, war eine bemalte, blumengeschmückte Fähre, die gerade von einer Hochzeitsfeier zurückkehrte.

"Vielleicht sollten wir jetzt bald rausfahren. Die beste Zeit für eine Bootsfahrt ist früh am Morgen, wenn der Verkehr noch nicht so stark ist."

"Der Käse ist gar nicht so schlecht", sagte Katherine und nahm einen weiteren Bissen von der Salami, die sie so gerne mochte. "Willst du noch eine Tour machen?"

"Warum denn nicht? So bald werden wir ja nicht wiederkommen." Erst gestern hatten sie eine Bootstour auf dem See gemacht. Das Boot hatte bei einer kleinen Insel geankert, wo sie die Ruinen einer alten Stadt erkundet hatten, die vor langer Zeit von den Wassern eines überlaufenden Mor Llyn Llion überflutet wurde.

Verschlungene Wurzeln von Bäumen und Sträuchern hatten sich zwischen den verzierten Quadersteinen verkeilt. Die Ruinen, die noch über Wasser standen, waren nur von Fledermäusen und Skorpionen bewohnt. Es war einfach unfassbar, wie alt diese Ruinen sein mussten.

"Komm schon Trevor, mir wächst hier noch ein Bart", rief Chryséis. "Beeil dich." Sie hatten heute Morgen schöne Kleider über Stühlen hängend vorgefunden. Lange weiße Kleider für die Mädchen und Blumen für ihr Haar. Ein Hemd und ein kurzer Faltenrock in der gleichen Farbe für Trevor. Außerdem gab es da bestickte Samtwesten und Gürtel mit Ledertaschen, um den Look zu vervollständigen. Es wurde von ihnen erwartet, später in dieser Tracht bei der Zitadelle zu erscheinen, wo Feierlichkeiten zu Ehren Gradlons, eines alten D'Ånu-Herrschers und Begründers der Zivilisation stattfanden.

"Ich komme ja schon!" Trevors gedämpfte Stimme kam hinter einem schweren Vorhang hervor. Der trennte ein hübsch eingerichtetes Badezimmer vom Schlafbereich des Turmzimmers ab.

So baufällig die Häuser von Caradoc von außen auch aussehen mochten, innen waren sie geräumig und komfortabel.

"Was ist los, Trev? Bist du zu schüchtern, dich zu zeigen?" Chryséis lachte und Trevor steckte seinen Kopf zwischen den Vorhängen hervor.

"Darin sehe ich dumm aus", erklärte er. "Ein Minirock! Das erwarten sie von mir zu tragen! Was ist aus der guten alten Hose geworden?"

"Komm schon, niemand in Pemberton wird dich jemals so zu Gesicht bekommen." Katherine konnte sich ein Lächeln nicht verkneifen. "Alle Männer hier tragen doch solche Kleider. Die Lady of Caradoc will nur, daß wir dazugehören", versuchte Katherine ihn zu beschwichtigen.

Trevor war nicht sehr überzeugt, aber welche Wahl hatte er schon? Vielleicht sollte er die schwarze Mütze, die mit kleinen Flügeln über den Ohren verziert war, zurücklassen. "Ich komme mir vor wie Asterix. Wer erfindet denn so etwas Dummes?"

"Na ja, besser du als ich," meinte Katherine und aß den Rest der Salchi-Wurst.

Trevors Gesicht verzog sich vor Verzweiflung. "Siehst du, was ich meine?! Ich sehe dumm aus. Keine Fotos, verstanden?"

"Oh, nur ein klitzekleines, Trevor...". Chryséis konnte nicht anders als ihn zu necken und hielt die Kamera hoch.

"Wage es ja nicht!" Er jagte Chryséis hinterher, die auf Betten sprang und mit der winzigen Digitalkamera herumfuchtelte, die ihren Zweck bis jetzt so gut erfüllt hatte. Sie hatte Bilder von Monstern, Elfen, Zentauren, Städten und Meerjungfrauen eingefangen, aber Trevor war nicht in der Stimmung für Scherze.

"Trevor ... das war doch nur ein Scherz." Chryséis' Freude darüber, Trevor zu ärgern, verflog plötzlich. Er saß gerade auf ihr und drückte sie spielerisch nach unten, als eine der Zitadellenjungfern sie aufforderte, sich bereit zu machen. "Athenai, beeilt euch. Es ist schon spät."

"Ist es schon so weit?" fragte Katherine. Da blieb wohl keine Zeit mehr für einen Bootsausflug.

"Ihr müsst bald aufbrechen, bitte zieht euch an."

Chryséis kämpfte sich auf die Beine. "Mensch, Trev, musst du denn so brutal sein?"

"Keine Bilder, ich mein's ernst."

"OK, OK."

Unten in den engen Kopfsteinpflasterstraßen waren die Caradocals schon auf dem Weg zur Zitadelle von Caer Llion am Kanal. "Also keine Zeit für eine Besichtigungstour. Schade." Katherine steckte sich ein letztes Stück des aromatischen Apfels in den Mund. "Wirklich schade. Wie hieß das Fest noch mal?"

"Fest des Gradlon. Erinnerst du dich nicht? Das ist der D'Ånu-Herrscher aus Ker-is..."

"Ker-is, die Stadt, die überflutet wurde?"

"Ja, genau, Trev, du hast ja zugehört."

"Natürlich habe ich das. Los geht's." Im Handumdrehen waren sie angezogen und bereit und Trevor beschloss sogar, den geflügelten Hut aufzusetzen, der ein Teil der Tracht war.

Tepi hüpfte vor ihren Menschenfreunden her, ganz hibbelig durch die ganze Aufregung. Sie war gestern gebadet und gebürstet worden. Ihr Fell glänzte wie gesponnenes Gold in der Morgensonne, und Katherine hatte ihr eine blaue Schleife um den Hals gebunden. Ihre Füße zertraten Rosenblätter, als sie hinter dem Zitadellenwächter den Steg entlanggingen. Ein Bootsmann lenkte seine geschmückte Gondel unter einer Brücke hindurch in einen schmalen Seitenkanal, der von einfachen, dicht aneinander lehnenden Häusern gesäumt war.

"Das kannst du dir später ansehen, komm jetzt, Chris."

Freundlich lächelnde Gesichter und gedämpfte Stimmen folgten den ausländischen Kindern die Straße hinunter. "Vielleicht fühlt es sich so an, wenn man ein Popstar ist", sagte Chryséis. Man hatte die Gefährten wie Prominente in Caradoc empfangen. Von Prinz Artû und den anderen hatten sie aber seit dem üppigen Abendessen am ersten Abend nicht mehr viel gesehen. Sie kamen an Verkaufsbuden vorbei. Katherine und Chryséis wollten mit dem Perlmutt-Tender, den sie noch in ihrer saurischen Ledertasche hatten, kleine Souvenirs kaufen.

"Wir können keine Rucksäcke voller prähistorischer Kuriositäten herumschleppen", wandte Trevor ein. "Wir haben schon genug Zeug dabei". Was war das eigentlich immer mit Mädchen los und ihrem Drang zum Einkaufen? Überall wurden sie magisch von Einkaufszentren angezogen.

"Keine Sorge, alle Geschäfte scheinen über die Feiertage geschlossen zu sein."

"Toll!" Trevor stieß mit der Faust in die Luft.

Vor einem geschlossenen Laden an der Ecke tummelte sich eine Schar kichernder Mädchen in ihrer Festtagskleidung. Eine weiß-rosa Wolke mit Bändern und Blumen. Die Nasen gingen in die Höhe, als sie Chryséis und Katherine in Begleitung eines so attraktiven Jungen sahen. Die Nasen gingen noch ein bisschen höher in die Luft, und ihre Augen waren voll Neid, als die Fremden vorbeigingen.

"Ich schätze, es gibt überall Nataschas und Hollys", flüsterte Chryséis. "Sogar hier in der Vorgeschichte!"

"Ich hatte sie völlig vergessen", gab Katherine zu. "Sogar, wie sie aussehen. Aber ich erinnere mich noch an ihre fiesen Sprüche."

"Ich musste eine Woche lang die hintere Veranda fegen, wegen Natasha." Trevor stöhnte spielerisch. "Weil sie mich nachts im Schulgarten gesehen hatte."

"Oh ja, stimmt. Als du den Zeitportal-Sucher am Golfplatz getestet hast."

"Das ist schon wieder 'ne halbe Ewigkeit her." Sie erreichten den festlich geschmückten Platz vor der Zitadelle. Reihen stehender Steine begleiteten sie zu einem freien Platz am Kanalufer. Ein Chor hatte soeben das eilig komponierte Lied 'Der Sprechende Stein kehrt zurück' zu Ende gesungen und für nach den Reden war ein traditionelles Theaterstück über Fürst Gradlon geplant. Links und rechts der Bühne waren hohe, mit breiten roten und grünen Bändern geschmückte Stangen aufgestellt. Katherine starrte fasziniert zu, wie junge Männer mit ausgestreckten Armen im Kreis um die Stangen herumflogen. Sie hingen an Seilen, die um ihre Hüften gebunden waren.

"Das sieht ja komisch aus. Wie Karussells auf'm Rummel."

"Ich frage mich, was das alles soll. Eine Art Tradition?" fragte Trevor. "Wird denen nicht schlecht von dem ganzen Kreiseln? Was ist, wenn sie sich übergeben müssen?"

"Oh, das ist ja eklig!" Chryséis wurde schon vom Anblick der Fliegenden schwindelig. "Du denkst immer an so komische Sachen, Katherine MacDougal. Ich bin sicher, die haben viel Übung."

"Ich hoffe, sie verlangen nicht, daß *ich* auch so was tue." Trevor starrte missmutig auf das Spektakel.

Aber, er brauchte sich keine Sorgen zu machen. Der Wächter der Zitadelle führte die drei Kinder zu einer erhöhten Plattform direkt vor dem Zitadellgebäude. Ihre Dwendi-Freunde, Artû und Amadis, saßen bereits auf Bänken und begrüßten sie mit einem freundlichen Lächeln. Sie hatten ja in Caradoc nicht viel von ihnen gesehen.

Von der Plattform aus hatte man einen guten Blick auf die Bühne und den dahinter liegenden Kanal. Jemand brüllte ein Kommando, und die kreisenden Jugendlichen wurden langsamer. Sie lösten die Knoten und sprangen auf den Boden. Hier blieben sie einige Augenblicke liegen, bevor sie aufstanden und davon taumelten, um von lächelnden jungen Frauen Becher mit verdünntem Wein entgegenzunehmen.

"Erbärmlich. Sie versuchen nur, die Aufmerksamkeit der Mädchen zu erregen", schnaubte Chryséis.

Das Orchester blies gekonnt in tiefstimmige Muschelhörner. Es klang ähnlich wie das Dröhnen von Alphörnern.

Das Signal ließ die Menge verstummen, und die Lady of Caradoc betrat die Bühne. "Meine lieben Caradocals", begann sie. "Bevor wir mit unseren Feierlichkeiten fortfahren, möchte ich unseren tapferen Freunden die Ehre erweisen, die den von uns allen verehrten 'Sprechenden Stein' heldenhaft beschützt und sicher in unsere Lande zurückgebracht haben."

Zustimmendes Gemurmel erhob sich in der Menge. Die Zeitreisenden spürten die Blicke des Publikums auf sich gerichtet und fühlten sich durch die Aufmerksamkeit ein wenig verunsichert. "Von den ursprünglich zwölf 'Brüdern' sind nur noch drei dieser unschätzbaren Steine übrig. Damals wurde Hanôk die Verantwortung dafür übertragen, vom getreuen Stamm der D'Ånu unterstützt. Hanôk, war derjenige, der fünf Menschenleben lebte." An dieser Stelle applaudierten die Caradocals.

"Nur drei der weisen steinernen Ratgeber blieben zurück, um den Menschen zu helfen, nachdem die Götter vor dem Dunklen Zeitalter den Mutterplaneten verlassen mussten. Dann verkündete Hanôk seinen Nachfolger unter den D'Ånu und erhob sich zwischen den Wolken, um sich seinen Brüdern im Himmel anzuschließen." Sie erteilte den Bewohnern der Stadt eine Geschichtslektion und die Zeitreisenden hörten gut zu. "Wie hat er das denn gemacht? Wie war sein Name nochmal?"

"Chryséis, du sollst doch am besten Akkadisch verstehen," flüsterte Trevor, aber Chryséis zuckte nur mit den Schultern. "Ich glaube, er war einer der Götter. Hanuk."

"...'Steine der Gerechten'", fuhr die Frau von Caradoc fort, "die die Menschen in ihrem Kampf um Gerechtigkeit und zivilisiertes Verhalten anleiten. Gradlon war Hanôks Nachfolger ..."

Katherine gähnte ein wenig hinter ihrer Hand. "Wie lange wird sie denn noch sprechen?", flüsterte sie Trevor ins Ohr, nur um bei den Rufen der Caradocal-Zuschauer aufzuspringen, die in "Halloos" und "Huzzahs" ausbrachen. Sie hatte den Teil verpasst, in dem die Gefährten dafür geehrt wurden, daß sie den Sprechenden Stein zurück nach Caradoc gebracht hatten.

Kleine Mädchen kletterten auf die Plattform und überreichten ihnen Tapferkeitsmedallien aus Gold, Rosenquarz und leuchtend grünen Federn. "Ihr sollt von nun an als 'Helden des Volkes von Caradoc' bekannt sein. Hazana ó jana ó Caradoc!"

"Hazana ó jana ó Caradoc!"

Der Moment ihres Ruhms währte allerdings nicht sehr lange, schließlich war heute ja Gradlon-Tag.

"Erinnern wir uns daran, wie 'Gradlon der Große',

'Gradlon Meur', den Wein und die Zivilisation in Lyonesse einführte. Wie die Stadt Ker-is, der erste Vorposten der Zivilisation in Lyonesse, durch Verrat versenkt wurde.

Erinnern wir uns daran, damit es dieser unserer schönen Stadt nicht auch widerfährt. Wohlhabend an Handel und in den Künsten und regiert vom weisen Gradlon mit Hilfe eines sprechenden Steins erfreute sich Ker-is des Friedens und des Wohlstands. Ker-is in der Bucht von Lavana, lag gegenüber von Ker-enac, der 'verborgenen Ecke'...", fuhr die Lady fort und die Menge lauschte der recht bekannten Legende.

"Gradlon schützte Ker-is vor dem Herannahen des Meeres, indem er ein großes Becken baute, um das Wasser bei Flut aufzunehmen. Dieses Becken hatte einen geheimen Abfluss, zu dem nur Fürst Gradlon den Schlüssel besaß. Doch seine böse Tochter Dahut stahl den Schlüssel und öffnete aus einer Laune heraus das Schleusentor. Als die Flut hereinströmte, überschwemmte sie die Stadt. Unter der Flut- Ebene liegt nun der Palast Gradlons mit seinen Marmorsäulen, duftenden Zedernwänden und goldenen Dächern, die Häuser und Straßen von Ker-is - für immer verborgen vor den Augen der Menschen. Dahut ertrank mit den anderen Bürgern, aber Gradlon war gerade auf dem Weg nach Ker-enac, wo der 'Sprechende Stein' zuerst aufbewahrt wurde. Er drehte sich in seinem Sattel um und sah sein Lebenswerk von den Wellen zerstört. Trotz seiner Vorahnung war es nun zu spät. Wie wir alle wissen, hatte er noch die Kraft, Caradoc zu gründen und ermahnte uns, die Wachsamkeit gegenüber dem Bösen nie zu vergessen. Seid also stets wachsam, Bewohner von Caradoc!"

Die Rede endete abrupt mit Lobeshymnen auf den Zivilisator Gradlon. Wie auf Befehl, passierte ein Handelsschiff aus Amelút die Zitadelle auf seinem Weg zum Schleusentor des Usk-Kanals.

"Guck mal, Mami, schöne Schäfchenwolken am Himmel." Ein kleines Mädchen zeigte auf die Reihen kleiner rosafarbener Wolken. Eine leichte Brise kam auf, aber niemand beachtete sie besonders.

*

Am nächsten Tag, als die drei Zeitreisenden in der Hafenstadt Haithabu ein Schiff nach Aztlan bestiegen, war der Himmel bedeckt.

"Ich kann nicht glauben, daß wir jetzt wieder nach Hause fahren. Wie lange ist es her, drei Monate?" fragte Trevor.

"Fast vier," korrigierte ihn Chryséis.

"Wow. Ich hoffe nur, daß wir mit unseren Berechnungen richtig lagen. Ich meine, daß wir zum selben Zeitpunkt zurückkehren, an dem wir Carter Tal verlassen haben."

"Da bin ich mir sicher", beharrte Chryséis. "Denk daran, daß der 'Sprechende Stein' es gesagt hat." Sie gingen auf den Steg hinaus. Jeder von ihnen hatte ein Päckchen erhalten, das mit süßen und herzhaften Oggen und Marzipanquadraten gefüllt war. Katherine mochte die Süßigkeiten ganz besonders, die aus fein gemahlenen Mandeln, Rosenwasser und Honig hergestellt wurden. Zwei Jungen liefen vor ihnen her und warfen dunkelrote Blütenblätter in die Luft. Drei ältere Jungen trugen stolz die Rucksäcke. Es war ihnen eine Ehre, die Taschen solch großer Helden zu tragen.

"Wir werden das Zeitportal im Vallé Sydonia leicht wiederfinden, und dann ist es eine kurze Vortexreise durch das Raum-Zeit-Kontinuum nach Hause. Zurück ins 21. Jahrhundert," sagte Trevor leise. "Da muss es noch Frühling sein..."

"Ja natürlich. Wir werden im Frühling wieder in Carter Tal sein. Und Dr. Wilkins wird da sein und Holly Benson und Cook Hadley mit ihrem Eistee."

"Und der Tag des Sports und dann halten wir unsere Präsentation in Quantenphysik."

"Und da ist noch der Rosengarten", seufzte Katherine. Nach allem, was sie so durchgemacht hatten, schien die Pemberton Academy plötzlich ein richtig schöner Ort zu sein, an den sie zurückkehren konnten.

"In Sydonia werden wir uns in Ruhe umziehen, die Haare schneiden und uns verabschieden. In Carter Tal wird niemand bemerken, daß wir überhaupt weg waren.

Das ist schon seltsam." Chryséis schüttelte den Kopf.

Sie marschierten weiter den Pier hinunter und wurden auf Jubelrufe und das tiefe Tuten von Muschelschalen aufmerksam. Als sie sich umschauten, sahen sie Hunderte von Menschen, die sich auf dem Kai versammelt hatten und mit roten Taschentüchern winkten.

Die Lady von Caradoc, Prinz Artû, Amadis, Gwendola und Lubbo warteten mit einem Chor von Jungfern am Schiff, um sie gebührend zu verabschieden. Ihre Freunde hatten nun ihre eigenen Pläne. Gwendola und Lubbo wollten in Anaá bleiben, Artû wollte nach Avallûn zurückkehren und Amadis hatte davon gesprochen, der Plantage von Kharsag einen Besuch abzustatten. Der Kapitän war in seiner Kajüte und kämpfte noch immer mit den Auswirkungen von zu viel Wein und Feiern. Er lächelte tapfer und winkte der Menge zu.

"Ich wünschte, sie würden nicht so'n Trubel machen!" Katherine schluckte eine Träne hinunter.

"Na ja, schau einfach nicht zurück." Katherine ging weiter und schaute tapfer nach vorne. Sie blickte erst wieder zurück, als die 'Navis Terumal' den Anker lichtete, um den Usk-Kanal hinunter und in den Golf von Morbihan zu fahren. In der Meerenge von Caldera würde das "Rad" sie zurück nach Westen bringen, vorbei an den atlantischen Inseln.

"Puh, das war ja vielleicht was", sagte Chryséis.

"Das wird uns keiner glauben", stöhnte Katherine.

"Wir haben aber die Bilder von Caradoc als Beweis dabei."

"Ich meine doch nicht nur Caradoc, ich rede von der ganzen Reise."

"Wir können ja die Vortex jederzeit demonstrieren", schlug Trevor vor.

"Ja, ich denke, das könnten wir."

Als die Glocke an der Landung leise läutete, legte das Schiff ab und ließ ein Land zurück, das genauso verschwinden würde wie die Stadt Ker-is vor so langer Zeit. Die malerischen Bergketten, das Ackerland mit seinen Dörfern und die Stadt Caradoc hätten nicht idyllischer aussehen können. Wie traurig, dachte Katherine. Zwei seltsam aussehende Zeuglodon-Wale folgten dem Schiff im Hafen von Haithabu. Trevor sah sie und grinste. "Hast du nicht Lust, hier ein letztes Mal schwimmen zu gehen, Katie?"

"Das ist nicht dasselbe als wie mit den süßen Delfinen zu schwimmen", meinte Katherine und bestaunte das schimmernde Meer jenseits der Hafengebäude.

Schelanti Alun, wir sind auf dem Weg zu euch nach Atala. Wir sehen uns bald wieder, dachte Trevor.

'Schelanti, es ist schön, von dir zu hören. Wir werden uns in Aztlan sehen. Ich werde euch bei eurer Ankunft begrüßen.'

'Das ist nett von dir.'

'Habt eine gute Reise.' Die Gedankenübertragung endete. Trevor war stolz auf seine telepathischen Fähigkeiten, die sich in den vergangenen Wochen gewaltig gebessert hatten.

Die 'Navis Terumal' hatte gerade die Insel Braisal passiert, als am Himmel dunkle Kumuluswolken erschienen und zu blumenkohlartigen Gebilden auftürmten. "Seht euch nur diesen Himmel an!" Sie saßen wie zuvor auf dem Deck undTrevor blickte vom Studium der Heldenmedallie auf, die er am Vortag erhalten hatte. "Es wird bald regnen. Genau wie damals, als wir in Algiras ankamen", sagte er. Es bildeten sich gewaltige Gewitterwolken, und schwache Blitze zuckten hinter den Wolken. Die Seevögel flogen tief und verschwanden bald ganz.

"Das ist was anderes. Das geht alles so schnell. Lasst uns in den Panoramaraum gehen, bevor wir alle nass werden."

Das friedliche Gadirische Meer zeigte sich bald von seiner gefährlichen Seite. Eine Seite, die der Kapitän hätte vorhersehen müssen. Die Wolken begannen, die Sonne zu verdunkeln, und eine überraschend kühle Brise verwandelte sich in einen stürmischen Wind. Das Schiff hob sich von den Wellen ab, aber die Hoffnung, dem Sturm zu entkommen, verschwand so schnell wie die Seevögel.

Der Sturm schlug mit voller Wucht zu, drückte und zog die 'Navis Terumal' in die Wassermulden hinunter und zurück auf die erhobenen Wellen. Das Schiff drehte und wendete sich hilflos und trieb immer näher an die "Sieben Töchter des Atlas" und die Küste von Berberia heran. Blitze zuckten überall um sie herum. Dann fing der Mast des Schiffes Feuer und zersprang. Das Feuer wurde zwar bald von den Wellen gelöscht, aber das half dem Schiff nicht, wieder auf Kurs zu kommen.

Die Passagiere saßen zusammengekauert unter Deck, während sich die Matrosen oben abmühten. "Das ist ja schlimmer als der Angriff des Seeungeheuers!" schrie Katherine. Sie konnte vor Angst kaum denken. Alles geschah so schnell! Da war ein stampfendes Geräusch. Der Maat des Schiffes kam die Treppe heruntergetorkelt und schrie: "Alle Mann an Deck!"

"Wo sind die Ioannu? Sollten sie nicht hier sein, um uns zu helfen?"

"Der Sturm muss auch gefährlich für die Meerleute sein. Ich wünschte, wir hätten noch einen Vormund dabei."

"Oh, ganz plötzlich!" schrie Chryséis.

Trevor übernahm das Kommando. "Wir müssen uns beeilen. Nehmt die zusätzlichen Plastiktüten und blast sie wie Luftballons auf. Macht einen festen Knoten. Stopft sie wieder in die Rucksäcke. Keine Zeit für Fragen!" rief er, als Katherine den Mund aufmachte. Die Zeitreisegeräte waren immer noch sorgfältig in Plastiktüten eingewickelt, wie immer. "Lass sie erstmal liegen. Und jetzt die Wasserflaschen. Leert sie aus."

Der Maat rief wieder von oben herab. "Kommt JETZT an Deck!"

"Wir kommen ja schon!" brüllte Chryséis. Aber sie waren noch nicht ganz fertig. "Wenn wir die Wasserflaschen leeren, haben wir kein Trinkwasser mehr", rief Katherine entsetzt.

"Darüber können wir uns jetzt keine Gedanken machen. Beeilt euch, wir brauchen sie zum Schwimmen! Pustet die Plastiktüte nicht zu sehr auf, sonst könnte sie platzen. Setzt die Rucksäcke auf..., nein vorne, und schließt die Schnallen."

"Wir sollten etwas herausnehmen, um sie leichter zu machen", schrie Chryséis über den zunehmenden Lärm der Wellen, des Plätscherns und des Donners hinweg. "Die ZPS sind am wichstigsten."

"Ja, und was zum Beispiel?" Eine weitere Welle brach über dem Schiff zusammen.

"Hier, wir brauchen nicht alle diese Geschenke." Chryséis warf die Medallien, die sie in Caradoc erhalten hatten, auf das Sofa neben sich. Die anderen taten dasselbe. Das Wasser begann einzusickern und stieg langsam um ihre Füße herum auf.

"Au weia, wir werden ertrinken!"

"Hör auf, Katherine. Reiß dich zusammen!"

Ein weiterer Donnerschlag. Tepi zuckte und wimmerte und versuchte, dem steigenden Wasser zu entkommen. Trevor holte ein Drachenei heraus, das er im Fûna-Gebirge auf dem Weg zu dem Nuraghi gefunden hatte. Er legte das Ei auf dem Sofa ab. "OK, hier, das sollte reichen ... hoppla!"

Die 'Navis Terumal' war zur Seite geschwungen und richtete sich mit einem Knarren wieder auf. Katherine wurde auf Chryséis geschleudert. "Autsch, das tat weh!"

"Kommt schon, Leute, steht auf!" Trevor wurde ungeduldig.

"Sei nicht so verdammt herrisch!" Chryséis kämpfte sich hoch. "Was, ist das jetzt dein Job?"

"Streitet euch nicht!" Katherine ging auf die Treppe zu.

"Wir müssen auf's Deck hoch. Wenn wir bleiben, werden wir hinunter gezogen." Wasser drang durch einen Riss ein.

"Verdammt, was machen wir noch hier?" rief Katherine. "Wir könnten alle sterben!"

"Können wir das später besprechen?" rief Trevor über den Lärm hinweg und hob den wimmernden Hund auf. "Kommt jetzt!" Die Kinder schoben sich durch das schäumende Wasser die Treppe hinauf. "Wo sind denn die ganzen Matrosen?"

Der ramponierte Mast hielt nicht mehr lange. Er knarrte, drehte sich, splitterte und stürzte ins Wasser. Das Schiff dümpelte hilflos vor den Felsen der Küste herum und brach die Wellen. Dann begann die 'Navis Terumal' zu sinken.

"Haltet euch am Mast fest!" schrie Chryséis und griff mit beiden Armen nach dem Holzmast. Sie war sich nicht sicher, ob die anderen es gehört hatten. Das Blut pochte ihr in den Ohren. Eine weitere Sturmböe trieb den Mast in Richtung Land und Chryséis hielt sich krampfhaft daran fest.

Der Regen peitschte ihr ins Gesicht und auf die Schultern, und sie begann mit verzweifelten Zügen in Richtung Strand zu schwimmen. Als Chryséis sandigen Boden spürte, begann sie zu rennen, verlor das Gleichgewicht beim Ausweichen vor dem rollenden Mast und stürzte. Die anderen wurden von der Brandung ebenfalls an Landgespült und rappelten sich auf die Beine. Zwei Matrosen, die sich an einem leeren Bottich festgehalten hatten, wurden von der schäumenden Brandung ebenfalls Richtung Strand gedrückt. Sie ließen ihren Bottich los und setzten sich hin, um zu Atem zu kommen.

"Lauft einfach!", schrie jemand.

Chryséis war so kalt und nass, und sie hatte eine Sandale verloren, aber sie kam auf die Beine und rannte, den Rucksack umklammernd, während ihr das Wasser über Gesicht und Hals lief. Vor lauter Regen konnte sie nicht viel sehen, aber was sie sehen konnte, hätte genauso gut von einem anderen Planeten sein können. Der gelbliche Himmel und die langen dunklen Vorhänge aus strömendem Regen und dann ... waren da Klippen, die in den Blitzen der krachenden Blitze hell aufschimmerten. An den Klippen befanden sich Vogelnester. Große Nester, wie riesige Körbe!

Das Grollen des Donners spornte sie an, und die Zeitreisenden rannten auf die Klippen zu, so schnell ihre Beine sie trugen. Entschlossen, zu überleben und nach Hause zurückzukehren. Und zwar bald.

Ende des Zweiten Buches

DIE AUTORIN

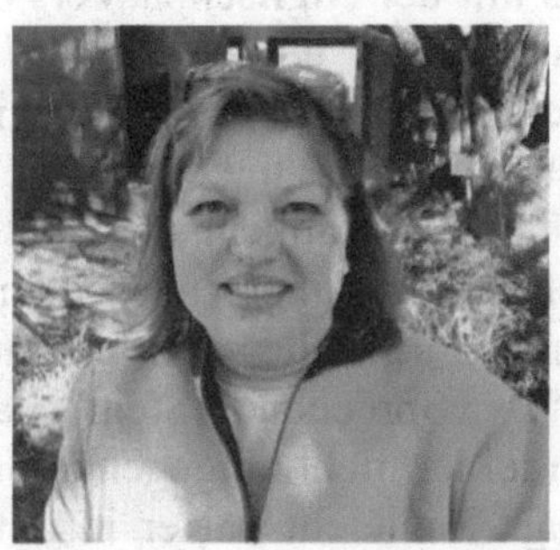

Evadeen Brickwood wuchs in Deutschland in einer Familie mit zwei Schwestern auf und studierte dort Sprachen und Kulturwissenschaften. Als junge Frau unternahm sie ausgiebige Reisen ins Ausland und viele ihrer Bücher basieren auf Erfahrungen, die sie bei dieser Gelegenheit sammelte. Die Autorin zog 1988 nach Afrika, mit einer Ausbildung zur Übersetzerin und einer ordentlichen Portion Abenteuerlust im Gepäck, arbeitete zwei Jahre in Botswana als Sekretärin und Sprachlehrerin, wollte danach wieder nach Europa zurückzukehren, beschloss aber sich in Südafrika niederzulassen.

In Johannesburg traf sie ihren deutschen Mann, heiratete und bekam zwei Töchter. Evadeen Brickwood studierte auch Informatik und Training-Management, arbeitete als freiberuflicher Software-Trainerin und Beraterin für Firmen, als Übersetzerin und Referentin an der WITS-Universität.

Im Jahr 2003 begann sie mit dem Schreiben von Romanen. Zunächst Jugendromane in der Serie „Erinnerung an die Zukunft", bei der es um Abenteuer in der Vorzeit geht, dann auch Romane, die sich in fremden Ländern abspielen. Sie wurde 2006 Mitglied bei PEN Südafrika. „Children of the Moon" wurde in Südafrika von zwei Verlagen veröffentlicht und gewann 2017 den Book Talk Radio Club Preis in England als bestes Science Fiction Buch.

Wie Dieses Jugendbuch Entstanden Ist...

Es fing mit alles mit der englischen Version von "Kinder des Mondes", dem ersten Buch in der Reihe "Erinnerung an die Zukunft". Es hätte eigentlich nur ein einziges Buch werden sollen, aber das Buch wurde zu lang und einer meiner Leser, Cameron (8) landete im Krankenhaus, um sich die Mandeln entfernen zu lassen, und verlangte nach dem zweiten Buch, da ihm langweilig war. Ich schreibe meist erst auf Englisch, da ich in Südafrika lebe, "Der Sprechende Stein" war noch nicht fertig und ich konnte ihm leider nicht entgegenkommen, aber ich legte mich dann ins Zeug. Vielleicht hat er ja mittlerweile erfahren, daß "Der Sprechende Stein" veröffentlicht wurde.

Das zweite Buch nimmt den Leser mit auf eine Entdeckungsreise in eine antike Welt, einige Zeit nach der letzten Eiszeit und vor den großen Katastrophen, wie z. B. die gewaltigen Überschwemmungen, die das Antlitz der Erde verändern würden. Der Berg Meru wird in einigen Legenden als das Land des ersten Zeitalters beschrieben, ein Paradies für Menschen in Harmonie mit der Natur. Heute liegt er unter einer Eisdecke irgendwo in der Nähe des Nordpols, umgeben von einem "Ozean aus Milch". Zu dieser Zeit erholt sich die Menschheit vom dunklen Zeitalter und hat ihren früheren Glanz noch nicht ganz wiedererlangt.

Die Kinder reisen über ein Meer, das wir heute Atlantik nennen, und viele ihrer Abenteuer sind von alten Legenden inspiriert. Geschichten aus der Odyssee und dem Mabinogion waren da bei meinen Recherchen ganz besonders wichtig.

Sprechende Steine und große sich bewegende Steine haben ihren Platz in den Legenden der britischen Inseln. Ein besonderer Stein von einiger Bedeutung faszinierte mich, da er durch Metallscharten festgehalten wurde und - trotz postierter Wachen - regelmäßig den Weg über das Meer in ein anderes Land fand, von wo er dann geborgen und zurückgebracht werden musste. Ich konnte nicht widerstehen, über einen solchen besonderen Stein zu schreiben. Der sprechende Stein in dieser Geschichte ist natürlich ein Produkt meiner eigenen Fantasie, ebenso wie die Inseln im Atlantischen Ozean und andere Gebiete, die beschrieben werden.

Sagenumwobene Länder wie Atlantis, Avalon und Lyonesse tauchen ebenso auf wie weniger bekannte Kontinente und Inseln in dieser Region. Es ist erstaunlich, was man alles finden kann, wenn man danach sucht. Maligasima soll es sogar auf einem anderen Planeten gegeben haben. Die Azoren gelten als Überreste einer größeren Landmasse, und das Bermuda-Dreieck findet am Anfang besondere Erwähnung.

Ich habe versucht, die möglichen Standorte ehemaliger Landmassen im Atlantischen Ozean anhand alter und moderner Karten zu rekonstruieren. Hi-Bresil ist eine solche Landmasse, die in gälischen Legenden erwähnt wird. Da in einer so alten Welt die Dinge sehr unterschiedlich gewesen sein müssen, kam ich nicht darum herum, eine eigene Sprache schaffen, die sich von Region zu Region etwas verändert. "Akkadisch" ist größtenteils eine Mischung aus Altirisch („Schelanti“), Griechisch, Latein und Sanskrit, aber ich habe auch Anleihen bei anderen Sprachen gemacht, die ich für den Schauplatz passend fand, während die Zeitreisenden sich Richtung Osten bewegen.

Es ist natürlich auch reine Spekulation, ob Seeungeheuer oder andere so genannte Monster zu dieser Zeit noch existierten, aber sie sorgen für spannende Action, die ich mir nicht entgehen lassen konnte. Drachen und Riesen werden sogar in seriösen Überlieferungen erwähnt, ebenso wie vieles andere, das in den folgenden Episoden noch vorkommen wird.

Evadeen Brickwood

Dieses Buch ist in jedem guten Buchgeschäft erhältlich

Das E-Buch gibt es bei den meisten Online-Stores, wie u.a. Smashwords, Kobo, Tolino, Neobooks, Kindle & Apple i-Store

Die Webseiten der Autorin:

http://www.evadeen.wixsite.com/youngbooks
http://www.evadeen.wixsite.com/novels
http://www.evadeen.wixsite.com/charlieproudfoot